10|18
12, avenue d'Italie — Paris XIIIe

Sur l'auteur

Lauren Haney a été rédactrice technique au sein d'une entreprise californienne d'aéronautique durant quelques années avant de se consacrer à l'écriture. Férue de romans policiers et passionnée par l'Égypte antique, elle publie, en 1997, *La Main droite d'Amon*, la première enquête du lieutenant Bak. *A Place of Darkness*, sixième roman de cette série, a paru aux États-Unis en 2001. Lauren Haney vit aujourd'hui à Santa Fe.

LA MAIN DROITE
D'AMON

PAR

LAUREN HANEY

Traduit de l'américain
par Corine DERBLUM

10|18

INÉDIT

« Grands Détectives »
dirigé par Jean-Claude Zylberstein

*Du même auteur
aux Éditions 10/18*

▶ La main droite d'Amon, n° 3386
Le visage de Maât, n° 3387
Le ventre d'Apopis, n° 3450

Titre original :
The Right Hand of Amon

© Betty Winkelman, 1997.
© Éditions 10/18, Département d'Univers Poche,
2002, pour la traduction française.
ISBN 2-264-03061-5

*A la mémoire de George Winkelman,
qui m'a poussée à « raconter
ce que je connais ».*

Remerciements

D'abord et avant tout, je désire remercier Dennis Forbes, directeur de la rédaction de *KMT : A Modern Journal of Ancient Egypt*, et James N. Frey, qui enseigne à l'université de Californie, à Berkeley, Extension. Il est difficile de savoir envers lequel je suis le plus redevable. De Jim, j'ai appris l'art de la littérature d'imagination. Dennis m'a apporté un soutien moral et m'a permis de puiser dans sa vaste érudition sur l'Égypte ancienne.

Andrew Gordon et Arthur Richter, d'*Archeologia,* spécialisés dans les vieilles éditions, sont arrivés à point nommé pour me laisser photocopier certaines pages dont j'avais un besoin crucial pendant la rédaction de ce roman.

Bien qu'il ne soit pas toujours facile de se rendre à la raison, les critiques passées et présentes formulées par les membres de notre groupe d'écriture du samedi furent et demeurent inestimables.

Par-dessus tout, je souhaite remercier tous ces hommes et ces femmes qui ont contribué à nous faire connaître l'Égypte ancienne par leurs recherches, leurs fouilles et leurs publications. Sans eux, ce livre n'aurait jamais vu le jour.

Note de l'auteur

Égypte ancienne, vers 1483 avant J.-C.
XVIIIe dynastie, durant le règne conjoint de Maakarê Hatchepsout et de son beau-fils et neveu Menkheperrê Touthmosis, où la reine exerce en réalité les pleins pouvoirs.

Bien que les personnages de ce roman soient issus de l'imagination de l'auteur, le contexte historique est authentique. Le Ventre de Pierres et les ruines des forteresses de Bouhen et d'Iken, à environ trois cents kilomètres au sud de ce qui est aujourd'hui Assouan, existaient encore au début du XXe siècle.

A l'époque où se situe notre récit, le commandant de Bouhen administrait une chaîne d'au moins dix forteresses disséminées le long du Ventre de Pierres. C'était la partie la plus aride, la plus désolée, la plus sauvage de la vallée du Nil ; le fleuve, troublé par des rapides et constellé d'îlots, n'était navigable qu'au plus haut de la crue. Bâtis des siècles plus tôt, sous la XIIe dynastie, ces forts étaient plus ou moins livrés à l'abandon ou subissaient des rénovations. Les troupes des garnisons protégeaient et contrôlaient la circulation à travers ce couloir naturel. Elles collectaient tributs et impôts, et conduisaient des expéditions punitives.

A l'origine, les Medjaï étaient issus des peuples du

désert de la Basse-Nubie. Sous la XVIIIe dynastie, ils assumaient la fonction de policiers, veillant à faire respecter la loi et l'ordre dans toute l'Égypte et sur les frontières du désert.

Personnages

Forteresse de Bouhen
Bak : lieutenant, chef de la police medjai.
Imsiba : sergent medjai, son second.
Hori : jeune scribe de la police.
Thouti : commandant de la garnison, exerçant autorité
  sur tout le Ventre de Pierres.
Neboua : capitaine, son second.
Seneb : marchand égyptien.
Setou : vieux pêcheur.
Noferi : propriétaire d'une maison de plaisir, informa-
  trice locale de Bak.
Kenamon : prêtre-médecin venu de la capitale, Ouaset.
Pachenouro et Kasaya : policiers medjai.

Forteresse d'Iken
Ouaser : commandant de la garnison.
Aset : sa fille.
Pouemrê : lieutenant d'infanterie.
Ramosé : son petit serviteur, sourd-muet.
Houy : capitaine, second de Ouaser.
Nebseni : lieutenant, amoureux d'Aset.
Senou : lieutenant, officier du guet.
Inyotef : pilote, ancienne connaissance de Bak.
Sennoufer : patron d'une maison de bière.
Antef : potier.
Senmout : armurier.

Moutnefer : sa fille, servante de Pouemrê.

Minnakht : sergent.

Amon-Psaro : puissant roi kouchite.

Amon-Karka : son fils.

Ceux qui fréquentent les couloirs du pouvoir à Kemet

Maakarê Hatchepsout : souveraine de Kemet.

Menkheperrê Touthmosis : neveu de la reine, avec qui il partage officiellement le trône.

Nehsi : directeur du Trésor.

Dieux et déesses

Amon : le plus grand des dieux pendant une longue partie de l'histoire égyptienne, surtout au début de la XVIIIe dynastie, époque où se situe ce roman. Il revêt l'apparence d'un être humain.

Horus de Bouhen : version locale du dieu-faucon Horus.

Maât : déesse de l'ordre, de la justice et de la vérité, symbolisée par une plume.

Hapy : dieu du Nil.

Hathor : déesse dotée de nombreux attributs, telles la maternité, la joie, la danse et la musique, mais aussi la guerre. Elle est souvent dépeinte sous l'aspect d'une vache.

Osiris : très ancien dieu de la fertilité et roi du monde souterrain, il est figuré tel un homme enveloppé d'un suaire.

Rê : le dieu-soleil.

Kheprê : le soleil levant.

Bastet : la déesse-chat.

Sobek : le dieu-crocodile.

Ouadjet : la déesse-cobra.

Sekhmet : déesse à tête de lionne, à la fois bienfaitrice et destructrice.

Bès : protecteur du foyer.

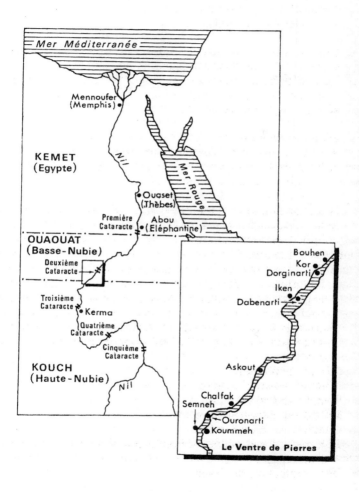

1

C'était un jour chaud, étouffant, de ces jours où proies et prédateurs se terrent au creux des rochers, sous les buissons ou dans les profondeurs du fleuve. Ils ne se dérobaient pas à la vue des autres, mais au dieu-soleil Rê, dont le souffle ardent desséchait animal comme végétal, et jusqu'au fleuve dispensateur de vie. Seul l'homme, le plus cruel de tous les prédateurs, allait à sa guise.

Le lieutenant Bak, chef de la police medjai, s'était campé en plein soleil près de la porte sud de Kor, un long et étroit fortin en brique crue, au milieu d'une trentaine d'ânes, des paniers et des paquets transportés par les bêtes de somme à travers le désert brûlant. Une compagnie de lanciers, dont quelques-uns étaient assis sur les murs croulants d'un bâtiment voisin, suivait la scène avec intérêt en échangeant tout bas des commentaires. Un peu plus loin sur la gauche, quatre maçons réparant un pan de muraille effondré jetaient vers lui un coup d'œil curieux à la dérobée, chaque fois que l'attention du contremaître se relâchait.

La sueur ruisselait sur le visage bronzé de Bak, sur son torse large et son dos musclé ; elle s'accumulait au creux de ses coudes, tachait son pagne court de la taille jusqu'à l'ourlet. Une mouche bourdonnait autour de ses cheveux noirs, courts et épais. L'odeur entêtante du grain moissonné et celle, nauséabonde, du fumier forçaient ses narines et lui donnaient envie d'éternuer. Jamais, en vingt-quatre années d'existence, il n'avait eu aussi chaud. Et il avait rarement ressenti un tel dégoût.

Du bout de son bâton de commandement, il poussa le lourd chargement de bois d'ébène maintenu par des cordes de cuir.

— Sais-tu, Seneb ? Il s'en faudrait d'un rien pour que je place ce fardeau sur ton dos, que je t'emmène en plein désert et que je t'oblige à le porter jour après jour, comme tu l'as fait avec ces pauvres bêtes.

— Pour chacune de celles que tu vois à présent, j'en possédais deux auparavant, répondit Seneb d'un ton geignard aussi agaçant que l'air blessé qu'il affectait. Pouvais-je laisser toutes ces précieuses marchandises derrière moi quand l'officier de Semneh m'a confisqué les autres ?

Les yeux de Bak se posèrent sur la bedaine grasse du marchand au visage charnu, puis sur les côtes saillantes des ânes, exténués par le voyage au point de tenir à peine debout. Tous étaient écorchés par les faix trop lourds et mal répartis, tous gardaient sur leurs flancs maigres les longues marques fines du fouet, où pullulaient les mouches.

Bak regarda ensuite les enfants, blottis les uns contre les autres dans l'ombre étroite de la muraille. Cinq filles et deux garçons, dont aucun n'avait plus de dix ans. Les yeux caves, leur peau sombre couverte de crasse, à moitié morts de faim, ils étaient trop faibles et épuisés pour exprimer ou même avoir conscience de leur terreur. La première fois que Bak les avait vus, ils étaient attachés ensemble, comme le train de baudets. Un jeune policier noir, grand et massif, qui pansait une trace sanguinolente sur le dos de l'aînée des fillettes, jetait de temps à autre vers Seneb un regard meurtrier. A en juger par l'expression des dix soldats qui s'occupaient des enfants et des animaux, son sentiment était largement partagé. Bak savait qu'il lui suffisait de s'éloigner pour que le marchand soit victime d'un accident regrettable, et sans doute fatal. Si tentante que l'idée lui paraisse, il n'en avait pas le droit. Son devoir était de servir Maât, déesse de l'ordre et de la justice, et non d'incliner le fléau de la balance selon son bon plaisir.

Le scribe chargé de collecter les droits de passage avait alerté Bak, qui avait quitté la cité fortifiée de Bouhen pour Kor. Bien que dénué d'importance stratégique, l'ancien fortin aux murailles délabrées offrait un abri aux troupes et aux caravanes de passage. Le fleuve en amont n'étant pas navigable pendant une grande partie de l'année, les bateaux accostaient à Kor pour décharger les marchandises convoitées par les rois des tribus du Sud profond, et pour charger les précieux objets exotiques reçus en retour.

— Les bêtes confisquées à Semneh étaient-elles en aussi piteux état que celles-ci ? demanda Bak à Seneb. Est-ce pour cette raison que tu ne t'es pas présenté à Iken comme tu étais censé le faire ?

La sueur perlait sur le front de Seneb, rougi par le soleil et par l'embarras.

— J'ai jugé préférable de continuer avant qu'elles...

Il se tut brusquement, comprenant sa maladresse.

— Avant qu'elles ne crèvent ? coupa Bak. Avant que ces enfants meurent de faim, de soif et d'épuisement ?

Seneb se redressa et protesta avec indignation :

— Si tu les vois dans cet état lamentable, c'est à cause de l'officier, au poste de contrôle d'Iken. Il me hait et saisirait n'importe quel prétexte pour me déposséder. Je n'ai pas osé m'arrêter, mais mon cœur saignait pour mes serviteurs, pour ces enfants et ces bêtes harassés.

— Je ne vois pas de sang sur ta tunique, Seneb, seulement sur tes mains.

— Tu m'accuses injustement ! Je n'ai recouru à la punition qu'à bon escient, et toujours avec modération.

Du bout de sa sandale, Bak repoussa les cinq fouets jetés à ses pieds, sur le sable, et dont les lanières de cuir étaient nouées à leur extrémité afin d'accroître la douleur.

— Voilà qui en dit long, Seneb. Et quand, à force de

bonté, nous effacerons la peur qui lie la langue de ces enfants, leur voix sera plus forte encore.

— Selon toi, la parole de ces malheureux sauvages vaut plus que celle d'un respectable habitant de Kemet ?

Bak adressa un signe à Psouro, un robuste Medjai au visage grêlé par la petite vérole, qui gardait les quatre serviteurs de Seneb, achetés comme tous les autres biens du marchand. Leur peau était aussi sombre que la sienne, mais ils étaient longs et fins comme des roseaux. Chacun d'eux avait les poignets entravés derrière le dos.

— Ligote ce porc, ordonna Bak en considérant Seneb avec mépris. Il restera notre prisonnier jusqu'à ce qu'il comparaisse devant le commandant Thouti afin d'être jugé.

— Vous n'avez pas le droit ! cria Seneb. Qui veillera sur mes marchandises, fruits de mon labeur pendant les longs mois que j'ai passés en amont ?

Bak inventoria sombrement le contenu des paniers : outre l'ébène, des peaux de léopard, de singe à longs poils et d'autres créatures qu'il ne connaissait pas, des œufs et des plumes d'autruche, des jarres en terre cuite pleines d'huiles parfumées. Deux cages de bois emprisonnaient, l'une, un lionceau, l'autre trois jeunes babouins, émaciés et haletant de soif.

— On s'occupera des ânes ici, répondit le policier d'une voix dure. Les bêtes sauvages et les enfants iront à Bouhen, où ils recevront des soins appropriés. Tout le reste sera versé au Trésor.

— Tu ne peux me dépouiller ainsi !

— Emmène ce chien à Bouhen, Psouro.

Seneb se redressa de toute sa taille.

— Je réclamerai ta tête pour cela, lieutenant Bak !

— Ai-je besoin de préciser que mes biens, les tiens et ceux de tous les habitants de Kemet appartiennent de fait à la maison royale ? rappela l'officier avec un sourire sarcastique. Qui me reprocherait d'avoir éliminé un simple intermédiaire entre le pays de Kouch et notre souveraine,

Maakarê Hatchepsout ? Tu as abîmé ce qui lui appartient de droit.

Laissant Seneb livide, Bak s'adressa à Psouro :

— S'il venait par hasard à passer par-dessus bord pendant que vous descendez le fleuve, la perte ne sera pas bien grande.

Mais le policier savait pertinemment que son subalterne se sentirait tenu d'amener le prisonnier sain et sauf à Bouhen.

— Non ! Je ne sais pas nager ! Non ! supplia le marchand.

D'une bourrade, Psouro l'obligea à s'agenouiller et, avec la dextérité née d'une longue pratique, il lui lia les poignets si étroitement qu'il lui arracha un gémissement. Bak surprit de la jubilation dans les yeux des cinq enfants silencieux.

Lui-même n'eut pas le loisir de s'abandonner à sa propre satisfaction. Son sergent medjaï, Imsiba, traversa le groupe de lanciers dont l'attention ne s'était pas relâchée, avisa les bêtes de Seneb et marmonna un juron dans sa langue maternelle. Alors il aperçut les enfants. Le visage crispé et les poings serrés, il se dirigea droit vers le marchand ligoté. Seneb le vit venir et se recroquevilla sur lui-même.

Mais Bak s'interposa et retint le bras où saillaient des muscles durs comme la pierre.

— Non, Imsiba ! Il revient au commandant, et non à toi, de veiller à ce qu'il soit châtié.

Imsiba fixa le marchand d'un air lourd de menace.

— J'espère qu'il ne sera pas clément, mon ami, car sinon...

— Clément ? dit Bak avec un demi-sourire. Tu as vu maintes fois Thouti tenir les plateaux de la justice. La clémence est un mot dont il ignore le sens.

Il intima d'un signe à Psouro d'emmener le prisonnier et attendit, avant de lâcher Imsiba, que les deux hommes soient passés entre les lanciers.

— Et maintenant, dis-moi : qu'est-ce qui t'amène à Kor ?

Le grand Medjaï arracha son regard du dos de Seneb.

— La colère me faisait oublier ma mission. Tu dois te présenter devant le commandant, accompagné de Neboua.

Bak leva brièvement la tête vers le soleil, qui avait dépassé le milieu de sa course.

— Neboua a traversé le fleuve il y a des heures. Je doute qu'il tienne encore debout et, à plus forte raison, qu'il soit en état de paraître devant le commandant Thouti.

— Prétends que tu n'as pas réussi à me trouver. Dis-lui...

Le capitaine Neboua tituba, se planta sur ses jambes pour tenter de retrouver son équilibre et sourit au-dessus de sa coupe ébréchée.

— Dis-lui que je me suis retiré dans la solitude du désert, tant j'étais déçu qu'Imsiba et toi, qui m'êtes plus proches que des frères, ne puissiez partager mon bonheur aujourd'hui.

Une explosion de rire monta de vingt poitrines. A la peau brûlée des hommes étendus paresseusement sur le sable moucheté d'ombre, au milieu d'un groupe de palmiers, on reconnaissait sans conteste les lanciers de la compagnie d'infanterie de Neboua, rentrés d'une patrouille dans le désert. L'effluve douceâtre de l'alcool de datte se mêlait d'âcres relents de sueur.

De hautes jarres d'eau en terre cuite étaient appuyées contre le mur d'une vieille maison, derrière eux. Bak ne savait ce qui le retenait d'en vider une jusqu'à la dernière goutte sur la tête de son ami.

— Neboua ! Tu tiens à ce que le commandant te dégrade publiquement ?

— Il a des fils, lui aussi ! N'a-t-il pas célébré leur naissance ?

Le sergent Ptahmosé apparut sur le seuil de la maison,

suivi par un vieillard ridé portant une jarre d'alcool encore scellée. Neboua lui tendit sa coupe. Le sergent, un petit homme un peu chauve aux muscles noueux et au teint basané, comprit la situation en un clin d'œil et fit signe au vieux de retourner à l'intérieur.

Bak fut heureux que Ptahmosé, au moins, ait montré plus de mesure dans la boisson. Il tira son ami par le bras.

— Viens, Neboua.

L'officier recula et éleva sa coupe vers le ciel.

— Elle est mon étoile du matin, la plus brillante, la plus claire d'entre toutes !

Il s'interrompit pour éclater de rire et tourna sur lui-même les bras écartés en répandant l'alcool alentour.

— Elle n'est pas claire. Elle est aussi noire que la nuit, et aussi envoûtante ! Et ma perle noire vient de me donner mon premier-né !

Il attira Imsiba et passa le bras autour de ses épaules en s'appuyant sur lui de tout son poids. Celui-ci tenta également de le raisonner :

— Certes, les dieux t'ont souri, Neboua, mais ta fortune sera de courte durée si tu ne files pas chez Thouti.

Bak observait les deux hommes. Neboua était le second du commandant de Bouhen. Grand et musclé, ses traits épais aussi brûlés par le soleil que ceux de ses hommes, il était âgé d'une trentaine d'années. Imsiba, plus grand d'une demi-paume [1] et un peu plus vieux, avait une peau d'obsidienne et la souplesse du lion. Bak se rappela le temps, à peine quelques mois plus tôt, où Neboua tenait tous les Medjai pour quantité négligeable et où Imsiba ne vouait que mépris au second de Thouti. Les voir amis était habituellement un plaisir, cependant le spectacle d'un Neboua quelque peu éméché atténuait en grande partie la joie dans son cœur.

— Imsiba sait de quoi il parle, intervint Ptahmosé. La patience n'est pas la qualité première du commandant !

---

1. Paume : mesure équivalant à 7 cm. (*N.d.T.*)

Bak agrippa son ami par les épaules pour le secouer avec vigueur.

— Veux-tu que ton fils se souvienne à jamais de sa naissance comme du jour où son père a perdu toute chance d'accéder à un poste de commandement ?

— Je ne souhaite pas me conduire indignement, marmonna Neboua.

— Alors viens avec nous. Et sur-le-champ ! souligna Bak en le secouant à nouveau.

Neboua se dégagea de cette étreinte offensante et leva sa coupe devant Ptahmosé et ses compagnons.

— Restez, mes frères, et amusez-vous ! Avec de la chance, je serai de retour avant la nuit.

Il ingurgita le reste de l'alcool et jeta sur la coupe un dernier regard de regret avant de la lancer dans une touffe d'herbes sèches.

— Je ferais mieux de venir aussi, dit Ptahmosé, voyant que son chef avait peine à conserver l'équilibre.

— Je n'ai pas besoin de nourrice, maugréa Neboua.

— Il faut ramener la barque à son propriétaire, rappela Ptahmosé en adressant à Bak un clin d'œil de connivence. Si je vous dépose sur le quai avant de retourner au village, vous serez chez le commandant d'autant plus vite.

Bak saisit Neboua par le bras et l'entraîna vers un bouquet d'acacias poussant au bord de l'eau miroitante, car il leur fallait franchir le fleuve pour regagner Bouhen. Suivis de près par les deux sergents, ils traversèrent un champ desséché, parsemé de chaumes dorés après la moisson.

Neboua trébucha sur une motte de terre, rit de luimême et du monde entier. Les mains tendues vers le ciel, il clama son bonheur :

— J'ai un fils, mes frères, un fils ! J'ai un fils !

Parmi les chaumes, des pigeons effrayés prirent leur envol dans un bruissement d'ailes. Un paysan agenouillé dans un champ voisin se tourna dans leur direction en s'abritant les yeux sous une botte d'oignons verts.

Neboua se mit à fredonner une mélodie indistincte. Au loin, un âne brayait et un chien jappait. Le reste de l'oasis, abrité par un arc allongé de collines sablonneuses, était calme et silencieux. Les hommes et les bêtes fuyaient la fournaise sous des bosquets ombreux ou dans les maisons. Hormis quelques lopins isolés, les champs étaient nus, les canaux d'irrigation à sec, les herbes rabougries. Les arbres et les buissons nimbés de poussière tendaient leurs branchages cassants vers des cieux comme chauffés à blanc, tandis que Rê sombrait vers l'horizon telle une boule de feu.

Le silence, la terre assoupie, jusqu'à la brise sporadique portant la chaleur pulvérulente des étendues désertiques, donnaient à Bak un sentiment d'attente. La crue avait commencé moins d'une semaine plus tôt, et il lui semblait que, tout autour de lui, ce pays de Ouaouat s'accordait un répit avant d'être réveillé par les eaux pour renaître à la vie.

Navré de ternir le bonheur de son ami, Bak s'arrêta au bord du fleuve. Les acacias accrochés à la rive escarpée et friable penchaient leur tronc vers l'eau comme pour rendre hommage à Hapy, le dieu du Nil. Sur la berge opposée, à faible distance en amont, la grande forteresse de Bouhen était à peine visible dans la brume, ses murailles d'un blanc cru se confondant avec les dunes pâles derrière elles.

Un souffle d'air passa dans les arbres poussiéreux et retrancha en un bruissement les feuilles mourantes de celles encore gorgées de sève. Elles tombèrent en une pluie jaune sur deux solides barques de pêche en bois, échouées sur une bande de terre noire au bord de l'eau. Neboua s'anima à l'instant où il les aperçut.

— Tu me dois une revanche, Bak !

Il s'élança vers la berge et glissa sur le limon jusqu'à la proue d'un des bateaux.

— Viens, Ptahmosé ! Montrons à ces hommes du Nord ce qu'est la vraie navigation.

Bak jura entre ses dents. Voilà qui ne présageait rien

de bon, venant d'un Neboua complètement ivre. Celui-ci s'arc-bouta de tout son poids contre la barque et, étouffant un grognement, la poussa vigoureusement vers l'eau en annonçant :

— Une ration de blé d'un mois contre une amphore de bon vin du nord que, Ptahmosé et moi, nous serons à Bouhen avant vous.

— Le pari est trop important pour un parcours aussi simple, remarqua Bak en désignant du menton la forteresse noyée dans la brume. Nous aurons la brise en poupe durant tout le trajet.

Réprimant un sourire, Neboua fit mine de le morigéner en agitant l'index :

— Non, non, mon ami ! Tu n'y es pas du tout. Nous pousserons au sud jusqu'au Ventre de Pierres avant de traverser le fleuve, comme la dernière fois lorsque tu as gagné.

Ptahmosé s'esclaffa de ce qu'il prenait pour une boutade. Imsiba cracha quelques mots dans sa propre langue. Bak considéra sévèrement l'officier d'infanterie.

— Et le commandant Thouti ? Oublies-tu qu'il nous a convoqués ?

Neboua imprima une nouvelle poussée à l'esquif, qui glissa dans l'eau.

— Hâte-toi, Ptahmosé ! Tu veux que je parte sans toi ?

Bak bondit sur la pente et la dévala en déclenchant un léger glissement de sable. Les deux sergents l'imitèrent un moment après. A quelques pas devant eux, Bak entrait dans le fleuve.

Neboua poussait la barque devant lui, de l'eau jusqu'aux genoux. Il jeta un coup d'œil en arrière et vit le trio qui le suivait. Riant comme un enfant espiègle, il se hissa à bord, saisit les rames et propulsa le bateau vers des eaux plus profondes, hors d'atteinte de ses compagnons.

— Je pars pour le Ventre de Pierres, déclara-t-il avec une emphase digne d'une proclamation royale. Si la promenade vous tente, vous êtes les bienvenus. Sinon, j'irai seul.

Bak poussa un long soupir excédé. Il détestait s'avouer vaincu, surtout face à un homme trop soûl pour réfléchir.

— Je viens ! cria Ptahmosé.

Il rejoignit Bak avec effort dans la vase et baissa la voix afin que Neboua n'entende pas :

— Quand il est dans cet état-là, ça ne sert à rien de discuter. Je veillerai à ce qu'il ne passe pas par-dessus bord.

Bak savait d'expérience que Ptahmosé était un des meilleurs marins sur cette partie du fleuve, de même que Neboua, lorsqu'il était sobre. Imsiba et lui ne devaient qu'à la chance d'avoir remporté la course précédente.

— Très bien, Neboua, pari tenu ! lança-t-il, puis il chuchota à Ptahmosé : Nous resterons aussi près que possible, au cas où vous auriez des ennuis.

Le sergent hocha la tête et nagea vers la barque de Neboua. Dans un jaillissement d'éclaboussures, Bak traversa les hauts-fonds vers l'esquif qu'Imsiba et lui avaient emprunté après avoir quitté Kor. Le grand Medjai mettait déjà l'embarcation à l'eau. Tout en y imprimant une poussée puissante, il commenta :

— Quelle folie ! J'aurai bien de la chance si je survis à ce jour sans avoir pris un bain forcé !

Bak se hissa sur le bateau, qui tangua sous son poids, et se plaça à l'arrière pour tenir le gouvernail.

— Rends plutôt grâce à Amon de ne pas naviguer avec Neboua. Moi, du moins, je n'ai pas les idées embrumées par l'alcool.

— Certes. Mais Ptahmosé et lui connaissent ce fleuve en toutes saisons. Ses caprices à la montée des eaux leur sont familiers. Nous ne pouvons en dire autant.

— La route que nous suivrons n'a sûrement pas beaucoup changé depuis la dernière course. C'était il y a moins d'un mois.

L'air sombre, Imsiba grimpa à bord.

— On dit que les eaux affluent déjà avec une force

redoutable du Ventre de Pierres. Le fleuve détruit le sol et les berges sur son passage. Les courants changent pour s'adapter au nouveau dessin de son lit. Et déjà il arrache des arbres, des animaux et des paysans aux basses terres du sud.

D'un coup d'œil, Bak constata que l'autre barque flottait en travers du courant tandis que Neboua et Ptahmosé étaient aux prises avec deux cordages emmêlés.

— Sans aide, que fera Ptahmosé s'ils chavirent ? Il n'est pas assez bon nageur pour en réchapper tout en sauvant Neboua.

— Peu d'hommes seraient assez forts pour cela, mon ami.

Imsiba tira sur la drisse pour placer la haute vergue perpendiculairement au mât. La lourde toile blanche rectangulaire se déploya, mais continua à pendre. Bak cala le gouvernail sous son bras et empoigna les rames pour écarter la barque de la rive, dans l'espoir de trouver la brise.

— J'espère que ta femme est économe, Neboua ! railla-t-il. Si elle n'a pas mis de blé de côté ces derniers mois, elle ne te pardonnera pas ton pari de sitôt.

Neboua répliqua par un geste grossier du doigt. Bak éclata de rire en sentant un léger souffle d'air caresser sa joue.

— Ne les distançons pas trop, Imsiba. Toutefois, je pense qu'on peut profiter sans crainte de notre avance. Je n'aimerais pas perdre ce pari.

Imsiba grimaça un sourire, puis manœuvra afin de se haler dans le vent. La voile frissonna sous la brise timide, puis s'enfla sous une rafale et la barque fila sur les ondes. Bak adressa un salut de la main aux deux hommes qu'ils laissaient derrière eux et mit le cap vers le sud.

Le fleuve large et profond étirait devant eux ses flots brun-rouge teintés de vert. Au loin, dans un halo de brume, la bouche du Ventre de Pierres marquait le début de la multitude d'îles, grandes et petites, qui rendaient la navigation impossible sauf au plus fort de la crue. Les devoirs de Bak ne l'avaient jamais conduit plus loin que la première, et, comme toujours, il souhaita voir un jour les terres qui s'étendaient plus loin au sud, exaltées et maudites par les soldats, les marchands et les messagers de la reine.

Jetant un bref regard en arrière, il vit que Neboua s'était saisi des rames pour faire virer son embarcation, pendant que Ptahmosé hissait la voile rouge rapiécée. Plus loin en aval, le fleuve semblait d'or poli sous le soleil. Il dépassait l'oasis pour s'évanouir dans une immensité de dunes fauves et de rides de sable. Bak s'adossa contre la coque, certain qu'ils avaient pris une avance suffisante pour gagner, sans être trop loin si leur aide s'avérait nécessaire.

Les yeux plissés, il scruta la forteresse massive de Bouhen, de l'autre côté de l'eau. Les grands murs blancs de brique crue, coupés à intervalles réguliers par des tours en saillie, s'élevaient des terrasses de pierre bordant le fleuve. En haut des remparts, les minuscules silhouettes des sentinelles passaient sur les chemins de ronde. Devant trois jetées de pierre, un navire de commerce aux lignes fuselées et deux barges de transport donnaient aux modestes bateaux amarrés autour d'eux l'apparence de miniatures. Excepté quelques arbres vivaces et des buissons le long des berges, les terres environnantes étaient stériles, un désert balayé par le vent, miroitant sous la chaleur torride.

Bak contemplait ce spectacle avec une affection qui ne manquait jamais de le surprendre. Lorsqu'il était arrivé pour la première fois, subissant la sanction ordonnée par la reine, il détestait cette ville et sa charge de policier. Néanmoins, il avait très vite changé d'avis.

Le vent tenait. Ils couvraient de la distance à une vitesse remarquable en rasant les flots. Mais la voile rouge se rapprochait peu à peu, réduisant l'écart, jusqu'au moment où les deux barques ne se trouvèrent plus qu'à une dizaine de mètres l'une de l'autre. Bak commença à s'inquiéter. Bientôt il leur faudrait virer sur le courant, plus fort au milieu du fleuve, afin d'amorcer leur retour. Ptahmosé y parviendrait-il, secondé par un coéquipier ivre ?

Les murs de Kor, à une heure de marche au sud de Bouhen, émergèrent de la brume. Imsiba modifia l'orientation de la voile tandis que Bak, penché sur le gouvernail, amenait la barque en travers des flots. Le bateau de Neboua opéra un demi-tour serré et arriva à leur hauteur en aval. Les voiles rouge et blanche perdirent la brise et battirent, incontrôlables. De nouveau, Bak empoigna les rames et vit Neboua en faire autant. Imsiba abaissa la vergue. Aussitôt, la voile claqua puis s'enfla comme un ballon, et la coque à moitié couchée glissa sur l'eau en les aspergeant d'écume.

— Imsiba ! Par la barbe d'Amon ! cria Bak en se jetant de l'autre côté pour faire contrepoids. Veux-tu que nous chavirions ?

Marmonnant quelques mots incompréhensibles, le Medjai lâcha la drisse. La barque tangua, puis se stabilisa. Les deux hommes rirent de soulagement, un peu mal à l'aise. Bak reporta immédiatement son attention sur le bateau adverse, qui filait désormais à dix mètres devant eux, aussi stable et gracieux qu'une nef de guerre. Manifestement, le désir de gagner avait dégrisé Neboua.

L'inquiétude de Bak s'envola, balayée par l'excitation de la course et la ferme détermination d'atteindre Bouhen en premier. Il dirigea la proue vers l'amont et maintint résolument l'esquif dans le courant pendant qu'Imsiba rassemblait en paquet la voile tombée. Ptahmosé, plus rapide et expérimenté, avait déjà sorti une deuxième paire de rames afin de prêter main-forte à Neboua. Ils allaient droit vers la rive occidentale et le mur d'éperon vertigineux à l'angle sud-est de Bouhen.

Bak savait qu'en les suivant Imsiba et lui perdraient la course ; ils étaient trop loin derrière. Il se dirigea donc vers l'extrémité du quai le plus proche, comptant que le courant les emporterait plus rapidement que leurs concurrents.

Imsiba, s'installant une rame dans chaque main sur une traverse, observa avec un fin sourire :

— Tu courtises les dieux, mon ami !

— Notre chance de gagner est bien mince, je le sais, mais je ne renoncerai que contraint et forcé.

— Tu renonces donc parfois ? dit Imsiba, riant tout bas.

Le courant s'ajoutant à leurs coups de rames opiniâtres les entraîna au fil du fleuve plus vite que Bak ne l'aurait rêvé. En revanche, la barque de Neboua ralentit considérablement aux abords de la berge et se trouva bientôt en arrière. Bak éclata de rire, sûr que, portés par leur élan et un ultime effort, ils atteindraient le quai avant que leurs adversaires aient touché la terre ferme au pied de l'éperon.

En même temps que résonnait le cri d'Imsiba, Bak aperçut un palmier à moitié submergé droit devant eux. L'estomac serré, il poussa sur le gouvernail pour tenter de virer, mais la proue s'écrasa dans les racines noueuses. L'arbre tournoya, emportant l'embarcation dans le mouvement. La tête de mât s'abattit sur les eaux. Bak respira à pleins poumons et se jeta par-dessus bord. Il crut entendre Imsiba plonger à peu de distance. Alors que le fleuve se refermait sur lui et qu'il sombrait dans les froides profondeurs, une pensée fugitive lui vint : et dire qu'il s'était inquiété pour Neboua ! C'était plutôt Neboua qui aurait dû s'inquiéter pour lui.

Ballotté par le courant et roulant sur lui-même, il refusa de céder à la panique. Il concentra toute sa volonté pour ordonner à ses muscles de réagir, à ses membres de lutter. Quand il parvint à maîtriser son corps, il leva la tête vers la surface troublée par le limon et mouchetée par le soleil. Au-dessus, il distingua les silhouettes sombres du bateau renversé et du tronc flottant à côté. Et, pris dans les larges feuilles, un corps aux bras et aux jambes inertes. Imsiba ! Il avait dû s'assommer en sautant du bateau... Bak se propulsa vers lui, ses forces décuplées par la peur pour son ami.

31

La lumière s'intensifia. Il discernait mieux la silhouette, dont la peau n'était pas foncée comme celle d'Imsiba, mais claire. Le soulagement l'envahit. Un instant plus tard, le palmier roula sur lui-même, modifiant l'angle de la lumière. Bak avait perdu tout désir d'avancer, mais son élan continuait à le pousser vers le corps dont il ne pouvait détacher ses yeux. Celui-ci semblait grossir à mesure et flottait au-dessus de lui telle une créature surgie de l'au-delà. Le visage enflé saisissait par sa pâleur blafarde. La tête était rejetée en arrière, la bouche béante et rouge. Les yeux restaient exorbités comme si, dans ses derniers instants, l'homme avait ressenti une terreur indicible. Peut-être celle d'être perdu dans le fleuve pour toute l'éternité, sans corps terrestre auquel pourrait retourner son *ka*, son double spirituel [1].

Affolé, Bak se contorsionna pour fuir sur le côté, avala de l'eau et refit surface tout près de cette bouche et de ces yeux béants. Les flots tourbillonnaient autour de lui, imprimant au corps une sorte de balancement. Une main blême se tendit vers son épaule. Toussant, s'étranglant, Bak se jeta en arrière.

Le fleuve se referma sur lui et lui fit recouvrer son bon sens. Il remonta à la surface et entendit Imsiba crier son nom. Il agita la main tout en regardant le tronc qui dérivait, avec son macabre fardeau — non une créature monstrueuse, mais un homme exsangue, bouffi, gisant la face contre les eaux. Une victime du fleuve.

Alors que Bak agrippait une branche pour arrêter l'arbre dans sa course, une image passa dans son esprit, un détail bizarre qu'il n'arrivait pas à définir. Il fixait le dos inanimé, mais il revoyait les grands yeux terrifiés et la bouche rouge qu'il avait distingués dans les profondeurs. Sa sensation de malaise s'accentua. Curieux, troublé, il prit une profonde inspiration et, s'accrochant à l'arbre, replongea sous la surface.

---

1. *Ka* : né avec l'homme, il grandit avec lui et le protège. Après la mort, il aspire à poursuivre dans la tombe la vie qu'il a menée sur terre. (*N.d.T.*)

La bouche béait, comme dans son souvenir. Mais le rouge, qu'il avait pris pour la langue enflée et distendue, formait un cercle trop parfait et trop plat. Il le toucha. C'était dur — du bois — et logé si profond qu'en tirant doucement il ne pouvait l'extraire. Horrifié, Bak le contempla fixement. L'objet était enfoncé dans la gorge du mort.

2

— Attention ! avertit Bak en s'écartant du corps qui pendait entre Neboua et Ptahmosé, dans la barque au-dessus de lui. On n'a pas envie de le repêcher une deuxième fois.

— Vois avec quelle rapidité nous avons volé à ton secours ! dit Neboua en adressant un clin d'œil à son sergent. Nous serons sûrement de taille à te garder ta prise.

Bak ignora ces persiflages. Moins il réagirait, plus vite Neboua cesserait de le narguer.

— Tirons-le à l'intérieur, proposa Ptahmosé, empoignant énergiquement le bras du cadavre. Ho ! Hisse !

Les deux hommes bandèrent leurs muscles. La barque tangua, renvoyant dans les flots Bak et Imsiba qui s'étaient accrochés à la coque. Le corps chut dans le bateau avec un bruit sourd en exhalant une odeur fétide de pourriture. Bak remarqua sans pouvoir se défendre d'une secrète satisfaction que Neboua avalait sa salive. Le goût de l'alcool de datte faisait mauvais ménage avec la puanteur de la mort. Neboua esquissa un sourire piteux.

— La prochaine fois que tu chavires, je prie pour que tu ramènes une proie plus douce aux narines.

— Au lieu de bavarder, dégage-le du bord ! grommela Imsiba. Encore une gorgée d'eau et le poids de la vase que j'ai avalée me fera couler jusqu'au fond.

Maugréant et pestant, Neboua et Ptahmosé déplacèrent

le poids mort vers l'avant et assirent le corps bien droit contre la proue. Pendant qu'ils contemplaient le visage enflé où s'était figée une expression de terreur, Bak se hissa à bord. Il se retint au mât dépouillé de sa voile rouge. L'odeur de décomposition et l'eau qu'il avait absorbée lui donnaient la nausée. Imsiba s'écroula contre la paroi. Les deux hommes avaient dû enlever la voile du bateau accidenté et l'enfoncer dans la brèche pour la colmater, afin de pouvoir le remorquer. Ces derniers efforts les avaient épuisés.

Ils dérivaient depuis longtemps, mais ce fut seulement en regardant en arrière que Bak mesura combien ils étaient loin de Bouhen. La forteresse n'était plus qu'une tache blanche indistincte à l'horizon.

— Le commandant Thouti n'aura pas de quoi nous féliciter, aujourd'hui, dit-il d'un ton morose.

Ptahmosé, en vétéran qui appréciait son grade de sergent-chef, arracha son regard du cadavre et se hâta de changer de place avec Bak pour déployer la voile. Imsiba se posta précipitamment derrière le gouvernail.

Tournant ses pensées vers le problème le plus immédiat, Bak s'agenouilla à côté de Neboua. Même les yeux fermés, il revoyait le visage du mort, cependant il lui restait à examiner sa dépouille. Sur la peau d'un blanc grisâtre, de pâles marbrures et des plaies irrégulières révélaient les chairs écorchées par des récifs ou d'autres obstacles. L'absence de trois orteils et d'un doigt signalait le passage de poissons affamés ou d'autres carnivores, peut-être un crocodile trop jeune et trop petit pour s'accrocher à ce festin. Bak avait vu pire, car le fleuve était un tombeau cruel, mais à ce spectacle une prière ne manquait jamais de monter à ses lèvres : « Puissé-je mourir loin des eaux du fleuve... »

Il interrogea du regard Neboua, qui avait servi à Ouaouat durant des années et comptait de nombreuses connaissances dans les garnisons jalonnant les rives.

— Sais-tu qui c'est ?

— Jamais vu de ma vie.

35

— Ptahmosé ?

Le sergent, qui dressait la grand-vergue, lança un nouveau coup d'œil sur le corps, puis secoua négativement la tête avant de se détourner pour orienter l'espar.

Imsiba pilotait la barque à contre-courant. La voile ondoyant sous la brise intercepta un souffle plus puissant et s'arrondit. La proue fendait de minuscules vaguelettes, maintenant un cap qui les conduirait au quai.

Bak examinait toujours le mort et tentait d'imaginer ses traits quand il était en vie, et intact. Un visage au modelé aussi pur que celui de Maakarê Hatchepsout idéalisé par le sculpteur dans une éternelle jeunesse. Des yeux sombres, des sourcils bruns réguliers, de courts cheveux marron cuivré qui bouclaient en séchant au soleil... Le corps avait possédé la même perfection, avec des épaules, une taille et des hanches si bien proportionnées qu'elles auraient satisfait aux canons de la beauté d'un maître artisan. Le pagne couvrant les cuisses était du lin le plus fin, et maintenu au niveau du nombril par un ceinturon à boucle de bronze. Un anneau d'or encerclait l'un des doigts, mais le chaton était brisé et la pierre — sans doute un scarabée — avait disparu.

— Un homme de qualité, d'après son apparence, conclut Bak. Un officier issu de la noblesse ?

Neboua saisit l'ourlet du pagne et palpa l'étoffe raffinée.

— Ou peut-être un marchand. Ceux dont les navires franchissent le Ventre de Pierres pour faire commerce avec les tribus du Sud amassent de véritables fortunes.

Bak se pencha afin d'observer de plus près la boucle de ceinture. Il distingua un dessin gravé en relief — le profil d'un dieu barbu.

— Ce n'est pas un marchand, je suis formel. Mais peut-être un ambassadeur de notre souveraine.

— Thouti va s'en ronger les ongles jusqu'au sang !

Curieux, Bak dégagea la boucle du tissu et l'inclina pour mieux voir. Une couronne à deux plumes s'élevait au-dessus du minuscule profil, encadré par ce qui res-

36

semblait à des gerbes de blé, mais représentait en fait des faisceaux de lances. C'était l'emblème du régiment d'Amon, celui-là même où Bak avait servi dans la capitale.

— Pas possible ! souffla-t-il en plissant les yeux.

— Qu'y a-t-il ? interrogea Neboua. Qu'est-ce qui ne va pas ?

— Peu avant que je quitte Ouaset, certains des officiers qui, comme moi, avaient intégré le régiment d'Amon juste après la prise du pouvoir par Menkheperrê Touthmosis [1] ont commencé à porter cette boucle, symbole de notre fierté envers une unité militaire que nous avions contribué à rebâtir. Cet homme n'était pas des nôtres.

— En es-tu sûr ? Ses traits sont tellement déformés que son propre frère aurait peine à le reconnaître.

— J'ai quitté le régiment il y a moins d'un an, Neboua. Je n'oublierai pas de sitôt mes compagnons d'armes. Même en admettant qu'il soit arrivé après mon départ, il n'avait aucun droit d'arborer cette boucle, précisa-t-il d'un ton plus dur.

Il considéra le visage bouffi et sentit sa colère refluer. Quelle que soit la manière dont l'homme se l'était procurée, à la suite d'un larcin, d'un pari ou d'un troc, il avait été puni au centuple pour cette usurpation.

Bak ne s'accorda pas le temps de réfléchir et accomplit une besogne qui lui répugnait, mais dont il ne pouvait se dispenser. Il enfonça le pouce et l'index entre les commissures de la bouche froide et humide, saisit l'objet de bois qu'il avait d'abord pris pour la langue et tira. L'objet résista. Ravalant la bile qui lui montait à la gorge, il enfonça encore ses doigts et insista. Une poignée de bois apparut, suivie d'une lame en bronze. La tête du défunt retomba en avant, le menton contre la poitrine.

Les yeux de Bak se posèrent tour à tour sur cette tête affaissée et sur l'arme sanglante — un burin effilé. Il eut

1. Touthmosis III. (*N.d.T.*)

un frisson dans le dos en comprenant ce qui s'était passé. Le manche, long comme la largeur d'une main et maculé de rouge, avait obstrué la bouche du mort. La lame étroite, de moitié moins longue que le manche, avait plongé profondément dans la gorge. L'extrémité biseautée, rendue irrégulière par l'usure, avait déchiré la chair et saigné la victime de l'intérieur jusqu'à ce qu'elle expire.

— Quelle sorte d'homme est capable d'ôter la vie avec tant de cruauté ? dit Neboua, atterré.

— Un homme submergé par la haine ou par la colère, jusqu'à la folie.

Bak se pencha sur le corps pour examiner les poignets. Aucun ne présentait les meurtrissures qu'aurait laissées une corde. Il passa ses doigts dans les cheveux bouclés sans déceler de bosse.

— Nous atteindrons bientôt le quai, annonça Imsiba. Souhaites-tu que Ptahmosé et moi nous emportions le défunt à la Maison des Morts, pendant que tu te présentes devant le commandant ?

— Sortez-le du bateau, mais trouvez quelqu'un d'autre pour l'emporter là-bas. Nous avons promis de rendre ces barques à Setou avant la nuit, et vous devez vous en charger en priorité.

Sur le quai nord tout proche, un marin soulageait sa vessie par-dessus la poupe d'une barge de transport serrée le long du débarcadère. Plus loin en amont, à une courte distance du quai sud, se trouvait l'endroit où la barque avait heurté le palmier. Par la pensée, Bak remonta le cours du fleuve jusqu'au Ventre de Pierres, d'où il débouchait. L'homme venait de là-bas, à coup sûr, mais d'où exactement ? Combien de temps un corps restait-il intact dans ces eaux tumultueuses ?

— Je préférerais affronter le commandant Thouti que ce vieux démon de Setou, maugréa Ptahmosé. Quand il verra le trou dans son bateau, ses cris de désespoir retentiront jusqu'à Ma'am.

— Tout homme doit danser sur la musique d'une lyre désaccordée de temps à autre, dit Neboua.

Bak tourna les yeux vers Rê, bas sur l'horizon occidental, et balança entre son obligation de répondre à l'appel du commandant et la nécessité d'obtenir des informations.

— Imsiba et moi rendrons les barques. Nous allons vous déposer tous les deux sur le quai et nous emmènerons le corps de ce malheureux sur la berge où les pêcheurs laissent leurs embarcations. Seuls des hommes qui gagnent leur pain sur le fleuve sauront répondre aux questions que je me pose.

Imsiba exprima tout haut le doute qui se lisait dans le regard de ses compagnons :

— Ne devrais-tu pas d'abord te rendre chez le commandant, mon ami ?

— Ces journées si chaudes n'épargnent guère les morts. Bientôt ce corps aura perdu sa couleur et ses formes, à moins qu'il ne passe entre les mains des embaumeurs. Je tiens à ce que les pêcheurs le voient maintenant, avant qu'il ne s'altère davantage.

— Eh bien, Setou, qu'en penses-tu ?

Bak ne savait quelle odeur était la plus repoussante, celle, douceâtre, de la mort, celle du pêcheur grisonnant accroupi de l'autre côté du corps, ou celle de la demi-douzaine de barques tirées à sec le long de la rive.

Setou, sa bouche plissée trahissant une intense réflexion, bascula en arrière sur ses hanches osseuses et se gratta l'intérieur de la cuisse.

— Je dirais qu'il a été tué.

Imsiba secoua la tête, comme incapable de supporter tant de bêtise. Trois pêcheurs plus jeunes, complètement nus, échangeaient des simagrées de politesse au-dessus des filets qu'ils étendaient sur des cadres de bois branlants pour les faire sécher.

Sachant que les villageois n'aimaient pas être brusqués, Bak implora Amon de lui accorder la patience.

— Les années t'ont donné la sagesse, vieil homme, mais, malgré mon jeune âge, je puis voir comment il a perdu la vie.

— Il s'pourrait bien...

Setou fixait toujours le corps. Ses ongles cassés remontèrent vers son pagne lombaire sale et déchiré.

— S'pourrait bien qu'il ait été jeté d'un bateau, en amont du Ventre de Pierres.

— Ne raconte pas d'âneries, Setou ! intervint Imsiba en poussant le vieux du genou, pas assez fort pour le faire tomber, mais suffisamment pour lui rappeler qu'il pouvait finir le nez dans la poussière. Aucun navire n'est remonté plus haut que Bouhen de toute la semaine.

— Regarde bien cet homme, Setou, reprit Bak en lui montrant les marbrures rouges sur la peau cireuse. Lis ces marques sur son corps et parle-moi de ses voyages en amont.

Le vieillard se pencha, les genoux écartés, et étudia les blessures en se grattant pensivement la fesse.

— Il est passé par le Ventre de Pierres, mais je vois que, ça, tu l'avais déjà deviné.

— Il ne l'a sûrement pas franchi en totalité, objecta Bak. Semneh, la forteresse la plus au sud, est à plusieurs jours de marche, et l'on dit ces eaux infestées de crocodiles.

— Pour ça, y en aurait eu, des crocodiles. Des rochers pour lui barrer la route. Des arbres et des buissons pour le retenir. Des pièces d'eau stagnantes où il aurait pu flotter sans trouver d'issue. Doit pas être resté dans l'eau bien longtemps, dit Setou en secouant la tête. Un jour et une nuit tout au plus.

— D'où vient-il, à ton avis ?

— Moi, tu comprends, j'me suis jamais aventuré très loin dans le Ventre de Pierres, mais d'après ceux qui y ont été...

Le vieillard plissa les lèvres et fronça les sourcils, feignant d'aboutir à une conclusion après mûre réflexion :

— J'suppose qu'il pourrait venir d'Iken. Maintenant,

les eaux sont peut-être assez hautes pour le porter de si loin.

Son ton réticent semblait démentir ses paroles alors même qu'il les prononçait.

— J'sais pas... Là-haut, le fleuve recrache souvent ce qu'il avale. Et ce qu'il garde dans sa bouche, il le donne en offrande à Sobek.

Le dieu-crocodile. Bak se leva avec satisfaction, certain que Setou lui avait dit tout ce qu'il pouvait. La cité fortifiée d'Iken était, selon la rumeur, aussi vaste que Bouhen, un centre d'échanges où se croisaient des individus de toute espèce. Le lieu idéal pour un imposteur, ou pour un voleur.

— Avez-vous autre chose à déclarer pour votre défense ? demanda le commandant Thouti.

— Non, chef ! répondirent en chœur Bak et Neboua.

Thouti s'accouda sur les bras de son fauteuil et considéra sévèrement les officiers par-dessus ses doigts en pyramide. Il était petit mais large d'épaules, et ses muscles puissants étaient soulignés par les jeux d'ombre et de lumière tombant d'une torche fixée au mur, à côté d'une porte close. Ses épais sourcils, son menton volontaire et les plis durs de sa bouche avaient fait trembler plus d'une forte tête.

— Vous qui devriez servir d'exemples ! Ni l'excès de boisson... dit-il en regardant ostensiblement Neboua, avant de tourner les yeux vers Bak, debout à côté de son ami... ni une imprudente témérité, provoquant la destruction du bien d'autrui, ne guideront nos hommes sur le chemin de la loi et de l'ordre.

— Non, chef ! répondirent ses victimes à l'unisson.

Il les tint sous son regard réprobateur, laissant les secondes s'égrener. Pour éviter de bouger, Bak se concentrait sur le décor de la pièce, peu meublée et pourtant encombrée. Autour du fauteuil du commandant étaient disposés six trépieds, deux tables basses et des paniers débordant de papyrus. Une lance, un arc, un car-

41

quois ainsi qu'un bouclier étaient appuyés contre un mur. Des jouets, dont quelques-uns cassés, jonchaient le sol. Chaque fois que Bak pénétrait dans ce bureau, il était consterné par le désordre et se rappelait avec tristesse la veuve de l'ancien commandant, qui en avait fait un havre de sobre élégance du vivant de son époux.

Enfin, Thouti reprit la parole :

— Je ne vois rien à ajouter là-dessus. Vous êtes des hommes responsables, en âge de discerner vos erreurs de conduite. Maintenant, asseyez-vous, et parlez-moi de ce mort que vous avez découvert.

Soulagé de s'en tirer à si bon compte, Bak approcha un tabouret de la seconde porte, entrebâillée, où passait de temps en temps un souffle d'air tiède venu de l'escalier sombre communiquant avec le toit. Neboua ouvrit largement la porte et posa une épaule contre l'embrasure. Bak relata la manière dont il avait trouvé le corps et en décrivit l'apparence.

— Un homme de qualité ou un vaurien, résuma Thouti.

Il poussa un long soupir chagrin, se leva et enjamba les obstacles pour aller ouvrir la porte principale. Des rires et des hurlements joyeux d'enfants résonnaient dans la cour au-dehors. Une brise bienfaisante, répandant des odeurs d'oignons et de poisson, flotta à travers la pièce.

— Je crains, hélas, que nous ne devions adopter la première hypothèse.

— Ne risquons surtout pas de négliger un homme dont le père pourrait être puissant ! lâcha Neboua en adressant un clin d'œil discret à Bak.

— Tu es un remarquable officier, capitaine, répliqua Thouti d'un ton acide, toutefois je crains pour ton avenir si tu ne te plies pas très vite aux règles de la diplomatie.

— J'ai ordonné à l'embaumeur de ne rien entreprendre pour l'instant, se hâta d'indiquer Bak afin d'empêcher Neboua de répondre imprudemment. Avec de la chance, j'apprendrai le nom du défunt avant que l'état de sa dépouille n'oblige à l'inhumation.

— Et s'il avait omis de signaler sa présence ? interrogea Neboua.

Dans la cour, les pleurs redoublèrent, tournant à la rage.

— Nous devrons supposer que, comme tant d'autres, il a évité Bouhen par une des pistes du désert, répondit Thouti d'un ton crispé.

Neboua grimaça. L'impuissance des patrouilles face aux nomades qui contournaient Bouhen pour ne pas s'acquitter des droits obligatoires de passage était une épine continuelle au pied du commandant, qui ne manquait pas une occasion de revenir sur le sujet.

Bak, aussi irrité par le bruit que par ces piques, traversa la pièce et ferma résolument la porte, réduisant les hurlements à une plainte assourdie.

— Il s'agirait alors d'un individu peu scrupuleux, comme je l'ai soupçonné en reconnaissant sa boucle de ceinture, auquel cas nous devrions nous soucier davantage des méfaits qu'il a commis en amont que de sa position sociale.

Thouti fixa la porte, ou peut-être Bak, avec ce qui ressemblait à un sourire approbateur.

— Lieutenant Bak, présente-toi au rapport dès que tu auras appris son identité. S'il appartenait à un corps militaire, comme le suggérait son apparence, je devrai aviser son supérieur de sa mort. Toutefois, ajouta-t-il manifestement à contrecœur, s'il était de noble extraction et que son meurtrier demeure inconnu, tu devras remonter le fleuve en vue d'enquêter sur cette affaire.

— Moi, chef ? s'étonna Bak.

Ses devoirs ne l'avaient jamais conduit à plus de deux heures de marche de Bouhen, excepté lors d'un unique voyage vers une mine d'or éloignée.

— Cette responsabilité n'incombe pas à Bak ! remarqua Neboua, les sourcils froncés. C'est au chef de la garnison concernée de l'assumer.

Thouti joignit les mains sur son estomac.

— Hier soir, j'ai reçu un message de la capitale me conférant toute autorité sur les garnisons du Ventre de

Pierres. Cela consistant également à maintenir l'ordre, j'ai décidé, Bak, de te confier le règlement de toutes les offenses majeures contre Maât survenant dans ma juridiction. Voici moins de quatre heures, j'ai adressé un message en ce sens aux chefs de garnison et au vice-roi.

Bak sourit, ravi et flatté par cette nouvelle. Jamais auparavant le commandant ne lui avait marqué d'estime particulière pour ses qualités de policier ou d'officier.

— J'apprécie cette preuve de confiance, chef.

Thouti hocha la tête. La joie de Bak céda la place à la prudence et son sourire s'effaça.

— Si je dois remonter le fleuve, je n'ai pas de temps à perdre. Enquêter sur un homme rompu à tromper la justice, c'est comme traquer une bête sauvage à travers le désert. Plus ses traces sont anciennes, plus elles sont difficiles à repérer.

— Trop de questions demeurent en suspens pour prendre cette décision sur-le-champ. En outre, j'ai à vous entretenir d'une autre affaire tout aussi importante, voire plus encore.

Bak sentit son enthousiasme retomber. Avant de pénétrer dans ce bureau, il ne lui était pas venu à l'idée qu'on lui confierait une mission plus ambitieuse que de découvrir le nom et l'origine du défunt. Puisqu'on le chargeait de rechercher le criminel, il avait hâte de s'atteler à son enquête. Qu'y avait-il de plus important que de rééquilibrer les plateaux de la justice ?

Thouti leur fit signe de s'asseoir, se réinstalla dans son fauteuil et but dans la coupe à pied posée sur la table, près de son accoudoir.

— Il y a environ deux mois, un messager en route pour Kemet s'est arrêté à Bouhen. Il portait une missive d'Amon-Psaro, le puissant roi d'une tribu du pays de Kouch. Peut-être le connaissez-vous ?

Bak avait entendu son nom mais ne savait rien de ce souverain, dont la sphère d'influence se trouvait loin au sud, bien au-delà du Ventre de Pierres. Cependant, Neboua devint pensif :

— Un homme à surveiller. Il exerce une très forte influence sur les autres rois de cette terre misérable. Je n'aimerais pas affronter l'armée qu'il pourrait lever s'il trouvait une raison de porter la guerre contre Kemet.

— Moi non plus, convint Thouti. Comme les autres garnisons du Ventre de Pierres, nous serions en première ligne. Je doute que nous soyons à même de le contenir le temps de recevoir des renforts.

— Un marchand, ou quelqu'un ayant eu à faire dans le Sud, aurait-il commis une offense qu'Amon-Psaro ne peut laisser impunie ? s'inquiéta Bak.

— Nullement. Son premier-né, un garçon de dix ou onze ans qui héritera un jour du trône, souffre d'un mal devant lequel tous les médecins s'avouent impuissants. Le messager apportait une lettre à notre souveraine, Maakarê Hatchepsout elle-même, requérant que le dieu Amon soit envoyé à Kouch afin de guérir l'enfant.

— J'imagine quels médecins on trouve dans cet endroit infect, railla Neboua. A mon avis, leur art se limite aux cataplasmes de boue souillée.

— Une requête qu'on ne refuse pas à la légère, commenta Bak.

Thouti acquiesça.

— Amon et les médecins voyageant avec lui ont levé les voiles il y a près d'un mois.

« Comment s'étonner que le commandant préfère éviter d'avoir un meurtre sur les bras ! » songea Bak. Le dieu passerait par Bouhen avant de traverser le Ventre de Pierres, et il appartiendrait au chef de la garnison de pourvoir à sa sécurité et à son bien-être.

Thouti allongea les jambes, croisa les chevilles et but quelques gorgées.

— Depuis, les courriers n'ont cessé d'aller et de venir les uns après les autres. La forteresse de Semneh, à la frontière de Ouaouat et de Kouch, a été choisie comme point de rencontre. Le nombre et le rang de ceux qui accompagneront chaque groupe ont été déterminés selon les règles de l'étiquette.

Il vida sa coupe et la reposa près de lui.

— Je vous ai désignés tous les deux pour nous représenter.

— Nous nous rendrons à Semneh avec le dieu ? s'enthousiasma Neboua, les traits épanouis par un large sourire.

Le défunt était oublié et la déception de Bak n'était plus qu'une ombre. Il s'imaginait déjà dans la procession, à la suite des prêtres. Puis le souvenir du corps flottant au-dessus de lui resurgit dans ses pensées.

— Quand Amon est-il attendu, chef ?

— Dans deux jours, trois au plus tard.

Bak faillit rire de l'absurdité de cette situation. Le dieu et le mort réclameraient probablement son attention en même temps, or il ne voyait aucun moyen de servir les deux à la fois.

Thouti se carra dans son fauteuil.

— Toi, Neboua, tu fourniras les hommes qui tireront la nef sacrée hors du fleuve et la haleront jusqu'à ce qu'elle ait franchi les rapides les plus périlleux.

Le visage de Neboua s'allongea à l'idée d'une tâche aussi servile.

— Tes hommes ne peineront que jusqu'à Iken, le rassura Thouti. A partir de là, chaque chef de garnison désignera ses propres soldats pour tirer la barque le long de sa zone de commandement. A Iken, un nautonier se chargera de la remorquer sur les eaux navigables.

Il attendit que Neboua marque son assentiment pour ajouter :

— Une seconde tâche, infiniment plus importante, te sera dévolue. Tu devras sélectionner trente hommes parmi tes meilleurs éléments. Vous serez chargés de garder Amon, fût-ce au prix de votre vie. Pour nous, il est le plus grand de tous les dieux, mais aux yeux des peuples du désert, ce n'est qu'une statue d'or, bien tentante pour ceux qui cherchent à s'enrichir facilement.

— Et moi, que devrai-je faire ? demanda Bak, intrigué.

47

— Tu désigneras dix de tes Medjaï. Durant le voyage vers Semneh, ils assureront la protection d'Amon aux côtés des hommes de Neboua. Une fois sur place, ils formeront la garde rapprochée d'Amon-Psaro.

Le cœur de Bak s'enfla de fierté. Se voir confier une aussi haute mission était un honneur insigne.

— Tu te tiendras à la tête de tes hommes, à condition que ta présence ne soit pas requise pour élucider ce crime, nuança Thouti avec amertume. Si tu dois rechercher le meurtrier, ton sergent, Imsiba, te remplacera.

Bak inclina la tête. Il se sentait déchiré entre des désirs contradictoires, au point qu'il ne trouvait rien à répondre. Il brûlait de se rendre à Iken, ou dans la forteresse dont la victime était originaire, afin de se montrer digne de la confiance de Thouti. Mais il aspirait tout autant à escorter Amon, à partager la joie et l'honneur de ses hommes servant le dieu et le roi kouchite. Parviendrait-il à concilier les deux ?

3

La sentinelle — un grand gaillard musclé, aux cheveux roux indisciplinés — appuya une épaule luisante de sueur contre le portail à double tourelle derrière lui et dit à Bak avec une franche gaieté :

— A cause de toi, tous les scribes de Bouhen ont le cœur au bord des lèvres, ce matin. Comment les bureaux fonctionneront-ils sans eux ?

— Mieux que d'habitude, à n'en pas douter.

Bak ne put réprimer un sourire, bien que jusqu'alors la matinée ne lui ait valu que des déceptions. De tous les scribes qui s'étaient rendus à la Maison des Morts, pas un n'avait pu identifier le défunt. Celui-ci n'avait pas signalé son passage à Bouhen.

La sentinelle éclata de rire :

— De ma vie, je n'avais vu autant de teints verdâtres !

Sa bonne humeur attira le regard curieux de vingt nouvelles recrues, qui défilaient tant bien que mal deux par deux au pied de la tour. Quelques-uns des jeunes gens ralentirent, d'autres gardèrent le pas et trébuchèrent sur les talons de ceux qui les précédaient. Leur sergent aboya un ordre et ils se remirent en formation. Au pas de course, ils sortirent de la large zone d'ombre projetée par la haute muraille et remontèrent la rue dans la lumière aveuglante du matin. Bak les suivit des yeux avec compassion, se remémorant ses propres débuts dans l'armée, jusqu'au moment où ils disparurent par la porte massive qui perçait la fortification extérieure, face au désert.

Les logements et les ateliers des civils qui travaillaient pour la garnison encadraient la voie. Contrairement à la citadelle, où les rues et les artères étaient tracées au cordeau, la ville extérieure se composait d'un fouillis de constructions réunies au hasard le long d'étroites ruelles sinueuses. Des terrains de sable à ciel ouvert, des enclos murés et des campements pour les soldats de passage occupaient le reste du vaste rectangle.

— J'ai bien peur que tu n'attendes en vain, reprit la sentinelle. Rien, si ce n'est un appel d'Amon lui-même, ne convaincrait Noferi de sortir par cette canicule. Elle se cache du soleil comme si elle craignait de fondre.

— Sa curiosité ne connaît pas de bornes. Elle viendra.

— Admettons ! dit joyeusement la sentinelle. Tu espères vraiment qu'elle le reconnaîtra, alors que ces scribes en ont été incapables ?

— Ce ne serait pas la première fois qu'un homme néglige de se présenter à l'administration, mais rend visite à un lieu de plaisir, répliqua Bak d'un ton pincé.

Il adressa une prière silencieuse à Amon pour que ce soit le cas. Sinon, il lui faudrait jeter ses filets de plus en plus loin et mener une course désespérée contre le temps. Vu la chaleur, le prêtre de la Maison des Morts jugerait bientôt nécessaire de placer le corps dans un tombeau de sable ou de l'embaumer.

En entendant un braiment apeuré, Bak remarqua le nuage de poussière montant de l'enclos des ânes, au sudouest de la forteresse. Les conducteurs de bestiaux marquaient au fer rouge un nouveau troupeau, arrivé la veille. Plus près, de minces volutes de fumée s'élevaient des forges. L'odeur âcre du métal fondu et du charbon incandescent se mêlait aux relents de fumier, faibles mais tenaces, et aux arômes de poisson et d'oignons frits.

Le doux crissement du sable sous des sandales lui fit tourner la tête vers le couloir intérieur de la tour. L'imposante silhouette blanche qui s'y avançait devint plus distincte et bientôt une vieille femme obèse en sortit. La sueur dégouttait de ses bajoues, formait des croissants sous les aisselles de son long fourreau blanc, plaquant l'étoffe entre ses seins lourds et tombants.

La vieille foudroya Bak du regard.

— Ne peux-tu jamais remplir tes obligations en début de matinée ou le soir, comme les gens civilisés ?

— Aurais-tu préféré que je te tire de ta couche, Noferi ? répliqua-t-il d'un ton sérieux, mais les yeux pétillant de malice.

— Comme si tu te souciais de mes commodités ! dit-elle en reniflant.

— Tu te crois plus résistante que les scribouillards qui se sont délestés de leur petit déjeuner, ma tendre agnelle ? intervint la sentinelle, un sourire hilare fendant son visage d'une oreille à l'autre.

D'un air faussement timide, elle tapota le pagne du garde à l'entrejambe.

— Moque-toi donc de moi ! Tu quémanderas mes faveurs bien assez vite, à ta prochaine visite dans mon établissement.

Le soldat se pressa contre Noferi comme si c'était elle qu'il venait voir, et non l'une des jeunes séductrices qui gagnaient leur pain dans son bordel.

En riant, Bak donna une claque amicale sur l'épaule de la sentinelle, prit Noferi par le bras et l'entraîna sur un petit chemin serré entre les maisons.

— Enjôle qui tu veux lorsque ton temps t'appartient, vieille femme, mais à présent tu as une besogne à accomplir pour moi seul.

Il vit bien qu'elle était flattée par cette remarque, suggérant qu'elle était encore capable d'attirer un homme dans son lit, surtout un jeune gaillard bien découplé comme la sentinelle, mais elle dégagea son bras d'un geste brusque et dissimula son plaisir sous un air renfrogné.

— Je regrette amèrement le jour où j'ai accepté de te fournir des renseignements. Sans cette promesse inconsi-

51

dérée, je ne serais pas contrainte de te rejoindre pour un oui ou pour un non.

Elle marchait si vite que Bak avait de la peine à se maintenir à sa hauteur. Pour une femme qui se plaignait qu'on abusât de sa bonté, elle ne perdait pas de temps.

Comme toujours lorsqu'il se trouvait dans la Maison des Morts, Bak se sentait mal à l'aise. Les yeux lui brûlaient. L'air chaud et lourd l'enveloppait tel un manteau. La puanteur de la chair en décomposition, les suaves effluves des substances aromatiques utilisées pour l'embaumement et le nuage d'encens assaillaient ses narines. De la fumée montait d'une mauvaise mèche de lampe à huile, déployant ses volutes comme des émanations de l'au-delà. Bak y était déjà venu à maintes reprises, mais l'atmosphère oppressante lui donnait toujours l'impression de se tenir au seuil d'une éternité qu'il n'était nullement préparé à habiter.

Debout devant une table d'embaumement lui arrivant à hauteur des cuisses, Noferi examinait le corps nu, étendu dans la cavité pratiquée dans la surface de pierre. Elle pressait un carré de lin imprégné de parfum contre son nez et sa bouche.

— Le reconnais-tu ? demanda Bak, sûr d'obtenir une réponse négative après ce silence prolongé.

— Je crois bien que ce visage m'est familier.

Les yeux étroits et rusés de Noferi lui lancèrent un regard oblique.

— Peut-être que si tu stimulais ma mémoire en me consentant une petite faveur...

Il dissimula sa surprise et sa méfiance sous une expression sévère :

— Nous ne sommes pas au marché, vieille femme. Tu ne peux chicaner avec moi comme avec un marchand sur le prix d'un oignon.

— Je n'ai pas de fortune à proprement parler, et je ne suis plus dans ma prime jeunesse, se lamenta-t-elle. Pour-

52

tant, je dois progresser seule sur cette terre dure et cruelle. N'éprouves-tu aucune pitié ?

Sans se laisser émouvoir, il s'appuya contre la table vide, derrière lui, et croisa les bras sur sa poitrine.

— Avant de pouvoir déguster un melon, il faut l'arroser pour qu'il mûrisse.

Les rides se creusèrent au coin des paupières de Noferi, en une fugitive gaieté.

— J'ai vu cet homme vivant et en parfaite santé, il y a de ça quatre ou cinq mois. Il n'est sûrement resté qu'un jour, car je n'ai plus jamais posé les yeux sur lui.

Ainsi, elle le connaissait ! Bak pouvait à peine croire à sa chance.

— Continue, dit-il, toujours d'un air imperturbable et d'un ton placide.

— Mon établissement est peu spacieux alors que mes affaires prospèrent de jour en jour, remarqua-t-elle tristement. Ceux qui viennent boire de la bière doivent s'asseoir sur les genoux de ceux qui s'adonnent aux jeux de hasard. Ceux qui viennent bavarder tranquillement doivent hurler pour se faire entendre malgré le vacarme. Ceux qui...

Bak refréna son impatience devant ce petit manège qui l'aurait amusé d'ordinaire et se dirigea vers la porte. La pièce adjacente ne contenait qu'un panier de linge propre aux bords effilochés et quelques amphores en terre cuite.

— Tant pis, la vieille ! Si tu n'as rien de mieux à m'apprendre, je trouverai quelqu'un d'autre.

Elle l'observa, jaugeant la force de sa volonté. Il lui rendit son regard sans mot dire. Elle poussa un long soupir douloureux et se tourna vers la table.

— Ce jour-là, j'étais allée au marché plus tôt que de coutume. J'ai entendu des imprécations, aussi, comme d'autres, j'ai couru voir ce qui se passait. Un marin qui m'était inconnu frappait son petit serviteur avec un bâton. L'enfant, un garçon de sang mêlé qui n'avait pas plus de six ou sept ans, était prostré par terre, le dos, les bras et le visage en sang. Avant qu'un d'entre nous ait pu s'interposer, cet officier a fendu la foule, dit-elle en désignant le mort. Il a arraché l'arme des mains du marin et l'a jetée au loin, puis il l'a roué de coups avec son bâton de commandement, jusqu'à ce qu'il s'écroule et perde connaissance.

— Je n'ai entendu parler d'aucun incident de ce genre, objecta Bak, la considérant longuement, avec attention.

— Cela ne m'étonne pas ! Quand l'officier s'est agenouillé pour aider l'enfant, il a compris, comme nous qui regardions, que les dieux ne l'avaient doté ni de l'ouïe ni de la parole. Cet officier, qui était beau comme un dieu, a soulevé le petit avec une tendresse peu commune et nous avons reculé afin de les laisser passer. Il l'a emporté dans un navire de guerre amarré sur le quai.

Bak hocha la tête pour indiquer qu'il comprenait. Une forme sommaire de justice avait été rendue et, aux yeux des témoins, l'affaire était close. Il s'approcha de la table et examina le visage grisâtre du gisant. Un homme qui s'était conduit avec tant de noblesse aurait-il évité le Bureau des scribes, se croyant au-dessus de la loi ? Aurait-il arboré une boucle de ceinture à laquelle il n'avait rigoureusement aucun droit ?

— Tu es bien sûre qu'il s'agit du même homme ?

— C'est lui. Pose la question à ceux qui se trouvaient au marché ce matin-là, et ils te le confirmeront.

Les derniers doutes de Bak disparurent et il accorda à Noferi un sourire de satisfaction.

— C'est bien, vieille femme, c'est très bien. Et maintenant, dis-moi : as-tu entendu son nom et le lieu où il se rendait ?

Le sourire de Noferi n'était pas moins cauteleux qu'auparavant.

— J'ai grand besoin d'une demeure plus spacieuse. J'ai déposé une requête auprès de l'intendant en chef, mais il fait la sourde oreille. Seul le commandant a plus de poids que lui, hélas, moi, il ne m'écoutera pas.

— Révèle-moi tout ce que tu sais sur cet homme, et je convaincrai Thouti de tes mérites, bien que la tâche ne soit pas mince.

Avec un sourire triomphal, elle s'écarta de la table et se coula vers la porte.

— Il a embarqué sur un navire de guerre qui convoyait des troupes de remplacement vers les forteresses du Ventre de Pierres. Je suppose qu'elles ont toutes débarqué à Kor pour marcher vers le sud. Jusqu'où, je l'ignore.

Bak comprit qu'elle essayait de lui fausser compagnie. Il traversa la pièce en quelques enjambées et la retint par le coude.

— Tu n'as jamais su son nom ?

— A mon grand regret ! répondit-elle en secouant son bras pour déloger les doigts qui l'enserraient comme un étau. J'avais une folle envie de connaître cet être d'exception. Mais les rares personnes à l'avoir vu ignoraient tout de lui.

Amusé malgré lui de s'être laissé duper, Bak la poussa dans la pièce voisine. Un prêtre, agenouillé pour examiner le linge du panier, releva la tête en sursautant. Au-delà d'une seconde porte, un embaumeur se penchait sur le corps d'une jeune femme étendue sur une table. Épouse d'officier, elle était morte en couches pendant la nuit. Au moyen d'un instrument long et mince inséré par les narines, l'embaumeur extrayait la matière molle contenue dans le crâne. Une profonde bassine dont l'intérieur était dissimulé à la vue renfermait, conjectura Bak, soit le corps du fœtus, soit les organes extirpés par la fente béante pratiquée du côté gauche de l'abdomen.

— Tu ne reviendras pas sur ta parole, hein ? s'inquiéta Noferi. Je t'ai appris tout ce que je savais. C'est bien ce que tu voulais.

— Je parlerai au commandant en ta faveur, ainsi que je te l'ai promis, assura-t-il en lui passant le bras autour des épaules. Toutefois, pas avant qu'Amon soit reparti.

55

— Beaucoup d'hommes voudront célébrer la visite du dieu, fit-elle remarquer.

— Ces jours-ci, Thouti porte un trop lourd fardeau pour prêter une oreille attentive à ce genre de sollicitations. Il fermera son cœur à ta requête et tu n'auras plus aucune chance d'obtenir ce que tu souhaites.

Avec une moue boudeuse, elle se dégagea et emprunta le petit couloir qui débouchait sur la cour. La vieille femme passa rapidement devant Imsiba, posté dehors avec le marchand Seneb, et s'approcha d'un banc en brique crue à l'ombre des sycomores et des palmiers qui bordaient les hauts murs de clôture. Elle s'y laissa tomber avec une plainte qui interrompit les pépiements d'un passereau, et se pencha vers le petit vivier pour aspirer à pleins poumons la douce odeur des lotus blancs flottant à la surface. Bak sourit en son for intérieur. Elle n'était pas vexée au point de rentrer chez elle sans avoir assouvi sa curiosité.

Il ferma la porte derrière lui et, le goût de la mort encore au fond de la gorge, il toisa Seneb de la tête aux pieds. Les mains grasses du marchand étaient liées derrière son dos. Son pagne était sale et chiffonné. Bien qu'il n'ait apparemment pas subi de violences physiques, ses yeux effarés étaient sur le qui-vive. Que l'officier dont la grandeur d'âme avait séduit Noferi elle-même ait croisé le chemin de l'odieux marchand semblait fort improbable, néanmoins la question devait être posée, car les deux hommes venaient de l'amont.

— Ce chacal t'a-t-il renseigné sur ses voyages, Imsiba ?

— J'ai su me montrer persuasif, indiqua le grand Medjai en soupesant le long et lourd bâton qu'il avait sur lui.

Bak ajoutait peu de foi aux aveux extorqués par la force, mais, dans le cas de Seneb, il ne pouvait imaginer de moyen plus approprié.

— Quand a-t-il remonté le fleuve ?

— Il y a cinq mois, d'après ses dires, ce que confirme le laissez-passer trouvé dans ses vêtements.

— Noferi a vu notre homme voici quatre ou cinq mois. Il a omis de se présenter au Bureau des scribes avant son voyage vers le sud.

Bak s'exprimait à mots couverts, préférant laisser ignorer au marchand qu'il ne savait quasiment rien au sujet du défunt.

Le Medjai hocha la tête pour montrer qu'il comprenait. Si l'homme qui gisait dans la Maison des Morts était passé par Bouhen quatre mois plus tôt, Seneb se trouvait déjà en plein pays de Kouch. Si cela remontait à cinq mois, leurs routes avaient pu se rencontrer.

— J'emmène ce moins que rien à l'intérieur, et quand j'en aurai fini avec lui, je le reconduirai à sa cellule, annonça Bak en prenant le bâton des mains d'Imsiba. Entre-temps, parle avec Noferi. Lorsque tu auras entendu son histoire, renvoie-la chez elle. Va ensuite chercher Hori et vois s'il a eu de la chance ce matin.

Hori était le jeune scribe de la police. Bak l'avait réveillé au point du jour et lui avait enjoint de fournir le signalement du mort à tous les officiers de la garnison — besogne ingrate, mais nécessaire.

— Je le trouverai, affirma Imsiba.

Bak agrippa le marchand par la nuque et le poussa vers la porte.

— Qu'est-ce que c'est que cet endroit ? geignit Seneb. Pourquoi m'a-t-on amené ici ?

— Jadis, quand cette misérable terre de Ouaouat était gouvernée par un roi qui n'était pas des nôtres, des vivants occupaient probablement ce lieu. A présent, continua Bak, ouvrant brusquement la porte et le forçant à franchir le seuil, il abrite les morts.

La fade puanteur arrêta Seneb comme s'il venait de heurter un mur.

— Que vas-tu me faire ?

Bak planta ses doigts dans le cou du prisonnier récalcitrant et le propulsa jusqu'à la pièce où gisait le corps sans nom.

Au pied de la table d'embaumement, Seneb tenta encore une fois de protester :

— Pourquoi me conduis-tu ici ? Que...

Son regard se posa sur le cadavre. Il cligna des yeux une fois, deux fois, se pencha pour voir ses traits de plus près.

— Le lieutenant Pouemrê !

Un sourire effleura ses lèvres, s'élargit, puis se transforma en un franc éclat de rire.

Bak le lâcha tant il était saisi. Il mit un moment à se rendre compte qu'il venait d'apprendre l'identité du mort, et, même alors, il était trop stupéfait par une réaction aussi incongrue pour se réjouir de ce succès inespéré.

Seneb allait et venait le long de la table. Il détaillait avec fascination le pied et la main mutilés, le corps couvert de plaies et d'ecchymoses. Il s'arrêta devant la tête du défunt, murmura : « Porc ! » et lui cracha dessus en pleine figure. Révolté, Bak entraîna le marchand à l'écart.

— Seneb ! Comment as-tu la bassesse de profaner un corps privé de vie ?

— Mon cœur nourrit de la haine envers cet homme depuis cinq longs mois, riposta Seneb d'un ton méprisant. Qu'attends-tu de moi ? Que je m'agenouille à son chevet pour offrir le pardon à son ka ?

Bak lui lança un regard noir et s'accorda le temps de réfléchir. La caravane de Seneb avait descendu le fleuve le même jour que le défunt. Les deux hommes avaient pu se rencontrer du côté du Ventre de Pierres et se laisser entraîner dans une altercation. Pourtant, si Seneb était le meurtrier, aurait-il réagi avec une telle surprise, une telle jubilation devant le corps de son ennemi ?

— Qu'a fait cet homme, ce lieutenant Pouemrê, pour mériter tant d'aversion ? demanda le policier.

— Il se croyait au-dessus des simples mortels et leur reprochait des défauts qu'il ne discernait pas en lui-même, répondit Seneb, la bouche tordue par la méchanceté.

— Je veux des détails précis, pas un simple jugement. De quoi lui tiens-tu grief ?

Le marchand hésita, comme s'il évaluait quelles informations étaient assez anodines pour être divulguées.

— Il... Il m'a traité avec dédain.

Les lèvres serrées, Bak plaça l'extrémité du bâton sous le menton de Seneb et lui repoussa la tête en arrière. Le prisonnier tenta de reculer, mais il était coincé par la table vide, derrière lui, juste au niveau de son postérieur charnu. Bak accentua la pression et força Seneb à se cambrer. Pris de panique, celui-ci s'accrocha à deux mains au bâton, les yeux exorbités.

Avec un sourire méprisant, Bak lui permit de se redresser presque à la verticale.

— Et maintenant, vas-tu continuer à te moquer de moi, ou es-tu prêt à me dire ce que je veux savoir ?

Les yeux rivés sur le bâton, Seneb essaya de déglutir.

— Alors que je remontais le fleuve, ayant pour destination le pays de Kouch, il m'a pris mon laissez-passer et l'a gardé des jours durant sans raison valable. Peu lui importait le temps que je perdais, les biens que je devais troquer contre une maigre pitance pour nourrir mes serviteurs et mes bêtes. Il m'aurait saigné aux quatre veines si je n'avais pu finalement plaider ma cause auprès du chef de la garnison.

Les pensées de Bak firent un bond en arrière jusqu'au matin précédent à Kor, et il se souvint de l'excuse invoquée par le marchand pour avoir imposé une marche forcée à sa caravane. Une lueur dangereuse brilla dans ses yeux.

— C'était donc l'officier d'inspection d'Iken, celui que tu tenais tellement à éviter au retour ?

Seneb voulut hocher la tête, mais le bâton lui bloquait toujours le menton.

— Oui, c'était lui.

— Tu n'avais pas les enfants avec toi, à l'aller, dit

Bak, songeant à l'histoire de Noferi, et tes ânes étaient encore frais. Quelle raison avait-il de confisquer ton laissez-passer ?

— Aucune, je le jure !

Bak releva l'extrémité du bâton de la largeur d'un doigt, tirant un gémissement craintif du marchand.

— Je transportais des marchandises on ne peut plus ordinaires, je t'assure. Des poteries, divers outils, des perles, du lin. Ni plus, ni moins.

Seneb tournait les yeux dans tous les sens, mais pas une seule fois il n'affronta le regard du policier.

— Si ton Medjai avait eu l'intelligence d'apporter mon laissez-passer, tu aurais pu le constater par toi-même.

Bak était bien au fait des astuces multiples et variées auxquelles recouraient les caravaniers, les soldats et même les ambassadeurs royaux pour passer la frontière avec des objets précieux sans s'acquitter des taxes. Les faux laissez-passer n'étaient pas rares. Il exerça une nouvelle pression sur le bâton, repoussant le marchand si loin en arrière que celui-ci roula des yeux affolés.

— D'accord ! lâcha-t-il, la sueur de son front ruisselant dans ses oreilles et ses cheveux. Dans le désert, on a trouvé quatre baudets attachés à l'écart de la piste. Deux transportaient des armes, les autres des vins issus des meilleurs vignobles du nord de Kemet. Ce Pouemrê m'a accusé de les avoir cachés — sans doute un de mes serviteurs lui a-t-il soufflé cette calomnie dans l'intention de se venger d'un tort imaginaire —, et il a insisté pour que je sois puni par la trique aussi bien que par une amende. Alors que je n'étais au courant de rien !

Son regard se posa sur Bak et le fuit aussitôt.

— Par Amon, ces ânes n'étaient pas à moi ! Aurais-je laissé mes bêtes sans nourriture et sans eau ?

Bak était convaincu que c'était précisément ce qu'avait fait Seneb, et que Pouemrê avait pris sur lui de redresser un tort, tout comme lorsqu'il avait rossé le marin brutal. Un homme aux principes élevés. Ou le contraire ? Et qu'en était-il de la boucle de ceinture ?

Bak contempla le marchand avec dédain.

— Comment as-tu eu gain de cause auprès du chef de garnison, en dépit du lieutenant Pouemrê ?

— J'ai cru comprendre qu'ils n'éprouvaient pas de sympathie l'un pour l'autre.

— Et tu avais déjà sacrifié... Quoi ? La moitié de ton investissement en niant que tu possédais les animaux cachés et leur chargement ?

Seneb garda la bouche close, refusant de confirmer ou de démentir ces propos.

Bak baissa son bâton, empoigna le marchand par le bras et le tourna afin qu'il se trouve en face de l'officier assassiné.

— As-tu supprimé cet homme ?

— Tu m'accuses de... Non ! protesta Seneb, horrifié.

— L'as-tu rencontré par hasard, alors qu'il était seul, quelque part au bord du fleuve entre Iken et Kor ? T'es-tu approché de lui sans bruit pour l'assommer, sans lui laisser une chance de se défendre ?

— Non ! Demande à mes serviteurs ! Demande à ces petits miséreux que j'ai ramenés du pays de Kouch. Tous te diront que je n'ai jamais quitté la caravane. Non, pas une seule fois.

— Nous le leur demanderons, assura Bak d'un ton grave.

« Mais en obtiendrons-nous la vérité ? » se demanda-t-il. Ils vouaient au marchand une haine farouche et n'avaient plus de raison de le craindre. Ils mentiraient aussi volontiers pour le voir puni qu'ils l'auraient fait pour le protéger quand il tenait encore le fouet.

— Lieutenant Pouemrê, officier d'inspection à Iken.

Noferi savoura chacun de ces mots comme s'ils étaient plus succulents que du bon vin.

— Je ne peux imaginer qu'aucun des scribes ne s'en souvienne. Il était si bien bâti et si viril !

61

Bak rapprocha son trépied de la porte pour profiter de la brise du soir, et but une gorgée dans son bol ébréché. La bière qu'elle lui avait servie n'était pas la meilleure qu'elle avait à offrir, mais c'était exactement ce dont il avait besoin : assez épaisse pour enrober la langue et assez âpre pour chasser le goût de la mort.

— Ils ne l'ont jamais vu, expliqua-t-il avant de boire de nouveau, roulant la boisson rude à l'intérieur de sa bouche. Je suis retourné au Bureau des scribes en quittant la Maison des Morts. Les registres ne portent aucune mention d'un lieutenant Pouemrê se rendant à Iken ou en tout autre lieu situé en amont.

Noferi s'affala sur un tabouret, qui disparut sous ses cuisses flasques.

— On a déjà vu des fichiers s'égarer suite à une erreur de classement.

— Dis-le plutôt au chef des scribes !

Reculant sur son trépied, Bak posa la tête contre l'embrasure de la porte et parcourut des yeux la petite pièce encombrée. Depuis son arrivée à Bouhen, il s'était habitué à ses défauts et se sentait même chez lui entre ces murs, mais il comprenait le désir de Noferi de posséder un logis plus confortable. Des amphores et des jarres de bière s'empilaient le long des murs crasseux dont la peinture pelait. Une table où s'amoncelaient des bols en terre cuite, pour la plupart en pire état que celui qu'il avait entre les doigts, était repoussée contre le mur du fond et dissimulait en partie une porte à rideau donnant sur une seconde pièce. Des tabourets bas étaient disposés un peu partout, l'un d'eux supportant une pile de lampes en équilibre précaire. Après la Maison des Morts, les odeurs de sueur, de bière éventée et d'huile rance qui flottaient chez Noferi étaient presque agréables.

— Ce marchand est un serpent venimeux ! maugréa-t-elle. Tuer un si noble officier, quelle abomination !

— J'aimerais être aussi certain que toi de sa culpabilité, répondit Bak, qui regardait distraitement dans son bol presque vide.

— Tu en doutes ? s'étonna-t-elle, les yeux étrécis en deux minces fentes.

— Si tu ôtais la vie à un homme, proposerais-tu comme témoins de ton innocence onze personnes qui te détestent ?

Noferi se dandina sur son énorme derrière, sentant faiblir son assurance.

— J'aime à croire que les dieux m'ont dotée d'un peu plus de jugeote.

Bak souleva la jarre de bière posée entre eux sur le sol et remplit leurs bols. Somme toute, il était satisfait de sa journée, qu'il considérait plutôt comme un début que comme un aboutissement. Il avait trouvé les réponses qu'il cherchait, même si elles engendraient d'autres questions. Celles-ci, il en était sûr, pourraient être résolues à Iken. Il aspirait à s'y rendre en personne, au lieu d'y dépêcher un messager ainsi que le souhaitait le commandant Thouti. Mais, à l'instar de la lie dans son bol, il était prisonnier des circonstances.

Noferi brisa le silence :

— On prétend qu'Amon voyagera vers le sud jusqu'à Semneh pour y rencontrer le souverain kouchite Amon-Psaro, et que tu l'accompagneras, ainsi que Neboua. Est-ce vrai ? demanda-t-elle en baissant la tête vers le bol qu'elle tenait entre ses mains.

Ce brusque changement de conversation et l'indifférence calculée de sa voix incitèrent Bak à se redresser avec intérêt.

— Tu ne cesseras jamais de m'étonner, vieille femme. Moi-même, je n'ai été informé de cette mission que la nuit dernière.

— L'histoire est donc vraie.

— Neboua ira à coup sûr. Quant à moi, peut-être pas.

Certain que ces questions n'étaient pas gratuites, il se tint sur la défensive. Il expliqua néanmoins la décision du commandant de le charger de toutes les infractions graves commises au sein de sa zone de contrôle. Tandis qu'il parlait, une jolie jeune femme aux cheveux ébouriffés passa la tête par le rideau, derrière Noferi. Elle avait les paupières lourdes de sommeil, un sourire lent et nonchalant. Bak la salua du menton avec distraction. Il appréciait les plaisirs des sens tout autant qu'un autre, mais en temps et heure.

— Et donc, conclut-il mélancoliquement, comme Thouti a décidé d'attendre, j'ai l'impression d'être assis en haut d'un mur avec une terrible envie de sauter, sans savoir de quel côté.

Noferi se pencha pour prendre la jarre et grogna sous l'effort. Elle versa la bière dans le bol de Bak, puis dans le sien non sans force éclaboussures, et elle remarqua en pouffant de rire :

— Ou je ne te connais pas, mon bel et jeune ami, ou tu cherches déjà un moyen d'être en même temps des deux côtés du mur.

Avec un sourire, il porta son bol à ses lèvres pour lécher les gouttes qui avaient jailli sur le bord. La jeune femme derrière le rideau dénuda un joli petit sein, le caressa, et invita d'un signe Bak à la rejoindre. Il la voyait à peine. Les paroles de la vieille femme, tel l'aiguillon du bouvier, l'incitaient à oser, à aller de l'avant.

Noferi était aussi inconsciente de ses pensées que de la présence de la fille derrière elle.

— On dit que, si vraiment tu remontes le fleuve avec Amon, tu resteras à Semneh quelque temps au service du roi.

Elle avait repris ce ton trop désinvolte qui excitait la curiosité du policier. Il cessa de songer à ses propres désirs pour s'intéresser à ceux de la tenancière du bordel. Ce voyage en amont ne pouvait avoir de lien avec son ambition de s'agrandir. A moins que...

— Qu'attends-tu de moi, vieille femme ? Que j'arpente les villages des alentours à la recherche de quelques beautés d'ébène pour ton établissement ?

Le visage de Noferi s'éclaira et elle gloussa de joie :

— Ça, c'est une idée ! Je n'y aurais pas pensé, mais...

Non, j'en discuterai plus tard avec Neboua. Il servira mieux mes desseins.

Se voyant incapable de retenir l'attention de Bak, la prostituée haussa les épaules et laissa retomber le rideau. Le lieutenant était intrigué. Que voulait Noferi ?

— Si tu as quelque chose à dire, vide ton sac. Imsiba ne va pas tarder et je n'aurai plus le temps d'écouter tes insatiables exigences.

Elle regarda fixement ses mains, perdue dans un souvenir secret qui adoucissait ses traits lourds et prêtait une chaleur inhabituelle à sa bouche et à ses yeux.

— J'ai connu Amon-Psaro autrefois, voici bien des années.

— Toi, vieille femme ? demanda Bak, incrédule.

— Il sortait à peine de l'enfance, et pourtant il était plus mûr que la plupart de ceux avec qui j'ai couché. Fort, fougueux, mais en même temps doux et bon. Un homme supérieur à tous les autres, dès cette époque.

— Ce que tu prétends est impossible. Tu n'es jamais allée au-delà de Kor, tu me l'as dit toi-même.

La poitrine massive de Noferi s'éleva et s'abaissa en un soupir exagéré.

— Cela s'est passé il y a plus de vingt ans, dans notre capitale de Ouaset. Il était prince, alors, ramené en otage à Kemet par les soldats d'Aakheperenrê Touthmosis[1], après leur victoire sur son père au pays de Kouch.

« Se pourrait-il qu'elle dise la vérité ? » se demandait Bak. La guerre dont elle parlait était la dernière que les armées de Kemet avaient livrée dans ce malheureux pays. Les fils des rois vaincus, futurs héritiers du trône, étaient fréquemment emmenés à Ouaset pour vivre au palais royal. Élevés en compagnie des enfants les plus nobles du pays, adoptant leurs coutumes et nouant avec eux de solides amitiés, ils regagnaient leur patrie devenus de solides alliés de la nation conquérante.

Entendant des voix dans la ruelle, Bak se pencha en

1. Touthmosis II. (*N.d.T.*)

arrière sur son tabouret et regarda par la porte. A quelque distance, Imsiba bavardait avec trois lanciers. Bak finit sa bière d'un trait et se leva, prêt à partir.

— Quant à moi, minauda Noferi en le regardant à la dérobée, j'étais jeune et belle alors. J'éveillais le désir de bien des hommes. Amon-Psaro était du nombre.

Toutes ces coquetteries convainquirent Bak qu'elle essayait de le duper pour la seconde fois de la journée. Lui adressant son plus charmant sourire, il se pencha vers elle et lui pinça la joue.

— Tu n'as jamais été ni jeune ni belle, Noferi.

Elle le considéra avec une expression si menaçante qu'il crut un instant qu'elle allait le gifler. Puis elle se mit à rire, d'un gros rire bruyant qui agita tous les bourrelets de graisse sous sa longue robe blanche.

Bak ressentait quelque remords de s'être moqué d'elle. Il lui prit les mains pour l'aider à se lever.

— Viens, Imsiba est dehors. Sans doute a-t-il passé le plus clair de l'après-midi à interroger ces malheureux que Seneb a ramenés du sud. Il a bien mérité une récompense. Une jarre de ta meilleure bière devrait faire l'affaire.

— Tu veux donc que je me rende à Iken, dit Imsiba d'un ton plat, avec une expression réprobatrice.

Bak écarta un panier de petits pains croustillants pour s'asseoir à sa place sur la deuxième marche de l'escalier découvert montant vers le toit. Une poussière impalpable flottait dans un rayon de soleil.

— Le commandant m'a ordonné d'envoyer un messager, et c'est toi que j'ai choisi.

— Et pour Seneb ? Je n'ai pas encore fini d'interroger les membres de sa caravane.

Bak avait défini avec exactitude son plan d'action et il n'était pas près de s'en laisser détourner.

— Ne suis-je pas capable de les interroger aussi bien que toi ?

Imsiba posa un regard renfrogné sur le monde en général. Bak s'adossa contre les marches et parcourut son logis des yeux avec la satisfaction inconsciente d'un homme qui a connu la vie à la caserne. La pièce où ils étaient assis était petite et simple avec son sol de terre battue et ses murs blanchis à la chaux. Un tabouret était placé dans l'entrée, l'autre dans un coin, au milieu de paniers d'osier contenant des rouleaux de papyrus, une écritoire, de l'encre et des pots à eau — les instruments de travail d'Hori. Une porte à l'arrière donnait sur la chambre à coucher de Bak, la deuxième sur celle du scribe. Un gros chien blanc, au museau large et aux oreilles tombantes, dormait entre les deux. Ses pattes et sa queue touffue frémissaient sous l'effet d'un rêve.

Se résignant à l'inévitable, Imsiba s'assit sur le tabouret de l'entrée, tournant le dos à l'étroite ruelle brûlée par le soleil.

— Que devrai-je faire une fois là-bas ? Ou, plus exactement, quelles sont tes instructions personnelles, une fois que j'aurai annoncé la mort du lieutenant Pouemrê ?

Bak lança à son ami un regard de feinte innocence :

— M'attribuerais-tu des intentions secrètes, Imsiba ?

— Mon ami, lorsque tu me confies une mission sortant de l'ordinaire, je te connais trop bien pour m'arrêter à son aspect superficiel.

Bak prit un petit pain du panier et, éclatant de rire, le lança au Medjai qui l'attrapa au vol en souriant malgré lui.

— Un jour je t'étonnerai, mais pas aujourd'hui.

Il reprit son sérieux et se pencha en avant, les coudes sur les genoux.

— Si l'homme qui a tué Pouemrê est d'ores et déjà capturé, l'affaire est close. Tout ce que je te demande, alors, c'est de satisfaire ma curiosité. En quoi le lieutenant a-t-il mérité une fin si ignoble ? Pour quelle raison avait-il évité de se faire enregistrer ici, à Bouhen ? Pourquoi portait-il cette boucle de ceinture ?

— Si le meurtrier avait été pris, Thouti aurait reçu un message depuis longtemps, surtout si le lieutenant Pouemrê était de noble naissance.

— Cela tombe sous le sens, n'est-ce pas ? Pourtant, le

commandant n'a même pas été averti de sa disparition, répliqua Bak, haussant un sourcil cynique. Ne penses-tu pas que l'absence d'un officier aurait dû être remarquée, à l'heure qu'il est ?

— Tu vois peut-être un mystère là où il n'y a que du vent, dit le Medjai sans conviction.

— Pars pour Iken demain, au lever du jour. Entretiens-toi avec le chef de la garnison et apprends-en le plus possible. Si la mort de Pouemrê demeure inexplicable, je devrai m'y rendre aussitôt. La piste est déjà vieille de deux jours. Lorsque tu reviendras, trois auront passé, et un quatrième avant que j'arrive sur place.

— Ne vas-tu pas trop vite en besogne, mon ami ? Le commandant Thouti n'a pas encore pris sa décision.

— Le mort était un officier, Imsiba, et, selon toute apparence, un homme de qualité.

Le Medjai marmonna quelques récriminations dans sa langue natale.

— Ce lieutenant n'aurait pu être tué à un moment plus inopportun. Tu devrais remonter le fleuve avec nous, au lieu de passer tes journées à Iken, à remuer les immondices.

— Je ne sais pas avec certitude quand Amon parviendra à Bouhen, ni au bout de combien de temps il atteindra Iken. Six ou sept jours, à mon avis. Peut-être plus.

La bouche de Bak se serra en une mince ligne obstinée.

— J'espère mettre la main sur le coupable bien avant.

— J'aimerais te croire, mon ami, répondit Imsiba, sceptique.

— Je me sens tel un homme qui se voit offrir deux pigeons bien gras sans qu'on lui donne la chance d'en savourer un seul. J'échouerai peut-être, mais je compte bien essayer de ne me priver d'aucun des deux.

4

L'entrée du commandant Thouti dans son bureau réduisit au silence les spéculations sur la raison de cette convocation. Les douze officiers rassemblés entre les quatre colonnes rouges soutenant le plafond reculèrent pour lui ménager un chemin jusqu'au fauteuil vide, contre le mur du fond.

Neboua se pencha vers Bak et lui murmura :

— Où est Imsiba ?

— Je l'ai envoyé à Iken, expliqua Bak sur le même ton. Il est parti à l'aube et devrait être de retour avant la nuit.

— Tu es rusé comme un chacal ! dit Neboua en souriant. Lui as-tu bien recommandé de chanter tes louanges au chef de garnison ?

— Simplement de lui poser des questions.

Bak tourna la tête vers le commandant et une colère née de la frustration perça dans sa voix :

— Si je dois élucider la mort de Pouemrê, autant ne pas être dans le noir le plus total en arrivant à Iken.

Thouti passa derrière le fauteuil et posa les mains sur le dossier pour annoncer :

— Un messager est arrivé du Nord il n'y a pas une heure. Si cette belle brise se maintient, Amon entrera à Bouhen aujourd'hui même, en milieu d'après-midi.

A cette nouvelle, des murmures animés résonnèrent dans la pièce. Même Bak, qui avait atteint l'âge d'homme

69

tout près du temple du dieu dans la capitale, n'y fut pas insensible. Sa joie fut bientôt ternie par le regret, puis par la consternation. Imsiba ne reviendrait pas à temps pour contempler la procession sacrée. Et cette arrivée prématurée ne laissait plus que quatre ou cinq jours avant qu'Amon pénètre dans Iken. Bak pouvait-il espérer découvrir le meurtrier en un si court laps de temps ?

Thouti leva la main pour réclamer le silence.

— Je suppose que vous avez tous exposé à vos hommes ce que j'attends d'eux lorsque la nef sacrée accostera ?

— Oui, chef, répondirent en chœur les officiers.

— J'ai rarement vu autant de pagnes et de boucliers séchant au soleil ! chuchota Neboua. Les toits en sont jonchés, comme les abords du fleuve quand une armée de retour du désert court plonger dans l'eau.

Un autre officier remarqua en riant :

— Mes hommes ont tant poli leurs fers de lance qu'ils en sont émoussés.

Bak souriait machinalement, l'esprit ailleurs. Depuis qu'il assurait le commandement de la police medjai, il avait arrêté trois meurtriers. Deux avaient été faciles à prendre, ayant agi sous le coup de la colère et étant trop affolés par leur offense contre Maât pour effacer leurs traces. En revanche, il avait fallu des semaines pour élucider la troisième affaire, où la victime était le prédécesseur de Thouti. Si l'assassin de Pouemrê courait encore, il en irait probablement de même cette fois-ci.

La voix de Thouti, aussi dure que le granit, interrompit le cours de ses pensées :

— Aux yeux de notre souveraine, Maakarê Hatchepsout, nous qui occupons les garnisons de Ouaouat ne sommes guère plus que les gardiens des objets précieux transitant vers le Trésor royal. Le premier prophète ne nous tient pas en plus haute estime. Je ne vous répéterai jamais assez l'importance d'accueillir Amon et sa suite d'une manière seyant à sa position élevée parmi les dieux. Me suis-je fait clairement entendre ? demanda-t-il, regardant tous les visages l'un après l'autre.

Les officiers, Bak inclus, répondirent comme un seul homme :

— Oui, chef !

Mais on sentait dans leur voix la surprise suscitée par la franchise du commandant. L'indifférence de la reine envers l'armée était une source d'irritation constante et faisait beaucoup chuchoter, bien qu'elle fût rarement commentée au grand jour. Hatchepsout tenait les rênes du pouvoir. Mais pour combien de temps encore ? Cette question ouvrait la voie à toutes les conjectures. Son neveu et beau-fils, Menkheperrê Touthmosis, avait hérité la couronne de son père alors qu'il n'était encore qu'un petit enfant. Non contente de s'instituer régente, Hatchepsout était montée sur le trône. Beaucoup croyaient que l'héritier, désormais âgé de seize ans, devait reprendre la place qui lui revenait de droit. Celui-ci ne livrait rien de ses projets, mais, quelques années plus tôt, il avait entrepris de réorganiser l'armée afin d'en faire une force compétente et loyale.

Thouti considéra longuement ses officiers comme pour s'assurer qu'ils avaient compris, puis il prit place dans son fauteuil. Il restait à débattre de la répartition des troupes pendant le séjour d'Amon à Bouhen.

Bak refusait de céder au découragement qui menaçait de le submerger. Certes, ses chances de capturer le meurtrier à temps pour escorter le dieu semblaient bien minces, néanmoins il se promit de tout tenter pour y parvenir. La seule piste qui s'offrait à lui pour l'heure était Seneb et les malheureux enfants que le marchand avait amenés du sud. Il commencerait donc par là.

Une porte claqua à l'extrémité du vieux corps de garde, puis une lourde barre de bois fut remise en place avec un choc sourd, et le prisonnier se retrouva enfermé dans sa cellule.

— Le fils de serpent ! gronda Bak dans la minuscule pièce aux murs nus où il était assis.

Peu d'hommes lui inspiraient autant de dégoût, mais plus il voyait Seneb, plus il était convaincu que le marchand était aussi innocent de la mort de Pouemrê que coupable d'une cruauté sans bornes envers toutes les créatures qu'il avait achetées et vendues au fil des ans.

Quelque part dans l'édifice, Bak entendit des rires et le choc métallique produit par des lances. L'arôme de lentilles aux oignons provenant du toit ne couvrait pas tout à fait une odeur aigre de vomi, souvenir d'un boulanger mort d'indigestion dans la pièce voisine. Midi était à peine passé, Amon n'arriverait pas avant encore deux ou trois heures, et déjà les excès de ripailles faisaient leurs premières victimes.

Bak se leva brusquement de son tabouret, qui chut sur le sol de terre battue, et alla ouvrir une porte en bois toute déjetée. Au grincement qu'elle produisit, sept paires d'yeux sombres et soupçonneux se tournèrent vers lui. Les enfants de la caravane étaient assis par terre en demi-cercle, lavés, leurs cheveux crépus propres et coupés, et leurs plaies pansées. Le Medjai massif assis devant eux était si absorbé par ses efforts maladroits pour parler leur langue qu'il mit un moment à remarquer son supérieur.

— Ont-ils dit quelque chose, Psouro ? voulut savoir Bak.

— Pas un mot. Chaque fois que je quitte la pièce, ils jacassent comme des pies, si vite que je n'y comprends rien. Et dès que je reviens, on dirait que leurs lèvres sont scellées avec de la glu.

Bak n'en fut pas surpris. Ces enfants-là avaient trop appris la méfiance. Il les étudia un par un, cherchant une fêlure dans leur mur de silence. Chaque visage se fermait sous son regard, chaque petit corps se raidissait d'appréhension. C'est alors qu'il remarqua le tatouage entre les sourcils de la plus âgée, un triangle soutenant un minuscule croissant blanc. La tête d'un taureau, l'un des dieux de Kouch. L'enfant avait grandi au sein d'une famille pieuse. Avait-elle appris à respecter les divinités autres que les siennes ?

Priant pour qu'il en soit ainsi, il demanda à Psouro :

— Ces enfants savent-ils qu'Amon vient aujourd'hui à Bouhen ?

— J'en doute, chef, répondit le Medjai en haussant les épaules. Pas un seul d'entre eux ne connaît notre langue.

Bak hocha la tête, satisfait.

— Parle-leur de sa visite. Souligne sa grandeur, sa chaleur et sa bonté, sa générosité envers ceux qui vénèrent les dieux étrangers.

Il parlait par à-coups, élaborant une stratégie au fur et à mesure, et reprenait espoir en sentant le plan se former dans son esprit.

— Dis-leur qu'ils seront bientôt envoyés à Ouaset, notre capitale, où ils serviront les prêtres du plus grand temple du dieu. Ensuite, n'aborde plus le sujet, mais recommence à les questionner. Pendant ce temps, je vais trouver Hori et te l'envoyer. Ensemble, vous emmènerez ces enfants au sommet de la forteresse, afin qu'ils puissent contempler Amon de leurs propres yeux. La jeunesse et la bonne humeur d'Hori aidant, peut-être le dieu pourra-t-il leur délier la langue.

Bak traversa la salle d'audience — la plus spacieuse de la résidence du commandant — au plafond supporté par une forêt de colonnes rouges octogonales. Hori était parti en trombe dans le corps de garde, aussi animé à l'idée de jouer les policiers pendant quelques heures qu'à celle d'observer l'arrivée d'Amon du haut du mur d'enceinte. « A défaut d'autre chose, j'aurais au moins fait un heureux aujourd'hui », songea Bak avec un sourire dépité.

La salle et les antichambres adjacentes bourdonnaient de vie. Un très jeune scribe, debout devant le bureau de Thouti, expliquait à un sergent grisonnant la nécessité de consigner le montant exact des dépenses plutôt que de vagues estimations. Assis sur un banc attenant au mur, un potier aux mains et aux bras constellés d'argile séchée écoutait un scribe bedonnant au front chauve lui vanter la beauté de vases délicats venus de Keftiou [1], dont il désirait des copies. Près de la sortie, un jeune archer dictait une lettre au scribe public, un homme entre deux âges et à l'air las.

Bak était surpris que tant de gens continuent à vaquer à leurs occupations. Alors qu'Amon n'était pas attendu avant deux bonnes heures, la populace avait commencé à affluer peu après midi aux portails coiffés de tourelles qui menaient vers le fleuve et sur les quais. Les Medjaï et les lanciers prêtés par Neboua en renfort avaient déjà interrompu trois rixes, emprisonné une demi-douzaine d'ivrognes querelleurs et deux ou trois voleurs.

Saluant le scribe d'un signe du menton, le policier passa dans un long couloir étroit. Les murs avaient été peints en jaune, vaine tentative pour donner une illusion d'espace et de lumière. Une grande silhouette sombre venait rapidement à sa rencontre.

— Imsiba ! Je craignais que tu ne rates l'arrivée d'Amon ! s'écria Bak en prenant le Medjaï par les épaules comme s'il s'était absenté un mois, et non quelques heures. Comment se fait-il que tu rentres si tôt ? Que s'est-il passé à Iken ?

Un vieillard ratatiné franchit la porte de la salle d'audience en boitant. Bak et Imsiba se replièrent vers l'escalier conduisant aux appartements du commandant, au deuxième. La lumière filtrait de la cour découverte qui s'étendait au-dessus. Une poussière pâle, striée par la sueur, marbrait le grand Medjaï de la tête aux pieds.

— Eh bien ? demanda Bak.

Imsiba s'affala sur la première marche.

— Le commandant d'Iken, Ouaser, ainsi qu'il se nomme, m'a reçu sans tarder. Je savais que tu attendais mon rapport avec impatience, aussi je ne suis resté à la

---

1. Keftiou : la Crète. (*N.d.T.*)

caserne que le temps d'avaler quelque chose et d'écouter les rumeurs locales.

— A-t-on arrêté le meurtrier de Pouemrê ?

— Pas encore, répondit le Medjai, dont le sourire s'effaça.

— Je vais donc devoir me rendre à Iken.

— Le commandant Ouaser pense que tu emploieras mieux ton temps en arrachant la vérité au vil marchand Seneb.

— Ne lui as-tu pas exprimé mes doutes à cet égard ?

— Si.

Un rire d'enfant résonna au sommet de l'escalier. Une fillette nue, qui n'avait pas plus de deux ans, les fixait de ses yeux sombres en suçant son pouce.

— Filons d'ici avant que toute la progéniture de Thouti ne fonde sur nous ! décida Bak. Nous irons au fleuve, ajouta-t-il en considérant son ami d'un œil critique. Tu pourras te baigner avant l'arrivée de la nef sacrée.

Quand ils furent dans la rue, devant la résidence, Bak relança la conversation :

— Et pendant que nous perdrons notre temps avec Seneb, comment le commandant Ouaser emploiera-t-il le sien ?

— Ses officiers se pencheront sur cette affaire. Selon lui, ils n'auront aucun mal à découvrir l'identité du tueur.

— Ouaser est bien sûr de lui...

Bak s'interrompit, scrutant Imsiba.

— Penses-tu qu'il a deviné de qui il s'agit et n'a donc qu'à intervenir en conséquence ?

— Je ne pense pas qu'il soupçonne quelqu'un en particulier. Le lieutenant Pouemrê n'a pas toujours dirigé une compagnie d'infanterie. Il y a cinq mois, lorsqu'il s'est présenté à Iken, il a été chargé de l'inspection, comme ce porc de Seneb nous l'a dit. Il n'est resté à ce poste qu'un mois. Sa dureté lui a valu nombre d'ennemis parmi ceux qui cherchent à frauder ou à profiter de leur prochain.

Bak se rembrunit à cette nouvelle. Si le meurtrier était un caravanier, on mettrait des mois à le retrouver — et encore, avec de la chance !

Ils se dirigèrent vers le portail qui donnait sur le quai, tout au bout de la rue. Au-dessus de la muraille derrière eux, le dieu solaire Rê baignait les baraquements et les tours d'une lumière crue qui blessait les yeux. La voie était presque déserte. Seuls quelques retardataires — une femme et son nourrisson, deux soldats, un scribe — marchaient précipitamment vers la foule qui se pressait de l'autre côté. Un prêtre, en robe blanche et le crâne rasé, allait d'un pas pressé vers la demeure du dieu de la garnison, l'Horus de Bouhen, qui dominait la cité de son tertre, au coin de la citadelle.

— Ainsi, c'est réglé, mon ami ! conclut Imsiba, le sourire aux lèvres. Le problème n'est plus de notre ressort et tu pourras escorter Amon à Semneh, comme de juste.

Bak ramassa machinalement une pierre de calcaire à la blancheur laiteuse, sur le bord de la route.

— Ouaser ne veut pas d'aide, c'est évident.

— Il sert à Ouaouat depuis des années ; il connaît cette terre et sa population bien mieux que toi et moi.

Imsiba adressa un signe de la main à un soldat qui les observait du bord d'un toit, puis reprit :

— Il est sûr d'arrêter le meurtrier tôt ou tard et prépare un rapport en ce sens pour Thouti.

Les arguments du commandant d'Iken paraissaient assez fondés, Bak devait l'admettre. Pourtant, si nombreux que soient les hommes s'exprimant avec assurance, bien rares étaient ceux qui ignoraient l'échec.

— Et qu'en est-il de la boucle de ceinture ?

— A son arrivée à Ouaouat, le lieutenant Pouemrê sortait tout droit du régiment d'Amon.

Le Medjai eut soudain le visage amer de celui qui attise le feu qu'il espérait éteindre, et qui le sait.

— Le commandant Ouaser me l'a lui-même confirmé,

76

sans préciser, toutefois, combien de temps Pouemrê était resté dans ton régiment.

— Sûrement pas plus de quelques semaines ! Il y a dix mois que j'en suis parti. Enlevons les cinq mois qu'il a passés ici, plus le temps nécessaire au voyage depuis Ouaset...

Il secoua la tête, écœuré.

— Pas étonnant que Ouaser l'ait d'abord affecté à l'inspection !

— Il avait probablement reçu sa formation dans un autre régiment. A ce qu'en disent les soldats qui se sont battus à ses côtés dans la région, il était expérimenté dans les arts de la guerre et affrontait l'ennemi sans peur.

— Néanmoins...

Bak, parvenant à la seule conclusion possible, fit la grimace.

— Quelle position son père occupe-t-il sur la terre de Kemet ?

— Je sais seulement qu'il se nomme Nehsi. Mais j'ai entendu chanter les louanges du lieutenant Pouemrê pour son courage et sa volonté d'être l'ami de ses hommes, en dépit de sa noble naissance.

— Nehsi... Ce nom ne me rappelle rien, mais s'il s'agit d'un haut personnage...

Bak n'avait pas besoin d'en dire plus. Il faudrait un rapport éminemment persuasif pour dissuader Thouti de l'envoyer à Iken.

Il retourna entre ses doigts le fragment de calcaire et contempla les minuscules cristaux qui scintillaient au soleil. Pouemrê avait eu un point commun avec cette pierre aux multiples facettes. Il ne montrait jamais deux fois le même visage. Noferi l'avait admiré et Seneb continuait à le haïr jusque dans la mort. Il avait conquis l'estime de ses soldats, ce qui n'était pas chose facile, pourtant il arborait un emblème auquel il n'avait aucun droit, et il avait très probablement atteint son rang grâce à l'influence de son père.

— Quand a-t-on découvert la disparition ?

— Le sergent Minnakht l'a signalée le matin de l'après-midi où nous avons découvert son corps.

Bak était accoutumé à la manière indirecte dont Imsiba s'exprimait parfois, mais il dut réfléchir pour donner un sens à ces mots.

— Soit deux jours avant que tu informes toi-même Ouaser que nous l'avions retrouvé. Deux jours entiers sans qu'il envoie de message à Thouti ! Comment s'en explique-t-il ?

— Il ne s'est pas justifié et ce n'était pas à moi de l'interroger. Ne peux-tu fermer les yeux sur cette légère négligence ? demanda Imsiba, adressant à Bak le même regard lourd de tristesse qu'auparavant. Tu serais beaucoup plus heureux en nous conduisant, tes hommes et moi, dans la garde d'honneur d'Amon-Psaro, qu'en passant tes journées à Iken.

Bak refusa d'admettre, même dans le secret de son cœur, combien il était tenté de céder à la requête d'Imsiba. Il entraîna le Medjaï loin de la rue pavée, à l'arrière du corps de garde. Le terrain sablonneux était encombré de matériaux de construction : briques séchant au soleil, planches de longueurs variées, quelques dalles de pierre. Bak jeta la pierre, se frotta les mains pour se débarrasser de la poussière et s'assit sur une pile de bois.

— Si Ouaser néglige de signaler la disparition d'un officier de noble extraction, quelles autres omissions commettra-t-il encore ?

— Ses soldats le tiennent pour un homme digne et honorable. Il accomplira son devoir.

— Crois-tu ?

La déception plissa le front d'Imsiba.

— Sans toi, mon ami, mes hommes et moi serions encore considérés avec méfiance, comme lorsque nous sommes arrivés pour la première fois à Bouhen. Maintenant qu'est venue l'heure où l'on nous accorde la place d'honneur, tu dois marcher à notre tête. Si tu n'es pas là, notre triomphe perdra tout son prix.

Une fois de plus, Bak se sentit tenaillé entre des désirs contraires.

— Tu sais combien j'aimerais être à vos côtés ! Mais je tiens également à remplir mon devoir, et si cela suppose d'aller à Iken, j'irai.

Imsiba se dandina d'un pied sur l'autre, malheureux de cette décision. Bak se leva de son tas de bois et s'efforça de le rassurer :

— Je peux te promettre une chose, mon frère : je mettrai tout en œuvre afin d'élucider ce meurtre au plus vite. Avec de la chance, Amon me sourira et je serai libre lorsqu'il parviendra à Iken. Maintenant, conclut-il en tapant son ami sur l'épaule, va plonger dans le fleuve.

Imsiba hocha la tête à contrecœur avant de descendre la rue vers le portail. Bak ramassa le caillou et le jeta de toutes ses forces contre le mur en brique crue qui soutenait le tertre du temple d'Horus. Un petit nuage de poussière monta de la minuscule empreinte creusée dans la paroi. Avec suffisamment de temps et de fragments de pierre, on aurait pu mettre les fondations à nu. Bak pria afin de rassembler assez de fragments de vérité pour mettre à nu le visage du meurtrier, et afin de marcher dans l'escorte du dieu comme il l'avait promis à Imsiba.

Bak attendait avec les autres officiers sur l'esplanade de pierre dominant le fleuve. Ses yeux, comme ceux de chaque homme, de chaque femme et de chaque enfant de Bouhen, étaient rivés sur la nef d'Amon, amarrée devant le pylône du temple d'Horus. La longue coque effilée, l'estrade surmontée d'un dais au milieu du navire et la barque portative qu'il ombrageait, brillaient de tous leurs feux sous le soleil implacable de ce milieu d'après-midi. Le seigneur Amon — une statuette haute d'une coudée, en or massif, figurant un homme à la silhouette mince et élégante — se dressait à l'intérieur d'une châsse d'or dans sa barque sacrée. Tandis que les prêtres en robe blanche accomplissaient les rites à bord, la nef se balançait doucement sur l'onde ; les têtes de bélier peintes de couleurs vives, sculptées sur la proue et sur la poupe, s'élevaient et descendaient à l'unisson.

Bak ferma les yeux et attendit que l'éblouissement causé par tant de splendeur s'estompe sous ses paupières. Ayant passé son adolescence dans la capitale, il avait vu le dieu dans sa châsse en maintes occasions. Ce spectacle n'avait jamais cessé de l'émouvoir, néanmoins il n'éprouvait plus la crainte révérencieuse de ceux qui contemplaient pour la première fois le plus grand de tous les dieux.

Retrouvant sa vue, il scruta le fleuve, les quais et les berges noirs de monde pour repérer ses hommes et d'éventuels fauteurs de troubles. Les marins du grand vaisseau de guerre qui avait halé la nef à contre-courant jetaient les amarres à l'autre bout du quai. Une flottille de petites embarcations s'était portée à la rencontre du dieu et regagnait peu à peu la rive. Au loin, un second vaisseau de guerre virait de bord, se préparant à accoster. Le battement profond du tambour qui donnait la cadence aux rameurs s'élevait par intermittence au-dessus des commentaires animés des badauds. Les policiers medjai, leurs lances rutilantes sous la lumière ardente, déambulaient parmi la foule pour apporter de l'aide le cas échéant et pour prévenir tout désordre.

Satisfait de voir que tout se passait bien, Bak reporta son attention sur le quai. Le commandant Thouti, le prêtre de l'Horus de Bouhen et trois princes indigènes vêtus de couleurs éclatantes attendaient devant la nef, prêts à accueillir Amon et sa suite. Tous arboraient de larges colliers de perles multicolores, des bracelets d'or ou de bronze aux poignets et aux bras, des bagues serties de pierres précieuses. Tous, hormis les prêtres, étaient équipés de boucliers flambant neufs, et d'armes dont l'éclat rivalisait avec celui du soleil. Une douzaine de soldats et de scribes, rasés et purifiés afin d'assister le dieu et ses représentants, se tenaient auprès d'eux.

Des bannières rouges, suspendues en haut du pylône à de grandes hampes de bois, frémissaient sous la brise capricieuse. Bak aurait aimé qu'un léger souffle d'air descende rafraîchir l'esplanade écrasée par le soleil et dissipe l'odeur de corps trop nombreux, trop pressés les uns contre les autres.

Un cri furieux monta d'un peu plus bas :

— Petits vauriens !

— Eh ! Vous vous croyez où ? vociféra quelqu'un d'autre.

Le policier se pencha par-dessus le parapet, qui lui arrivait au niveau de la taille. Cinq petits garçons, les mains jointes pour former un serpent, se traçaient un chemin sinueux à travers la foule bien trop dense pour de telles espiègleries. Bak modula un sifflement. Un Medjai qui faisait sa ronde arriva en courant. En quelques secondes, le serpent fut démantelé, les gamins réprimandés et les adultes apaisés.

Lorsque Bak reporta son regard sur la nef sacrée, le prêtre principal, paré d'une robe blanche de lin fin, d'un pectoral et de bracelets d'or, agitait son encensoir une dernière fois. Sous le dais, des prêtres subalternes soulevèrent la barque divine, version miniature de la nef. Ils placèrent les bras de transport sur leurs épaules et suivirent le prêtre en chef le long de la passerelle, balançant avec précaution la précieuse charge au-dessus d'eux. Au moment où leurs pieds touchèrent le quai, des cris de joie éclatèrent parmi les spectateurs, qui jouaient des coudes pour mieux voir. Les vivats s'amplifièrent en une clameur immense qui fit prendre son envol à un groupe de pigeons. Bak leva la tête vers les créneaux et sourit. Au sommet de la tour la plus proche, Psaro, Hori et sept enfants aux yeux émerveillés contemplaient le dieu avec fascination.

Le prêtre en chef, suivi des prêtres de l'Horus de Bouhen, du commandant, puis des princes de la région, conduisit la procession le long du quai. Derrière eux, deux prêtres purifiaient le chemin pour Amon au moyen d'encens et de libations ; d'autres ombrageaient la châsse sous des éventails en plumes d'autruche. Les soldats de

Bouhen portaient des coffres dorés contenant les objets rituels, les parures du dieu et des étendards bariolés symbolisant Amon, Horus et les autres dieux importants de Ouaouat. Lorsqu'ils approchèrent, Bak vit remuer leurs lèvres, mais leur chant se perdait dans les acclamations des fervents adorateurs. Il se surprit à crier avec eux et sentit son cœur se dilater de vénération.

La procession atteignit le pylône, entourée de volutes d'encens. Bak se pencha par-dessus le parapet afin d'apercevoir ses camarades. Le prêtre en chef agita son encensoir en direction du peuple massé de l'autre côté du quai, puis se tourna pour l'agiter vers Bak et ceux qui se tenaient sur l'esplanade. Une fumée âcre flottait autour de son visage ridé et émacié. De stupeur, Bak faillit basculer par-dessus le muret. Il connaissait le prêtre en chef depuis sa plus tendre enfance. C'était le médecin Kenamon, le maître et l'ami de son père, lui-même médecin.

Kenamon se fondit parmi les compatriotes de Bak, et la barque sacrée parut quelques instants naviguer au-dessus des têtes avant de disparaître par les portes du pylône.

Bak songeait à Kenamon. Cet homme avait soigné les maux de ceux qui fréquentaient les antichambres de la maison royale. Si le père de Pouemrê appartenait à la cour, Kenamon le connaîtrait.

— Mon fils ! Mon cœur s'emplit de joie en te retrouvant, dit Kenamon, étreignant Bak aux épaules de ses longs doigts osseux. Cela fait... combien de temps, déjà ?

— Moins d'un an, répondit le lieutenant en adressant au prêtre un sourire chaleureux. As-tu si vite oublié, mon oncle, la nuit où j'ai perdu tout bon sens dans la maison de bière de Tenethat ?

Le vieillard, tellement petit et frêle qu'on aurait craint de le voir emporté par la brise la plus légère, pouffa joyeusement de rire :

— Ah oui ! Cette fameuse nuit où tu as attiré l'attention sur le comportement plus que douteux de certains favoris de notre souveraine...

Les yeux écarquillés avec un effroi exagéré, une main plaquée sur sa bouche, il scruta les longues ombres du soir comme si un espion était tapi derrière l'une des colonnes cannelées qui entouraient l'avant-cour du sanctuaire. Alors ils éclatèrent de rire, le vieil homme le regard pétillant de malice, le plus jeune ravi. L'éminente position de Kenamon, devenu l'émissaire du premier prophète, n'avait pas instillé en lui le respect de l'autorité, pas plus qu'elle ne lui avait ôté le sens du ridicule.

Souriant encore, le vieux prêtre entraîna Bak dans l'ombre rectangulaire jetée par la demeure du dieu. Les immenses bas-reliefs peints représentant Horus en compagnie de la reine tout au long de la façade faisaient paraître sa silhouette vêtue de blanc plus menue que jamais.

Il examina Bak de la tête au pied et hocha le menton avec approbation.

— L'exil ne te réussit pas mal du tout. Tu es aussi grand et droit qu'auparavant, tu ne manques pas d'assurance, et j'apprends qu'on t'a rendu ton grade. Oui, je dirais que ton père a toutes les raisons d'être fier de toi.

— Comment se porte-t-il ?

— Fort bien, et il mène une vie sereine, quoiqu'il aspire à ton retour dans la capitale.

Kenamon prodigua à Bak les nouvelles dont celui-ci était avide. Il aurait pu bavarder ainsi des heures durant, sans l'affaire Pouemrê.

— Tu sais que je dirige la police medjai de Bouhen.

— Oui, acquiesça Kenamon, souriant avec plaisir. Le vice-roi m'a appris, également, que le commandant Thouti vous a désignés, toi et tes hommes, pour constituer la garde d'honneur d'Amon-Psaro.

— C'est un privilège insigne d'avoir été choisi, toutefois...

Bak exposa les nouvelles responsabilités échues au commandant en raison de son autorité accrue. Il relata sa macabre découverte et confia sa détermination à résoudre le meurtre rapidement afin de pouvoir remonter le fleuve avec la statue sacrée. A la fin, il adressa au vieux prêtre un sourire affectueux.

— Sachant que tu es le médecin envoyé avec Amon, j'envisage maintenant la guérison du prince avec plus de confiance.

— Mon fils, quand je soigne les malades et les blessés, je ne suis qu'un instrument entre les mains du dieu. Le sort de ce garçon, comme de tous ceux que j'ai traités avant et que je traiterai après, dépend d'Amon et de lui seul.

Bak sentit le sang affluer à ses joues.

— Je comprends, mon oncle, cependant j'ai remarqué au fil des ans qu'Amon te sourit plus souvent, à toi et à ceux que tu visites, qu'aux malades soignés par d'autres praticiens.

— Tu es bien aussi impertinent que ton père !

Bak crut voir une lueur amusée dans les yeux du vieillard, mais jugea préférable de changer de sujet.

— Pardonne-moi, mon oncle, mais je ne viens pas seulement pour avoir des nouvelles de mon père et renouer notre amitié. J'ai une faveur à requérir, en rapport avec cet homme que j'ai trouvé dans le fleuve.

— Tu m'intrigues, mon fils. Que désires-tu de moi ?

— C'était un lieutenant nommé Pouemrê, affecté à la forteresse d'Iken. Son père, probablement un haut fonctionnaire, s'appelle...

— Dis-moi que ce n'est pas Nehsi ! s'écria Kenamon en saisissant le bras de Bak.

Le policier se raidit, alarmé par l'appréhension qu'exprimaient les traits et la voix du vieil homme.

— Mais si, justement. Pourquoi cette inquiétude, mon oncle ?

Le prêtre se frotta les yeux comme pour en chasser une vision intolérable.

— Je dois examiner le corps avant d'en avoir la certitude, mais si mes craintes se confirment, son père, Nehsi, vient d'être nommé directeur du Trésor par notre souveraine, Maakarê Hatchepsout en personne.

84

Bak retint son souffle, stupéfait par la nouvelle.

— Il serait donc l'un des hommes les plus puissants du royaume !

— Pouemrê était son fils unique, Bak, la joie de sa vie. Il ne connaîtra de repos que lorsque sa mort sera vengée.

Bak sentit un frisson parcourir sa colonne vertébrale. La plupart des meurtres étaient des crimes passionnels, faciles à élucider comme l'assurait le commandant Ouaser. Mais si ce dernier se trompait, si le tueur avait mûrement prémédité son acte en s'arrangeant pour dissimuler la vérité, l'enquête la plus diligente risquait de ne pas aboutir. Si tel était le cas, Nehsi attirerait l'attention de la reine sur Ouaouat. Des têtes tomberaient dans le Ventre de Pierres, sinon au propre du moins au figuré, à commencer par celle de l'incapable qui n'aurait pas su arrêter le meurtrier.

— Si je pouvais tordre le cou à ce Ouaser ! fulminait Thouti.

Il traversa la salle d'audience, s'approcha de la porte de la cour, fit volte-face et toisa Bak et Kenamon comme s'ils étaient aussi fautifs que le chef de la garnison d'Iken.

— Comment se serait-il douté que Nehsi deviendrait notre nouveau directeur du Trésor ? le raisonna Kenamon, posant sa coupe sur la table basse, à côté du fauteuil que le commandant lui avait obligeamment cédé. La capitale n'a pas dépêché de messager vers le sud. On m'a demandé de répandre la nouvelle durant mon voyage en amont.

Adossé contre l'embrasure de la porte donnant sur l'escalier, Bak dégustait un vin âpre et entêtant, le meilleur de tout Ouaouat. Un fumet d'oignons, de lentilles et de bœuf rôti filtrant de la cour promettait un festin digne d'un dieu, et auquel on l'avait prié. Pourtant, il ne pouvait savourer ni le goût, ni les succulents effluves. Il ne pensait plus qu'à la décision inévitable du commandant et au poids qui pèserait sur ses épaules sitôt qu'elle serait exprimée.

— Ouaser aurait dû attirer mon attention depuis longtemps sur la noble ascendance de Pouemrê, or il ne l'a mentionnée dans aucun de ses rapports. Et maintenant, maintenant que ce malheureux est assassiné, poursuivit-il d'une voix dure, il me tient dans l'ignorance par son silence !

— Sans doute croyait-il que Pouemrê avait signalé son passage ici, comme il était supposé le faire, remarqua Kenamon dans une nouvelle tentative conciliatrice. Il aura supposé que ton scribe principal t'avait avisé de sa présence.

— Admettons ! Cela n'explique pas qu'il se soit abstenu de m'alerter de sa disparition.

Thouti traversa la pièce en sens inverse, pivota, considéra Bak d'un œil sombre.

— Cela ne justifie pas non plus qu'il ait omis de m'adresser un rapport circonstancié sur toute cette affaire par l'entremise d'Imsiba.

Bak était trop impatient d'entendre la décision finale pour perdre du temps en vaines spéculations :

— Souhaites-tu que je me rende à Iken, chef ?

Kenamon lui lança un regard où la préoccupation le disputait à la fierté. Il n'avait pas caché ses sentiments pendant le trajet de la Maison des Morts à la résidence du commandant. Il craignait pour l'avenir de son jeune ami, mais admirait sa noblesse d'esprit.

— Non, Bak, en aucune façon ! répliqua Thouti, ses yeux lançant des éclairs. Ce que je souhaite, c'est que tu accompagnes Amon à Semneh. Mais cet imbécile de Ouaser a rendu la chose impossible. Pars ! Pars pour Iken ! Règle cette affaire une fois pour toutes.

— Je ferai de mon mieux, chef. Cela, je te le promets.

Thouti ôta son bâton de commandement posé sur un tabouret pour s'y asseoir.

— Cette nuit, j'enverrai un messager à Iken, muni d'une lettre te conférant toute autorité sur Ouaser en ce qui concerne la mort de Pouemrê. Cela ne lui plaira pas, mais je ne lui laisse pas le choix.

« Et si ma meilleure volonté ne suffisait pas ? Et si cette fois j'échouais ? » songea Bak. Il avait déjà demandé à Kenamon d'intercéder auprès d'Amon en sa faveur, mais peut-être devait-il présenter personnellement une offrande au dieu. Une oie bien dodue... voire plusieurs.

5

— Prends garde, mon ami, recommanda Imsiba, les yeux assombris par l'inquiétude. Je crains que le danger te guette aux portes d'Iken.

Bak tapa le grand Medjai sur l'épaule.

— J'aurais aimé que tu m'accompagnes, mais tu dois rester avec nos hommes et veiller à ce qu'ils soient prêts pour le voyage. De plus, il faut décider avec Neboua de la répartition des tâches. Offre au médecin Kenamon toute l'assistance dont il pourra avoir besoin. En outre...

Imsiba endigua ce flot de paroles en levant les mains, un mince sourire aux lèvres :

— J'ai d'innombrables responsabilités à assumer, je le sais bien, mais ce n'est pas cela qui m'empêchera de me tourmenter.

— Combien de fois m'as-tu répété que notre compagnie est la meilleure du royaume ! Vois, j'emmène avec moi deux de nos meilleurs hommes. N'est-ce pas suffisant pour apaiser tes craintes ?

Bak désigna Kasaya et Pachenouro qui, agenouillés au bord de l'eau, observaient une créature aquatique invisible pour leurs supérieurs. Kasaya, le plus jeune des deux, était le plus grand et le plus fort de toute la compagnie, et s'il ne se signalait pas par une intelligence fulgurante, il était très apprécié pour son naturel agréable. Pachenouro, plus court et plus épais, joignait l'astuce à la bravoure. Il venait immédiatement après Imsiba dans la hiérarchie. Les deux hommes étaient armés de boucliers en peau de vache blanche tachetée de noir et de hautes lances de bronze. Chacun avait glissé à la ceinture de son pagne une dague et une fronde. Un sac de toile contenant leurs effets personnels était posé à leurs pieds.

— Je n'aurais pu faire un meilleur choix, admit Imsiba, cependant ils ne resteront pas à tes côtés à chaque instant.

Impatient de se mettre en chemin, Bak contemplait au loin la longue arête sablonneuse parallèle au fleuve, où Kheprê, le soleil levant, projetait des rubans orange en travers du ciel telle une flammèche consumant l'horizon.

— Je m'inquiète davantage au sujet de Ouaser. S'il décide de me mettre des bâtons dans les roues — et, d'après ce que tu dis, il ne s'en privera pas —, il me rendra la tâche dix fois plus compliquée.

Imsiba suivit son regard et se remémora son propre voyage vers le sud dans la chaleur torride.

— Tu sais où me joindre en cas de besoin. Sans message de ta part, je te reverrai dans quatre ou cinq jours.

Bak ravala un dernier ordre, le jugeant superflu, et sourit en guise d'adieu avant de tourner les talons. Il suivit les traces de pas presque effacées de Kasaya et Pachenouro dans le sable et descendit la pente jusqu'au bord de l'eau. Le voyage vers Iken, sans ânes ni marchandises, ne prendrait qu'une demi-journée ; il ne serait pas agréable pour autant et leur ferait endurer la chaleur et la soif. Mieux valait en finir au plus vite.

Bak et ses compagnons étaient mieux familiarisés avec la rive s'étendant entre Bouhen et Kor pendant les mois plus frais où les eaux étaient basses. Là, ils avaient pêché à l'ombre des acacias et des tamaris, ils avaient passé des journées nonchalantes dans des nacelles de papyrus à chasser du gibier d'eau parmi les roseaux, ils avaient plongé du haut de rochers usés par les rapides au fil des siècles. Mais alors que Rê semblait plus ardent que jamais, leurs coins préférés étaient inondés par un fleuve qui n'avait plus rien de bénin. Les arbres et les rochers émergeaient d'une eau limoneuse ; les roseaux et les criques herbues n'étaient plus que de vagues reflets sous les rides de l'onde. Quant aux berges, leurs parois verticales s'effritaient sous le travail de sape des eaux affamées, et les dunes d'or moulées par les vents s'écoulaient lentement dans le fleuve.

Ils firent une courte halte à Kor, où ils bavardèrent avec un marchand arrivé du sud ce matin-là à la tête d'une caravane. Grand, anguleux, sa peau semblable à du cuir à force d'être tannée par le soleil, l'homme leur indiqua :

— Nous avons passé trois jours à Iken. C'est une mauvaise saison, la plus chaude dont j'aie souvenir depuis dix ans que je fais commerce en amont. Mes bêtes avaient besoin de repos, et moi aussi, à dire vrai.

— Quand es-tu parti ? s'enquit Bak.

— Hier, en fin d'après-midi. Mes hommes sont armés jusqu'aux dents et le désert est sans danger dans ces parages, c'est pourquoi nous avons voyagé de nuit.

— As-tu entendu parler d'un officier porté manquant ?

— Des rumeurs, répondit le marchand. Rien de bien précis. Je n'y ai pas prêté attention. Comment peut-on perdre un officier dans une forteresse aussi bien dirigée que celle d'Iken ?

« Excellente question », pensa le policier.

Bak marchandait avec un cultivateur pour obtenir du gibier séché et des légumes frais en vue du repas de midi quand Pachenouro accourut, accompagné de deux soldats. Ils venaient d'être relevés après plusieurs jours de garde sur une haute colline à peu de distance au sud. Leur mission consistait à surveiller les environs pour parer à toute intrusion, et à relayer les messages urgents envoyés le long du fleuve, le jour à l'aide de miroirs, la nuit par le biais de feux. Bak connaissait l'endroit, car l'appentis de pierre et de brique crue qui abritait les guetteurs se dressait au milieu de parois rocheuses ornées de sculptures anciennes. La colline n'était pas à proprement parler un sanctuaire, mais un lieu à visiter pour songer avec respect au passé lointain.

— Je doute qu'on aurait repéré un corps charrié par le courant, dit le plus âgé des deux, un vétéran d'une quarantaine d'années, aux cheveux grisonnants.

— Il était pris dans les racines d'un palmier, précisa Kasaya.

L'autre soldat, plus jeune et aussi chauve qu'un melon, éclata de rire :

— Du poste de garde, tous les arbres se ressemblent, et un cadavre humain ne paraîtrait guère différent d'une carcasse de bœuf.

Devant l'expression sceptique de Kasaya, son aîné se hâta d'expliquer :

— Nous sommes trop loin du fleuve pour distinguer grand-chose. Et, de toute manière, c'est la piste du désert qu'il nous incombe de garder.

Même si Bak pensait, comme Setou, que Pouemrê était tombé à l'eau près d'Iken, il entreprit de décrire le défunt.

— Un homme correspondant à ce signalement a-t-il passé votre poste de garde ?

— Non, mon lieutenant, répondit le soldat chauve. Nous n'avons vu absolument aucun officier, ni aucun homme de troupe inconnu. Les seuls étrangers étaient des marchands, qui cheminaient avec leur caravane.

— Est-ce que par hasard vous auriez vu...

Bak décrivit la caravane de Seneb en détail, avec hommes, enfants et bêtes.

— Sûr qu'on l'a vu.

Le plus vieux cracha par terre pour montrer son mépris.

— On a eu grand-peine à ne pas quitter notre poste. Mais notre sergent aurait servi nos têtes sur un plateau au capitaine Neboua si on avait posé un pied hors de cette colline, alors on s'est contenté d'envoyer un signal à Kor. J'espère que ça a servi à quelque chose.

— Vous avez bien fait ! le rassura Bak en souriant. J'ai été appelé de Bouhen, et à présent le marchand Seneb est sous les verrous en attendant son tour de comparaître devant le commandant Thouti. Maintenant, dites-moi, Seneb ou l'un des membres de son groupe s'est-il éloigné de la caravane à un moment quelconque ?

— Je ne sais pas ce qu'ils ont fait plus haut en amont, mais de l'instant où nous avons posé les yeux sur la caravane jusqu'à leur entrée dans Kor, pas un seul d'entre eux ne s'est écarté de la piste.

Au sud de Kor, ils trouvèrent le fleuve obstrué par des îles, certaines assez vastes pour être habitées, d'autres de simples affleurements de granit noir, luisant d'humidité sous le roulement des eaux écumeuses. Sur une des plus grandes, de nombreux hommes s'affairaient comme des fourmis entre des murs de brique nouvellement érigés au-dessus des rochers, des arbres et des buissons. Une forteresse prenait forme, remplaçant un antique fortin depuis longtemps en ruine.

Les trois voyageurs poursuivirent leur marche pénible pour s'enfoncer dans le Ventre de Pierres. Ils découvraient un fleuve sauvage, violent, aussi différent que la nuit et le jour du cours d'eau paisible passant près de Bouhen. Un chapelet d'îlots rocheux, pour beaucoup mornes et stériles, d'autres couverts de végétation, délimitait d'étroits labyrinthes où s'engouffraient les rapides. Là où la voie était dégagée, l'eau d'un brun rougeâtre s'écoulait en un flot uni, mais sur presque toute la largeur du grand fleuve elle engloutissait les écueils, dévalait les chutes et tourbillonnait autour d'obstacles invisibles qu'elle fouettait d'une écume incolore. Parfois, elle s'amassait pour former un bassin calme, à d'autres endroits elle ondoyait à travers d'étroits défilés ou cascadait sur des marches de pierre noire. Et pendant tout ce temps, elle chuchotait, murmurait et chantait à l'instar d'une créature vivante, telle une sirène.

Sa puissance brutale et sa beauté subjuguaient et épouvantaient Bak tout à la fois. Il se vit fugitivement parcourant ces eaux tumultueuses sur un fragile esquif, et sentit une sueur glacée couler le long de son dos. Il chassa cette idée insensée de son esprit. Quel homme jouissant de tout son bon sens s'embarquerait dans ce chaos ?

Loin de l'eau, un monde de sable doré et de rochers noirs s'étirait vers l'ouest, pour disparaître dans une brume rose où la terre et le ciel se confondaient. La rive opposée paraissait un univers aride et torturé, aux rocailles érodées par le vent et abrasée par les tempêtes de sable. Khéprê, le soleil levant, gravissait lentement la voûte céleste, buvant l'humidité de leurs corps, mordant leur chair, flétrissant encore plus la terre stérile. Chaque pas brûlait leurs pieds à travers leurs sandales en joncs. Ils s'arrêtaient souvent pour se baigner dans des plans d'eau calme, pour boire jusqu'à plus soif, ou simplement pour contempler le fleuve devenu fou.

La vie continuait au milieu de cette désolation. Des crocodiles paressaient au soleil sur une berge sablonneuse ; des oiseaux jacassaient dans des acacias accrochés à de minuscules bouts de terre ; des canards barbotaient entre les roseaux dans des anses abritées, ou volaient au ras de l'eau à la recherche de leur pitance. Les voyageurs ne virent aucune habitation, mais chaque fois qu'ils tombaient sur une crique protégée, ils découvraient des rangs bien nets d'oignons, de melons ou de lentilles, et parfois même un carré de céréales.

L'arête rocheuse parallèle au fleuve se fit graduellement plus proche pour s'achever brusquement par un à-pic en face de l'eau. Quatre soldats, leurs longues lances à portée de main, étaient assis sur les rochers au sommet de la formation, d'où ils observaient l'approche de Bak et de ses Medjaï. C'étaient les guetteurs du poste de surveillance le plus élevé de la région.

Laissant ses hommes au bord d'un plan d'eau paisible, Bak escalada une pente de sable escarpée, battue par le vent, qui s'élevait jusqu'en haut. Ses pieds s'enfonçaient

93

profondément dans la surface meuble ; le sable s'accrochait à ses chevilles, alourdissait ses jambes. Ce fut un soulagement d'atteindre le roc nu, de gravir le pinacle de pierre craquelée. Au sommet, trois lanciers et un sergent vinrent à sa rencontre, loin au-dessus des rapides. Sur leur visage, Bak lut la curiosité, et la prudence imposée par leur tâche.

Le sergent, petit mais râblé, qui devait avoir environ l'âge de Bak, posa sur lui un long regard spéculatif après avoir examiné son laissez-passer.

— Les hommes qui décident d'escalader ce sommet pour tuer le temps ne sont pas légion. Surtout les officiers.

— Je suis monté dans une intention précise, répondit Bak avec un sourire cordial.

— C'est-à-dire ? interrogea le sergent, toujours circonspect.

« Le devoir de cet homme l'oblige à la méfiance », se rappela Bak.

— Je cherche des informations. Vous qui restez ici jour après jour, à dominer le fleuve et le désert, vous serez peut-être en mesure de m'aider.

Le sergent jeta un coup d'œil rapide vers le pied de la falaise où les deux Medjai se délassaient dans l'eau.

— Tu dois être le policier de Bouhen, celui qui vient enquêter sur le meurtre du lieutenant Pouemrê.

Bak se crispa, surpris.

— Tu es déjà au courant de ma mission ?

— Nous avons vu ton sergent medjai arriver et repartir hier, et un messager du commandant Thouti s'est présenté la nuit dernière. Puis, ce matin, quand la patrouille du désert nous a déposé nos provisions, nous avons appris ton arrivée, car la nouvelle s'est répandue dans Iken comme des grains de sable lors d'une tempête.

Bak fronça les sourcils. Le fait que le commandant Ouaser ait répété le message était intéressant, car, en somme, cela revenait à admettre publiquement qu'il n'avait pas donné satisfaction à Thouti, son officier supérieur. Mais si cette démarche avait un sens plus subtil, celui-ci échappait à Bak.

— Tu dois avoir le gosier sec après une si longue route, dit le sergent, radouci. Que dirais-tu d'une jarre de bière ?

Acceptant avec reconnaissance, Bak le suivit sous un auvent de jonc adossé à un abri rudimentaire en brique crue. Il se trouvait juste au-dessous du sommet, au milieu des murs effondrés de plusieurs édifices en ruine. Plus loin, du côté du désert, Bak aperçut d'autres guetteurs. Quatre grosses amphores poreuses, renfermant de l'eau, étaient posées contre un mur ombragé, et une douzaine de jarres plus petites pendaient du plafond de l'auvent. Elles se balançaient doucement d'avant en arrière dans la brise légère.

Le sergent décrocha deux jarres, brisa les bouchons d'argile séchée aussi durs que la pierre et en tendit une au visiteur. Bak engloutit une grande lampée du liquide chaud et épais. Levant la jarre, il sourit à son compagnon.

— Ta bière est excellente, sergent.

Le soldat but à longs traits, s'essuya la bouche d'un revers de main.

— Tu as des questions à me poser ?

« Rien de tel qu'un peu de bière pour créer des liens entre deux étrangers », pensa Bak.

— Quand as-tu appris la mort du lieutenant Pouemrê ?

— On nous a informés qu'il était porté manquant il y a trois jours, peut-être quatre. Nous ne savions pas que son ka avait déserté son enveloppe terrestre avant le passage de la patrouille, ce matin.

— Je l'ai trouvé, flottant dans le fleuve du côté de Bouhen, voici quatre jours. Tes hommes et toi n'avez-vous rien aperçu dans l'eau, ce jour-là ou la veille ? Rien qui puisse ressembler à son corps ?

Le sergent se mit à rire et, d'un ample geste du bras, montra le fleuve immense, en contrebas.

— Pourrais-tu repérer un corps, d'ici ?

95

Au nord et au sud jusqu'à perte de vue, s'étendait un panorama grandiose de rocs grands et petits, tantôt frangés de roseaux ou piqués de touffes de mimosa, tantôt couronnés d'acacias ou de palmiers. Autour d'eux, au-dessus d'eux, entre eux, ce n'était que tourbillons, que vagues jaillissantes et courants en cascade. Un objet qui pouvait être une épave, un crocodile ou simplement l'effet de l'imagination du policier, apparut dans des eaux calmes puis dériva dans un rapide, tomba par-dessus un épaulement pour finir aspiré dans une spirale d'écume.

Bak leva les yeux vers l'horizon où tournoyaient une demi-douzaine de points noirs.

— Un cadavre attire les vautours...

— Oh, assurément ! Ces charognards repèrent une proie dans l'eau, mais comme ils préfèrent se restaurer sur la terre ferme, ils cherchent plutôt une carcasse rejetée sur la rive.

Bak avait l'impression de se taper la tête contre un pilier de pierre. Néanmoins, avec sa ténacité coutumière, il décrivit la caravane de Seneb pour la seconde fois ce matin-là.

— Pas de doute, on en a vu une, répondit le sergent. Mais à cette distance, elles se ressemblent toutes. Tant qu'elle reste sur la piste et que tout est normal, nous n'intervenons pas. C'est seulement si nous repérons des pillards ou un voyageur en difficulté que nous alertons la patrouille. C'est à elle de maintenir l'ordre dans le désert.

Quittant l'abri, ils s'approchèrent des guetteurs accroupis au bord du précipice pour surveiller le fleuve.

Bak répugnait à partir sans en savoir davantage que lorsqu'il était monté. Il tenta de glaner encore quelques informations :

— A quand remonte votre dernière permission ?

— Nous sommes postés ici depuis neuf jours. Demain, nous terminons notre tour de garde et nous serons relevés.

— Avez-vous de fréquents contacts avec Iken ?

— La patrouille vient chaque matin nous ravitailler en nourriture et en boissons.

— Et en nouvelles fraîches de la garnison ? demanda Bak en souriant.

— Pour être efficaces, nous devons nous tenir au courant, convint le sergent d'un air sérieux que démentait son regard malicieux.

— J'ai souvent constaté l'utilité des commérages, à condition de les passer judicieusement au crible.

— Cela va sans dire.

Le sergent devint pensif. Il tourna la tête vers ses compagnons, comme s'il était sur le point de parler, mais craignait de s'aventurer en terrain dangereux.

— Se pourrait-il que tu aies trouvé un morceau de granit renfermant de l'or ? l'encouragea Bak.

Le sergent acquiesça et s'approcha du bord du précipice.

— On a rapporté une étrange histoire à l'un de mes hommes, il y a deux nuits. Elle est probablement sans fondement, car elle était mêlée aux divagations d'un ivrogne abruti par la bière. Ce que tu en feras, je ne sais pas, mais je crois que tu devrais l'entendre.

— Je soupèserai sa valeur avec soin, lui assura Bak

Le sergent s'accroupit parmi ses hommes et Bak s'assit sur un roc en saillie à côté d'eux. Le chef désigna le plus âgé des trois lanciers, un soldat grand et maigre, aux épais cheveux blancs.

— Voici Meryrê. Il est allé à Iken avant-hier soir pour voir sa jeune épouse, qui s'apprête à lui donner un enfant. Il s'inquiète sans nécessité mais, comme j'ai le cœur aussi sensible que lui a l'esprit faible, je lui permets de la rejoindre certains soirs.

Le lancier rougit comme un adolescent à qui l'on évoque son premier amour.

— Raconte à cet officier l'histoire que tu as entendue à la maison de bière de Sennoufer, ordonna le sergent.

— Sennoufer et moi, on s'est connus alors qu'on était très jeunes, expliqua Meryrê. On a servi ensemble dans l'armée il y a bien des années, et on est restés amis. Son épouse rend chaque jour visite à la mienne. Avant de rentrer chez moi, je ne manque jamais de m'arrêter là-bas afin d'avoir des nouvelles d'elle, et je partage une bonne cruche de bière avec mon ami. La dernière fois, il m'a relaté une si étrange histoire que je l'ai crue issue de la boisson.

Meryrê regarda le sergent et Bak comme s'il hésitait à poursuivre. Les deux hommes l'encouragèrent d'un hochement de tête.

— La nuit précédente, un homme était arrivé complètement ivre. Il avait trébuché sur le seuil en entrant et butait contre les autres clients. Sennoufer l'a pris par le bras, l'a aidé à s'asseoir, et il a écouté ses paroles incohérentes tout en vaquant à ses occupations.

« L'homme affirmait qu'Hathor s'était offerte à lui et lui avait donné du plaisir toute la nuit. Pour se cacher des regards indiscrets, elle l'avait conduit hors des murs de la ville, dans un coin douillet au creux des rochers. Là, elle lui avait fait boire des cruches de bière sans nombre. Enfin, il s'était assoupi et, à l'instar des déesses, elle avait disparu. A l'en croire, des voix l'avaient réveillé, celles de deux hommes en colère.

Meryrê se gratta le nez, tout à ses souvenirs.

— Il prétendait que l'un des hommes s'était détourné pour partir, mais que l'autre l'avait immobilisé par-derrière et lui avait enfoncé un poignard dans la bouche. L'homme blessé s'était débattu, tentant de s'échapper, mais l'autre était plus fort. Bientôt il s'effondra et celui qui l'avait frappé le traîna jusqu'au fleuve.

Bak n'osait respirer, incapable de croire à sa chance. S'il parvenait à retrouver ce témoin, il mettrait rapidement la main sur le meurtrier de Pouemrê.

— Je vois à ton visage que tu accordes foi à cette histoire, constata le sergent.

— Elle conforte mes propres hypothèses sur les circonstances de la mort, admit Bak. Meryrê, que sais-tu de l'homme qui s'est ainsi confié à Sennoufer ?

— C'était un artisan, il me semble, répondit le lancier en haussant les épaules. Mais je ne connais ni son nom ni son métier. Va trouver mon ami et pose-lui la question.

Bak avait envie de clamer sa gratitude envers Amon. Il avait réussi ! Il avait élucidé le meurtre de Pouemrê avant même de poser le pied à Iken ! Néanmoins, le témoin se rappellerait-il le visage de l'assassin cinq longs jours après avoir assisté au crime, l'esprit embrumé par l'ivresse ?

6

La barque solaire du dieu Rê inclinait depuis longtemps sa proue vers l'horizon d'occident lorsque les
voyageurs présentèrent leurs laissez-passer à la porte
nord d'Iken. Ils empruntèrent ensuite un chemin très fré-
quenté et traversèrent un vaste terrain sablonneux balayé
par le vent avant d'atteindre un faubourg, composé de
bâtisses en pierre et en brique crue. Beaucoup s'étaient
en partie effondrées, d'autres montraient des traces d'in-
cendie, toutes étaient recouvertes d'une pellicule de sable
plus ou moins épaisse. Bak savait qu'elles avaient été
construites et occupées bien des générations plus tôt, puis
livrées à l'abandon pendant les années terribles où les
armées de Kemet avaient cédé Ouaouat aux rois kouchites. Mais les troupes de Kouch ayant subi une défaite
écrasante vingt-sept ans plus tôt, le nombre de soldats
nécessaire pour occuper la garnison était minime et les
maisons n'avaient jamais été rebâties.

Des nattes de joncs grossièrement enduites de boue
avaient été clouées sur les murs cassés et les toitures
béantes pour fournir un simulacre de protection. Les gens
à la peau sombre qui vivaient là, visiblement des Kouchites, regardèrent passer les trois étrangers avec une
curiosité timide. Bak devina qu'ils venaient de l'extrême sud pour commercer dans cet important centre
d'échanges et d'artisanat, et qu'ils avaient élu temporai-
rement domicile dans les anciennes habitations. Thouti

100

avait décrit Iken comme une ville comptant environ sept cents personnes, aussi étendue que Bouhen mais avec deux fois moins de soldats et deux fois plus de civils, dont beaucoup étaient de passage.

Bak et ses hommes pénétrèrent bientôt dans la ville basse, qui donnait une plus grande impression de stabilité avec ses entrepôts, ses ateliers et ses maisons mitoyennes blanchies à la chaux. En y regardant de plus près, toutefois, on s'apercevait que seulement la moitié étaient occupés. Certains tombaient en ruine et d'autres, non peints, avaient un aspect défraîchi.

Les nouveaux venus progressèrent dans une série de rues étroites, où ils coudoyaient des soldats, des marins, des clercs, des artisans et des marchands, plus rarement des femmes, des enfants et des serviteurs. Les habitants de Kemet, de blanc vêtus, se disputaient l'espace avec le peuple de Ouaouat et de Kouch, aux tenues bigarrées. Un doux parfum d'épices et l'âcre relent des fours et des fourneaux, une odeur aigrelette de sueur et des fragrances délicates, la puanteur omniprésente des excréments – humains et animaux – et les remugles du fleuve planaient dans l'air chaud telle une brume invisible. Le murmure des voix, les aboiements des chiens, les caquètements des poules se mêlaient pour ne former qu'un. Plus loin vers le sud, ces bruits étaient remplacés par le grincement des bateaux amarrés au port, la mélopée monocorde des portefaix transférant les sacs de céréales d'une barge à l'entrepôt, et les voix enrouées des pêcheurs proposant à tue-tête leur prise de la journée.

Dominant toute cette effervescence, l'énorme forteresse rectangulaire dressait ses murs à tourelles d'une blancheur aveuglante au sommet de l'escarpement qui bordait la cité à l'ouest.

Bak avait certes entendu dire qu'Iken était un grand centre de commerce, cependant jamais il n'avait imaginé tant d'exotisme et de diversité dans la population, ce fouillis de ruelles et ces porches sombres au charme mystérieux. Il était en proie à la curiosité et à la surexcitation, à un désir ardent d'exploration. Il pria Amon avec ferveur afin que sa tâche soit vite terminée. La cité lui faisait signe.

— Malheureusement, je ne peux pas t'aider, dit Sennoufer. Je ne connaissais pas cet homme.

Bak s'assit sur un tabouret bas, son exaltation tout à fait retombée. Il observa, les sourcils froncés, le petit homme sec et nerveux dont les fins cheveux d'un rouge flamboyant étaient sans doute teints au henné.

— As-tu une idée de la raison pour laquelle il est venu s'épancher ici ?

— Simple caprice d'ivrogne, très certainement, répondit Sennoufer en haussant les épaules.

— Un caprice bien dangereux ! Si d'aventure ses propos étaient parvenus jusqu'au meurtrier, je ne parierais pas une poignée de blé sur ses chances d'atteindre un âge avancé.

— Je ne m'inquiéterais pas outre mesure, pour ma part, répliqua Sennoufer en lançant un coup d'œil vers la ruelle, où Pachenouro et Kasaya bavardaient avec quatre lanciers. Meryrê a compris de travers, ou peut-être lui ai-je par mégarde donné une fausse impression. Le client ivre n'avait pas la prétention d'avoir assisté à un meurtre ; il disait avoir rêvé qu'un homme en tuait un autre.

Bak considéra Sennoufer d'un air maussade, puis détourna la tête de peur de paraître ingrat. Il examina l'établissement : deux salles encombrées, donnant sur la rue et le mur aveugle d'un entrepôt. Au fond de la salle où il se trouvait, des jarres de bière étaient empilées jusqu'à la mi-hauteur d'un homme. Des nattes de joncs tachées couvraient le sol en terre battue. Un panier contenant des bols, ainsi que quatre tables basses et une douzaine de tabourets bancals étaient disposés autour de la pièce. Des plateaux de jeux avaient été peints sur la surface des tables, offrant aux clients l'occasion de parier tout en buvant.

Une activité intense régnait dans la seconde pièce,

d'où émanait une violente odeur de bière et de levure. Deux serviteurs bavardaient ensemble, la sueur coulant à grosses gouttes de leur visage rougi par la chaleur et par l'effort. L'un émiettait du pain à moitié cuit dans des cuves renfermant un liquide sucré. L'autre mélangeait et filtrait le breuvage fermenté, ou versait l'épais liquide dans de grosses jarres qu'il obturait ensuite à l'aide d'un bouchon de terre. Sennoufer était, semblait-il, de nature économe. Il fabriquait lui-même sa marchandise. Bak se félicita de ne pas s'être laissé tenter. La bière maison était souvent digne des dieux, mais, parfois, d'une force à terrasser un bœuf. La taverne de Sennoufer étant proche du port, les boissons fortes avaient sans doute la préférence.

— Tu as sûrement appris la mort du lieutenant Pouemrê, reprit Bak. Ne paraît-il pas plausible que cet homme en ait été témoin ?

— C'est possible, je te l'accorde. A moins que ces visions soient nées d'une cruche de bière : serpents, scorpions, crocodiles, alors pourquoi pas un ou deux meurtres ?

— Pourrais-tu me décrire cet ivrogne qui a rêvé d'un meurtre ? interrogea Bak d'un ton pincé.

— Il était de taille moyenne, ni gros ni maigre. Il avait des cheveux noirs coupés court et des yeux marron. Il portait un pagne court, avec un couteau en silex passé dans sa ceinture, et il allait nu-pieds. Je sais, ajouta Sennoufer, remarquant la déception de Bak. La moitié des hommes d'Iken correspondent à cette description.

— D'après Meryrê, il s'agirait d'un artisan.

— J'ai eu cette impression, en effet.

— Pourquoi ?

Sennoufer se caressa pensivement le lobe de l'oreille.

— A cause de ses mains. Ses doigts étaient courts, en spatules. Ses paumes étaient larges et ses ongles sales, ou peut-être seulement tachés. C'étaient des mains vigoureuses, celles dont un homme se sert pour gagner son pain.

— S'il revenait dans ton établissement, le reconnaî-
trais-tu ?

— Oui. Du moins, je le pense, rectifia Sennoufer en
fronçant les sourcils.

Bak se leva pour partir. Une seule chose était certaine :
son entretien avec le commandant Ouaser ne pourrait
s'avérer plus décevant que celui-ci.

Bak et ses hommes, ne sachant par où l'on accédait
au sommet de la forteresse, s'adressèrent à l'un des dix
lanciers qui gardaient le port. L'homme désigna du doigt
une faille sur la face rocheuse, et leur assura qu'ils y trou-
veraient un sentier escarpé. Et, de fait, ce chemin très fré-
quenté les conduisit droit au vaste portail à tourelle du
fort. Quand ils eurent montré leurs laissez-passer, Bak
marcha en tête à l'intérieur d'une ville très semblable à
Bouhen avec ses groupes de bâtiments chaulés de blanc
bordant des rues étroites et droites comme des flèches.

— Allez aux magasins de la garnison, ordonna-t-il à
Pachenouro et à Kasaya. Prévoyez des provisions de
bouche pour trois ou quatre jours. Prenez aussi des draps,
un brasero, tout ce dont nous aurons besoin. Liez conversation avec tous ceux qui entreront en contact avec vous.
Gardez un visage franc et ouvert ; n'insistez pas pour
obtenir des informations sur le meurtre, mais glanez ce
que vous pourrez. Après mon entrevue avec Ouaser, je
vous enverrai un message vous précisant où se trouvent
vos quartiers.

S'étant séparé d'eux, Bak se rendit rapidement à la
résidence du commandant, une grande demeure dont le
cœur était une cour à piliers entourée de pièces où des
scribes déployaient une activité fébrile. Quand il indiqua
son identité, les hommes qui se trouvaient à portée
d'oreille feignirent l'indifférence, mais l'examinèrent
aussi attentivement qu'un médecin scrute une plaie
béante. Un scribe le dirigea vers le premier étage, où se
trouvaient les appartements du chef de la garnison, de
même qu'à Bouhen.

Ouaser, un homme de taille moyenne doté d'un léger embonpoint, siégeait dans sa salle d'audience dans un fauteuil drapé d'une peau de lion. A sa corpulence, aux rides marquant les coins de ses yeux et de sa bouche, et aux fils gris striant son épaisse chevelure coupée sous les oreilles, Bak estima qu'il n'avait pas loin de cinquante ans.

Le commandant s'abstint de se lever et l'accueillit avec un sourire réservé qui rendit l'atmosphère glaciale.

— Ainsi, tu es le policier de Thouti – le lieutenant Bak, c'est ça ?

Il parlait d'une voix ulcérée et semblait insinuer que la place naturelle de Bak était au bout d'une laisse, aux pieds de son maître.

— Ainsi, tu es Ouaser, riposta Bak sans sourire. Un commandant compétent, m'a-t-on dit, mais trop absorbé par la routine de sa garnison pour signaler la disparition d'un homme à son supérieur.

— Une négligence, je l'admets, dit Ouaser en s'empourprant.

Contraint de rester debout tant qu'il n'était pas invité à s'asseoir, Bak parcourut la pièce d'un coup d'œil rapide. Des rouleaux de papyrus étaient empilés sur le bureau, près du coude du commandant. Plusieurs tables basses, des coffres en bois, des trépieds et des pliants occupaient tout l'espace. Le long d'un mur étaient rangés des armes, une cuirasse et toutes sortes de produits de Kouch, confisqués ou simplement achetés : un panier d'œufs et de plumes d'autruche, des peaux de bête lustrées, un coffre ouvert rempli de bijoux en perles aux couleurs clinquantes.

— Le commandant Thouti n'avait même pas idée qu'un personnage de haute naissance se trouvait sous tes ordres, et par conséquent sous les siens.

— Je refuse d'endosser toute responsabilité à ce sujet, répondit Ouaser d'un air crispé. Je supposais que le lieutenant Pouemrê avait signalé sa présence à Bouhen,

105

conformément au règlement. J'ignorais qu'il ne s'était pas soumis à cette obligation.

Bak savait que s'il poussait le commandant dans ses derniers retranchements, il s'aventurerait en terrain glissant, néanmoins Thouti lui avait conféré toute autorité sur Ouaser dans cette affaire, aussi insista-t-il :

— N'aurait-il pas été judicieux, d'un point de vue diplomatique, de glisser une remarque particulière sur le rang de Pouemrê lorsque tu adressais tes rapports à ton commandant ?

Ouaser se pencha en avant dans son fauteuil, le regard aussi sombre et intense que sa voix.

— Pouemrê était un bon officier, un homme d'armes de qualité, cependant mes autres officiers le sont aussi. Je ne souhaitais pas lui accorder plus de considération qu'aux autres uniquement parce que son père était de haut rang.

Bak ne put se défendre d'approuver ce point de vue.

— Je comprends tes raisons, toutefois il faut avoir le sens des réalités.

— Cela justifie-t-il de privilégier un homme dont l'expérience militaire se résume à la théorie, par rapport à ceux qui ont prouvé leur vaillance sur le champ de bataille, sauvant leur vie et celle de leurs camarades ?

— Peu d'officiers supérieurs régleraient leur conduite sur d'aussi nobles convictions.

D'un geste de la main, Ouaser indiqua qu'il ne faisait guère de cas de ce compliment.

— Dans un an, je dirai adieu à l'armée. Je m'en retournerai à Kemet, afin de finir mes jours sur le petit lopin de terre que j'ai reçu autrefois pour service rendu à ma patrie. Les hommes de haut rang ne m'impressionnent plus.

— Le père de Pouemrê est désormais le directeur du Trésor de Kemet, souligna Bak. Il a l'oreille de notre souveraine. Dire qu'il est de haut rang semble en deçà de la vérité.

— Oui, quelle malchance ! admit Ouaser avec un sou-

106

rire désabusé. Comment aurais-je pu prévoir un tel retournement de situation ?

Bak dissimula son propre sourire. Il était temps de modérer ses attaques, sans toutefois laisser l'offensive à son interlocuteur. Il n'hésita pas à tempérer la vérité :

— Si le commandant Thouti m'envoie ici, ce n'est pas que tu lui inspires de la méfiance. Simplement, il pense que je parviendrai peut-être plus vite à retrouver le coupable. Après tout, de nombreuses autres tâches réclament ton attention, tandis que je me concentrerai exclusivement sur cette affaire. Thouti ne veut pas que ce crime assombrisse le séjour d'Amon dans le Ventre de Pierres.

Bien qu'encore sur ses gardes, Ouaser lui indiqua un tabouret :

— Prends un siège, jeune homme. J'ai raté le repas de midi. L'heure est passée, mais aimerais-tu partager avec moi une légère collation ?

Un peu plus tard, quand Bak eut devant lui une cruche de bière, une miche de pain plat et un savoureux ragoût de légumes, il se sentit plus à l'aise avec Ouaser, mais pas moins prudent.

— J'ai entendu parler de toi, déclara le commandant en trempant un morceau de pain dans son bol, et je sais en quelle haute estime te tient Thouti. On raconte que, non content de capturer l'assassin du commandant Nakht, tu as empêché le pillage d'une mine d'or en plein désert et dirigé une escarmouche qui a sauvé une caravane.

Maakarê Hatchepsout elle-même avait ordonné que l'affaire soit gardée secrète, toutefois les fuites et les rumeurs étaient inévitables.

— A ma connaissance, pas une barre d'or n'a quitté Bouhen autrement que lors de chargements officiels, déclara Bak sans mentir, puisque le voleur n'avait pas eu le temps d'emporter son butin.

— Mais tu as bien mis la main sur le meurtrier de Nakht ! insista Ouaser. Nul ne l'ignore dans le Ventre de Pierres, de même que ton triomphe sur les tribus du désert est de notoriété publique.

Bak pêcha un morceau de céleri dans son ragoût. N'étant pas sûr des intentions de Ouaser, il répondit sans se compromettre :

— J'ai eu de la chance. Le dieu Amon était à mes côtés. Il a guidé mes actes et mes pensées.

— Inutile d'être aussi modeste, lieutenant. Tu es un excellent soldat, un remarquable...

— Cela suffit ! coupa Bak, souriant pour atténuer la dureté de ses paroles. Des flatteries m'inciteraient à douter de tes motifs.

Ouser s'esclaffa.

— J'entendais simplement démontrer que Thouti t'a confié une tâche indigne de tes talents. Si, comme je le crois, la mort de Pouemrê était un accident, tu n'as pas lieu de procéder à une enquête.

— Un accident ? releva Bak en plissant les yeux.

Ouaser essuya l'intérieur de son bol avec une croûte de pain pour finir son ragoût.

— D'après le message de Thouti, on a trouvé Pouemrê dans le fleuve, étouffé par son propre sang. Ma théorie est qu'il a glissé, qu'il est tombé dans l'eau et a été emporté vers les rapides, où sa gorge a été déchirée par les rochers. Voir un meurtre là-dessous, c'est pour moi compliquer exagérément une situation fort simple.

Bak posa son bol, bascula en arrière sur son tabouret et posa sur Ouaser son regard perçant.

— J'ai moi-même trouvé le corps et ôté l'arme du crime de sa gorge. Cette arme, un burin, était enfoncée avec tant de force que j'ai eu du mal à l'extraire. La mort du lieutenant Pouemrê n'avait rien d'accidentel.

Ouaser n'alla pas jusqu'à s'agiter sur son siège, mais il paraissait fort embarrassé.

— En ce cas, il a sans doute été victime d'un marchand, comme je l'ai supposé tout d'abord. Un de ceux, nombreux, que Pouemrê s'est mis à dos pendant le mois où il a dirigé le poste de contrôle.

— Je doute que Nehsi se satisfasse d'une explication aussi simple sans de solides preuves à l'appui, répliqua

Bak, remarquant la rougeur qui montait au visage du commandant. Maintenant, dis-moi : à ta connaissance, quelle a été la dernière personne à voir Pouemrê en vie ?

— C'est moi. Moi et mes officiers d'état-major, répondit Ouaser avec raideur. Nous nous sommes réunis ici même la nuit où il a disparu. Nous avons défini les responsabilités de chacun des hommes qui accompagneraient le dieu à Semneh. Ils sont partis bien après la tombée de la nuit.

Bak fixa le commandant vieillissant. Ouaser paraissait à bout, ce qui en disait long. Il craignait, ou peut-être le savait-il pertinemment, qu'un des officiers présents à cette réunion soit le coupable. Comment s'étonner qu'il préfère enterrer l'affaire !

— Je m'en veux, avoua Ouaser. J'aurais dû les convoquer plus tôt, veiller à ce qu'ils partent avant la nuit. A une heure aussi tardive, on pouvait craindre de mauvaises rencontres.

Bak hocha la tête d'un air compréhensif. Mais il avait parcouru les rapports mensuels concernant la criminalité à Iken, qui ne justifiaient pas une telle remarque.

— Je dois interroger tous ceux qui se trouvaient ici cette nuit-là, pour découvrir s'ils ont vu quelque chose.

— Je comprends.

Au prix d'un effort visible, Ouaser affronta le regard de Bak.

— Je préférerais que tu remettes cela à demain. Je pourrai les convoquer au moment où ils seront moins pris par leurs obligations.

Bak sentit bien que le commandant souhaitait le tenir à distance. Pourquoi, au juste ? Le temps de mettre au point un témoignage avec ses officiers pour le berner ? Bak jugea bon de jouer le jeu, de laisser supposer qu'il était influençable.

— Je comptais commencer aujourd'hui, mais demain me convient aussi bien. D'ici là, mes hommes et moi avons besoin d'un logis hors de la caserne.

Il se leva, se disposant à partir.

109

— Je désire également voir les quartiers de Pouemrê. Peux-tu m'indiquer l'endroit où il vivait ?

La demeure de Pouemrê était située dans la ville basse, non loin de la petite maison que le chef des scribes avait attribuée à Bak et à ses hommes. Le secteur résidentiel, proche du pied de l'escarpement, était lentement recouvert par l'ombre de la forteresse qui le dominait à une hauteur vertigineuse. Le seul occupant visible dans l'étroite ruelle était un roquet à poil jaune, vautré sur le pas d'une porte ouverte, la langue pendante, battant de ses flancs maigres pour aspirer un souffle d'air.

— Nous ne trouverons pas grand-chose ici, déclara Kasaya, foulant le sable omniprésent malgré la muraille sinueuse érigée en guise d'écran. Si le commandant Ouaser protège un de ses officiers, il a depuis longtemps fait disparaître les traces compromettantes.

Bak s'arrêta devant la dernière maison de la rue, et une porte en bois fermée par un loquet.

— Il nous faut bien un point de départ. De plus, je tiens à lui faire comprendre que je suis prêt à retourner chaque grain de sable afin de découvrir ce qui se cache dessous.

— Ne veux-tu pas qu'il te croie facile à duper ?

— S'il voit que je prends cette enquête au sérieux, il s'inquiétera. S'il me croit stupide, il commettra peut-être une imprudence.

L'expression du jeune Medjaï oscilla entre la perplexité et le scepticisme.

Bak souleva le loquet de bois et poussa la porte. La maison était petite, une simple pièce passée à la chaux par souci de propreté, et pourvue à l'arrière d'une cuisine exiguë, au toit de branchages et de feuilles de palmier. Au-delà d'une plate-forme basse couverte d'une paillasse, une échelle permettait d'accéder à une ouverture pratiquée dans le toit, pour l'instant barrée par une natte en feuilles de palmier. Une seconde paillasse, beaucoup plus petite que la première, était installée par terre dans le coin opposé. Un tabouret et trois coffres de joncs tressés complétaient cet ameublement sommaire. Plusieurs animaux en argile séchée, un crocodile sculpté dans le bois et une poupée cassée étaient entassés sur le petit lit.

— Il a gardé l'enfant sourd-muet avec lui ! comprit Bak, surpris sans trop savoir pourquoi.

Kasaya, qui n'était lui-même guère plus qu'un adolescent grandi trop vite, avait été intrigué par le récit de Noferi, la tenancière du bordel.

— Peut-être Pouemrê en a-t-il fait son serviteur ? Un garçon de six ou sept ans est capable d'accomplir beaucoup de petites besognes qui aplanissent le sentier de la vie.

— Comment réussissaient-ils à se comprendre ? demanda Bak. Et, surtout, où est l'enfant à présent ?

Les deux hommes cherchèrent dans la pièce des signes d'habitation récente. Le brasero était froid, les assiettes en poterie, propres, étaient rangées en piles nettes contre le mur. Sur les deux paillasses, les draps avaient été soigneusement tirés. Un coffre contenait des vêtements masculins : tuniques et pagnes de lin fin, immaculés et bien pliés. Dans un autre étaient serrées des sandales, une cotte de mailles à manches courtes ainsi que des armes de poing : une dague, une masse et une fronde. Une cassette renfermait des rasoirs, des fards à yeux et autres articles de toilette. L'inventaire de plusieurs jarres en terre cuite, de tailles diverses, révéla une infime quantité de provisions.

— Je crains que le petit ne se soit enfui, dit Bak. Il reste bien peu à manger. Il ne reviendra pas.

Il ne s'inquiétait pas outre mesure. L'enfant s'était probablement réfugié dans les parages, chez une brave mère de famille au cœur tendre.

Kasaya retourna à la porte pour scruter le sol tapissé de sable.

— Il n'est pas revenu par ici depuis le dernier grand vent. A quand cela peut-il remonter ?

— Va t'en enquérir à côté.

Quelques minutes plus tard, il reparut avec une jeune femme noire d'une quinzaine d'années tenant un bébé minuscule contre son sein. Elle avait les paupières lourdes, comme si le Medjaï l'avait dérangée pendant sa sieste de l'après-midi.

— Le vent a soufflé fort il y a trois nuits, dit Kasaya, qui adressa un signe d'encouragement à la voisine. Parle, jeune femme. Répète au lieutenant ce que tu m'as expliqué.

Elle baissa les yeux, sa timidité rendant sa voix à peine plus forte qu'un murmure :

— Je n'ai pas revu le petit garçon depuis la nuit d'avant que le sergent vienne chercher le lieutenant Pouemrê.

— L'enfant est parti avant qu'on s'aperçoive de la disparition de son maître ? interrogea Bak, sentant croître son intérêt.

La femme se hasarda à le fixer, puis acquiesça en détournant les yeux.

Les pensées de Bak se bousculaient dans sa tête, tandis qu'il explorait les différentes hypothèses. D'une façon ou d'une autre, l'enfant avait appris la mort de son protecteur. Se pouvait-il qu'il ait vu celui-ci mourir ? Était-ce outrepasser les limites du vraisemblable de supposer que deux témoins avaient assisté au meurtre ? L'un, un ivrogne qui ne s'en souviendrait peut-être même pas, et l'autre, un muet qui ne pourrait décrire les faits, avaient tous deux disparu.

— Parle-moi de cette nuit-là, demanda Bak à la jeune femme.

— Mon mari était de garde, alors j'ai couché seule, sur le toit. Il faisait chaud. Mon bébé s'agitait beaucoup et, moi, je n'arrivais pas à dormir. J'ai vu le petit garçon monter tout en haut de cette maison et s'arrêter sous la lumière des étoiles. Il avait un balluchon sur l'épaule, un drap rempli de je-ne-sais-quoi, si lourd qu'il marchait plié en deux. Il regardait autour de lui comme un chiot qui a perdu sa mère et redoute les dangers de la nuit. Il

112

n'a rien vu de menaçant, il ne savait pas que je l'observais, alors il a sauté de toit en toit jusqu'au bout de la dernière maison, et après il a disparu.

— Et il n'est pas revenu depuis ?

— Non, confirma-t-elle, serrant fort son nourrisson pour puiser du courage dans la chaleur de son corps.

Kasaya hocha la tête afin de confirmer ces dires :

— J'ai trouvé du sable sur la natte, au-dessus de l'échelle, ce qui prouve qu'il n'est pas revenu non plus en s'introduisant par le toit.

Bak contempla la pièce, frappé à la fois par sa propreté et son aspect abandonné. Si le garçon avait été témoin du crime, il ne reviendrait jamais ici. Et il ne serait pas aussi facile à retrouver que Bak l'avait supposé de prime abord. Le policier poussa un long soupir de frustration.

— Qui est entré dans cette maison, depuis la mort de Pouemrê ?

La jeune femme frotta son nez contre le duvet sombre couvrant le crâne de son bébé.

— Le sergent est repassé très souvent. Il avait l'air plus inquiet à chaque fois. La femme aussi est venue, celle qui est enceinte et qui s'occupait du ménage et de la cuisine. Et puis d'autres hommes, des soldats, mais je ne sais pas combien car, pour moi, ils se ressemblent tous.

Bak n'avait pas eu grand espoir d'en apprendre beaucoup plus, cependant il se sentit découragé. Après tant d'allées et venues, les indices éventuels auraient depuis longtemps disparu. La fouille dont il ne pouvait se dispenser serait vaine.

Il posa encore quelques questions qui ne l'avancèrent à rien et autorisa la jeune femme à rentrer chez elle.

— Toi aussi, tu peux aussi bien partir, Kasaya. Cette maison a été nettoyée du sol au plafond. Je ne vois pas l'intérêt de te faire perdre ton temps en plus du mien.

Rê descendait dans le ciel de l'ouest, étirant l'ombre de l'escarpement sur la ville basse. Le port était calme,

113

ses eaux telle une feuille d'or en fusion reflétaient un azur sans nuage. Une douce brise tirait les habitants de leur sommeil afin qu'ils accomplissent leurs tâches du soir, et rendait leur voix aux bêtes et aux humains.

Bak descendit du toit par l'échelle et regarda autour de lui. Quand il aurait fouillé les paillasses, il pourrait enfin s'en aller. Il s'agenouilla à côté du lit de l'enfant en se demandant ce que Pachenouro avait réussi à se procurer dans les réserves de la garnison. Un canard dodu et une cruche de bière pour l'arroser seraient agréables – des agapes pour compenser son échec. Il n'avait pu découvrir un seul indice sur la mort de Pouemrê. Pas plus que sur sa vie, d'ailleurs. L'officier avait mené une existence assez confortable, mais austère, comme s'il tentait de prouver à ses compagnons – ou peut-être à lui-même – qu'il pouvait tourner le dos à son noble héritage.

Bak ôta le drap et le secoua, soulagé d'avoir bientôt terminé. Il avait à peine entrevu l'intérieur du logis que Ouaser leur avait assigné, à lui et à ses hommes, mais l'endroit semblait idéal : deux pièces, situées comme la maison de Pouemrê au bout d'une petite rue tranquille. Il examina la paillasse sur laquelle l'enfant avait dormi. Le matelas était bien rembourré. Épais et moelleux, il évoquait un nid. Bak le souleva, cherchant sans conviction une cachette dans le sol de terre battue.

Un tesson de poterie grisâtre tomba des plis du drap. Bak le ramassa et vit sur la surface extérieure, lisse, des lignes hésitantes tracées à l'encre noire par une main malhabile. Des bonshommes à tête ronde et au nez pointu comme un bec d'oiseau, affligés de membres pareils à des bâtons. Soudain, le policier écarquilla les yeux et arrondit les lèvres en un sifflement silencieux. L'esquisse représentait un homme coiffé de la haute couronne d'un roi, penché sur une petite silhouette allongée sur un lit. Un troisième personnage se tenait juste derrière lui, un poignard à la main, le bras arrêté juste avant d'assener le coup fatal. Le sens était clair : le souverain kouchite

Amon-Psaro près de son fils souffrant, et quelqu'un – Pouemrè, peut-être ? – s'apprêtant à l'assassiner.

Bak respira longuement, profondément pour apaiser les battements précipités de son cœur. Sautait-il trop vite aux conclusions sur la foi d'une preuve douteuse ? Quel motif Pouemrê aurait-il eu de supprimer Amon-Psaro, qui n'avait pas posé le pied sur le sol de Kemet depuis de longues années, et n'y retournerait probablement jamais ? Non, l'idée était absurde.

Il perçut le crissement léger du sable sous des pas. Il fit volte-face et aperçut une jambe cuivrée surmontée d'un pagne blanc. Quelque chose s'abattit sur sa tête, le renversant en arrière, et il sentit ses genoux se dérober sous lui. Le monde sombra dans la nuit.

Bak ouvrit les yeux, essaya de décoller la tête du sol. La pièce s'inclina à un angle effrayant qui lui donna la nausée. Son crâne semblait sur le point d'éclater. Il ferma les paupières, avala sa salive. Au bout d'un moment, il tenta à nouveau de se redresser. Cette fois, il réussit à s'appuyer sur le coffre à vêtements de Pouemrê, à présent vide, son couvercle de travers. Quand la pièce cessa de tournoyer, il découvrit le désordre autour de lui et jura avec vigueur. Celui qui l'avait assommé avait ensuite mis la maison à sac. Le contenu des coffres était disséminé un peu partout, les paillasses étaient retournées, les draps jetés en vrac. Les jarres de provision renversées avaient répandu sur le sol les céréales et la farine, les lentilles et les dattes séchées. Le regard de Bak tomba sur une masse de poussière grisâtre, près de son genou. Le tesson de poterie où figurait le dessin avait été pulvérisé.

L'inconnu avait pu marcher dessus involontairement, mais Bak ne le crut pas un instant. Il remit rapidement de l'ordre dans ses idées et parvint à une nouvelle hypothèse. Peut-être n'était-ce pas Pouemrê qui voulait la mort d'Amon-Psaro. Et si, tout au contraire, il avait surpris un complot contre le roi kouchite ?

Bak distingua encore un faible crissement de sable,

comme la première fois. Il se retourna vers l'entrée en s'emparant d'une jarre vide, qui n'était pas une arme bien redoutable, mais qui ferait l'affaire, faute de mieux. Un homme l'observait à la dérobée par la porte de la rue. Une longue balafre déformait sa joue, et ses yeux exorbités exprimaient la surprise et la frayeur. Bak se releva tant bien que mal et clopina dans sa direction, sentant le monde vaciller autour de lui. L'homme recula et prit la fuite. Bak franchit le seuil sur des jambes trop chancelantes pour le porter plus loin. Pendant qu'il se retenait au montant de la porte, il suivit des yeux le fugitif, qui disparut au coin de la rue.

Il grimaça, plus parce qu'il se sentait affaibli que parce qu'il avait laissé filer l'inconnu. Un individu affligé d'une aussi terrible cicatrice devait être facile à retrouver.

Bak parcourut la ruelle en évitant avec soin tout mouvement brusque, qui aurait aiguillonné la douleur sourde dans sa tête. Il écoutait à demi les voix provenant des toits où les familles se détendaient dans la fraîcheur du soir, pendant que mijotait le dernier repas de la journée. Un minuscule singe marron lui adressa son babil depuis le seuil d'une porte. Au loin, des chiens aboyaient et un âne poussait des braiments. Un rat traversa la ruelle et se faufila par un portail ouvert, poursuivi par un chat rayé de roux. Iken revêtait sans doute de plus riches couleurs que Bouhen, pensa Bak, mais au fond elles n'étaient pas différentes – des villes frontières peuplées d'hommes, de femmes, d'enfants, de soldats et de civils. Des gens comme les autres, vaquant à leurs occupations ordinaires.

Il approchait du bout de la rue quand des effluves de bœuf braisé flottèrent par la porte ouverte de son nouveau logis. Un large sourire aux lèvres, il pressa le pas. L'intendant, semblait-il, s'était montré des plus généreux envers Pachenouro.

Il entra et suivit l'odeur jusqu'à une petite cour carrée au fond de la maison. Il s'arrêta net sur le seuil et fixa, bouche bée, la séduisante jeune femme agenouillée devant le brasero allumé.

— Qui es-tu ? lui demanda-t-il.

Elle leva les yeux, surprise par son arrivée inopinée, et lui adressa un regard amusé.

— Je suis Aset, la fille du commandant Ouaser.

Un instant, il se demanda s'il s'était trompé de maison, l'esprit encore brouillé par ce coup à la tête. Mais non, c'était impossible.

— Que viens-tu faire ici ?

Sa question était trop brusque, il le savait, et totalement dénuée de tact.

Elle se leva. Son élégante silhouette se dessina sous le fourreau blanc qui lui descendait jusqu'aux genoux, si diaphane qu'il laissait deviner chaque courbe et chaque ombre de son corps.

— Tu as eu une longue et dure journée, lieutenant Bak. J'ai pensé te rendre agréables ces heures du soir en te proposant de la nourriture, de la boisson et... tous les plaisirs dont l'envie pourrait te prendre, conclut-elle après une infime hésitation.

Il essaya d'ignorer la chaleur de ses reins. Elle n'avait pas plus de seize ans, cette jolie fleur qui ne demandait qu'à être cueillie. Mais le bon sens recommandait la méfiance.

— Où sont mes hommes, Kasaya et Pachenouro ?

Elle leva un sourcil, comme surprise qu'il puisse s'en inquiéter.

— Je les ai envoyés aux cuisines, chez mon père.

Le signal d'alarme s'intensifia dans l'esprit de Bak et l'aida à maîtriser l'ardeur de son désir. Il aurait été plus logique d'envoyer les Medjai à la caserne, si elle voulait qu'ils passent la nuit ailleurs.

Avec un sourire aguichant, Aset le prit par la main et l'entraîna vers le banc attenant au mur arrière de la maison. A proximité était posé un panier tressé débordant de victuailles : deux petites jarres de vin, des coupes à pied et plusieurs paquets enveloppés dans des feuilles – les mets préparés par ses serviteurs, conjectura Bak. Une étoffe soigneusement pliée était posée à l'extrémité du banc, sans doute une tunique dont elle avait couvert sa nudité pour franchir la distance entre la résidence et cette modeste demeure. Une brise agréable flottant du toit emportait la fumée du brasero.

Elle prit une jarre et une coupe.

— Laisserons-nous le vin nous réjouir pendant que notre repas chauffe ?

Bak lui prit la jarre des mains, remarqua l'année inscrite sur le bouchon et hocha la tête. Quel que soit le jeu qu'elle jouait, elle y mettait du style. Ou était-ce le jeu de Ouaser ?

— Je suppose que ton père te croit avec tes amies, jeune demoiselle ?

— Oh ! Il ne m'interroge jamais sur mes occupations.

« On l'aurait parié, pensa Bak. Une jolie fille comme toi serait un fléau dans la vie de n'importe quel père. »

Elle était assise à côté de lui, si proche qu'il sentait le parfum suave de ses cheveux et distinguait, au creux de ses seins ronds, un minuscule grain de beauté marron.

— Veux-tu déboucher le vin ? demanda-t-elle.

Repoussant la tentation, il brisa le sceau et remplit le verre d'Aset. Le vin, d'un rouge profond, avait un parfum fruité, délicat et indéfinissable.

Elle but une gorgée, sourit et lui présenta sa coupe en la tournant afin que les lèvres de Bak se posent au même endroit.

— Bois, mon frère, et savoure cet instant. Que cette nuit demeure pour nous un souvenir impérissable.

« Mon frère », avait-elle dit. Ces mots d'amour étaient aussi déconcertants que son invite.

— Je suis on ne peut plus flatté que tu sois venue à moi, Aset. Tu possèdes la grâce de la gazelle et tu es trop parfaite pour un homme d'aussi peu de mérite.

— Ne sois pas si modeste, dit-elle, laissant courir ses doigts sur les bras musclés du lieutenant, qui sentit des

118

fourmillements sous sa peau. Mon père affirme que tu es un homme de grand courage.

— Ton père exagère.

Il se leva, préférant s'écarter. Elle redressa la tête, surprise, et demanda avec une moue boudeuse :

— Tu ne me trouves pas attirante ?

— Si, et tu le sais. Je n'ai jamais rencontré de jeune fille aussi adorable que toi.

Il s'accroupit devant le brasero, ramassa une brindille à l'extrémité calcinée et feignit d'attiser le feu, tout en cherchant fébrilement une échappatoire. Être chassé d'Iken par un père courroucé était bien la dernière chose dont il avait besoin.

— Reviens près de moi, insista-t-elle en tapotant le banc à côté d'elle.

Il esquissa ce qui pouvait passer, espérait-il, pour un sourire de regret.

— Petite Aset, je suis plus désolé que tu ne le sauras jamais. Mais voilà : j'ai donné mon cœur à une autre.

La douceur de sa voix se teintait d'amertume, car sans être entièrement vraie, cette excuse n'était pas non plus un mensonge. De nombreux mois auparavant, Bak s'était épris d'une jeune femme, veuve depuis trop peu de temps pour aimer à nouveau. Elle était partie pour la lointaine Kemet, accompagnant la dépouille de son époux en vue de l'inhumation. Bak n'avait aucune nouvelle d'elle depuis ce jour et ne savait s'il la reverrait jamais. Néanmoins, il se languissait d'elle.

Le sourire d'Aset s'altéra à peine. Elle se pencha vers lui, ses seins parfaits saillant au-dessus de son décolleté.

— Elle n'est pas là. Moi, si.

La proposition ne manquait pas d'attrait. Certes, il avait depuis quelque temps tourné le dos à l'abstinence. Après tout, l'amour était une chose ; la fidélité envers un vague espoir en était une autre. Mais pas à cet instant, pas avec la fille du commandant Ouaser.

Des pas rapides résonnèrent dans la maison. « Des sandales de cuir, pensa Bak, et non en joncs comme celles

119

de Kasaya et de Pachenouro. » Il adressa de brefs mais fervents remerciements à Amon de lui avoir accordé la sagesse de quitter le banc.

Un jeune homme dégingandé surgit, pourpre de fureur et la main sur sa dague. Il s'arrêta net. Son regard alla d'Aset à Bak, de Bak à Aset, puis la confusion supplanta la colère.

— Nebseni ! Que fais-tu là ?

Pâle, la jeune femme avait bondi sur ses pieds. Si sa surprise était feinte, elle était experte dans l'art de la dissimulation.

— Ton père m'envoie. Il pensait que cet homme...

Nebseni jeta un coup d'œil vers le lieutenant, à distance respectueuse de la jeune fille, après quoi il remarqua comment celle-ci était vêtue.

— Pourquoi es-tu ici ? Et dans une tenue qui cache si peu de toi ?

— Cela ne te regarde pas, riposta-t-elle sèchement.

Sans un mot, il la prit par le bras, l'obligea à rentrer dans la maison, puis il ramassa la tunique pliée et courut derrière Aset.

Bak les suivit jusqu'à la porte d'entrée. Quand ils disparurent au bout de la ruelle, il poussa un long soupir de soulagement. Par la grâce d'Amon, une bonne part de chance et une sage méfiance lui avaient permis d'éviter le piège, mais il s'en était fallu de peu. Il retourna dans la cour et se laissa tomber sur le banc, cherchant à discerner qui était l'instigateur de ce traquenard. Ouaser ou bien Aset ? Le jeune homme, Nebseni, avait paru sincèrement en colère, néanmoins les apparences étaient parfois trompeuses.

Il jeta un coup d'œil sur la viande, si bien revenue et odorante qu'elle était digne d'un dieu. Le vin aussi était de qualité. Cependant, Bak n'éprouverait aucun plaisir à les savourer seul. Il tendit l'oreille. Des enfants jouaient sur les toits. L'un d'eux accepterait sûrement de porter un message à ses hommes, à la résidence du commandant.

7

— Vous avez compris ce que vous devez faire ? demanda Bak, regardant d'abord Pachenouro, puis Kasaya.

Pachenouro glissa le passant de son fourreau en cuir dans sa ceinture et renoua la bande de lin.

— Je suivrai la compagnie du lieutenant Pouemrê sur le terrain de manœuvres. Je lierai conversation avec le sergent Minnakht en m'efforçant de gagner sa confiance. Avec de la chance, et si Amon me sourit, non seulement il me parlera avec franchise, mais il encouragera ses hommes à me confier ce qu'ils savent.

Bak fixa l'attache de son large bracelet de perles multicolores, tira le bas de son pagne pour l'ajuster sur ses hanches et s'assit sur l'estrade convertie en banc, où se trouvaient à présent sa paillasse pliée, ses sandales, le bouclier de Kasaya et un panier de pain frais qui embaumait toute la pièce. Pour le reste, l'ameublement se réduisait aux paillasses des Medjaï, à deux tabourets pliants et à un panier de denrées non périssables. Un coffret contenant le nécessaire pour écrire et quelques rouleaux de papyrus était posé près du passage donnant dans la seconde pièce, totalement vide.

— Ta mission ? demanda encore Bak à Pachenouro.

— Découvrir ce que je pourrai sur le défunt et...

Le Medjaï au corps massif glissa sa dague dans le fourreau dont il rectifia la position pour être plus à l'aise, puis

121

il ramassa son bouclier et sa lance couchés au pied du mur.

— Usant de toute mon astuce, je dois apprendre le plus de détails possible concernant les autres officiers, sans que personne ne devine mon dessein. Surtout, je me concentrerai sur leurs relations avec Pouemrê. Comment collaboraient-ils ? Passaient-ils ensemble leurs moments de loisir ? Étaient-ils amis ou ennemis ?

— Voilà qui devrait occuper le plus clair de ta matinée, dit Bak avec un brusque sourire.

— Dis plutôt le plus clair de ma semaine ! rectifia Pachenouro en riant.

Bak reprit son sérieux et se tourna vers le plus jeune.

— Que dois-tu faire, Kasaya ?

Celui-ci, assis en tailleur sur sa paillasse, versait de l'huile dans sa paume pour l'étaler sur ses bras et son torse.

— J'enquêterai d'abord auprès des voisins du lieutenant Pouemrê, afin de découvrir ce qu'ils savaient de lui, quelles personnes et quels lieux il fréquentait. Parmi les noms ainsi obtenus, je n'interrogerai que les civils qui l'ont connu en dehors de la garnison.

— Bien sûr, puisque c'est moi qui me charge d'enquêter dans la caserne, lui rappela Pachenouro.

Kasaya fronça les sourcils, contrarié par cette interruption intempestive.

— Si je trouve le petit muet, je le ramènerai ici et le protégerai au prix de ma vie. Cela vaut aussi pour l'artisan ivre. Quant au balafré, une fois que j'aurai appris où il habite et où il travaille, je me garderai d'intervenir, afin qu'il croie nous avoir échappé.

— Et la femme enceinte ? s'enquit Pachenouro. Celle qui tenait la maison du défunt ?

Tout en chaussant ses sandales, Bak se remémora le dessin qu'il avait trouvé dans le lit de l'enfant. Il avait eu la conviction d'un complot, sur le coup, mais à la lumière d'un nouveau jour l'idée semblait ridicule. Pourquoi un habitant de Kemet aurait-il voulu occire Amon-Psaro ?

122

C'était, certes, un roi puissant, mais il gouvernait un pays si lointain qu'il en semblait mythique.

Pourtant, un doute infime subsistait, irritant comme un minuscule grain de sable logé au coin de l'œil.

— Si elle nettoyait la maison pour Pouemrê et le gamin, elle lavait aussi les draps et faisait les lits. Je préfère lui parler personnellement.

— Un messager d'Amon-Psaro, en chemin vers Bouhen, s'est arrêté ici la nuit dernière, annonça Ouaser. Il est revenu au point du jour, porteur de la réponse du commandant Thouti ainsi que d'instructions me concernant.

— Le roi et sa suite seraient déjà à quelques heures de marche de Semneh ! Je ne veux pas le croire, répondit Bak, consterné, en s'effondrant sur le tabouret le plus proche.

— Ils y entreront avant la nuit et y resteront, dans l'attente du dieu Amon.

— L'état du jeune prince a sans doute empiré.

Ouaser faisait les cent pas dans la cour, s'éloignant puis revenant vers Bak. L'inquiétude assombrissait son visage et creusait de profonds sillons sur son front.

— Ce long voyage et la chaleur du désert à cette époque de l'année éprouveraient un homme robuste. Pour un enfant fragile et souffreteux...

Il secoua la tête.

— Je prie pour qu'Amon-Psaro comprenne que le dieu est parfois capricieux en matière de guérison.

« Je prie pour que les talents de Kenamon soient à la hauteur de sa tâche », pensa Bak, qui partageait la préoccupation du commandant.

— La barque sacrée a sûrement quitté Bouhen, à l'heure qu'il est, reprit Ouaser en arpentant à nouveau la cour.

Il évita de justesse un panier de pelotes de fil blanc, au pied d'un métier à tisser sur lequel était tendue une longueur de lin d'une remarquable finesse.

123

— La nef devrait atteindre le port d'Iken demain au crépuscule. Amon ne passera qu'une seule nuit ici, dans la demeure d'Hathor, avant de poursuivre directement jusqu'à Semneh.

— Il ne rendra pas visite aux dieux dans les autres garnisons du Ventre de Pierres, comme prévu à l'origine ? remarqua Bak. Eh bien, pour que le temps soit aussi compté, la vie du prince doit être sérieusement menacée !

— D'après le messager, l'enfant ne peut respirer dans l'air dispensateur de vie. On redoute que chaque jour qui passe soit le dernier.

Les deux officiers se regardèrent, oubliant quelques instants leur méfiance réciproque dans leur crainte d'événements dont ils étaient impuissants à changer le cours.

Ouaser, le premier, en revint aux questions d'ordre pratique, sur lesquelles il avait prise.

— Tous nos plans sont à revoir. La procession d'accueil sera maintenue, mais la présentation des offrandes, la distribution de mets et de boissons tout comme la fête seront écourtées. Il faut sans retard renforcer les sentinelles et multiplier les patrouilles sur les pistes du désert. Il faut...

Il continua à énumérer des mesures aussi nombreuses que variées, comprimant un travail qui nécessitait quatre jours dans un laps de temps deux fois plus court.

Les pensées de Bak s'égarèrent vers ses préoccupations personnelles, non moins pressantes. S'il voulait prendre place à la tête de ses hommes dans la garde d'honneur d'Amon-Psaro, il ne lui restait que deux jours pour arrêter le meurtrier. Une tâche impossible, à moins de retrouver le petit sourd-muet et l'ivrogne. Quant au dessin, il priait pour que l'enfant parvienne à l'expliquer, d'une manière ou d'une autre.

Une nouvelle idée lui vint. Et si, pour une raison inimaginable, Pouemrê s'était pris d'aversion pour Amon-Psaro ? Il aurait tracé ces esquisses dans l'espoir de nuire au roi kouchite par le biais d'un envoûtement. Si tel était le cas, sa tentative était couronnée de succès ; la santé du prince déclinait de jour en jour. « Mais si je me trompais ? se disait Bak. S'il se tramait une conspiration ? » Les doigts minuscules de la peur couraient le long de son dos. Amon-Psaro établirait bientôt son camp à Semneh, à seulement un jour de marche forcée d'Iken. Beaucoup trop près.

— Je dois poursuivre au plus vite la mission que m'a confiée le commandant Thouti, dit-il. Tes officiers sont-ils ici, comme promis ?

Ouaser se rembrunit. Le moment de complicité était oublié.

— Tu comprends, j'en suis sûr, tout ce qu'ils ont à faire dans les quelques heures qui viennent.

— Je ne les retiendrai pas longtemps.

Le capitaine d'infanterie Houy se penchait par-dessus une partie éboulée des remparts et contemplait les toits de la ville basse, Bak à ses côtés. Les deux hommes dominaient de très haut l'escarpement, sur le mur de soutènement qui se projetait depuis la face est de la forteresse. Dans un lointain passé, cet éperon répondait à un dessein. Mais, désormais, les armées de Kouch étaient depuis longtemps vaincues et la guerre se limitait à des escarmouches dans le désert. Une puissante ceinture de murailles était en place, et l'éperon inutile était tombé en ruine. Bak avait réclamé un coin tranquille pour ses entrevues avec les officiers, et n'aurait pu en imaginer un qui satisfasse mieux à ses exigences dans cette garnison ou dans toute autre.

— D'après les états de service de Pouemrê, il avait passé l'essentiel de son adolescence sur les terres de son père, près de Gebtou, expliqua Houy, qui cracha un noyau de datte du haut du parapet et en goba aussitôt une autre. Un scribe lui avait enseigné la lecture et l'écriture. Il avait appris la chasse et la pêche avec un serviteur, et s'était initié aux arts de la guerre auprès d'un vétéran, brave et respecté, que j'ai connu jadis. Grâce au régisseur, bien entendu, la gestion d'un domaine n'avait plus de secret pour lui.

L'officier, grand et mince, approchait de la cinquantaine. Ses yeux étaient d'un bleu saisissant, ses cheveux gris encore plus courts que ceux de Bak. Il s'exprimait d'un ton caustique, sans aller tout à fait jusqu'à railler l'éducation reçue par le défunt, mais sans cacher à Bak en quel mépris il tenait ceux qui réussissaient grâce aux privilèges de la naissance. L'impressionnante cicatrice sur son épaule droite interdisait de douter qu'il eût atteint sa position par son propre mérite. Seul Ouaser le précédait dans la hiérarchie de la garnison.

Une brise que le soleil n'avait pas encore réchauffée caressait leurs cheveux. Des hirondelles s'éloignaient en flèche pour revenir bientôt à leurs petits, qui pépiaient dans des nids invisibles, entre les briques usées par les intempéries. Le panorama grandiose révélait clairement l'importance stratégique de cette forteresse, et de son massif détaché, sur une île.

A l'horizon chargé de brume, le fleuve décrivait une courbe majestueuse à travers le désert, formant un cours large et relativement exempt d'obstacles. Avant cette courbe, les deux quais de pierre blanche d'Iken s'avançaient dans les flots pour abriter les nombreux navires qui croisaient dans les eaux périlleuses du Ventre de Pierres. La forteresse surplombait le port et, à peu de distance au nord, le point crucial où le fleuve se scindait, déchiré par les récifs et les îles en une multitude de rapides nimbés d'écume. Un canal calme et uni, contenu par de la rocaille, séparait la ville basse d'une longue île en forme de larme où ne poussaient que les arbres et les broussailles les plus tenaces. Plus loin, surgissant comme d'entre les rochers d'une seconde île, au relief plus aigu, un petit fort offrait encore un avantage stratégique essentiel sur une armée d'assaillants.

N'ayant pas le loisir de s'intéresser au paysage, Bak reporta son attention sur Houy. Il était entièrement d'accord avec le capitaine — un homme devait faire son chemin par son seul mérite —, néanmoins il garda ses réflexions pour lui-même.

— Tu viens de me décrire l'existence bucolique d'un jeune noble. Cela ne m'explique pas comment Pouemrê s'est rendu apte à servir dans le régiment d'Amon.

Houy lui lança un regard narquois.

— Le problème de l'armée, ces temps-ci, c'est l'ennui. L'ennui conduit à l'impatience. Vous, les jeunes, vous n'avez jamais eu à affronter une autre armée. Votre activité se résume à rester assis à longueur de journée dans la garnison, au point d'en avoir des cals aux fesses. Les seules manœuvres que vous connaissez visent à obtenir une promotion.

Bak eut une violente envie de l'obliger à ravaler ses paroles condescendantes, mais, en même temps, il lui était reconnaissant de lui avoir tendu cette perche.

— Proposes-tu que nous assassinions Amon-Psaro afin que les autres rois kouchites s'unissent et marchent contre nos armées ? Cela fournirait à nos officiers l'occasion idéale d'acquérir de l'expérience !

Houy laissa échapper un rire bref et saccadé.

— Tu plaisanterais moins si tu les avais eus en face de toi lors d'une bataille. L'homme qui m'a infligé cette blessure se battait seul contre quatre, pourtant son courage n'a pas failli. Ce sont de valeureux adversaires. Plus que valeureux : redoutables et dangereux.

Bak fut impressionné par cet hommage apparemment sincère.

— Il y a encore dix mois, j'étais officier dans le régiment d'Amon. Je connaissais bien mes compagnons. Le lieutenant Pouemrê n'était pas parmi eux.

— Tu es de l'infanterie ? s'enquit Houy avec intérêt.

— Non, je servais dans les chars.

— Hum !

Houy fixa de nouveau la ville basse d'un air renfrogné qui ne laissait rien transparaître de ses pensées.

— Ayant à peine atteint l'âge d'homme, Pouemrê fut envoyé par son père à Iounou, où il travailla comme scribe dans le grand temple du dieu Ptah. Plus tard, il partit pour Byblos où il servit de scribe en chef à notre ambassadeur. De retour à Kemet, il rejoignit le régiment de Ptah en tant qu'officier. Deux ans plus tard, peu après ton affectation à Bouhen, je suppose, il fut muté à Ouaset, dans le régiment d'Amon. Il n'y resta que trois mois avant de venir dans le sud.

— Un parcours mouvementé, semble-t-il ! commenta Bak d'une voix aussi acide que celle de son compagnon quelques instants plus tôt. Avait-il de naissance une humeur vagabonde ou était-il mû par un objectif précis ?

Houy sembla sur le point de répondre, mais il se ravisa et se contenta de hausser les épaules.

— Capitaine Houy ! dit Bak d'un ton lent et délibéré qui ne laissait aucune place au malentendu. Ce que tu ne m'apprendras pas de plein gré, je le lirai moi-même dans le dossier de Pouemrê, ou bien je le saurai d'une autre source. Mieux vaudrait que ce ne soit pas par son père, le directeur du Trésor, quand nous comparaîtrons tous devant le vice-roi pour manquement à nos devoirs — sinon pire.

Houy se détourna brusquement, le dos raide et les poings crispés. Il fit quelques pas le long du parapet, pour s'arrêter à l'endroit où une tourelle et massive avait croulé du mur. Une abeille voleta autour de sa tête sans qu'il la remarque. Une hirondelle revint en trissant pour protéger son nid tout proche, dont l'homme ignorait la présence. Deux sentinelles de faction sur les remparts du mur principal se rejoignirent au pied d'une tour. Elles marquèrent une pause, le temps d'observer les officiers sur l'éperon et, probablement, de commenter la mort de Pouemrê ainsi que la venue de l'émissaire qui s'entretenait si discrètement avec leur capitaine.

— Tu liras dans le rapport que Pouemrê était un scribe fort respecté et un bon officier : brave, versé dans les arts de la guerre, tacticien accompli. C'est également l'opinion que nous avions de lui à Iken.

Houy pivota, révélant une physionomie assombrie par une colère contenue.

— Peu d'hommes réunissaient autant de qualités, malheureusement, il le savait. Cela lui donnait une arrogance sans bornes. Il voulait la lune, le soleil et les étoiles. Et ce qu'il voulait, il l'avait, quel qu'en soit le prix pour ceux qui l'entouraient.

— Il se servait des gens ?

— Il nous piétinait.

— Que convoitait-il exactement ? Ta position ?

— La mienne. Celle du commandant Ouaser, répondit Houy en riant avec amertume. Sans doute aurait-il aussi considéré le commandant Thouti comme un obstacle, car il ne faisait pas mystère de son désir : occuper le poste de vice-roi.

Bak siffla d'étonnement.

— Peu d'hommes se fixent d'aussi hautes visées.

— Les soldats de sa compagnie croyaient qu'il marcherait un jour aux côtés des dieux. Mais les officiers, et j'étais du nombre, le tenaient pour un démon.

Bak s'adossa contre le parapet et scruta le capitaine. L'aversion que lui inspirait Pouemrê était flagrante. Il n'était pas fréquent de ressentir une telle répulsion sans raison.

— Quel tort t'a-t-il causé ?

— Je détestais son attitude, voilà tout, éluda l'officier d'un ton crispé.

Bak poussa un long soupir agacé.

— Pour ma part, je déteste qu'il ait arboré la boucle de ceinture du régiment d'Amon, que seuls méritaient ceux qui avaient aidé à reconstruire le régiment, et pas les morveux de son espèce. Pourtant, je ne le méprise pas avec la virulence que je sens en toi.

— Je ne l'ai pas tué !

— T'ai-je accusé ? Non, j'essaie simplement de découvrir qui a commis le meurtre.

Houy ramassa une motte d'argile et la lança contre le mur principal. Le projectile s'écrasa sur la surface

129

blanchie à la chaux. La sentinelle qui passait sursauta et fit volte-face, cherchant l'origine de ce bruit soudain. Reconnaissant son supérieur, le soldat salua en redressant la pointe de sa lance et poursuivit sa ronde.

— La première escarmouche dirigée par Pouemrê l'opposa à une tribu du désert, dont les membres avaient volé du bétail dans des villages au bord du fleuve, expliqua Houy, se frottant les mains pour en déloger la terre. En lui confiant cette mission, je lui avais recommandé de tendre l'embuscade à l'endroit où ils s'y attendaient le moins, de les capturer et de les ramener vivants à Iken. Naturellement, il en savait plus que tout le monde, ironisa l'officier en secouant la tête avec écœurement. Il jugeait que prendre une armée en embuscade, ce n'était pas honorable, alors il marcha à travers le désert en soulevant un nuage de poussière visible depuis Semneh. Bien loin de surprendre les Kouchites, c'est lui qui tomba dans un guet-apens au milieu des dunes. Une bataille rangée s'ensuivit. Cinq de nos hommes y périrent, et deux fois plus chez l'ennemi, mal armé comme d'habitude. Si Pouemrê avait suivi mon conseil, nous n'aurions eu aucune perte à déplorer des deux côtés.

Bak s'étonna de la colère du capitaine à cause d'une erreur que, somme toute, n'importe quel jeune officier aurait pu commettre.

— Je suppose que l'affaire ne se borne pas à cela.

— Tu supposes bien.

Houy ramassa une autre motte de terre et la projeta, cette fois, à bonne distance de la sentinelle.

— Quand il fut réprimandé pour avoir perdu des vies sans nécessité et, pis encore, pour avoir mis en danger sa compagnie entière, il rejeta entièrement le blâme sur moi.

— Il ne s'en est tout de même pas tiré à si bon compte ?

— Non. Par bonheur, les dieux me furent propices. Je lui avais donné ces ordres devant des témoins, qui exposèrent la vérité au commandant Ouaser.

130

« Il y a là de quoi haïr un homme, pensa Bak. Mais est-ce une raison suffisante pour le tuer ? »

— Qu'arriva-t-il la nuit où le commandant vous convoqua ? La nuit où Pouemrê disparut ?

— Rien — la routine ordinaire. Mis à part la cause de cette réunion, évidemment, nuança Houy, qui sourit presque. Ce n'est pas si souvent qu'Amon nous honore de sa présence.

— Quand a commencé cette réunion, et combien de temps a-t-elle duré ?

— Nous sommes entrés chez le commandant peu après le crépuscule, tous les cinq. Je me rappelle avoir vu un serviteur allumer les torches dans la cour. Nous avons discuté pendant plus d'une heure des tâches que nous aurions à accomplir durant la visite du dieu et le voyage jusqu'à Semneh. Après être tombés d'accord sur nos attributions respectives, nous sommes repartis.

— Ouaser a-t-il coutume de tenir des réunions aussi tardives ?

— Seulement lorsqu'il le juge nécessaire, comme dans ce cas précis.

Bak n'avait pas souvenir que Thouti ait gardé ses officiers si avant dans la nuit.

— Y a-t-il eu un désaccord sur un sujet d'une quelconque importance ?

— Pouemrê n'était jamais d'accord dès qu'il n'apparaissait pas au premier plan, surtout lorsque d'éminents personnages étaient concernés.

— Comme en l'occurrence.

Houy lui lança un regard dédaigneux.

— Si tu comptes nous mettre la mort de Pouemrê sur le dos simplement parce que nous sommes les derniers à l'avoir vu, ta réputation de perspicacité sera aussi fugace que la brume du matin sur le fleuve.

— Je ne montre personne du doigt, je me borne à chercher des réponses, répliqua Bak en l'observant pensivement. Qui lui a ôté la vie, selon toi ?

— Nous sommes dans une ville remplie de gens qui

131

viennent mener des transactions à bien et partent lorsqu'ils ont fini. Pouemrê n'a pas ménagé les susceptibilités lorsqu'il était chargé du contrôle. Il a pu tomber sur un de ceux-là dans une ruelle sombre. Ou, simplement, a été tué par hasard, par un étranger qui a dû prendre la fuite avant de lui dérober ses bijoux.

« C'est plausible, mais cette théorie n'explique pas la fureur qui a mû le bras du meurtrier », songea Bak.

— Quand l'as-tu vu pour la dernière fois ?

— Nous sommes partis ensemble, tous les cinq, pour nous séparer devant la résidence, chacun allant son chemin. J'ai vu Pouemrê descendre la rue, seul, et se diriger vers la porte principale. J'ai suivi une route différente, qui m'a ramené à mes quartiers et à un repas du soir dont j'avais grand besoin. Je n'ai pas d'épouse, mais ma concubine et mes serviteurs se porteront garants de moi.

Plus tard, tandis que Bak se frayait un chemin le long d'une artère très passante pour se rendre à son rendez-vous avec l'officier du guet, il retourna dans son esprit sa conversation avec Houy. Le capitaine avait-il pu supprimer Pouemrê ? Il le haïssait assez pour cela, et à juste titre. Il possédait un semblant d'alibi, cependant les membres de sa maisonnée confirmeraient qu'il était rentré directement, que ce soit vrai ou non. Sa théorie sur la mort de Pouemrê était presque un écho de celle d'Ouaser, mais, par ailleurs, pour peu qu'on le presse un peu, il s'était montré raisonnablement franc. Un homme honnête, s'efforçant de brosser un portrait véridique. Peut-être.

Le lieutenant Senou présentait une si étroite ressemblance avec un singe que Bak dut dissimuler son sourire. Âgé d'une bonne quarantaine d'années, il était court et épais, avec des épaules larges, des hanches étroites et de petites jambes arquées. Des cheveux roux orangé, presque ras, se dressaient au-dessus de traits grossiers barrés par de lourds sourcils. Sa peau, trop claire pour

bronzer, était mouchetée de taches de rousseur et pelait
— un état sans doute permanent, imagina Bak.

— Je ne sais pas ce que le capitaine Houy t'a raconté,
commença Senou. Il a tendance à oublier et à pardonner.
Mais la vérité pure et simple, c'est que Pouemrê était un
porc.

L'officier du guet, arguant de devoirs trop pressants et
nombreux pour empiéter sur eux, avait proposé à Bak de
l'accompagner pendant sa tournée d'inspection sur les
remparts. Ainsi Bak se retrouva-t-il une fois de plus non
en haut du vieil éperon en ruine, mais sur le nouveau mur
d'enceinte qui bordait le nord de la forteresse, puis tournait vers le fleuve pour encercler la ville et la garnison.
Les murs plâtrés de frais étaient d'un blanc éblouissant,
les chemins de ronde parfaitement aplanis, les tours et les
créneaux pas encore érodés par les vents du désert.

Malgré la chaleur, qui s'était accrue pendant les premières heures du matin, une brise fraîche atténuait le feu
du soleil mais emplissait l'air de minuscules aiguilles
de sable. Bak, sentant la poussière s'insinuer dans sa
bouche, ses yeux, son nez et ses oreilles, rendit grâce à
Amon de ne pas avoir à monter la garde sur ces murailles,
comme les sentinelles.

— Houy a fait allusion à certains conflits, admit-il
avec une prudente réserve, espérant inviter aux confidences.

— Des conflits ! répéta Senou avec un rire dur et
cynique. Côtoyer Pouemrê, c'était devenir une victime.

— Maltraitait-il l'enfant muet qui vivait avec lui ?

— Le petit Ramosé ? Non, il était bon envers lui. Il le
considérait comme son fils. Bien entendu, c'était différent.

— En quoi ? interrogea Bak, fixant l'officier avec
intérêt.

Ils s'approchèrent d'une sentinelle, un grand et robuste
jeune homme portant un pagne à mi-cuisses comme les
officiers. Une dague et une fronde étaient accrochées à sa
ceinture ; il était également armé d'une longue lance et

133

d'un bouclier en peau de vache brun clair. Senou lui ordonna de s'arrêter. L'homme resta au garde-à-vous pendant que son chef examinait sa tenue et l'état de ses armes, avant de le renvoyer à ses devoirs.

Pendant qu'ils se dirigeaient vers la sentinelle suivante, Senou s'expliqua spontanément :

— Pouemrê s'entendait bien avec les simples mortels, les hommes et les femmes d'humble condition qui ne constituaient aucune menace et ne lui barraient pas le chemin. Ramosé le vénérait. Ce gamin aurait donné sa vie pour lui, il suffisait de les voir ensemble pour le comprendre.

Bak pria silencieusement pour qu'il n'en soit rien et que l'enfant soit encore vivant.

— Les hommes de Pouemrê le considéraient comme un remarquable officier, n'est-ce pas ?

— Et comment, qu'ils l'aimaient ! Et ils avaient bien raison, car il était brave et astucieux, avec un don naturel pour la guerre comme on en voit peu.

Senou scruta l'ouest, où les dunes ondoyantes du désert étaient voilées par une brume jaunâtre. Son regard s'attarda sur une colonne de poussière signalant l'approche d'une caravane.

— Excepté une fois, peu après son arrivée à Ouaouat, il n'a jamais perdu un homme ni une escarmouche. La troupe aimait ça. Elle en retirait un sentiment de sécurité, et une légitime fierté.

— Sans parler du butin, dit Bak en esquissant un sourire.

— Personne ne revenait les mains vides, admit Senou, se grattant la cheville du bout de son bâton. Entendons-nous bien ! Ils devaient respecter les consignes. Pouemrê n'aurait pas compromis sa précieuse réputation afin que ses hommes remplissent la caserne de leurs rapines. Ils transmettaient tous les objets de valeur, comme ils étaient censés le faire.

D'après la taille de la colonne de poussière, Bak

devina que la caravane qui progressait était d'importance modeste, comme celle de Seneb.

— Je me suis laissé dire qu'il se montrait dur et inflexible, au contrôle.

Le rire bref de Senou ressemblait à un jappement.

— Il a donné une leçon d'honnêteté à plus d'un marchand. Peu passaient par lui sans s'acquitter des taxes. Si tu veux mon avis, c'est de ce côté-là qu'il faut chercher, ajouta-t-il d'un air détaché.

« Trop désinvolte, pensa Bak. Comme si Ouaser lui avait fait la leçon. »

— As-tu entendu parler d'un marchand nommé Seneb ?

Senou grimaça dédaigneusement :

— Un homme pourri jusqu'à la moelle, qui fait commerce de chair et de sang pour engraisser sur le malheur des autres, qu'ils aient deux jambes ou quatre pattes.

Bak chassa une mouche qui bourdonnait autour de son front.

— Il paraît que Pouemrê lui a rendu la vie infernale à son dernier passage.

— Oui, c'était il y a quelques mois, se rappela Senou en souriant. Malgré mon mépris envers lui, pour une fois j'ai eu envie de l'applaudir. Seneb serait encore ici, à crever de faim, probablement, si Ouaser n'avait cédé à ses supplications en renouvelant son laissez-passer afin qu'il continue son voyage en amont.

— S'est-il arrêté à Iken à son retour vers Kemet ?

Bak cherchait à obtenir confirmation des mouvements du marchand. En tant qu'officier de guet, Senou était mieux placé que quiconque pour savoir qui entrait dans la ville. Mais il tourna soudain la tête vers le policier, sur la défensive :

— Pas encore, mais ça ne tardera pas. Pourquoi m'interroges-tu au sujet de ce chien ? On l'a retrouvé dans le fleuve, lui aussi ? Je jure que je ne l'ai pas touché.

Bak ne vit rien de mal à tranquilliser l'officier. Qui

135

sait, apprendre le sort de Seneb lui délierait peut-être la langue.

— Il a contourné Iken, d'après ses dires, et c'est à Kor que je l'ai vu pour la première fois. J'ai démantelé sa caravane et nous le tenons sous les verrous dans notre corps de garde, à Bouhen. Il comparaîtra devant le commandant Thouti, et devra répondre de toutes ses offenses contre Maât.

Senou s'arrêta devant un créneau et regarda au loin, vers les étendues désertiques.

— Quelquefois les dieux sont trop cléments et la justice tarde à venir, mais quand enfin les méchants sont mis à genoux, rien n'est plus satisfaisant.

Il se tourna et un sourire s'épanouit lentement sur ses lèvres.

— Je te remercie, lieutenant Bak, d'avoir affermi ma foi.

Bak commençait à apprécier cet homme au physique ingrat.

— Quelle action méprisable Pouemrê a-t-il commise contre toi ?

Il était gêné de profiter de ces bonnes dispositions toutes récentes, mais il n'avait pas le choix. Le temps pressait. L'officier du guet hocha la tête comme s'il comprenait et reprit sa ronde.

— A son arrivée à Iken, je n'étais pas ici, avec les sentinelles, mais à la tête de l'infanterie. Il n'a pas dissimulé qu'il briguait mon poste. Cependant, Ouaser tenait à ce qu'il débute comme officier de contrôle, afin de faire ses preuves avant de diriger des hommes dont la vie dépendrait de sa compétence.

— Sage décision.

— Pouemrê ne voyait pas la chose du même œil, marmonna Senou. Un jour, un message est arrivé de la maison royale de Ouaset, et je me suis retrouvé sur les remparts, tandis que ce porc prenait le commandement de mes hommes.

136

Il détourna les yeux, mais Bak eut le temps de voir son expression blessée.

— J'ai passé ma vie entière dans l'armée. J'ai affronté l'ennemi sur le champ de bataille et j'ai gravi tous les échelons, de simple soldat à lieutenant. Lui, il s'est contenté d'écrire une lettre.

— Je comprends.

Ses propres paroles lui semblèrent maladroites, mais son cœur souffrait pour cet homme victime d'une telle injustice.

— Ouaser réparera-t-il le tort qu'il a été contraint de t'infliger ?

Senou s'arrêta à une vingtaine de pas de la sentinelle, hors de portée d'oreille.

— Le jour où nous avons appris la mort de Pouemrê, il m'a dit que, sitôt après le départ du dieu, je reprendrais la tête de ma compagnie. Pour l'instant, ma tâche d'officier de guet est primordiale.

Bak lui laissa le temps d'inspecter la sentinelle avant de conclure son interrogatoire :

— J'ai besoin de savoir quand tu as vu Pouemrê pour la dernière fois, et comment tu as employé ton temps après avoir quitté la résidence.

Senou se soumit facilement à ces questions ; Bak était certain qu'il s'y attendait.

— Je me suis séparé des autres devant la résidence du commandant, et je n'ai plus posé les yeux sur Pouemrê depuis. Je suis rentré directement chez moi, dans la ville basse, où mon épouse et mes enfants attendaient mon retour.

« Encore un homme dont Pouemrê a poussé la patience à bout, pensa Bak. Encore un homme citant comme témoins des proches qui confirmeront de bon cœur tout ce qu'il voudra. »

Bak se hâtait le long de la ruelle. Il dépassa une demi-douzaine de lanciers qui s'éloignaient de la résidence et entra précipitamment à l'intérieur. Il était en retard pour

l'entrevue suivante, cette fois avec le lieutenant qui dirigeait la compagnie des archers. Un scribe le dirigea vers
les appartements du second étage. Bak gravit les marches
quatre à quatre.

— Tu ne changeras jamais, hein ? cria une voix masculine, étrangement familière. D'abord Pouemrê, et
maintenant ce serpent de Bak.

Le policier s'arrêta si brusquement qu'il manqua tré-
bucher contre une marche.

— Qu'y puis-je, si l'on me trouve belle ? riposta Aset.

Bak avait fort peu d'estime pour ceux qui écoutaient
aux portes et sa conscience le pressait de ne pas être
indiscret, cependant il prêta l'oreille sans vergogne.

— Tu bois des yeux tout ce qui porte un pagne, à part
moi ! reprit la voix furieuse.

— Peux-tu m'emmener loin de cette garnison, de cet
endroit horrible où le soleil et la chaleur sont sans fin ?
Ma peau se ridera et se changera en cuir avant que j'aie
vingt ans ! Peux-tu m'offrir des domestiques et une belle
maison, des jolies robes et des bijoux ?

— Tu sais bien que non !

— Alors va-t'en et laisse-moi tranquille.

— Aset ! Peu d'hommes sont assez riches pour te
satisfaire.

— Pouemrê l'était, et il émane du lieutenant Bak la
même assurance, née de la fortune et de la sécurité matérielle.

« Moi ? s'étonna Bak. Est-elle vraiment naïve au point
de ne pas voir plus loin que les apparences ? »

— Si la richesse est tout ce que tu désires, cours-lui
donc après ! dit la voix masculine, brisée par la souffrance et la colère. Donne-toi à lui ! Cela m'est parfaitement égal !

— Mais j'y compte bien. Attends un peu et tu verras !

Des pas rapides s'approchèrent de la porte. Bak bondit
en arrière sur le palier pour ne pas être surpris en train
d'espionner. Avant qu'il eût regagné le haut des marches,
l'homme s'engouffra par la porte. Ils se cognèrent l'un

138

contre l'autre et, le souffle coupé, tombèrent sur le seuil bras et jambes emmêlés.

— Oh non ! s'écria Aset, qui courut vers eux, stupéfaite et consternée.

Elle s'agenouilla et, sans prêter d'attention à Bak, se pencha sur l'autre, sa surprise se muant en inquiétude. Les deux hommes se redressèrent sur leur séant et se regardèrent dans les yeux. Celui avec qui Aset se querellait était Nebseni, qui était venu la chercher chez Bak la veille au soir.

— Toi ! cracha Nebseni. J'aurais dû m'en douter !

Voyant qu'il n'était pas blessé, Aset exagéra son expression d'inquiétude et se tourna vers Bak. Elle posa la main sur son bras avec un sourire plein de sollicitude.

— Comment te sens-tu ? Ce grand balourd t'a-t-il fait mal ?

Remarquant la fureur de Nebseni, Bak se remit debout et s'écarta d'elle. Il tendit la main au jeune homme dégingandé pour l'aider, mais Nebseni refusa avec un regard noir et se releva seul.

Aset se redressa elle aussi et traversa la cour d'un pas fier, droite et décidée. Des serviteurs, qui avaient observé la scène avec des yeux ronds depuis un passage donnant sur l'arrière de la maison, s'éclipsèrent en toute hâte de peur d'être remarqués. Aset s'arrêta devant un arc presque aussi haut qu'elle et un lourd carquois de cuir rempli de flèches, posés contre le mur près de la salle d'audience. Elle s'en saisit pour les apporter à Nebseni.

— Reprends tes sales affaires et sors d'ici ! lui ordonna-t-elle en les lui tendant. Je ne veux plus jamais les revoir dans cette maison, et toi non plus !

Bak maudit les dieux et Aset. C'était justement avec Nebseni qu'il était venu s'entretenir !

— Ceci est un lieu de travail autant que ton foyer, égoïste petite...

Nebseni se maîtrisa et poursuivit d'un air méprisant :

— Rassure-toi, ma douce. Je ne franchirai plus cette porte à moins d'être convoqué par ton père.

Il passa l'arc et le carquois à son épaule et se tourna vers l'escalier, mais Bak lui barra le passage.

— Je suis venu parler avec toi de la mort du lieutenant Pouemrê.

— Écarte-toi de mon chemin !

— Le commandant Ouaser m'a promis que tu répondrais à mes questions.

— Je n'ai rien à voir avec la mort de ce serpent, répondit Nebseni entre ses dents. Je ne sais pas qui l'a tué et je le déplore, car il nous a rendu service en purgeant cette garnison d'une vase plus nauséabonde que celle d'un bassin stagnant.

Bak savait qu'il s'exprimait sous le coup de la jalousie, mais que cachaient encore ses paroles ?

— Était-il aussi habile au tir à l'arc que dans l'infanterie ?

— Son maniement de l'arc était passable, tout au plus.

— Tu as eu de la chance, en ce cas. Il ne pouvait s'en prévaloir pour usurper tes fonctions.

Aset contourna Nebseni pour se placer à côté de Bak, si près qu'il sentit la chaleur de son épaule contre la sienne, la caresse de ses cheveux sur son bras. La jeune fille déclara avec la douceur du miel :

— Une légère différence distinguait les lieutenants Nebseni et Pouemrê. Le premier est un soldat dépourvu de tout ce qui rend la vie agréable ; l'autre possédait cela, mais souhaitait plutôt être un bon soldat.

En frôlant Bak et en parlant de la sorte, elle cherchait à piquer l'archer au vif. Que voulait-elle ? Les monter l'un contre l'autre ?

Nebseni feignit l'indifférence.

— Tu as parlé à Houy et à Senou. Je n'ai rien à ajouter.

D'un coup d'épaule, il poussa le policier contre Aset et dévala les marches à toute vitesse, sans un regard en arrière. La jeune fille serra le bras de Bak comme si elle avait besoin d'un soutien et leva vers lui ses grands yeux bruns, semblables à ceux d'Hathor lorsqu'elle revêt la forme d'une vache. Elle lui tendait des lèvres rouges et humides, invitant au baiser. Cependant, il lui en voulait trop d'avoir gâché cette occasion de s'entretenir avec Nebseni pour ressentir la moindre chaleur. La proximité de Ouaser n'était pas non plus pour embraser ses sens, ni la volonté affirmée d'Aset d'échapper à Iken grâce à un riche mariage.

Doucement mais fermement, il la repoussa, tourna les talons et prit le même chemin que Nebseni. Il quitta la résidence avec un soupir de soulagement et un sourire ironique. C'était bien la première fois qu'il fuyait une jolie fille.

Ce fut seulement en atteignant le portail à tourelle qu'il mesura tout ce qu'il avait appris en échangeant à peine quelques mots avec Nebseni. Le jeune officier était épris d'Aset, et fou de jalousie. D'après ce qu'il laissait entendre, elle avait encouragé les attentions de Pouemrê. Si ce n'était pas un mobile, qu'est-ce qui en était un ? Quant à Aset, avait-elle assassiné Pouemrê ? Elle pouvait avoir agi par dépit s'il la dédaignait, toutefois elle était trop frêle, et trop délicate.

8

— Je n'ai vu aucun de tes hommes ce matin, déclara Sennoufer en prenant un torchon posé sur une table de jeu pour éponger son front, son cou et son torse en sueur. S'ils viennent, je leur dirai que tu les cherches.

— Oh, ils viendront ! assura Bak sur le pas de la porte. Nous devions nous retrouver ici cet après-midi.

La maison de bière empestait la transpiration et le pain fermenté. Dans cette atmosphère étouffante, une demi-douzaine d'hommes assis sur le sol — des marins, à en juger par leur teint basané — jouaient à un jeu de hasard. Chaque fois que l'un d'eux lançait les bâtonnets, il riait ou fulminait, selon sa chance.

— As-tu revu l'artisan à qui un meurtre était apparu en songe ? interrogea Bak. Ou te rappelles-tu un autre détail à son sujet ?

Sennoufer, plissant les lèvres dans sa concentration, jeta le torchon sur son épaule.

— Je revois toujours ses mains, avec de la crasse gri-sâtre sous les ongles, mais cela, je te l'ai déjà dit.

Il prit une des jarres empilées contre le mur et la tendit à Bak avec un sourire aimable.

— Entre, lieutenant. Tu peux aussi bien tromper l'at-tente en savourant une bonne bière.

Bak lui sourit pour le remercier, mais recula, battant retraite avec tact devant la chaleur, la puanteur et le bruit.

142

— Je dois voir quelqu'un au port. Dis à mes hommes de m'y rejoindre.

De la crasse grisâtre... Sennoufer avait fait allusion aux mains sales de l'ivrogne la première fois, mais sans plus de précision. Maintenant, il affirmait que cette crasse était grise. Bak ne put penser à aucun métier précis où un matériau gris était régulièrement utilisé. Peut-être Sennoufer se trompait-il, et, avec le temps, ajoutait-il un détail qui n'existait que dans son imagination.

Il avala les dernières bouchées de son poisson et jeta dans le fleuve les larges feuilles qui avaient servi à l'envelopper. Un instant, elles restèrent imbriquées et flottèrent tel un minuscule bateau vert, mais le courant les emporta bien vite en les séparant brutalement. Bak quitta l'ombre du tamaris dont les eaux montantes léchaient les racines, et gravit la berge. En amont s'étendait le port, où il devait rencontrer le dernier des quatre officiers qui avaient participé à la réunion chez Ouaser, un pilote fluvial nommé Inyotef.

Il parcourut une petite artère, peu fréquentée dans la chaleur de midi excepté par des matelots, un ou deux marchands et une ménagère escortée de sa jeune servante. Trois hommes passèrent en sens inverse, menant un train d'ânes. Le lourd parfum du foin entassé sur le dos des animaux fit éternuer Bak. Une bonne dizaine d'entrepôts étaient construits en face du fleuve, ainsi que quelques commerces et de rares maisons. Tous ces lieux désaffectés témoignaient d'une époque plus industrieuse, depuis longtemps révolue, où l'on avait besoin d'assez de grain pour alimenter une immense garnison. Deux barges de transport et un navire marchand à coque étroite se nichaient contre les quais, au milieu de petites nacelles.

Bak s'assit à l'ombre d'un bouquet d'acacias, les genoux ramenés sous le menton, et il observa les hommes qui travaillaient à bord des navires ou sur le port.

— Lieutenant Bak ? dit une voix derrière lui.

Bak se leva rapidement, se retourna et resta bouche bée.

— Inyotef !

Mince, de taille moyenne mais carré d'épaules, et doté de cheveux bouclés commençant à grisonner, l'homme debout devant lui souriait largement.

— Par la barbe d'Amon, jamais je ne l'aurais cru possible ! L'officier de police qu'on m'a dit de rejoindre, c'est donc toi ?

Bak serra le nouveau venu par les épaules.

— Et moi, jamais il ne me serait venu à l'idée que le pilote Inyotef était en réalité le capitaine Inyotef, de la marine royale !

— Plus maintenant, mon garçon.

L'homme recula pour contempler son cadet. Ses mouvements paraissaient gauches, une de ses jambes étant moins agile que l'autre.

Bak retint un cri et détourna les yeux du membre invalide. La cicatrice brune toute plissée et l'os déformé au-dessous du genou lui avaient fait l'effet d'un coup à l'estomac. Si cet homme était infirme, c'était à cause de lui.

— Désormais, je guide les navires à travers le Ventre de Pierres, dit Inyotef en souriant, inconscient de l'émotion de Bak ou préférant l'ignorer. Ce n'est pas aussi prestigieux que le commandement d'un vaisseau de guerre, mais cela requiert plus de dextérité et de réflexion.

— Depuis combien de temps es-tu à Iken ? parvint à articuler Bak.

— Trois ans, cette fois-ci.

« Il doit être venu peu après sa guérison, songea Bak. A-t-il été muté dans le sud parce qu'un officier difforme était jugé indigne de diriger un des grands navires royaux ? »

— Cette fois-ci ? fit-il en écho.

— Mon bateau est amarré sur le quai nord. Viens, nous pourrons y bavarder.

Il précéda Bak sur le front de l'eau, avançant d'un pas rapide en dépit d'une claudication prononcée.

— Dans ma jeunesse, mon premier commandement m'a conduit à Ouaouat. A l'époque, j'ai appris à franchir les rapides d'Abou, et par deux fois j'ai piloté dans le Ventre de Pierres. Aussi, quand j'ai entendu qu'on cherchait un nautonier par ici, j'ai demandé à venir.

Bak évitait de regarder la jambe boiteuse, mais les images refluaient dans sa mémoire. Le régiment d'Amon avait été envoyé à Mennoufer pour s'entraîner dans les immensités de sable, à l'ouest des pyramides des premiers rois. Les hommes avaient quitté Ouaset en bateau et devaient y retourner par le même moyen. Les chevaux de Bak, comme ceux de ses compagnons, avaient été placés sur le pont d'Inyotef. Le capitaine et lui s'étaient liés d'amitié, causant de tout et de rien pendant les longues heures de loisir que leur laissait le voyage.

Au matin du retour, Bak avait guidé son attelage, deux hongres bais, jusqu'à la passerelle. Quatre hommes, à faible distance, surveillaient le chargement, parmi eux le capitaine Inyotef. Un des chevaux était extrêmement ombrageux et la passerelle le terrifiait. Bak l'apaisa par ses paroles et ses caresses et l'attira sur les planches étroites. Au moment où les sabots avant touchaient le bois, quelqu'un éclata d'un rire joyeux qui résonna dans tout le port. Le cheval rejeta la tête en arrière, arrachant le licou des mains de Bak, et fit volte-face en se cabrant. Il renversa Inyotef et lui piétina la jambe.

Bak était retourné à Ouaset avec sa compagnie mais, grâce à un médecin ami de son père, il s'était enquis régulièrement de la santé d'Inyotef. La fracture était mauvaise ; des semaines durant, les médecins avaient nourri peu d'espoir qu'il survive à la douleur et à l'infection. Seule la force de sa volonté avait permis au capitaine de surmonter cette épreuve. Le pire était passé. L'amélioration avait été quotidienne et, enfin, il fut de nouveau sur pied. Bak n'avait plus eu de nouvelles depuis. Il avait

145

supposé, ou, du moins, il avait voulu croire qu'Inyotef était parfaitement rétabli.

— Que les remords ne te tourmentent pas, Bak, lui dit Inyotef, lisant dans ses pensées. Pendant tous ces jours où j'ai réappris à marcher, j'ai compris que je ne commanderais jamais plus de vaisseau de guerre. Ce n'était plus en moi, et je parle de mon cœur autant que de mon corps.

Il s'arrêta devant une mince nacelle blanche qui tanguait sur les vaguelettes baignant le quai.

— J'ai toujours eu envie de revenir à Ouaouat, mais l'ambition et le goût du pouvoir me retenaient à Kemet. Ma blessure m'a fourni le prétexte dont j'avais besoin.

— Comme j'aimerais le croire !

Les mots de Bak avaient jailli du tréfonds de son âme.

— Je le jure par tous les dieux de l'Ennéade [1], c'est la vérité. Maintenant, dit le pilote en lui tapant sur l'épaule, je vais te montrer ce qui fait ma fierté et ma joie, puis nous parlerons du meurtre.

Bak scruta Inyotef, cherchant dans son expression l'ombre d'un reproche. Il n'en trouva pas. Il aurait voulu être capable, lui aussi, de se pardonner.

A ses yeux, le bateau ressemblait beaucoup à n'importe quelle embarcation du fleuve, sinon qu'il était mieux entretenu. Inyotef lui vanta le mât, la drisse et la voile comme un homme parlant de sa bien-aimée. Il caressait la proue, tenait le gouvernail avec tendresse, s'extasiait sur les courbes de la coque. Mais un fait revêtait bien plus d'importance pour Bak, qui se souciait davantage des êtres que des objets : Inyotef se déplaçait sur le bateau avec l'agilité d'un singe, comme si son infirmité était contrebalancée par l'expérience.

— Je passe ici une grande partie de mon temps libre,

---

1. Ennéade : réunion de neuf divinités : Atoum, le créateur solitaire, ses enfants, Chou (l'Air) et Tefnout (l'Humidité), ses petits-enfants Geb (la Terre) et Nout (le Ciel), et les deux couples Osiris-Isis et Seth-Nephtys. (*N.d.T.*)

indiqua-t-il tout en dressant un auvent de roseaux au-dessus de la coque découverte, et en faisant signe à Bak de s'asseoir à la proue. Mon épouse ne s'est jamais adaptée à la vie dans cette ville frontière, c'est pourquoi elle est retournée à Kemet il y a quelques mois. Maintenant, personne ne m'attend au foyer.

Bak réprima un nouveau sursaut de culpabilité. Par sa faute, la vie d'Inyotef avait été brisée. Mais ce n'était pas une raison pour négliger la mission qu'on lui avait confiée.

— Tu as été une des dernières personnes à voir Pouemrê vivant.

Le pilote sortit une voile déchirée d'un panier, près du gouvernail.

— Comme tu le sais sûrement, moi et les autres officiers présents chez Ouaser, nous nous sommes séparés devant la résidence.

Il drapa sur ses genoux la voile, qui couvrit ses jambes, et enfila une grosse aiguille de bronze.

— Je pensais aller aux bains publics, mais, arrivé à la porte, j'ai décidé de rentrer chez moi. En empruntant la rue qui me ramenait au portail principal, j'ai aperçu Pouemrê à quelque distance devant moi. J'ai eu l'idée de le rattraper, mais nous n'étions pas particulièrement amis et je n'avais pas envie de courir après lui.

Deux pistes distinctes s'offraient à Bak. Il choisit de suivre la plus évidente.

— Combien de temps es-tu resté derrière lui ?

— Pendant tout le trajet jusqu'à la ville basse.

Inyotef enfonça l'aiguille dans l'étoffe épaisse et tira sur le fil.

— Au pied de la falaise, il a tourné vers le nord pour rejoindre la rue où il habitait. Moi, je me suis promené le long du fleuve avant de regagner mon logis.

Un détail intriguait le policier :

— Houy réside à l'intérieur de la forteresse, mais il en va différemment pour toi, Senou et Pouemrê. Quelle en est la raison ?

147

— En ce qui concerne Pouemrê, je ne sais pas, mais la plupart des femmes préfèrent la ville basse. Les maisons y sont en meilleur état et le marché se trouve à proximité. Ouaser préférerait nous avoir à l'intérieur de la garnison, mais il déclencherait un soulèvement général s'il insistait ! ajouta Inyotef avec bonne humeur. L'homme le plus puissant plie devant les femmes de sa maison.

— Aset se plaint-elle ? demanda Bak en souriant. Ou est-elle satisfaite de vivre à la résidence ?

Inyotef éclata de rire.

— Ouaser est devenu sourd depuis longtemps à ses sempiternelles récriminations, ne pouvant y remédier.

Le sourire de Bak s'élargit, mais il reprit vite son sérieux.

— Les autres officiers ont traité Pouemrê de porc et de serpent. Je suppose que tu es de cet avis.

L'expression du pilote se chargea d'amertume.

— Ces deux qualificatifs me semblent appropriés. Comme je te le disais, il n'était pas de mes amis.

Bak observa son compagnon pour juger de sa sincérité. Il ne vit qu'une candeur doucereuse, dominant un mépris certain pour le défunt. Le mépris, il le comprenait ; la candeur lui paraissait suspecte, d'autant qu'Inyotef avait clairement fait savoir qu'il n'aimait pas Pouemrê.

— Chacun de tes camarades avait de sombres souvenirs à évoquer. Qu'en est-il pour toi, Inyotef ?

— Pouemrê était arrogant, égoïste et sans scrupule. Que te dire de plus ?

— Tu pourrais être plus précis.

— Pourquoi se serait-il soucié d'un homme comme moi ? Je n'avais rien qu'il pût envier.

Bak décida de le prendre au mot.

— Je te remercie de cette information, mon ami. J'ai encore beaucoup de gens à interroger, aussi nous bavarderons plus tard, lorsque j'aurai tout mon temps.

Il se leva, faisant mine de remonter sur le quai. L'oscillation du bateau l'obligea à se retenir au mât.

— Bon, je suppose que tu l'apprendras tôt ou tard, dit Inyotef d'un air résigné.

Bak réprima un sourire. Le pilote, comme les autres officiers, avait eu une bonne raison de tuer Pouemrê et ne résistait pas à l'envie de l'admettre.

Inyotef baissa les yeux vers la voile déchirée, dissimulant ses traits.

— Pouemrê voyait en moi un homme de peu de valeur, vaincu par l'existence. Il me méprisait. Il racontait à qui voulait l'entendre que j'étais un vieil incapable, qu'au lieu de me laisser guider des navires dans le Ventre de Pierres, on aurait dû me renvoyer à Kemet. Selon lui, j'étais tout juste bon à piloter un bac sur un des petits bras du fleuve, dans les marais du nord.

— Toi, un ancien capitaine de vaisseau de guerre !

— Ça fait mal, convint Inyotef, les mâchoire crispées. S'il avait vécu assez longtemps, j'aurais peut-être...

Ses yeux rencontrèrent ceux de Bak et il eut un sourire sans joie.

— Qui sait comment un homme peut réagir, lorsqu'on le pousse à bout ?

— Tu vois, Pachenouro, résuma Bak d'un air sombre, n'importe lequel des quatre, si ce n'est Ouaser lui-même, a pu assassiner Pouemrê. Chacun avait le mobile et l'occasion.

Au bord de l'eau, Pachenouro scrutait les hauts-fonds, son harpon léger prêt à frapper le premier poisson de bonne taille qui passerait à proximité.

— Les officiers innocents couvriraient-ils le coupable ?

— Ça en a tout l'air, n'est-ce pas ?

Bak fit la grimace, écœuré.

Après avoir quitté Inyotef, il avait trouvé le Medjaï l'attendant sous le bouquet d'acacias, avec à côté de lui un harpon et un panier destiné à recevoir les poissons qu'il comptait prendre pour leur repas du soir. Kasaya n'avait toujours pas donné signe de vie. Ils avaient laissé

149

un message pour lui à deux gamins qui jouaient sur le quai, puis ils avaient marché le long du fleuve, sous les ombrages irréguliers des tamaris et des acacias, jusqu'à ce qu'ils trouvent un coin peu profond déjà envahi par les eaux.

— Et ce complot contre le roi Amon-Psaro ? demanda Pachenouro.

Bak fixa un long morceau de bois mort échoué au soleil sur l'îlot rocheux, de l'autre côté du fleuve. Ou était-ce un crocodile ?

— Si ce complot existe, ce dont je ne suis pas encore sûr, et s'ils trempent tous dedans, ils doivent se serrer les coudes, qu'ils soient coupables ou non du meurtre de Pouemrê.

— J'ai beau réfléchir, je ne vois aucune raison valable pour que des officiers de Kemet s'en prennent à un roi kouchite.

— Moi non plus.

Bak entra dans l'eau jusqu'aux genoux. Le limon, épais et riche, formait entre ses orteils des bulles qui remontaient à la surface, et le courant poussait ses jambes.

— Je parierais une ration de blé d'un mois que Pouemrê a été tué à cause d'une rancœur personnelle.

Le Medjai enfonça son harpon et attrapa une perche. Le poisson se débattit dans l'eau trouble. Pachenouro le dégagea de la longue pointe étroite et l'acheva d'un coup rapide. Jetant sa prise dans le panier, où elle rejoignit deux poissons de taille plus modeste, il remarqua :

— Les hommes de la garnison tiennent le commandant Ouaser en haute estime. Ils ne toléreraient aucune critique à son égard. Si ses officiers éprouvent le même dévouement envers lui, ils sont certainement déterminés à le protéger, d'autant qu'eux aussi haïssaient la victime.

— J'ai cru comprendre que sa fille Aset a tenté de séduire Pouemrê, comme elle l'a fait avec moi.

Quelque chose de froid effleura la jambe de Bak. Il recula d'un bond. Un gros poisson-chat, qui aurait composé un festin idéal si le lieutenant avait eu un harpon, fila entre deux eaux.

— Je n'ai aucun doute qu'elle se souciait moins de lui que de son noble rang, mais si, d'une manière ou d'une autre, il menaçait son bien-être, Ouaser aurait eu une bonne raison de le supprimer. Tout comme l'archer Nebseni, qui nourrit la jalousie d'un amoureux éconduit.

— Une rumeur circule à la caserne...

Les yeux de Pachenouro se fixèrent sur l'île en face d'eux.

— Le crocodile en a assez du soleil. Il rentre dans l'eau.

Bak suivit son regard. Sur le bois mort avaient poussé des pattes courtaudes et un long museau terminé par une denture impressionnante. En moins de temps qu'il n'en fallait pour le dire, il avait gagné la berge.

— Une rumeur, hein ? reprit Bak avec satisfaction. Je savais que tu emploierais bien ta matinée.

Le sourire de Pachenouro s'effaça à peine esquissé. Il plongea dans l'eau et enfonça son arme. Son pied d'appui glissa en avant ; il vacilla et manqua tomber. Le poisson prit la fuite, sain et sauf. Pachenouro marmonna un juron et pataugea jusqu'à la terre ferme.

— On dit qu'Aset porte un enfant, dont on ignore qui est le père.

Bak siffla tout bas, mais il n'était qu'à demi surpris.

— Elle est trop décidée à vivre dans le luxe et l'opulence pour n'avoir aguiché qu'un seul homme. Quel serait le géniteur le plus probable, selon cette rumeur ?

— Les lieutenants Nebseni et Pouemrê arrivent en tête. On a fait allusion à un marchand, mais personne ne se souvient d'avoir vu Aset hors de chez son père en compagnie d'un homme, sinon d'un serviteur ou d'un officier.

— Donc, on élimine cette possibilité.

Bak s'agenouilla pour rafraîchir son visage, ses bras et son torse.

— Comment Ouaser aurait-il réagi ?

— On dit qu'il bout de rage.

Bak n'avait jamais vu le père et sa fille ensemble. Il se promit, quand il en aurait enfin l'occasion, d'observer attentivement comment ils se comportaient l'un envers l'autre. Il fut également conforté dans sa détermination de se tenir à l'écart d'Aset.

— Qu'as-tu appris encore ?

— On parle beaucoup des talents de soldat de Pouemrê. Même les sergents, qui sont les plus exigeants, ont été dithyrambiques. Il n'a commis qu'une seule erreur, et perdu quelques-uns de ses hommes parce que son idéal était si noble qu'il ne pouvait se résoudre à prendre l'ennemi par traîtrise. Des bruits courent que le capitaine Houy portait une part de responsabilité là-dedans, mais en général on le considère comme un homme bon et honnête, et peu d'entre ceux avec qui j'ai bavardé ajoutent foi à ces racontars.

Bak se releva. Un léger souffle d'air caressa ses épaules ruisselantes, leur procurant une fraîcheur passagère.

— Les hommes se doutent-ils que les officiers haïssaient à ce point Pouemrê ?

Pachenouro fixait avec une intense concentration un petit banc de saumoneaux. Il affermit sa prise sur son harpon, mais le gros poisson qu'il attendait n'apparut pas.

— Oui, mais ils ne comprennent pas pourquoi, d'autant plus qu'ils les admirent et les respectent tous. Sais-tu que ces hommes que tu soupçonnes, excepté le lieutenant Nebseni, ont reçu jadis au moins une mouche d'or ?

Bak fut sidéré par cette nouvelle, qui lui inspira la plus grande humilité. Les mouches d'or n'étaient décernées qu'aux guerriers les plus valeureux, et étaient remises des mains mêmes de la souveraine. En l'occurrence, elles avaient sans doute été conférées par son défunt époux ou par le père de Maakarê Hatchepsout, qui avait précédé celui-ci sur le trône.

— Cela remonte à quelle époque ?

— C'était il y a vingt-sept ans. Ils combattaient dans

l'armée d'Aakheperenrê Touthmosis durant notre dernière guerre contre les Kouchites.

L'époux et le frère de la reine. Pas un aussi grand guerrier que son père, néanmoins il avait vaincu Kouch une fois pour toutes. Bak préférait avoir ignoré qu'ils avaient reçu l'or de la vaillance au moment où il interrogeait les officiers. Le savoir aurait pu fléchir sa détermination à les considérer comme des suspects.

— Cette nouvelle me fait l'effet d'un coup de tonnerre, admit-il. Comment puis-je accuser de tels braves d'avoir assassiné leur compagnon ?

— Il y a pire, le prévint Pachenouro d'un ton lugubre.

Bak ferma les yeux un instant, résigné.

— Continue.

— D'après plusieurs des hommes, le capitaine Houy et le lieutenant Senou ont rencontré Pouemrê dans une maison de bière, une nuit. Ils sont partis avant lui, et on les a aperçus un peu plus tard, attendant dans l'ombre au coin d'une rue. Le lendemain matin, Pouemrê est arrivé couvert d'ecchymoses des pieds à la tête. Il prétendait avoir été rossé par des inconnus.

La conclusion fut évidente pour Bak, comme, sans doute, pour tous les hommes de la garnison.

— Une autre fois, poursuivit le Medjaï, Pouemrê est mystérieusement tombé par-dessus bord alors qu'il se trouvait sur un navire piloté par le lieutenant Inyotef. Grâce à Amon, il nageait comme un poisson. C'est ce qui lui a permis d'en réchapper.

« Des hommes valeureux », pensa Bak non sans ironie.

— Et Nebseni ?

— Un jour, il a menacé en public de castrer Pouemrê, mais il n'a jamais tenté de passer à l'acte. La cause de la dispute était Aset. L'autre motif cité est une accusation lancée par Pouemrê, qui affirmait que les archers n'avaient pas soutenu son infanterie lors d'une escarmouche du côté du fleuve, il y a un ou deux mois.

153

— Vu les dissensions opposant leurs officiers, les troupes n'étaient-elles pas divisées ?

— Pas encore, grâce au bon sens et à la détermination de leurs sergents, mais j'ai senti un profond malaise. Je crois qu'on serait bientôt arrivé au point de rupture.

— La mort de Pouemrê semble être survenue à un moment fort opportun.

Bak ramassa une poignée de cailloux et de fragments de poterie. Un par un, il les jeta dans le fleuve en les faisant ricocher sur la surface. Il s'efforça de considérer les informations glanées par Pachenouro avec un certain recul. Deux faits se détachaient du reste : d'abord, les officiers ne lui avaient rien dit de plus que ce que tout le monde savait déjà à Iken. Ensuite...

— Amon-Psaro marchait-il à la tête des Kouchites quand nos soldats les ont affrontés, il y a vingt-sept ans ?

— J'ai eu la même idée, dit Pachenouro en souriant, mais non. Il était prince, alors, à peine âgé de dix ans. Trop jeune pour partir à la guerre.

Avec un soupir, Bak fit passer le dernier fragment de poterie d'une de ses mains dans l'autre, et s'immobilisa soudain pour fixer le tesson carré, d'un gris verdâtre, comme les ustensiles fabriqués à Iken afin d'être vendus en amont.

Le témoin ivre était un potier.

Antef éparpilla une petite poignée de paille coupée menu sur la masse d'argile humide et la malaxa avec toute la puissance de ses doigts courts et épais, passant sa détresse sur la glaise.

— Je n'ai rien vu du tout ! Rien ! Il faisait trop noir ! Je le jure par Khnoum !

Bak contrôla avec effort son impatience.

Le contremaître lui avait expliqué qu'Antef était jadis un artisan expérimenté, mais qu'on ne se fiait plus à lui même pour façonner les médiocres ustensiles envoyés dans le sud jusqu'au pays de Kouch. La raison en était évidente. Les mains d'Antef étaient agitées par un tremblement irrépressible, dû à l'excès de bière pendant de trop longues années.

Bak s'agenouilla à côté du petit homme grisonnant et posa une main apaisante sur son épaule :

— Je ne t'accuse de rien, Antef. Je veux simplement savoir ce qui s'est passé cette nuit-là.

— J'ai vu la déesse Hathor. Elle est venue vers moi et m'a offert le plaisir de son corps.

Antef regarda alentour, comme pour s'assurer que ses camarades n'écoutaient pas. En notant l'extrême concentration avec laquelle ils exécutaient leurs tâches respectives, Bak sut qu'ils ne perdaient pas un mot de la conversation. Le potier continua, moins tendu à mesure que le souvenir de la déesse emplissait ses pensées. Il relata l'histoire rapportée par Meryrê, mais émaillée de multiples détails dont la plupart, soupçonna Bak, étaient venus enjoliver le récit au fil de fréquentes répétitions.

Pendant que le potier s'épanchait, Bak promenait son regard sur l'atelier, qu'il avait découvert parmi les murs effondrés d'une ancienne demeure, dans la ville basse. C'était une entreprise de belle taille qui employait quatre potiers, chacun aidé d'un assistant pour actionner son tour. De précaires auvents de bois, couverts de nattes en joncs, les abritaient eux et leurs œuvres de la canicule. Un autre ouvrier brassait la glaise, la foulant de ses pieds nus, ajoutant du sable, de la paille hachée ou du fumier suivant la nécessité, pendant qu'Antef préparait à la main des mélanges spéciaux. Un adolescent, peut-être envoyé par son père pour apprendre le métier, portait les pots façonnés dans une pièce à ciel ouvert où il les alignait pour les laisser sécher. Le contremaître alimentait un four cylindrique en brique aussi haut que lui.

Antef restait plongé dans son récit, les yeux rivés sur un endroit lointain, inaccessible aux hommes dotés d'une imagination moins fertile.

— La déesse a murmuré qu'elle me voulait seul, sans personne pour la voir ou l'entendre. Elle m'a pris par la main et m'a entraîné hors des murs de la ville. Nous nous sommes arrêtés mille fois pour échanger des baisers et des caresses. Quand enfin nous avons trouvé notre nid d'amour au creux des rochers, nous sommes tombés sur le sol d'un même élan, avides d'assouvir notre désir.

Bak s'en voulut d'interrompre un récit aussi vivant.

— Où se trouvait cet endroit ?

Le potier secoua la tête, revenant à contrecœur à la réalité.

— C'était au nord de l'atelier, parmi les rochers qui dominent le bout de la grande île. Dans ce lieu rude et solitaire, le sable nous a offert un lit aussi doux que le duvet d'un caneton.

Bak se rappela l'affleurement rocheux, à quelque distance en aval de l'endroit où Pachenouro et lui avaient discuté. Cela représentait une longue marche pour un homme éméché.

— Je sais que tu as autre chose à me dire.

Antef revint avec force détails sur sa nuit d'amour avec une déesse, le rêve de tout mortel. Ses camarades se lançaient des regards à la dérobée, les lèvres frémissant d'un rire silencieux.

— Enfin, épuisé, j'ai fermé les yeux et j'ai dormi. Quand ensuite je me suis réveillé, un mince croissant de lune éclairait les rochers. Elle était partie.

— Qu'est-ce qui t'a réveillé ? interrogea Bak.

— Rien, dit Antef en détournant la tête. Rien, je le jure !

— Tu as entendu deux hommes se disputer.

Bak employait un ton dur et affirmatif, comme s'il s'était lui-même trouvé sur place au lieu de tenir l'histoire de troisième main.

— Tu les as observés. L'un des hommes a tourné le dos pour partir. L'autre l'a empoigné par-derrière. Je sais ce qui est arrivé ensuite — le second a poignardé son compagnon —, mais je veux que tu me le dises avec tes mots.

— Non ! Je n'ai rien vu !

156

— Je répugne à utiliser la trique, toutefois je m'y résignerai s'il le faut.

— Il faisait sombre, mais...

La voix brisée, Antef baissa la tête.

— Oui, il l'a tué. Je l'ai su aux bruits que j'entendais, et puis j'arrivais à les distinguer un peu. Il l'a poignardé au visage ou peut-être au cou, il l'a traîné jusqu'au fleuve et l'a poussé dans l'eau. Ça s'est passé si vite... Je n'ai pas pu intervenir, je le jure !

Pas si vite que cela, Bak en était sûr. Néanmoins, si le potier s'était interposé, il serait mort avec Pouemrê.

— A quoi ressemblait le meurtrier ?

— Je n'ai pas vu son visage, sinon je l'aurais dit. J'ai atrocement peur, avoua Antef en commençant à sangloter. Je ne serai tranquille que lorsqu'on l'aura arrêté, mais je ne peux pas t'aider. Il me tournait le dos.

Bak le crut. Il était trop terrifié pour mentir.

— J'ai demandé à tous ceux que j'ai rencontrés des nouvelles du gamin, mais personne ne l'a vu, expliqua Kasaya. On aurait dit l'ombre du lieutenant Pouemrê. Maintenant, c'est comme si le soleil avait disparu et l'ombre avec lui.

— Aurait-il été jeté dans le fleuve comme Pouemrê ? demanda Pachenouro.

— Antef n'a pas vu d'enfant. Il ne reste qu'à espérer qu'on ne l'a pas assassiné ailleurs, à un autre moment, dit Bak d'un ton sombre qui reflétait son inquiétude.

Les trois hommes marchaient rapidement le long de la rangée d'arbres qui bordaient le fleuve. Kasaya, dont la vue était la plus perçante, scrutait le sol à droite et à gauche, cherchant des traces, des objets qu'auraient pu laisser un enfant ou un meurtrier voulant se débarrasser de preuves compromettantes.

Ils ralentirent l'allure en approchant de leur destination, un tertre de granit noir, brisé, craquelé, torturé par la fournaise et le froid nocturne. S'élevant d'une nappe de sable d'un brun grisâtre porté par le vent du désert occidental, le tertre s'étirait vers la pointe nord de la grande île que surplombait la forteresse. Dans l'étroit goulet qui l'en séparait, des eaux furieuses dévalaient une série de petites chutes écumeuses et tourbillonnaient autour de rochers déchiquetés.

Ils gravirent le tertre et commencèrent par chercher le coin abrité où Antef avait rêvé d'Hathor. Le vent avait soufflé au moins deux fois depuis la disparition de Pouemrê, aussi leurs chances de trouver des traces du meurtre étaient-elles bien minces. Néanmoins, il ne fallait rien négliger.

Tandis qu'à l'ouest Rê se posait sur l'horizon, Bak escalada le bloc de granit le plus élevé et, les mains sur les hanches, contempla les pierres éboulées et les eaux tumultueuses, en contrebas.

— Donc, l'homme à la balafre est armurier ? demanda-t-il au lieutenant Kasaya, qui s'agenouillait sur une dent rocheuse pour examiner une poche de sable.

— Si c'est bien celui que tu as vu, et cela ne peut être que lui, il se nomme Senmout. D'après le chef armurier, il fabrique et répare les lances. Il affûte les fers et les ajuste sur les hampes.

— Quels étaient ses liens avec Pouemrê ? interrogea Pachenouro, posant la question même que Bak s'apprêtait à formuler.

Kasaya expliqua, en s'approchant d'un autre renfoncement :

— C'est la fille aînée de Senmout, âgée de quinze ans, qui s'occupait du ménage, du linge et des repas du lieutenant et du petit garçon.

— Si son rôle se bornait à l'entretien de la maison, pourquoi son père m'aurait-il assommé pour fouiller toutes les pièces ?

Bak enjamba une brèche pour descendre sur un autre rocher. En apercevant une petite anfractuosité tapissée de sable, il s'exclama avec satisfaction :

— Voici le nid d'amour ou, du moins, la cachette d'un ivrogne.

158

Les Medjai se hâtèrent de le rejoindre et découvrirent quatre jarres de bière vides, logées dans une fissure entre deux rocs dentelés. D'une flaque jaunâtre sur un rocher voisin montaient des relents d'urine. Après que Kasaya eut étudié le sol sans rien trouver de plus, ils se tinrent à l'endroit où Antef avait dû s'endormir et observèrent l'étendue de sable du haut du tertre. Quelque part là-bas, Pouemrê avait été assassiné.

Les Medjai descendirent la pente et entreprirent d'examiner la surface sablonneuse pendant que Bak poursuivait ses recherches de son côté.

Les ombres étaient longues et profondes quand, sous la fine couche de sable déposée depuis le meurtre, Kasaya découvrit une petite tache sombre qu'il pensa être du sang. Pachenouro courut vers le fleuve et inspecta la berge. Il repéra bientôt une tache brunâtre sur un rocher, au-dessus des tourbillons. Qu'il s'agît ou non de sang, l'endroit était idéal pour se débarrasser du cadavre.

A l'approche du crépuscule, Bak distingua une empreinte de pas, dans une cavité à moitié cachée par des rochers, si exiguë que seul un enfant avait pu s'y glisser. De là, par un interstice, le petit Ramosé aurait pu voir le meurtre de Pouemrê. Il fallait retrouver l'enfant à tout prix — s'il vivait encore.

— J'ai découvert quelque chose ! cria Bak d'une voix frémissante d'excitation.

Un bruit sec résonna, tout proche. Il regarda à la ronde, sans comprendre d'où cela provenait, puis il remarqua une légère trace sur la paroi à côté de lui, comme une saillie.

— Baisse-toi, mon lieutenant ! s'époumona Pachenouro en s'introduisant à grand-peine dans une fissure trop étroite pour sa corpulence.

Un projectile rasa la tête de Bak, qui entendit un nouveau craquement, plus fort cette fois. Une pierre ! Quelqu'un tirait sur eux à la fronde, une arme mortelle entre les mains d'un guerrier bien entraîné et souvent utilisée par les soldats de Ouaouat. Il plongea sur le sol, roula

159

entre les pierres saillantes et redressa la tête afin de s'assurer que ses hommes étaient indemnes. Kasaya demeurait accroupi au pied du tertre. Le refuge de Pachenouro se trouvait plus près du fleuve.

Un autre projectile, de la taille d'un œuf d'oie, passa au-dessus de Bak, s'écrasa contre le rocher derrière lui et éclata en morceaux.

— Il est là-bas ! cria Pachenouro. Sur l'île, derrière la crête !

— Je le vois ! lança Kasaya.

Bak se tourna avec difficulté pour regarder dans cette direction. Comme en réponse, un homme se redressa à toute vitesse, balança le bras et fit voler une nouvelle pierre qui se pulvérisa contre la paroi à moins d'une coudée du policier. L'homme disparut aussi vite qu'il avait surgi. Dans la lumière déclinante, Bak n'avait pu distinguer qu'une vague silhouette noire.

Il ne se sentait pas en danger — ses hommes et lui étaient en sûreté tant qu'ils restaient à couvert —, toutefois il rageait d'être réduit à l'immobilité en attendant l'obscurité salvatrice. Il bouillait d'envie de mettre la main sur leur assaillant. Il évalua des yeux le goulet les séparant de l'île et songea à le franchir à la nage. Mais le courant était rapide et, à en juger par les brisants, les chutes s'écrasaient sur des écueils. Le risque était trop grand.

— J'arriverai peut-être à traverser à la nage, proposa Kasaya d'une voix hésitante, comme si lui aussi jugeait l'entreprise hasardeuse.

Bak regarda l'empreinte du petit pied nu pour s'assurer qu'il ne l'avait pas abîmée en se jetant par terre.

— Ce porc finira par se lasser. Mais j'ai là un indice que vous devez voir tant qu'il fait encore jour.

Les trois compagnons retournèrent dans le noir à leur logis, trop attentifs à retrouver leur chemin dans la ville inconnue pour échanger leurs impressions. Bak était intrigué par cette attaque. Pourquoi l'agresseur avait-il utilisé une fronde, quand un arc aurait été tellement plus efficace ? Une explication s'imposait : un arc et un carquois complet auraient été trop encombrants pour gagner l'île à la nage.

Une seconde question troublait Bak. Ses hommes et lui savaient bien peu de chose sur la mort de Pouemrê. Toutes les informations qu'ils avaient recueillies depuis leur arrivée à Iken étaient de notoriété publique. Dans ces conditions, pourquoi aurait-on voulu les supprimer ? Bak seul était-il visé ? La plupart des pierres étaient tombées de son côté. Avait-il appris un détail particulier dont personne d'autre n'avait eu vent ? A moins qu'un des officiers de Ouaser ait tenté de l'effrayer pour qu'il renonce à son enquête ? Il remâchait le problème comme un chien s'acharne sur un morceau de cuir dur, sans trouver d'explication satisfaisante.

La réponse lui vint au plus noir de la nuit, alors qu'il était allongé sur sa paillasse, sur le toit. Il fixait les étoiles en laissant vagabonder ses pensées. L'unique élément dont lui seul avait connaissance était l'esquisse sur le tesson de poterie. Si quelqu'un la jugeait importante au point d'essayer de l'intimider, c'est qu'elle évoquait un événement réel. Cela signifiait donc qu'une menace pesait sur la vie d'Amon-Psaro. Bak frissonna et sentit ses poils se hérisser sur ses bras. Si le souverain kouchite était assassiné par un habitant de Kemet, la guerre serait inévitable.

Il pouvait se tromper. Il priait afin de se tromper. Toutefois, force lui était de supposer le pire.

9

« Il faut retrouver l'enfant. » En toute hâte, Bak remonta la ravine menant à la forteresse, franchit l'entrée principale et suivit la rue qui menait à l'armurerie. Il se répétait inlassablement ces mots et les ordres qu'il avait donnés à ses hommes.

— S'il vit encore, il faut veiller à ce qu'il reste en vie. S'il a été tué, nous devons découvrir quand, comment et par qui.

Les Medjai avaient quitté la maison avec le même sentiment d'urgence. Il importait de retrouver le petit Ramosé et, s'il était vivant, Bak devrait imaginer un moyen de le comprendre pour connaître avec certitude le sens de l'esquisse. La forteresse de Semneh — et donc Amon-Psaro — était trop proche d'Iken pour leur tranquillité. Pis encore, tous les suspects y accompagneraient Amon. L'entourage du dieu serait le refuge idéal pour celui qui ourdissait un attentat. Il aurait la possibilité d'agir puis, se glissant parmi les autres, de se fondre dans la masse.

Bak entra d'un pas décidé dans l'armurerie, trop vaste pour le petit nombre d'ouvriers y exerçant leur métier. Ses murs, autrefois blanchis à la chaux, étaient usés et sales au point d'avoir pris la teinte foncée du limon. Jadis, du temps où une garnison complète occupait la forteresse, l'édifice était rempli d'artisans qui s'affairaient pour armer une force nombreuse et active. Désormais, les effectifs étaient réduits et les batailles se limitaient à des escarmouches. La plupart des armes étaient acheminées du nord, par bateau, et le travail ne consistait plus qu'en de menues réparations.

Sur le seuil, Bak adressa un salut du menton au chef armurier, un homme d'une trentaine d'années, musculeux et le teint bistre, puis il chercha des yeux celui qu'il venait voir. L'atmosphère chaude et renfermée résonnait des coups de marteau que deux ouvriers assenaient sur des pointes de bronze pour en durcir les bords. Bak fut saisi à la gorge par l'odeur âcre du métal en fusion sortant d'un four en poterie épaisse, posé sur des charbons ardents. Des tintements rapides et l'écho d'éclats de pierre s'éparpillant par terre révélaient la présence d'un ouvrier dans la pièce voisine, taillant du silex pour une pointe de flèche. L'odeur écœurante du cuir humide flottait par une porte ouverte, derrière laquelle des peaux rougeâtres étaient tendues sur des cadres de bois, en vue de fabriquer ou de réparer des boucliers.

Un homme de taille moyenne, au torse en forme de barrique et à la joue marquée par une longue cicatrice, entra par la porte du fond. Il aperçut Bak, écarquilla les yeux en le reconnaissant et tourna les talons comme pour s'enfuir. Mais il n'avait pas d'échappatoire ; l'armurerie ne disposait que d'une issue.

— Senmout ! cria sèchement Bak, réduisant au silence les marteaux et les ciseaux, et attirant une douzaine de curieux des salles adjacentes.

— Je n'ai pas tué le lieutenant Pouemrê ! Je le jure !

Une peur veule s'était peinte sur le visage balafré. Bak s'attendait à des dénégations, mais moins véhémentes.

— Si tu es innocent comme tu le prétends, pourquoi m'as-tu assommé ? Pourquoi as-tu fouillé sa maison ?

Les sourcils froncés, le chef armurier renvoya à leur besogne les artisans qui suivaient la scène avec intérêt, puis il s'accroupit près de la porte de la rue, écoutant chaque mot dans ses moindres nuances. Sans nul doute, il rapporterait tout ce qu'il entendait à sa famille et à la moitié d'Iken.

— Je n'ai rien fait ! Je le jure ! gémissait Senmout.

— Pourquoi t'es-tu enfui avant-hier, lorsque tu m'as trouvé chez Pouemrê ?

— Ne l'aurais-tu pas fait, à ma place ? Voudrais-tu être accusé d'une faute dont tu es innocent ?

— Tu donnes matière à des soupçons tant que tu ne t'expliques pas. Maintenant cesse de nier, et parle ! s'impatienta Bak en secouant Senmout par les bras.

L'armurier recula, mal assuré sur ses pieds et les yeux affolés.

— Je cherchais l'enfant, c'est tout. Je le jure ! Alors je t'ai vu par terre, avec les affaires de Pouemrê éparpillées autour de toi, et j'ai pris mes jambes à mon cou.

— L'enfant...

Bak prit conscience du silence des outils, de l'inactivité des artisans trop occupés à écouter pour travailler.

— Tu as besoin d'une pause, Senmout. Je ne le retiendrai pas longtemps, ajouta-t-il à l'adresse du contremaître.

Trop saisi pour se rebeller, Senmout le conduisit dans une maison de bière toute proche, où le propriétaire vendait un épais breuvage. L'établissement était net et propre, avec des murs récemment chaulés et un sol aspergé d'eau pour retenir la poussière. Les cruches et les bols s'alignaient en ordre, et quelques trépieds étaient disposés entre des coussins rembourrés de paille. La bière était forte, savoureuse, idéale pour briser les défenses et délier les langues. Une bonne dose de patience pouvait aussi porter ses fruits.

— Tu cherchais l'enfant, reprit doucement Bak, sur le ton de la conversation. Ramosé, le petit sourd-muet.

— Il a besoin d'un nouveau foyer, expliqua Senmout, avec réticence. Je pensais l'emmener chez moi. Il aurait fait partie de la famille.

Il but plusieurs gorgées qui le ragaillardirent.

— Je n'ai plus d'épouse qui puisse lui dispenser l'affection d'une mère. La mienne est morte il y a deux ans. Cependant, mes enfants aiment bien ce petit, et ma fille aînée est une deuxième maman pour eux tous.

Bak observait attentivement l'armurier, guettant sur sa physionomie un détail trahissant le mensonge. Les mains calleuses de Senmout reposèrent nerveusement le bol.

— Les voisins ne l'ont pas revu depuis la nuit où Pouemrê a disparu. Je m'inquiète pour lui. Mais c'est un petit dur, un débrouillard-né. Il sait se défendre dans des conditions où la plupart des autres crèveraient de faim.

— Pouemrê a été assassiné, dit Bak, détachant distinctement les syllabes. L'enfant pourrait avoir connu le même sort.

L'armurier répondit d'une voix bourrue, obstinée :

— Pouemrê était un fils pour moi, et Ramosé était un fils pour lui. Je veillerai sur ce gamin comme sur l'enfant que Moutnefer mettra bientôt au monde.

Il secoua la tête et fit une tentative pathétique pour sourire.

— Le petit s'est enfui, voilà tout ! Il est venu voir ma fille hier matin pour qu'elle sache qu'il est en bonne santé. C'était au marché, peu après la vente de poisson à la criée.

Bak fut brusquement submergé par la surprise, le plaisir et la gratitude envers Amon. Pourtant, il était troublé par la réserve et le profond désespoir qu'il sentait en Senmout.

— Ta fille s'occupait de la maison de Pouemrê ?

Senmout s'essuya le nez d'un revers de main et renifla.

— De sa maison, oui. Et un jour prochain, elle s'occupera de son enfant.

Sa voix mourut sur ses lèvres. Il enfouit son visage entre ses mains, les épaules secouées de sanglots silencieux.

L'enfant de Pouemrê ? Bak posa avec douceur la main sur le bras de l'armurier.

— Je dois coûte que coûte parler à ta fille, Senmout. Où puis-je la trouver ?

165

Moutnefer était proche d'Aset par l'âge, mais là s'achevait la ressemblance. Alors que la fille unique du commandant était délicate et charmante, l'aînée de Senmout était banale et sans grâce. Aset n'était encore qu'une petite fille capricieuse, tandis que Moutnefer était une future mère qui assumait déjà la responsabilité de la maison paternelle, où vivaient six enfants entre deux et douze ans.

— Pouemrê m'aimait comme je l'aimais.

Moutnefer posa la main sur son ventre, la voix tremblante. Elle portait une ample robe de lin ordinaire, un seul bracelet de bronze et un soupçon de khôl autour de ses paupières rougies par les larmes.

— Il voulait m'emmener avec lui quand il retournerait à Kemet.

Assis sur un tabouret dans la cuisine à ciel ouvert derrière la maison de trois pièces, Bak fut touché par cette confiance aveugle dans les promesses de l'officier. Il dissimula sa compassion et observa Moutnefer, qui versait une pâte bien pétrie dans un plat rond en terre cuite. Elle plaça le récipient sur les charbons ardents et posa pardessus un couvercle conique. Un petit de deux ans, tout nu, jouait à l'ombre de la porte, et une fillette d'environ huit ans se penchait sur un mortier de pierre, actionnait le pilon d'avant en arrière pour tirer du grain une farine grossière. Bak avait vu deux autres bambins, dont le plus grand devait avoir cinq ans, qui s'amusaient sur le toit sous l'œil attentif de leur sœur de dix ans. Moutnefer avait encore un frère de douze ans, parti pêcher sur le fleuve. Dans la maison de Senmout, tous ceux qui étaient en âge de le faire devaient gagner leur pain.

— Sans ton aide, comment ton père se serait-il occupé d'une telle progéniture ?

Moutnefer eut un pauvre sourire, aussi tremblant que sa voix.

— Eux aussi devaient venir à Kemet : mon père, mes frères et sœurs... Pouemrê nous avait promis une maison

166

sur le domaine de son père, un lopin de terre et même une nourrice pour prendre soin des tout-petits. Au lieu de fabriquer des armes, mon père aurait entretenu les outils des ouvriers du domaine.

« Une promesse facile à faire et encore plus facile à oublier ». pensa Bak.

— Quelle devait être ta position ? Pensais-tu l'épouser, ou bien...

Elle éclata de rire.

— Je ne suis pas de sang noble ! Il m'aimait, ça oui ! et il voulait m'emmener avec lui. Je serais restée sa préférée à tout jamais, il m'en avait fait le serment, mais en tant que concubine et non comme une épouse.

Bak préféra changer de sujet de peur qu'elle ne devine son scepticisme. Il ne voulait pas la blesser.

— Quand as-tu vu Pouemrê pour la dernière fois ?

— Le soir de sa disparition, murmura-t-elle avec tristesse. Il m'a raccompagnée chez moi avant de se rendre à la résidence du commandant.

— Qu'a-t-il dit ? Pourrais-tu définir son attitude ? Était-il heureux, triste ou irrité, par exemple ?

Moutnefer alla chercher un tabouret à l'intérieur. Les pieds en étaient sculptés et peints de manière à figurer la tête délicate des oiseaux du fleuve, et le siège était en cuir finement tressé. Bak ne pouvait imaginer un meuble de cette qualité dans cette humble demeure.

Elle remarqua sa curiosité.

— Pouemrê avait vu que j'avais peine à me relever, une fois assise par terre, c'est pourquoi il m'avait apporté ce tabouret pour me rendre la vie plus douce.

Refoulant ses larmes, elle le déposa dans la bande d'ombre près du mur et s'assit pesamment.

Bak se demanda ce qu'il ferait si les douleurs de l'enfantement la prenaient à ce moment. Cette idée l'inquiéta, puis il se souvint d'avoir aperçu des femmes sur plusieurs toits voisins.

— Ce jour-là, Pouemrê est rentré chez lui bien avant le crépuscule. Je préparais toujours son repas du soir. Je

167

mangeais avec lui et Ramosé, puis j'emportais le reste pour ma famille.

Elle ferma les yeux, la gorge nouée.

— Il m'a soulevée et m'a fait tourner dans les airs. Il était si joyeux que je ne comprenais rien à ce qu'il me disait. Il parlait du roi Amon-Psaro, du prince, d'une vengeance et d'une grande bataille contre les Kouchites. Il disait que notre souveraine, Maakarê Hatchepsout en personne, lui octroierait l'or de la vaillance, et que sais-je encore.

Bak eut envie de la serrer dans ses bras. Elle venait de lui indiquer le mobile du meurtre, ce qui le comblait au-delà de toutes ses espérances. Pouemrê avait découvert qu'Amon-Psaro devait être assassiné de la main d'un vengeur. Il aurait dû confier cette information à ses supérieurs, mais il la tenait secrète afin que la gloire rejaillisse sur lui seul. Maintenant il était mort, réduit à tout jamais au silence. Son comportement était impardonnable. Même s'il se méfiait des autres officiers et de son commandant, il lui restait la possibilité d'adresser un message à Thouti.

Bak interrogea encore Moutnefer, mais elle n'avait rien de plus à lui apprendre. Pouemrê n'avait livré aucun détail. S'il ne lui avait pas ouvert son cœur, à qui s'était-il confié ? L'image dessinée sur la poterie revint brusquement à l'esprit de Bak. Le petit Ramosé... Quel meilleur confident pouvait-on trouver que celui qui ne pouvait ni entendre ni parler ?

— Ton père m'a dit que le serviteur de Pouemrê est venu te voir au marché, hier.

Moutnefer fixa ses doigts entrecroisés sur son ventre protubérant, d'un air découragé et inquiet.

— S'il connaît le meurtrier de Pouemrê — et j'ai de bonnes raisons de le croire —, il court un grave danger, insista Bak en se penchant vers elle pour tenter de la convaincre par la force de sa volonté. Je dois le retrouver avant le tueur.

— Je ne sais pas où il est ! répondit-elle en se tordant

les mains. Et je ne sais pas me faire comprendre de lui. Pouemrê ne me l'a jamais appris. Mais j'ai bien vu qu'il était terrifié.

— Lui as-tu donné de la nourriture ?

Elle se mordit les lèvres, hocha la tête.

— Ce que j'avais pu mettre de côté.

— Qu'a-t-il emporté de chez Pouemrê, la nuit où il s'est enfui ?

— Pas grand-chose. Il a sûrement épuisé ses provisions, maintenant.

« Il chaparde sans doute pour survivre, pensa Bak. Quel meilleur endroit qu'un marché ? »

— Si tu le revois, voudras-tu me l'amener ?

— A condition que j'y parvienne, répondit-elle, essayant d'être forte. Il ne se fiait qu'à Pouemrê... Il est venu me voir hier, mais il n'est resté qu'un moment.

Bak se leva pour partir. Le bruit léger du mortier attira son regard vers la fillette mince et silencieuse qui maniait le pilon. Il pria pour qu'aucun de ses enfants n'ait à mener une vie aussi pénible.

— Mes hommes et moi avons plus de rations qu'il ne nous en faut pour cette semaine. Accepterais-tu quelques provisions en remerciement de ce que tu m'as appris ?

Le plaisir qui se peignit sur le visage de Moutnefer fut pour Bak une aussi belle récompense que l'information qu'elle lui avait fournie.

Alors qu'il s'éloignait dans la rue, une idée surgit dans son esprit. Si un seul officier poursuivait Amon-Psaro de sa vindicte, pourquoi les autres le couvraient-ils ? Était-ce en raison d'une expérience commune vécue lors de la guerre contre les Kouchites, vingt-sept années plus tôt ?

— Mon lieutenant ! s'écria Kasaya, qui descendait en courant la ruelle du fort. Je te cherchais partout. Le commandant Ouaser et ses officiers sont au débarcadère.

Il s'arrêta devant Bak, sa poitrine puissante se soulevant et s'abaissant tandis qu'il essayait de reprendre son souffle.

169

— La nef sacrée approche d'Iken, avec le sergent Imsiba, le capitaine Neboua et la moitié de la garnison de Bouhen.

Bak sourit, ravi de cette nouvelle.

— Quel plaisir de revoir des visages amis et de parler avec des officiers francs et honnêtes, pour changer !

— Auparavant, tu devras t'entretenir avec Ouaser. Il veut te voir sur-le-champ.

— Rien de désagréable, j'espère ?

— Il ne m'a pas fait l'honneur de ses confidences.

La joie de Bak fut de courte durée. Il relata à Kasaya ce qu'il avait appris de Senmout et de Moutnefer et l'envoya rejoindre Pachenouro. Les deux Medjai porteraient toutes les rations dont ils pouvaient se dispenser à la fille de l'armurier, obtiendraient d'elle une description du petit sourd-muet et se rendraient ensuite au marché. L'enfant se montrerait tôt ou tard, et Bak voulait qu'un de ses hommes au moins y soit présent lorsque cela arriverait. Il fallait le retenir et le convaincre de confier ses secrets, d'une manière ou d'une autre. Alors seulement, il serait en sécurité.

— J'ai rarement vu des hommes fournir un tel effort, remarqua Imsiba, les yeux sur la foule massée au loin.

Au-dessus des têtes luisait l'or de la nef sacrée, à l'élégante proue surélevée tirée par des hommes, et non par un navire de guerre.

— Amon fasse que l'issue en vaille la peine.

— Sais-tu qu'Amon-Psaro est déjà à Semneh ? dit Bak.

— Oui, je l'ai appris. Comment peut-on espérer d'un dieu, si grand et si puissant soit-il, la guérison d'un enfant gravement malade ?

— Qu'en pense Kenamon ?

— Il parle avec la foi inébranlable du prêtre, non avec le bon sens du médecin. Mais à mesure que nous approchons de Semneh, il s'agenouille plus souvent pour prier.

La morosité communicative du grand Medjai emplit

inopportunément le cœur de Bak de sombres pressentiments.

Ils traversèrent l'étendue sablonneuse, ni l'un ni l'autre d'humeur à parler et pourtant embarrassés par ce silence. Bak contemplait la rampe sur laquelle la nef du dieu était halée, pour éviter le plus redoutable des rapides au sud d'Iken. La voie s'étirait à travers le désert, revêtue de troncs d'arbres légèrement incurvés afin de former un berceau, et posés côte à côte sur un lit de limon sec et crissant.

Alors qu'ils approchaient, ils virent Neboua se détacher des soldats entourant la nef et lancer un ordre. Les hommes postés devant, plus d'une centaine et venus de Bouhen, tendirent les lourds cordages reliés au navire, pendant que leurs compagnons, placés le long des flancs, en faisaient autant pour l'empêcher de pencher et pour faciliter la manœuvre. Plusieurs autres chargés de grosses jarres à fond arrondi s'élancèrent en avant.

Le commandant Ouaser, les officiers Houy, Senou, Inyotef et Nebseni se tenaient sur le côté avec Kenamon. Les prêtres de rang inférieur et deux soldats purifiés pour l'occasion étaient agenouillés près de la barque portative du dieu Amon. Ils attendaient de la charger sur leurs épaules afin qu'elle avance en même temps que la nef. Les portes de la châsse étaient closes et scellées, protégeant l'effigie du bruit et de la poussière du monde extérieur.

Sur un second signal de Neboua, les porteurs d'eau inclinèrent leurs jarres et arrosèrent le limon devant la nef, afin qu'il soit aussi glissant que de la graisse d'oie. Un contremaître scanda le rythme en une sorte de mélopée, et les haleurs commencèrent à tirer. Bandant leurs muscles, quelques-uns grognèrent, d'autres lâchèrent des jurons. La sueur coulait sous le soleil indifférent. Le bas de la coque, légèrement arrondi et exempt de dorures, progressa sur le lit de troncs en faisant craquer et gémir le bois sous son poids.

La grande barque d'or voguant à travers le désert stérile composait un spectacle stupéfiant.

Neboua surveillait d'un œil vigilant le bon déroulement de l'opération, à l'affût de cordes emmêlées, d'un homme tombé. Une dizaine de pas plus loin, il ordonna une pause pour accorder aux haleurs un peu de répit.

Bak détendit ses muscles noués et tenta de distinguer ses hommes. Une garde, constituée de policiers medjaï et de lanciers triés sur le volet, était disposée en un ovale approximatif autour de la nef. D'autres étaient postés sur une éminence, à l'ouest, largement espacés mais pas au point de ne pouvoir communiquer par un cri ou un sifflement. Leur mission consistait à surveiller le désert, au cas où des pillards surviendraient.

— Tu as accompli de l'excellent travail, Imsiba. J'aimerais pouvoir en dire autant.

Imsiba observa les officiers qui entouraient Kenamon.

— Je n'ai pas eu l'occasion de parler avec le commandant Ouaser. Comprends-tu pourquoi il a dressé un tel mur de silence autour de la mort de Pouemrê ?

— S'il était le seul obstacle que j'aie rencontré à Iken, je m'estimerais heureux ! répliqua Bak avec un rire amer. Je t'expliquerai tout cette nuit, promit-il au Medjaï intrigué. Quand Amon sera en lieu sûr dans la demeure d'Hathor. Pour l'instant, je dois justement aller chez Ouaser. Je suis convoqué !

Pendant qu'Imsiba se dirigeait vers l'ouest où des gardes formant une haie observaient la scène de loin, Bak contourna les haleurs exténués. Les officiers et les prêtres étaient trop absorbés dans leur conversation pour lui prêter attention.

Le commandant paraissait soucieux, nota Bak non sans une certaine satisfaction.

— Tu ne crois tout de même pas que Nehsi entreprendra le long voyage jusqu'au Ventre de Pierres ! disait-il à Neboua, qui leva les paumes pour réfuter cette idée.

— Tu te méprends ! Je me bornais à remarquer que je n'aimerais pas être à la place de Thouti ou à la tienne, si le meurtrier de Pouemrê n'est pas remis à la justice en temps et en heure.

— Le directeur du Trésor ne viendra pas, intervint Inyotef. Il est nommé depuis trop peu de temps et doit s'imposer à la bureaucratie du palais. Il enverra quelqu'un pour le représenter.

— Pire encore ! persifla Neboua. Le subalterne d'un grand homme se montre toujours plus sévère que son maître. Surtout quand ce dernier est trop loin pour s'informer des faits précis et tempérer la rigueur de son émissaire.

— Vois-tu toujours tout du mauvais côté, Neboua ? demanda Houy d'un ton presque taquin, bien qu'il parût aussi préoccupé que Ouaser.

— Je dis les choses comme je les sens. Mais voici venir l'homme qui peut vous sauver du courroux de Nehsi ! affirma-t-il en apercevant Bak. Nul jusqu'à présent n'a échappé à sa justice.

Un large sourire effaça son air sombre et il étreignit le lieutenant par les épaules pour le saluer.

— Tu exagères, répondit Bak tout en guettant les réactions des membres du groupe.

Les traits tirés et les yeux battus de Ouaser trahissaient des nuits troublées par l'anxiété. La bouche de Nebseni était une mince ligne pincée. Sur le front de Houy, les rides s'étaient creusées. Le regard scrutateur de Senou sondait Bak et Neboua, comme subodorant un complot pour répandre la panique parmi les officiers. Inyotef souriait — attitude que Bak avait remarquée dans le passé, et qui était la façon du pilote de dissimuler sa nervosité, son inquiétude, sa peur ou toute autre marque de faiblesse.

Neboua regarda la nef et les hommes qui l'entouraient. Certains buvaient de la bière à une outre en peau de chèvre, quelques-uns s'enduisaient d'huile pour protéger leur peau de la sécheresse, les autres étaient assis à bavarder, ou étendus sur le sable les yeux fermés. Neboua ne paraissait pas avoir remarqué la réaction des officiers.

173

— Tu es trop perspicace pour qu'on puisse te berner, dit-il à Bak.

— A t'entendre, on croirait que je chemine aux côtés des dieux ! plaisanta Bak.

— Aux côtés de Maât, à coup sûr, persista Neboua en lui tapant sur l'épaule. Tu verras, dit-il ensuite à Ouaser : quand il cherche la vérité, il est comme un chien avec son os. Une fois qu'il y a planté ses crocs, il ne lâche jamais prise. Je ne voudrais pas être dans la peau du tueur pour tout l'or de Kouch et de Ouaouat.

Bak était ravi de Neboua et des réactions qu'il avait provoquées, mais il se demandait si son ami n'était pas allé trop loin. Un criminel acculé, tel un animal pris au piège, était apte à se défendre avec une rage incontrôlée. Si Bak avait su de quelle direction attendre une attaque, il aurait pu s'en prémunir, mais en l'occurrence tous semblaient aussi coupables les uns que les autres et il ne disposait d'aucune parade.

Visiblement mécontent du petit jeu de Neboua et soupçonnant Bak d'en être l'instigateur, Kenamon lança aux deux hommes un regard réprobateur.

— As-tu appris la nouvelle, mon fils ?

Bak perçut un profond souci dans la voix du vieux prêtre.

— Que s'est-il passé ? Est-il arrivé malheur à Amon-Psaro ?

A l'instant où ces mots jaillissaient de ses lèvres, il sut qu'il avait commis un faux pas. Si, comme il le croyait, un des officiers debout près de lui était déterminé à supprimer le roi, il venait de révéler par sa question maladroite qu'il était au courant. Ouaser lui lança un regard étonné.

— Ce n'est pas du roi, mais du prince qu'il s'agit.

— Un messager est arrivé chez le commandant Ouaser voici moins d'une heure, expliqua Kenamon. Il apportait une missive d'Amon-Psaro, qui, terriblement inquiet pour son fils, n'a plus la patience d'attendre à

Semneh que le seigneur Amon remonte le fleuve. Le roi conduit l'enfant à Iken.

— Que les dieux nous viennent en aide ! dit Bak d'une voix blanche.

— Le fleuve étant encore trop bas pour être navigable sur toute sa longueur, Amon-Psaro arrivera par le désert. Son entourage compte plus de cent personnes, en incluant les serviteurs, si bien qu'ils ne peuvent voyager rapidement, mais ils devraient entrer dans ces murs d'ici deux jours.

Bak ne se donna pas la peine de dissimuler sa consternation. Personne, à l'exception du futur assassin, ne pouvait en deviner la cause véritable. Le roi kouchite, en chemin pour Iken, sur le territoire de l'homme qui avait juré sa perte ! Telle l'abeille voletant vers la toile d'araignée où son prédateur s'apprêtait à frapper.

Bak regarda la châsse d'or et offrit une prière fervente au dieu résidant à l'intérieur. « Permets que nous retrouvions bien vite l'enfant, implora-t-il, car c'est la seule piste dont nous disposons. »

10

— Nous avons parcouru le marché d'un bout à l'autre, expliqua Kasaya, juché sur le toit d'un entrepôt face au fleuve. Personne n'héberge le gamin, et nous avons passé en revue toutes les cachettes imaginables.

— Alors, demain, vous devrez élargir vos recherches, dit Bak avec ténacité. Il faut le trouver avant qu'Amon-Psaro pénètre dans Iken.

Ils parlaient fort afin de dominer le brouhaha animé montant des berges, où l'on se bousculait à qui mieux mieux pour voir approcher la flotte : la barque dorée du dieu Amon et les vaisseaux composant son escorte durant le bref voyage entre la rampe et le port.

Le jeune Medjaï concentrait toute son attention sur la procession qui remontait lentement le courant, avec ses ferrures rutilantes, ses bannières claquant sur les mâts et les pavois, ses équipages en tenue immaculée.

— Pas de problème, chef, répondit-il distraitement. Maintenant que le sergent Imsiba et la moitié de nos hommes sont là, il ne sera pas difficile de passer Iken au crible entre l'aube et le crépuscule.

— Tu es bien heureux, Kasaya, de pouvoir dormir les yeux ouverts et de rêver en vaquant à tes tâches quotidiennes.

La perplexité effleura le visage de Kasaya, pour disparaître sous le rouge de la honte.

— Ils demeureront auprès d'Amon ?

— Leur mission consiste en cela.

Kasaya reporta son regard sur la barque brillante, avec un regret manifeste de ne pouvoir s'attarder pour admirer le spectacle.

— Je retourne au marché. Je prends le premier tour de garde et Pachenouro le deuxième. Il faut lui laisser le temps de trouver un endroit où dormir.

— Reste assis ! ordonna Bak. Pachenouro a depuis longtemps trouvé un lit, ou je ne le connais pas. A l'heure qu'il est, il cherche le gibier et les fruits les plus succulents pour son repas du soir.

« Et peut-être un joli tendron pour partager sa couche », ajouta-t-il en son for intérieur.

Souriant avec ravissement, Kasaya demeura près de lui sur le toit. Ils dominaient les arbres de la berge et la multitude debout au bord de l'eau, sans aucun obstacle pour leur barrer la vue.

Bien que privés de la pompe coutumière, les gens étaient aussi émus par l'arrivée du dieu que les habitants de Bouhen. Ils formaient une foule beaucoup plus disparate. Parmi les soldats de Kemet, à l'uniforme d'une sobre simplicité, se tenaient des hommes et des femmes parés de plumes, de tatouages et de bijoux exotiques, symboles des tribus du sud, de l'est et de l'ouest. Leurs costumes, de toutes sortes de couleurs, de forme et de taille, allaient du simple pagne noué autour des reins à la tunique chamarrée. Tandis que la barque approchait, ils se pressèrent en avant comme s'ils ne faisaient qu'un, mêlant leurs voix plus fortes, plus surexcitées encore.

Quand Amon serait à l'abri dans la demeure d'Hathor, où il résiderait durant tout son séjour à Iken, les spectateurs se disperseraient. Bak savait qu'il y aurait alors au marché une foule beaucoup plus dense que de coutume, et que le petit Ramosé serait pratiquement impossible à trouver. Cette idée contrariante n'était pas pour lui remonter le moral.

Les personnalités attendant sur le quai — le commandant Ouaser, ses officiers, les prêtres d'Hathor, cinq princes indigènes et deux chefs des tribus du désert — ajustèrent qui son pagne, qui sa tunique, redressèrent leurs armes, secouèrent la poussière de leurs sandales. Bak devinait ce qu'ils pensaient. Au lieu de rester une nuit comme c'était prévu à l'origine, Amon serait bientôt un hôte quasi permanent, pour une durée indéfinie. Chacun devrait se montrer sous son meilleur jour — et ce, pendant tout le séjour. Un honneur bien contraignant, au meilleur des cas.

A la proue du vaisseau de tête, un navire de guerre gaiement décoré de longs pennons rouge et blanc flottant au vent, Inyotef se redressait de toute sa taille, sans aucune trace d'infirmité. Bak remarqua son visage impassible, son bâton de commandement ferme dans son poing serré. Ensuite venait la nef dorée d'Amon, sa longue coque effilée reliée au navire de guerre par des câbles de halage plus épais que le poignet. Le vaisseau glissait sur l'eau, transformé en cuivre en fusion par les derniers feux du soleil. La silhouette de Kenamon, en tunique blanche, se profilait devant l'estrade sur laquelle était posée la petite barque du dieu, aux côtés des prêtres de rang subalterne. La châsse était ouverte sur tous ses côtés afin que le peuple puisse contempler avec vénération la mince statuette d'or dressée à l'intérieur. Les murmures s'amplifièrent en un tonnerre de cris d'adoration.

Deux navires de commerce aux flancs luisants flanquaient la barque éblouissante pour lui servir d'escorte. Imsiba et la police medjai étaient à bord du plus proche de la nef, Neboua et son contingent de gardes se trouvaient dans le second. A la vue de ses hommes, si grands, si droits et altiers, le cœur de Bak s'enfla de fierté — et aussi, il dut se l'avouer, d'un certain orgueil. C'étaient là les meilleurs policiers du monde, de dignes gardiens pour Amon, le plus grand de tous leurs dieux.

Chez Sennoufer, Neboua fronçait le nez, écœuré par les relents de bière, de sueur et une légère odeur de souris morte.

— Tu as un talent rare, Bak. A peine arrivé dans une nouvelle ville, tu y repères le pire établissement pour en faire ton lieu de prédilection.

Bak éclata de rire.

— Noferi souhaite transformer sa maison de plaisirs en palais. Apprécieras-tu de devoir t'habiller avec splendeur et de te parfumer au lotus pour qu'elle te permette d'en franchir le seuil ?

— Noferi ? Dans un bordel digne d'un roi ?

Égayé à cette idée, Neboua approcha un gros coussin rembourré du coin où Bak s'était installé sur un tabouret, s'assit et fit signe à Sennoufer de lui apporter une cruche de bière.

— Imsiba n'est pas encore arrivé ?

— Il ne devrait plus tarder.

Bak fut tenté de lui raconter que Noferi prétendait avoir aimé jadis Amon-Psaro, et avoir été aimée de lui, mais il jugea le sujet trop frivole. Neboua devait regagner Bouhen le lendemain matin et ils avaient à débattre de questions plus pressantes.

— Il faut s'assurer qu'Amon est à l'abri et satisfait dans la demeure d'Hathor, puis que Kenamon et ses prêtres sont bien installés dans la maison qu'ils ont empruntée au chef des scribes.

— Le vieil homme est fatigué, dit Neboua, mais, en dépit de sa lassitude et de l'avenir incertain, je crois réellement qu'il s'amuse. Il n'a rien vu qui ressemble à cette terre de Ouaouat de toute sa vie, et sa curiosité ne connaît pas de bornes.

— Après l'avoir façonné sur son tour de potier, Khnoum en a jeté le modèle, dit Bak avec un sourire affectueux.

— Mes amis ! lança à ce moment Imsiba en franchissant la porte.

Sa haute silhouette musclée et l'assurance de sa voix attirèrent le regard de tous les clients : une douzaine de marins, certains du sud, les autres de Kemet, ainsi que quatre soldats de retour d'une patrouille dans le désert, le visage et le corps rougis par le vent et le soleil brûlants. La majorité d'entre eux tentaient leur chance à des jeux de hasard en ingurgitant une bière si jeune qu'elle exhalait une forte odeur de pain.

Imsiba prit la cruche que lui apportait Sennoufer, attira du pied un tabouret et s'assit auprès de Bak et Neboua. Ils échangèrent des banalités en attendant que les autres cessent de s'intéresser à eux. Dans la ruelle, le jour tombait. Le patron alluma quelques lampes à huile qu'il disposa aux quatre coins de la salle. Repris par la fièvre du jeu, vociférant de leurs voix fortes et éraillées, les matelots et les soldats oublièrent les officiers. Bak relata son séjour à Iken sans rien omettre. Lorsqu'il se tut, le noir de la nuit enveloppait le pays, et l'air à l'intérieur était obscurci par la fumée.

— Si Pouemrê est mort parce qu'il avait eu vent d'un complot contre Amon-Psaro, pourquoi les autres officiers protégeraient-ils le meurtrier ? interrogea Neboua. Cela n'a absolument aucun sens !

— Si tu savais combien de fois j'ai abouti à la même conclusion ! soupira Bak, les yeux dans le vide. Tous ont livré bataille aux Kouchites il y a vingt-sept ans. Cela devrait suffire à étancher la soif de sang.

— As-tu vécu cette guerre ? demanda Neboua à Imsiba.

Le grand Medjaï secoua la tête.

— Mon village avait subi un raid l'année précédente. Je fus amené à Iken, je crois, où les soldats m'enlevèrent aux pillards qui m'avaient volé. Quand les armées de Kemet marchèrent sur Kouch, j'étais déjà à Ouaset. J'ai passé là-bas mon enfance, sur des terres appartenant à Amon.

— Moi aussi, je n'étais qu'un enfant, se souvint Neboua en faisant tourner l'épaisse couche de lie au fond de son verre. Mon père était soldat. Il avait, comme toi, le grade de sergent, et nous vivions dans la forteresse de Koubban, située au nord de Ouaouat. Il marcha sur le sud avec les armées de Kemet et revint acclamé comme un héros.

— Et moi, je n'étais pas encore né...

Bak s'était rarement senti aussi jeune et naïf, préservé par les circonstances et sa naissance des palpitantes péripéties qui avaient marqué l'enfance de ses amis.

— Cette guerre était-elle si particulière que son souvenir puisse pousser à tuer ?

Imsiba haussa les épaules, interrogea Neboua d'un coup d'œil.

— Mon père parlait souvent d'héroïsme et de butin. Ma mère se rappelait la tristesse de Koubban quand les hommes embarquèrent pour le sud. Et la peur de ne jamais les voir revenir.

Neboua fixa sa coupe, se rappelant les récits de son père dans un passé lointain.

— Aakheperkarê Touthmosis [1], père de notre reine, s'était éteint durant son sommeil, laissant le trône au mains de son fils, Aakheperenrê Touthmosis. La misérable Kouch, pensant notre nouveau roi trop faible pour défendre son droit de naissance, attisa les rancœurs parmi les chefs du sud, qui fomentèrent une rébellion. Bouhen se trouvait en première ligne, tout comme les forteresses du Ventre de Pierres. Même nous qui résidions au nord, nous redoutions un siège.

« Le roi envoya une armée, et les rebelles de Ouaouat tombèrent comme le blé sous la faux. Nos soldats poursuivirent leur marche contre le pays de Kouch. Ils tuèrent les guerriers, dévastèrent les villages, raflèrent le butin et firent nombre de prisonniers. Beaucoup périrent de part et d'autre avant que le plus puissant des rois, à l'origine de la rébellion — un chef tribal de grand courage mais de peu de bon sens —, soit capturé sur le champ de bataille. Ses guerriers déposèrent les armes. Notre armée entra dans sa capitale et emporta tout ce qui avait de la valeur. On permit au roi, brisé, de remonter sur son trône. Son

1. Touthmosis Ier. (*N.d.T.*)

premier-né fut envoyé à Kemet en guise d'otage et la paix régna jusqu'à ce jour.

Bak avait déjà entendu l'histoire, cependant jamais elle n'avait revêtu à ses yeux tant de signification.

— Penses-tu que le fils en question était Amon-Psaro ?

— Possible, répondit d'abord Neboua en haussant les épaules, puis, après réflexion : Oui, c'est probable.

Bak se raccrocha à cette possibilité.

— Excepté Nebseni, tous les officiers réunis chez Ouaser la nuit du meurtre ont vécu cette guerre : le commandant lui-même, Houy, Senou et Inyotef. Si le père d'Amon-Psaro était leur ennemi...

Il secoua la tête, rejetant l'idée avant même qu'elle se soit entièrement formée :

— Non. Dans ce cas-là, c'est Amon-Psaro qui devrait rechercher la vengeance, pas eux.

— La réponse est ailleurs, dit Imsiba.

Un marin hurla comme s'il avait été piqué par un scorpion, se releva et sortit du bâtiment en titubant. Riant de sa malchance, les autres parieurs étalèrent une douzaine de petites sculptures d'ivoire en travers du sol et commencèrent à marchander leurs gains respectifs. Bak, Neboua et Imsiba restèrent assis en silence, chacun élaborant une théorie à exposer aux autres.

Bak poussa un long soupir de frustration. Chaque voie sur laquelle ils s'aventuraient les éloignait davantage d'une solution.

— Neboua, tu as servi à Ouaouat pendant des années et tu connais la plupart des officiers en poste dans le Ventre de Pierres, au moins de réputation. Dis-moi ce que tu peux de Ouaser et de ses officiers.

— J'en reviens à ma première question : si l'un d'eux a tué Pouemrê, pourquoi les autres le protégeraient-ils ?

— Si seulement je le savais !

Bak surmonta son agacement et avoua en souriant :

— D'accord, je l'admets, je tourne en rond dans le

182

noir. Et maintenant, me passeras-tu mon caprice en répondant à ma question ?

Tout en riant, Neboua attira d'un signe l'attention de Sennoufer, indiqua la pile de jarres de bière et leva trois doigts.

— Ouaser a toujours été mon supérieur, aussi mes relations avec lui ont-elles été limitées. Je ne sais rien de sa vie privée ; j'ignorais même qu'il avait une fille avant que tu en parles.

Il s'interrompit, attendit que Sennoufer dépose les cruches sur la table et s'éloigne.

— Si l'on en croit sa réputation, c'est un officier exceptionnel, qui aurait dû être promu à un grade élevé. Mais il a passé trop de temps sur la frontière pour retenir l'attention de ceux qui prennent les décisions, dans la capitale. J'ai entendu dire qu'il a été décoré de la mouche d'or, autrefois, mais je ne sais ni quand ni où il l'a méritée.

— Justement, en parlant de lui... dit Imsiba, indiquant la porte d'un signe du menton.

Bak lança un bref coup d'œil en arrière et ressentit une vive contrariété. Le chef de la garnison se tenait sur le seuil, sa bouche pincée exprimant la détermination, le corps crispé par une tension contenue. Dès son entrée, un silence de mort s'abattit sur la salle. Les marins et les soldats étaient effarés par la présence d'un officier de si haut rang.

« Que vient-il faire ici ? se demanda Bak. Dans cet endroit vulgaire, où l'on ne s'attendrait jamais à ce qu'il mette les pieds ? »

— Parle-moi de Nebseni, dit-il à Neboua.

— Ouaser s'approche de nous...

— Exerce une pression suffisante sur le plus solide des métaux, alors il cédera.

— Pas toujours là où tu le voudrais.

— Parle-moi de Nebseni, répéta Bak, conscient que Ouaser arrivait derrière lui.

Neboua reprit calmement :

183

— Je ne l'ai jamais rencontré. En tant qu'homme, je ne sais ce qu'il vaut.

Il joua avec son bol, comme s'il n'avait pas conscience du silence qui pesait sur la pièce, ni de sa raison.

— Il passe pour un excellent officier, réputé pour son sang-froid en cas de danger, et qui ne craint pas de marcher à la tête de ses hommes au plus fort de l'action.

— Lieutenant Bak !

Le débit dur et rapide de Ouaser trahissait une sourde colère.

— Capitaine Neboua, sergent Imsiba ! Êtes-vous simplement en train de boire ensemble, ou ai-je interrompu une réunion ?

Bak lui adressa un sourire affable.

— Nous avons peu de temps pour le plaisir ce soir, aussi joignons-nous l'utile à l'agréable. Que dirais-tu de t'asseoir avec nous ?

Neboua regarda ostensiblement la pièce et dit avec un petit rire :

— Comme tu l'auras constaté, les officiers de police se préoccupent moins du décor que ceux qui sont accoutumés à la vie raffinée d'une garnison.

Imsiba se détourna pour dissimuler son sourire et demanda à Sennoufer d'apporter un tabouret. Ouaser considéra la salle, son propriétaire et les autres clients avec un dédain glacial. Les marins comme les soldats restaient figés et muets sous son regard.

— J'ai prié Neboua de m'apprendre ce qu'il sait sur certains de tes officiers, dit Bak, piquant délibérément le commandant au vif.

Ouaser s'assit sur le siège qu'on lui offrait et se pencha vers le policier. Il répondit presque en un murmure afin d'éviter les oreilles indiscrètes, mais sa voix dure frémissait de colère :

— Mes officiers sont des hommes d'honneur. Tu n'as aucun droit de les traiter à l'instar de criminels en puissance, ni même de les considérer comme tels.

— Le commandant Thouti m'a conféré toute autorité pour agir ainsi que je le jugerai bon, répliqua Bak d'un

184

ton ferme. Souhaites-tu écouter ce que Neboua a à me dire ou préfères-tu rester dans l'ignorance jusqu'à ce que je mette la main sur le meurtrier de Pouemrê ?

Ouaser se tourna à demi vers la salle et fixa sévèrement les autres clients :

— Continuez ce que vous étiez en train de faire, ou sortez.

Un marin ramassa les bâtonnets, paria et les lança sur le sol. Un soldat appela Sennoufer et réclama une nouvelle cruche. D'autres avalèrent leur bière en se parlant d'une voix nerveuse, trop forte. Ouaser se retourna vers la table pour observer Bak, une lueur de mauvais augure au fond des yeux.

Neboua lança à son ami un regard compatissant, comme s'il comprenait pour la première fois à quels obstacles Bak était confronté.

— Je connais le capitaine d'infanterie Houy depuis des années, quoique de manière très superficielle. Il a été affecté à Ouaouat à différentes reprises, d'aussi loin que je m'en souvienne. Nos chemins se sont souvent croisés, mais nous n'avons encore jamais vécu dans la même garnison. Mon père l'évoquait avec respect et je l'ai toujours apprécié. Je le crois un homme et un officier honorable. Il connaît tout Ouaouat mieux que quiconque. Si une guerre devait survenir de ce côté de l'empire, son expérience ferait la différence entre la victoire et la défaite.

Pendant que Neboua parlait, Bak observait Ouaser à la dérobée. Le commandant paraissait surpris et heureux de ces louanges. Ses mâchoires se décrispaient, ses poings serrés se détendaient, ses épaules perdaient de leur raideur.

— Houy est fier et entêté, ajouta Neboua. Quand il a formé une idée, il y croit dur comme fer. On dit qu'il se battrait jusqu'à la mort pour défendre ses convictions.

— Admirable qualité ! commenta Ouaser, qui ajouta, avec un petit rire méprisant : Je crains pour l'armée d'aujourd'hui et le pays de Kemet. Vous, les jeunes, vous

185

n'avez aucun sens du devoir, aucune fidélité envers un idéal.

Bak ne broncha pas, refusant de discuter sur ce point. Le régiment d'Amon était une force d'élite telle que Kemet n'en avait jamais connu auparavant, et il pensait que les autres régiments réorganisés depuis peu partageaient son excellence. Était-ce une manœuvre de Ouaser pour le provoquer, ou croyait-il sincèrement le passé supérieur au présent ?

— Et le lieutenant Senou ? demanda Bak.

Neboua regarda le commandant, puis baissa les yeux vers sa cruche de bière.

— Comme Houy, il a passé une grande partie de sa vie à Ouaouat, mais il a également été affecté plus en amont. Je n'ai jamais vécu dans la même garnison et je ne crois pas l'avoir rencontré avant aujourd'hui, lors de la cérémonie.

— C'est un homme digne et intègre, intervint Ouaser, refusant la bière que lui proposait Sennoufer. Un bon officier, d'une loyauté à toute épreuve.

— Je m'en serais douté, dit Bak entre ses dents.

— J'ai entendu parler du lieutenant Senou, intervint Imsiba. Que l'histoire soit vraie ou non, vu les circonstances, elle mérite d'être relatée. On dit, commença-t-il, s'adressant à Ouaser plutôt qu'à Bak, qu'un jour il surprit un sergent à faire du troc avec un chef de la région, lui remettant des armes fabriquées à Kemet en échange de jeunes vierges enlevées parmi les nomades du désert. Senou tua les deux hommes et abandonna les cadavres dans le village, à la vue de tous.

Le regard de Ouaser croisa celui d'Imsiba et le soutint.

— Pure affabulation. Le dossier de Senou est sans tache.

L'ombre d'un sourire passa sur les lèvres du Medjaï, qui inclina la tête :

— Si c'est toi qui le dis, commandant.

Bak pouvait presque lire les pensées de son ami :

Senou méritait une mouche d'or, et non un blâme. Lui-même se sentait assez d'accord.

Non sans répugnance, il orienta sa réflexion sur son dernier suspect, Inyotef. Pourquoi fallait-il qu'il se sente aussi coupable chaque fois qu'il pensait au nautonier ? Cette blessure à la jambe résultait d'un accident, non d'une faute de sa part.

— Peux-tu me parler du pilote Inyotef ? demanda-t-il à Neboua.

Celui-ci posa sur lui un regard attentif, comme étonné qu'il puisse lui poser cette question.

— Je l'ai rencontré à trois reprises, chaque fois que mes hommes ont aidé à haler un vaisseau sur la rampe. On ne peut pas dire que je le connais aussi bien que Senou, mais j'ai souvent entendu vanter ses mérites. On le tient pour le meilleur pilote entre Abou et Semneh.

— Rien de surprenant à cela, remarqua Ouaser d'un ton agacé. Il parcourt les eaux de Ouaouat depuis des années. Longtemps avant de commander un vaisseau de guerre, il servait ici comme marin.

— On m'a dit que la première fois, il est arrivé avec les troupes d'Aakheperenrê Touthmosis, poursuivit Neboua. Il est souvent retourné chez lui, à Kemet, mais toujours pour revenir dans le sud, quoique rarement aussi loin. C'est son premier poste dans le Ventre de Pierres. Auparavant, il vivait à Abou.

— A-t-il le moindre motif de honte ? interrogea Bak, endurcissant son cœur contre un second sursaut de culpabilité.

A nouveau, Neboua le scruta pensivement.

— On dit que, sur la terre ferme, il devient fielleux et fait parfois usage de son bâton. Sa femme l'a quitté il y a un peu plus d'un an, en emmenant leurs enfants avec elle. D'après certains, il l'aurait battue une fois de trop.

Bak n'avait jamais vu Inyotef perdre son calme. S'était-il aigri après l'accident ? Était-il devenu amer, vindicatif ? Bak souhaitait que la cause soit autre ou, mieux encore, que cette histoire soit fausse.

— Elle a réfuté devant moi cette accusation, intervint

187

Ouaser comme en réponse au désir de Bak. Elle m'a confié qu'elle détestait Iken et qu'elle aspirait à vivre sur une terre plus riche, plus hospitalière. Comment aurais-je pu lui en faire reproche, quand ma propre fille ne parle que de partir ?

— On dirait que tu ne trouves jamais de défaut à quiconque, remarqua Bak qui observait d'un air songeur le commandant. C'est un trait de caractère inattendu, chez un homme qui occupe le poste élevé de chef de garnison.

— A toi, je te trouve bien des défauts, jeune homme, riposta Ouaser, droit et raide, affrontant le regard du lieutenant sans ciller. Tu es si anxieux de mettre la main sur un meurtrier sur-le-champ que tu ne vois pas plus loin que le bout de ton nez. Il y a pourtant des suspects beaucoup plus probables.

— Quelque marchand anonyme ? ironisa Bak. Ne comprends-tu pas mon intention ? Plus vite j'éliminerai les innocents, plus vite je trouverai le coupable.

Ouaser le scruta longuement, le visage fermé. Tout à coup, comme s'il venait de prendre une décision, il se leva.

— Je ne peux perdre davantage de temps à cause de cette affaire. J'ai une mission des plus importantes à vous assigner, et qui vous conviendra parfaitement.

Bak échangea un coup d'œil avec Neboua et Imsiba, aussi étonnés que lui et tout aussi méfiants.

— Comme tu l'as sans doute remarqué au cours de tes investigations, lieutenant Bak, continua Ouaser d'un ton sarcastique, les logements d'Iken sont en nombre limité. J'ai donc décidé d'héberger le roi Amon-Psaro et sa suite, qui compte plus d'une centaine de personnes, dans l'ancien fort situé sur l'île qui fait face à notre ville. Il n'est pas plus grand qu'une coquille de noix, et jonché de briques tombées des murs, sans parler des immondices laissées par les marchands et les bouviers qui y ont fait halte au fil des ans. Vu que je ne peux me dispenser d'aucun de mes officiers, il vous incombera de rendre les lieux habitables et sûrs. Je vous donnerai autant d'hommes qu'il vous en faudra.

Bak resta confondu devant la nature de cette corvée et

l'astuce du commandant. Ce travail écrasant absorberait le plus clair de son temps, alors qu'il aurait dû se consacrer à son enquête.

— J'ai bien conscience de t'enlever à tes autres occupations, mais ce ne sera que pour quelques jours, reprit Ouaser, presque affable. Une fois le fort en état, tu n'auras plus qu'à veiller sur la sécurité d'Amon-Psaro pendant qu'il résidera sur l'île. Le capitaine Houy pourvoira à son bien-être chaque fois qu'il entrera dans nos murs.

Bak brûlait d'envie de refuser, mais ses scrupules l'en empêchèrent. Si la vie du roi était entre ses mains, le seul moyen de s'assurer de sa sécurité consistait à prendre lui-même les précautions nécessaires.

— Je suppose qu'Amon s'installera sur l'île afin d'être proche de la suite royale ?

Ouaser le regarda comme s'il avait perdu l'esprit.

— Le dieu doit résider chez Hathor. Nous ne pouvons enfreindre une coutume séculaire pour satisfaire un roi kouchite.

— Qu'en sera-t-il du prince ? s'enquit Bak, tendu à la perspective d'une réponse qu'il connaissait d'avance. D'après les rapports, il est trop affaibli pour parcourir chaque jour une si grande distance.

— Il habitera la demeure que nous avons prêtée à Kenamon. Là, il bénéficiera des soins constants du médecin et il ne se trouvera qu'à quelques pas du temple, distance facile à parcourir en litière.

Bak marmonna un juron bien senti. Chaque fois qu'Amon-Psaro souhaiterait voir son fils, il devrait franchir le fleuve en barque, traverser la ville basse, gravir le sentier longeant le ravin jusqu'au plateau et emprunter les rues de la forteresse. Ces allées et venues le rendraient vulnérable deux fois par jour, sinon plus. Or Houy, chargé de sa sécurité, pouvait bien être celui qui mûrissait sa vengeance.

— Le porc ! cracha Neboua.

— De la part d'un homme aussi borné, je ne me serais

jamais attendu à un si habile stratagème pour nous lier les mains, dit Imsiba, secouant la tête avec écœurement.

Assis sur un tabouret dans son logis provisoire, Bak regardait sombrement ses deux compagnons, sous la lumière tremblotante des trois petites lampes à huile qu'il avait disposées autour de la pièce. Il refusa de s'étendre sur la perversité de Ouaser.

— Neboua, quand auras-tu achevé ta mission à Bouhen ?

— D'ici deux jours, trois tout au plus, répondit le Medjai en s'agenouillant pour refaire la natte de Kasaya. Je repars aujourd'hui. Les tributs et l'or seront transférés demain matin du trésor au navire, qui hissera les voiles sitôt le chargement terminé.

— Tu dois rapporter au commandant Thouti tout ce que tu as entendu aujourd'hui, et lui demander la permission de revenir à Iken.

— C'était mon intention.

Neboua se dévêtit et s'assit sur la natte.

— Combien d'hommes dois-je amener ? Une demi-compagnie suffira-t-elle ?

Bak commençait à reprendre confiance. Si Ouaser pensait l'embarrasser, il allait être déçu !

— Parmi ceux qui ont halé la nef le long de la rampe, laisse vingt hommes derrière toi. Avec Pachenouro à leur tête sur l'île, ils formeront un groupe solide et digne de confiance. Je doute qu'il me faille davantage d'effectifs.

— Et moi ? voulut savoir Imsiba, ramassant sa lance et son bouclier afin de regagner la forteresse pour la nuit. Je dois rester auprès d'Amon, je le sais, mais n'ai-je aucun moyen de vous aider ? Et si je demandais à Kenamon d'intercéder auprès de Ouaser ?

— Pas un mot à Kenamon ! Je ne veux lui infliger aucun motif de préoccupation supplémentaire, sauf absolue nécessité.

Imsiba acquiesça à contrecœur. Alors seulement, Bak ajouta :

— Demain, à l'aube, j'inspecterai l'île. Lorsque j'aurai mesuré l'ampleur des dégâts, je viendrai t'en informer. Kasaya et moi, nous continuerons à rechercher le meurtrier de Pouemrê. Donc, sois prêt à conseiller Pachenouro au cas où je ne serais pas disponible.

Une lueur malicieuse brilla dans le regard d'Imsiba.

— Ouaser ne se réjouira guère en apprenant que tu as délégué sa précieuse mission, et que d'autres en portent le poids sur leurs épaules.

Bak ne put réprimer un sourire. Il se faisait une joie de contourner les ordres du chef de garnison.

— Il n'aurait peut-être pas imaginé cette corvée si Neboua n'avait instillé la peur dans son cœur, en vantant mes talents de policier au point d'en faire pâlir les dieux eux-mêmes.

Neboua s'étira sur la natte, les poignets croisés sous sa nuque, sans se laisser émouvoir par cette accusation.

— Je sais, je me laisse quelquefois un peu emporter.

— Je dois partir, annonça Imsiba. Sinon, nos hommes craindront que j'aie bu trop de bière et que je me sois perdu.

Il leur dit au revoir et s'en alla.

Bak moucha deux lampes, laissant la troisième brûler tandis qu'il se déshabillait. Chaque fois que la brise léchait la flamme, des ombres dansaient autour de la pièce plongée dans la pénombre.

— Parle-moi de ton nouveau-né, Neboua. Comment était-il lorsque tu l'as quitté ?

— La perfection même. Beau, intelligent...

Bak n'écoutait qu'à demi, l'esprit ailleurs, ses mains et son corps accomplissant machinalement les gestes nécessaires pour se dévêtir, plier ses affaires sur un tabouret, s'étendre sur l'estrade où l'attendait sa natte. La nuit était trop chaude pour se couvrir, aussi rejeta-t-il le drap sur le côté. Le temps qu'il éteigne la troisième lampe, plongeant la pièce dans un noir de velours, Neboua ronflait déjà.

Bak se laissait envahir par une agréable torpeur quand il crut sentir un mouvement dans son lit. Il ouvrit brusquement les paupières mais se tint coi, conscient des battements sourds de son cœur dans sa poitrine. Hormis le léger ronflement de Neboua, tout était silencieux. Il avait probablement rêvé.

Il voulut se tourner sur le côté quand, de nouveau, il sentit un mouvement, et le glissement d'un corps froid et humide contre son bras. Comme celui d'un serpent. Il bondit hors de son lit en hurlant.

— Qu... Quoi ? Qu'est-ce que c'est ? marmonna Neboua.

— Sors ! Vite !

Bak courut vers la porte, un vague rectangle à peine plus clair que la pièce. Pour ses yeux accoutumés à l'obscurité, sous le ciel scintillant d'étoiles la ruelle ressemblait au lit d'une rivière asséchée, vide et stérile.

— Que s'est-il passé ? s'alarma Neboua, deux pas derrière lui.

— J'ai senti quelque chose dans mon lit. Un serpent, je crois.

— Tu ne supposes tout de même pas...

Neboua laissa la phrase en suspens, sans formuler l'impensable.

— La maison était vide quand nous nous sommes installés, dit Bak, réfléchissant tout haut. Non, Neboua. Il était probablement là depuis le début, tapi dans un coin. Je vais me procurer une torche afin qu'on y voie clair. Impossible de se recoucher avec cette bestiole rampant quelque part, en quête d'un corps chaud contre lequel se lover.

Il descendit la ruelle, aussi nu qu'au jour de sa naissance. Pour autant qu'il pût en juger, son cri n'avait pas dérangé les voisins assoupis dans leur maison ou au frais, sur les toits. Il s'arrêta au premier croisement qu'il rencontra. Au loin, il repéra un lancier affecté à une patrouille nocturne, sa torche à la main. Le soldat, un jeune homme joufflu à peine en âge de se raser, ne fut pas surpris outre mesure en écoutant son histoire ; les serpents élisaient souvent domicile dans les vieilles bâtisses.

Ils se dirigèrent rapidement vers la maison de Bak, côte à côte. Le soldat éleva la torche sans franchir le seuil et tous scrutèrent l'intérieur. Pour autant qu'ils purent en juger, l'hôte indésirable n'était pas sur le sol. Bak s'empara d'une lance posée contre le mur et respira profondément, comme pour s'emplir de courage, avant de se faufiler vers la partie surélevée de la pièce. Rien ne bougeait ; le lit paraissait vide. Il poussa les plis du drap de la pointe de sa lance. La créature qui y était cachée se tordit en sifflant pour se libérer. Tout le lit sembla s'animer, puis le drap et le serpent entrelacés roulèrent au bas de l'estrade. Bak sauta en arrière, la gorge serrée.

Une petite tête plate surgit des replis de lin et se dressa, entourée d'un cou dilaté. Sa langue siffla en direction de Bak et des hommes restés près de la porte. Un cobra ! L'un des plus dangereux parmi tous les reptiles... Bak prit la torche des mains du veilleur et s'approcha du serpent. Il fit danser la flamme devant celui-ci afin de détourner son attention, tout en murmurant une rapide prière pour implorer le pardon de Ouadjet, la déesse-cobra. Alors, il enfonça sa lance. Le fer transperça le cou, clouant l'animal contre l'estrade. Le soldat l'acheva de sa propre lance et mit fin à ses contorsions.

— Depuis plus de trente ans que je vis à Ouaouat, je n'avais jamais vu de cobra aussi loin dans le sud, déclara Neboua en contemplant le corps brunâtre.

Le lancier piqua le serpent pour s'assurer qu'il était bien mort.

— Moi, j'en ai vu un il y a environ deux mois. Il était arrivé dans une cargaison de grain. Je croyais qu'on l'avait tué, mais on dirait qu'il s'est échappé.

— Ou plutôt que quelqu'un l'a gardé pour lui, marmonna Neboua.

Bak se sentit glacé jusqu'aux os. Un animal de compagnie aussi dangereux était l'arme idéale pour qui souhaitait supprimer un roi — ou un officier de police trop curieux.

11

A son réveil, Bak en avait « ras le pagne », comme aurait dit un de ses Medjaï, tué dans l'exercice de son devoir l'année précédente. Une furieuse envie le démangeait de mettre la main sur celui qui avait glissé le cobra entre ses draps. Si c'était dans l'espoir de l'empêcher de fouiner, ce plan avait lamentablement échoué.

Le lieutenant prit congé de Neboua au lever du soleil, envoya les vingt lanciers aux magasins de la garnison pour se munir d'outils et de provisions, puis se rendit au marché en vue d'annoncer à Pachenouro la nouvelle besogne dont il était chargé. Il chercha ses deux Medjaï le long d'allées étroites et tortueuses, entre des étals qui attiraient déjà des chalands. En échange de quelques perles de faïence, Bak se procura son petit déjeuner — un pain plat et un bol de ragoût de lentilles bien épais — qu'il mangea tout en marchant.

Malgré l'heure matinale, les étals en bois surmontés de toits de joncs ou de feuilles de palmier tressées étaient couverts d'une profusion de coupes remplies d'aromates, d'amulettes et de talismans, de haricots et de lentilles, de pinces, de rasoirs et de couteaux de bronze, à côté d'une multitude d'autres menus objets. Les articles plus volumineux s'entassaient contre des murs précaires : faux à lame en silex et charrues de bois, pièces de lin, grosses jarres de bière, d'huile ou de salaisons, amphores de vin ou de miel. Les cultivateurs édifiaient des pyramides rouges, vertes et jaunes de fruits et de légumes frais sur des nattes de roseaux déployées à terre. Quelques-uns attendaient derrière des paniers débordant de dattes succulentes, de gâteaux enrobés de miel, de pains, d'œufs ou de céréales. Plusieurs paysans avaient accroché de la volaille non plumée sur les montants de bois de leur abri, tandis que d'autres alignaient des poissons sur le sol.

Les étals que Bak préférait, c'était ceux des hommes et des femmes venus de loin, en amont. Assis par terre en tailleur ou perchés sur des tabourets, ces gens étaient aussi exotiques que les produits qui les entouraient. Courts et gras, longs et sveltes, peints, tatoués, scarifiés, luisant d'huile, striés d'argile rouge ou de cendres blanches. Certains presque nus, d'autres vêtus avec recherche, quelques-uns ne se démarquant en rien par la tenue des habitants de Kemet. Ils proposaient des peaux fauves ou mouchetées, des plumes et des œufs d'autruche, des essences de bois rares ou des fragments de pierres gemmes, des quadrupèdes et des oiseaux en cage, des esclaves entravés.

Les clients, quoique rares de si bon matin, étaient tout aussi fascinants : agriculteurs et villageois de la région, soldats, matelots, marchands venus de Kemet et du nord, bouviers, cultivateurs de l'extrême sud. Chacun avait apporté des objets à troquer, des denrées banales à ses yeux, mais désirables ou rares à ceux des autres.

Ayant franchi une étendue de sable, Bak trouva Pachenouro assis sur le muret d'un enclos où se mêlaient des chèvres et des moutons. Il discutait avec un éleveur chauve et ventripotent. Une poussière impalpable s'élevait au-dessus des créatures bêlantes, qui trottaient çà et là sans raison. Dans d'autres enclos étaient parqués des ânes, une mule solitaire — rare dans cette partie du monde —, des bestiaux à cornes courtes ou longues, qui brayaient ou beuglaient pour protester contre leur emprisonnement. Là-bas aussi la poussière volait, portant l'odeur des animaux et du fumier.

— Le gamin a été aperçu, annonça Pachenouro quand

l'éleveur se fut éloigné, mais il est aussi insaisissable qu'une anguille. Ici un moment, disparu l'instant d'après. Aujourd'hui, nous aller chercher les éventuelles cachettes hors du marché. Nous inspecterons toutes les maisons, inoccupées et habitées, ainsi que les entrepôts de provisions.

Bak regarda les rangées de dépôts qui séparaient le marché du port. Pour peu que les bâtiments ne soient pas désaffectés, il faudrait aux deux hommes tout une semaine pour examiner les marchandises conservées à l'intérieur. Si Bak avait eu Ouaser devant lui, il n'aurait pu répondre de ses actes.

— Il y a contrordre. Je dois t'assigner une nouvelle mission.

— Une nouvelle mission ? répéta le Medjai, ébahi. Je croyais que retrouver l'enfant passait avant tout le reste !

— Pour nous, oui ! répondit Bak avec un petit rire sec. Mais le chef de cette garnison a des priorités différentes. Il m'a ordonné de rendre le fort de la grande île habitable, afin qu'Amon-Psaro puisse y goûter le confort et la sécurité. Je n'ai pas d'autre choix que de te mettre à la tête du groupe qui exécutera cette corvée. J'ai emprunté quelques hommes à Neboua et j'en enverrai quatre aider Kasaya. Viens, allons le rejoindre, dit-il en chassant une mouche qui bourdonnait autour de son visage. Je vous expliquerai cela à tous les deux en même temps.

Pachenouro secoua la tête avec consternation :

— Comment a-t-il pu prendre une telle décision, chef ? Pourquoi agit-il ainsi ?

— Il était inutile de faire venir des hommes de Bouhen ! déclara Houy, qui, la main en visière, regardait le navire des lanciers de Neboua se détacher du quai. Depuis la mort de Pouemrê, ses hommes sont désœuvrés. Je pensais te confier sa compagnie jusqu'à ce que tu sois rappelé à Bouhen, ou que le commandant Thouti envoie quelqu'un occuper le poste vacant.

« Encore une tâche absorbante ! » pensa Bak. Diriger une compagnie de lanciers était un travail à plein temps.

— Neboua m'a proposé des hommes, et j'ai accepté, dit-il sans se compromettre. Quant à une compagnie entière... je doute qu'il m'en faille autant, mais je ne peux en être sûr avant d'avoir vu le fort.

— On y va ? proposa Houy en montant dans la barque qu'il avait mise à la disposition du policier.

L'embarcation tangua sous son poids et la coque érafla le revêtement de pierre qui empêchait la berge de se désagréger entre les deux quais.

Bak défit les amarres, sauta à l'intérieur et prit place près du gouvernail. Il empoigna les avirons et glissa sur la surface de l'eau, pareille à du verre. Le bateau, petit et compact, était facile à manier, même par un seul homme. C'était un plaisir de naviguer. Bak avait grande envie d'essayer la voile, mais cela devrait attendre le retour. A Iken comme à Bouhen, la brise soufflait du nord.

Il fallait reconnaître que Houy s'efforçait de faciliter les préparatifs. Il avait fourni en quantité vivres et outils. Il avait garanti autant de renforts que nécessaire et avait fait en sorte que deux bateaux de ravitaillement transportent les hommes, les provisions et les matériaux de construction sur l'île. Il avait lui-même procuré la barque. Enfin, il s'était offert à accompagner Bak lors de cette première visite, pour le guider à travers les courants périlleux en amont des rapides. Un homme déterminé à assassiner le roi kouchite se serait-il montré aussi serviable ? Certainement, pour peu qu'il y trouve un intérêt.

A l'extrémité du quai, le courant s'empara de la barque avec une force surprenante et l'emporta à folle allure.

— Engage-toi dans le chenal, conseilla Houy. Il ne faudrait pas être jeté contre la grande île, mais la contourner.

Bak acquiesça. Il se rappelait le tracé des îles telles qu'il les avait vues du haut de l'éperon, la première fois qu'il avait parlé avec Houy. Vers le sud, le fleuve était large et relativement exempt d'obstacles. Cepen-

197

dant, juste devant la cité, il se ramifiait en de multiples canaux pour contourner des îlots et des affleurements rocheux, formant des rapides impétueux sur lesquels toute navigation s'avérait impossible. L'île la plus proche d'Iken était le long et étroit éboulis de rocs déchiquetés d'où l'homme à la fronde avait harcelé Bak et ses Medjai. Des poches de terre donnaient prise à des arbustes et des broussailles maigres mais tenaces, qui disparaîtraient sous les eaux de la crue.

Un second chenal séparait cette île d'une autre, divisée par la montée des flots en deux portions de terre reliées par des isthmes étroits. L'arête nord, assez haute pour émerger même par la plus forte crue, était occupée par une maigre végétation et par l'ancien fortin. Bak devait contourner la longue île étroite et s'engager dans le second passage.

Suivant la recommandation de Houy, il enfonça les rames dans l'eau et ses coups puissants vinrent à bout du courant. Quand ils dépassèrent la pointe sud de la grande île, Bak vit que l'eau avait envahi les parties basses, s'infiltrant sur une terre encore sèche un ou deux jours plus tôt. Il propulsa l'esquif dans le chenal et le dirigea vers le fort. Un courant les déporta vers la droite, où deux îlots rocailleux encadraient l'embouchure d'un petit goulet. Bak entendit au-delà le grondement des eaux furieuses, et il distingua des escarpements aigus au-dessus d'un bouillonnement d'écume.

— Attention ! avertit Houy.

Bak mania avec énergie le gouvernail et les rames, pour que la barque pivote au milieu du courant. Il se réjouissait que Houy l'ait accompagné. Pour un homme ayant grandi à Kemet, où le fleuve suivait un cours uni et majestueux avec pour seuls périls les hauts-fonds, ces torrents sauvages représentaient une expérience nouvelle et déconcertante.

En avant, le chenal restait dégagé jusqu'au point d'amarrage. Le fort était un édifice rudimentaire, aux murailles en brique crue bâties sur un revêtement de pierre qui épousait les contours de l'île. La fortification était protégée par intervalles par de courts éperons massifs. Le navire sur lequel les lanciers de Neboua avaient navigué était amarré contre la rive rocheuse, et les derniers soldats débarquaient. Les autres, chargés de paniers ou d'outils, formaient une ligne irrégulière pour transporter le ravitaillement le long d'une pente escarpée, vers un portail à moitié effondré.

Alors qu'ils se laissaient porter par le courant, le grondement des eaux derrière eux s'atténua, et un autre, plus guttural, résonna en avant. Impressionné par la puissance qu'il discernait, Bak se leva pour regarder. A une centaine de coudées au-delà de l'entrée du fort, le fleuve n'était plus qu'un enchevêtrement sauvage de rochers et d'écume blanche. Un arc-en-ciel, deux fois plus haut que la taille d'un homme, s'appuyait en tremblant sur les embruns.

— A présent, tu comprends pourquoi nous halons les navires sur la terre ferme, remarqua Houy.

— Ils seraient fracassés dans ces courants.

Glacé à ce spectacle, Bak se rassit et dirigea l'esquif vers les eaux moins profondes qui baignaient l'île.

— J'avais observé les rapides depuis les remparts, mais vus d'une telle distance, ils perdent leur impact sur les sens.

— Il y a une passe encore plus dangereuse en aval, avant les derniers rochers.

L'officier attrapa le cordage et noua l'extrémité en boucle en vue de l'amarrage. Au moment où la barque heurtait la berge, il lança la boucle sur un pieu rendu gris par le soleil et luisant par l'usure. Ils suivirent le dernier soldat de la file et gravirent le sentier abrupt pour pénétrer dans le fort.

Bak s'arrêta à la porte pour regarder autour de lui. Sa première réaction fut l'accablement. Qualifier cet endroit de place forte était un mensonge éhonté. Ce n'était qu'un mur fortifié ceignant un espace à peu près rectangulaire, large de deux cents coudées sur huit cents, tout juste bon à protéger des éleveurs et leurs troupeaux lors d'une attaque. Le triste état des murs et les montagnes de détritus témoignaient que l'endroit était négligé depuis la guerre contre les Kouchites, sinon davantage.

Les lanciers de Pachenouro étaient tout aussi abattus. Ils restaient debout au milieu du fort, la mine allongée, leur gouaille habituelle réduite au silence.

Pachenouro lança un ordre qui les poussa à s'affairer, puis il parcourut, les sourcils froncés, le terrain jonché d'éboulis en regardant l'édifice en ruine.

— Ce n'est pas un endroit où, moi, j'accueillerais un roi, chef.

— On n'en fera jamais un palais, convint Bak d'un air sombre. Le problème se pose en ces termes : peut-on rendre ces lieux non seulement habitables, mais agréables d'ici demain après-midi ?

Le Medjai esquissa un faible sourire.

De son côté, Houy examinait les murs croulants.

— Je n'avais pas mis les pieds dans ce fort depuis bien des mois. Il est en pire état que dans mon souvenir.

— Bien ! Voyons ce que nous avons ici, décida Bak d'une voix qu'il espérait confiante. Ensuite nous déciderons d'un plan d'action.

Les trois hommes longèrent le pied des murailles. Ils contournèrent des arbres, des buissons et des monticules de briques, trébuchèrent sur des racines, enjambèrent des trous béants, évitèrent des tas d'immondices secs et durcis laissés par des humains et par des animaux. Ils examinèrent les parties en ruine de la fortification, calculant l'effort nécessaire pour pratiquer des réparations temporaires mais efficaces. A la fin, ils montèrent un escalier érodé par le vent et l'eau au point de n'être plus qu'une rampe abrupte et inégale. D'en haut, ils eurent une vue d'ensemble du fort. Les lanciers, dégageant un espace pour leur campement, s'étaient remis à rire et à bavarder comme s'ils n'avaient pas un souci au monde. Bak les envia. Ce devait être agréable d'être libre de toute responsabilité.

Vaguement conscient du tumulte des eaux dans le che-

200

nal derrière lui, il réfléchit à la besogne qui les attendait. Terminer à temps serait difficile, mais pas impossible.

— Il faudra nettoyer le sol, dit-il à Pachenouro. Laisse tous les arbres et les buissons en place, du moins pour le moment. Ils donnent de la vie à cet endroit et le font paraître moins rude et désolé. Conserve les briques tombées qui sont encore intactes, et tout ce qui peut être réutilisé. Jette le reste au fleuve.

— Oui, chef.

— Les murs poseront le plus sérieux problème, constata Houy en fixant l'angle nord-ouest, percé par une large brèche irrégulière. Tu n'auras jamais le temps de fabriquer des briques neuves !

— Comblons les trous avec du moellon, proposa Pachenouro.

— Pour qu'Amon-Psaro se moque d'une forteresse aussi grossière ? Non, répliqua Bak. Si personne ne s'y oppose, nous pouvons abattre les maisons abandonnées d'Iken et récupérer les briques restées entières, que nous transporterons jusqu'ici.

— Excellente idée ! approuva Houy en souriant. Avec des effectifs suffisants, tu parviendras peut-être à transformer cette ruine en un cadre digne d'un roi.

— Je suis contraint d'accepter ton offre, concernant les hommes de Pouemrê, dit Bak à contrecœur. Pachenouro aura besoin de la moitié d'entre eux sur cette île, et de quatre ou cinq maçons pour leur apprendre à colmater les murs. Les autres resteront à Iken pour rassembler les briques et les charger sur la barge de transport.

— Entendu ! acquiesça Houy. Le sergent Minnakht est un brave homme, un homme estimable. Tu peux lui confier sans crainte la direction de la troupe qui travaillera en ville.

Ayant réglé le pire, Bak respira plus librement. Il ne s'illusionnait pas sur la difficulté de la tâche, cependant il la jugeait réalisable. Pour peu qu'Amon veuille lui sourire, à lui et à ses ouvriers, tout serait terminé avant que le souverain kouchite n'entre dans Iken.

201

De la porte du fort, Bak observait les lanciers de Neboua, qui constituaient le gros des effectifs chargés des travaux. Ils avaient monté leurs tentes, installé un foyer, distribué les outils, rangé les vivres et le matériel de réserve. Un soldat, agenouillé devant le feu, jetait des légumes dans une marmite tandis qu'un autre pétrissait du pain. Une demi-douzaine d'hommes s'étaient dispersés dans la partie nord du fort afin de nettoyer le sol de pierre et de terre battue. Leurs camarades emportaient les débris dans des paniers pour les jeter dans le fleuve, depuis le portail opposé. Ils avaient abattu une besogne colossale en un court laps de temps, pourtant ce qui restait à faire paraissait sans fin.

— Nous irons à la caserne dès notre retour à Iken, promit Bak à Pachenouro. Tu devrais avoir des bras supplémentaires vers midi, et des briques bien avant la tombée de la nuit.

Le Medjai hocha la tête et se hâta de rejoindre son équipe. En se tournant pour suivre Houy sur le sentier descendant vers l'esquif, Bak regarda machinalement les tourbillons dont le grondement résonnait, tout en bas. De là où il se trouvait, il ne voyait pas de chutes d'eau, mais il devinait à l'accélération du courant, au fracas lointain et aux jaillissements d'écume que le lit du fleuve formait une série de cascades.

Des navires parcouraient quelquefois ces rapides, quand la crue à son point culminant rendait le passage au-dessus des rochers suffisamment sûr. Au moyen d'épais cordages, des hommes postés sur les îles ou sur les affleurements rocheux tiraient à la main les vaisseaux à contre-courant, ou les guidaient vers les chenaux les plus profonds. La pitié que Bak ressentait pour Inyotef se mua en admiration à l'égard d'un tel navigateur, habile à manœuvrer dans les rapides comme dans les eaux moins turbulentes.

Il distingua à travers la brume une forme vague émergeant de la vapeur et des tourbillons. Il crut voir un instant une tête et des épaules. « Non, pensa-t-il. Impossi-

202

ble. » La forme disparut — fruit de son imagination, il en était sûr. Puis, dans les eaux plus calmes au-dessus du rapide, il la revit qui traversait lentement le courant en direction de la grande île. Une deuxième silhouette se détacha de la brume, suivie d'une troisième. La première atteignit le haut-fond près de la rive et se leva. Un homme... Non, un enfant !

Le policier plissa les yeux pour mieux voir, ne pouvant croire qu'un être humain eût réchappé à une telle force de la nature.

— Mes yeux m'abuseraient-ils ?

Houy, à mi-chemin, jeta un regard en bas et éclata de rire.

— Les hommes et les enfants de la région nagent facilement dans ces eaux. Ils utilisent des outres en peau de chèvre remplies d'air pour remonter à la surface chaque fois que le dieu Hapy les attire sous les eaux. Moi aussi, la première fois que je les ai vus, j'ai eu peine à en croire mes yeux.

— Ils possèdent plus de courage que moi ou plus de témérité.

— Le fleuve est au cœur de leur vie, lieutenant, de la naissance à la mort et de l'aube au crépuscule. Ils en connaissent toutes les ruses au long des saisons et savent les tourner à leur avantage.

Bak regarda le dernier petit garçon patauger vers la rive et s'ébrouer tel un chien.

— Je crois être assez bon nageur et j'aime l'eau, mais ces rapides ne me donnent aucune envie de me baigner.

— Tu as de la chance de savoir nager. Quant à moi, je me noierais dans un bassin.

— Tu n'as jamais appris ?

— Pourquoi crois-tu que je navigue avec tant de prudence ?

Remarquant l'embarras de son compagnon, Bak n'insista pas. Il ne voulait ni l'humilier ni susciter son antagonisme.

Alors qu'il déferlait la voile, un rectangle de lourde

toile jaune vif, et hissait la grand-vergue, il tenta de renouer le dialogue avec l'officier, qui s'était installé à la proue, face à l'avant :

— Neboua m'a dit que tu as passé une grande partie de ta vie à Ouaouat.

— J'ai vécu quelque temps à Kemet, où j'ai servi dans les forteresses qui gardent nos frontières orientales. Une fois, j'ai même été ambassadeur au pays de Keftiou. Mais quand je pense à Ouaouat, je sais que mon foyer est là.

— J'ai appris que tu as gagné l'or de la vaillance en combattant sur cette terre stérile.

— C'était il y a vingt-sept ans, dans le lointain pays de Kouch, dit Houy, souriant à ce souvenir. J'étais une toute jeune recrue, dotée de plus de courage que de bon sens. Je me battais sans réfléchir et je risquais ma vie comme si j'étais immortel. Malgré mon imprudence, cette impétuosité a porté ses fruits et m'a valu de recevoir la mouche d'or.

Sur le visage de l'officier, Bak lut à la fois une légitime fierté et l'humilité d'un véritable brave. Il espéra que Houy n'était pas le meurtrier qu'il cherchait.

— As-tu eu l'occasion de voir le père d'Amon-Psaro ?

— Seulement de loin, lorsque nous avons remporté l'ultime bataille. Il était prisonnier, les bras entravés, la tête courbée dans sa honte d'avoir perdu son armée, des dizaines de milliers de vaillants soldats.

— Et Amon-Psaro ? Était-il là, lui aussi ?

— Non, ce n'était qu'un enfant, trop jeune pour marcher aux côtés de son père sur le champ de bataille. C'est seulement plus tard que nous avons lié connaissance.

— Quoi ? Tu as connu Amon-Psaro ? interrogea Bak, si surpris qu'il en oublia presque d'ajuster la voile afin de doubler la pointe sud de la grande île.

— Nous l'avons ramené en otage. Tu ne le savais donc pas ? Il a atteint l'âge d'homme dans la maison royale de Ouaset.

— Est-ce là que tu l'as rencontré ?

— Non. Je faisais partie du groupe qui l'a escorté vers le nord, répondit Houy d'une voix lointaine, écho de ses pensées replongeant dans les jours anciens. Nous avons passé de longues journées ensemble, en descendant le fleuve vers notre capitale. Au début, j'étais simplement son gardien, car j'avais ordre de l'empêcher de fuir pour rejoindre son père. Plus tard, quand nous sommes arrivés trop loin pour qu'il espère encore regagner Kouch, nous avons passé du temps à jouer, à lutter, à pêcher et à chasser. J'aime à croire que je l'ai aidé à oublier sa solitude, et sa tristesse d'avoir quitté son foyer et sa famille.

Bak avait la sensation d'avoir trouvé un filon d'or dans un cours d'eau tari en plein désert. Non seulement Houy avait côtoyé Amon-Psaro, mais ils avaient été intimes. Au point de faire de l'officier l'ennemi juré du roi ?

— Vous étiez donc bons amis.

— C'était mon frère ! dit Houy, dont le sourire se teinta de nostalgie. J'étais très jeune, moi aussi, dans mon cœur juste un enfant. Quand nous nous sommes dit adieu, aux portes de la maison royale, je suis parti les joues baignées de larmes, sachant que je ne le reverrais jamais.

Il disait la vérité, Bak en était sûr, mais était-ce bien toute la vérité ?

— Tu es sans doute impatient de le retrouver.

— Trop d'années se sont écoulées pour qu'il se souvienne de moi.

Sous ce ton détaché, Bak saisit une certaine nuance : Houy espérait qu'Amon-Psaro le reconnaîtrait. Voyait-il dans le roi l'ami perdu tant d'années plus tôt, ou l'ennemi de toujours ?

— Lieutenant Bak ! Lieutenant Bak ! cria un petit garçon de sept ou huit ans, au bout du quai nord.

— Qu'y a-t-il ?

Bak abaissa la vergue et le bateau, emporté par son élan, pénétra dans les eaux calmes du port.

— J'ai un message pour toi, lieutenant, de la part du Medjai Kasaya.

205

— Parle.

— Il a trouvé celui qu'il cherchait. Rends-toi immédiatement au marché, du côté des enclos.

Bak s'arrêta à la limite du marché pour scruter l'étendue sablonneuse menant aux parcs à bestiaux. Quelque part derrière, il avait perdu Houy. L'officier avait insisté pour l'accompagner, arguant qu'il tenait à parler en sa présence au sergent Minnakht et aux hommes de Pouemrê.

Bak repéra immédiatement Kasaya. Le grand Medjai se trouvait à côté d'un enclos dans lequel un Kouchite long et sec, en pagne étriqué, tentait d'attacher un énorme bœuf. La bête furieuse virevoltait en beuglant, soulevant un nuage de poussière qui dissimulait à demi Kasaya, trois des lanciers qui l'assistaient dans ses recherches et un petit garçon à la peau foncée. Le dominant de toute sa taille, Kasaya le retenait par les épaules, qui semblaient bien frêles sous ses énormes mains. Bak s'avança rapidement vers eux.

Le gamin le regarda s'approcher en ouvrant de grands yeux terrifiés. « Kasaya a dû tenter de lui expliquer qu'il n'a rien à craindre de nous, pensa Bak — qu'en fait, nous essayons de l'aider à rester en vie. Pourquoi, alors, a-t-il si peur ? »

Sans avertissement, l'enfant se dégagea, esquiva la main qu'un lancier tendait pour le retenir, passa sous l'enclos et fila à travers la poussière en direction d'une rangée d'étals à l'autre bout du marché.

— Rattrapez-le ! hurla Bak, sachant que dans la foule, il serait impossible de le retrouver.

Il fonça sur le sable, déterminé à intercepter le petit fugitif. Kasaya et les lanciers se déployèrent pour former un arc afin de le rabattre dans les bras de leur chef. Celui-ci se retrouva à moins de dix pas de l'enfant et ralentit, prêt à bondir. Les soldats resserrèrent le cercle. Ramosé, aussi désespéré qu'une gazelle harcelée par une meute de chiens sauvages, décontenança Bak en courant droit sur lui. Le lieutenant tenta de s'en emparer, mais l'enfant se baissa et détala sur le côté. Les doigts de Bak effleurèrent une peau tiède et moite, mais se refermèrent sur le vide. Un moment plus tard, le petit sourd-muet se perdait parmi la foule de clients.

Furieux, Bak se retourna vers ses hommes :

— Imbéciles ! Comment avez-vous pu le laisser filer ?

— Je n'ai pas pu le retenir, chef, se défendit Kasaya, effondré. Je te jure que c'était impossible ! Il glisse entre les doigts, une véritable anguille.

Bak respira profondément pour dominer sa colère et sa frustration. Lui-même n'avait pas fait mieux qu'eux.

— Où est le garde que je t'ai envoyé ?

— Dans l'entrepôt où nous avons découvert l'enfant, expliqua Kasaya, en indiquant le centre de cinq bâtisses communicantes, à peu de distance. Je lui ai recommandé de veiller sur les affaires du petit.

— Il n'y retournera pas, répliqua Bak, furieux de devoir chercher pratiquement sans espoir dans les allées bondées du marché. Séparons-nous et tentons de le retrouver.

Bak restant au centre, ils plongèrent dans la foule. Dans le moindre passage se pressaient des hommes, des femmes et des enfants de toutes conditions, vivant dans le Ventre de Pierres ou venus de loin pour voir le dieu. Quelques-uns marchandaient. D'autres flânaient d'étal en étal, tâtaient les fruits et les légumes, soupesaient les jarres, soulevaient la première couche d'un panier à la recherche de la perfection — ou de la pourriture — cachée sous la surface. Certains scrutaient les marchandises, en quête d'une bonne affaire, ou contemplaient avec regret des objets trop coûteux pour leurs maigres moyens.

La chaleur et une multitude d'odeurs enveloppaient les étals de nourriture, les braseros des forgerons et toute cette masse d'humanité. Des cris et des rires perçaient le brouhaha. Bak bouscula un homme et fut bousculé par un

207

autre. Il buta sur une brique qui maintenait le coin d'une bâche et trébucha contre un âne, qui tourna la tête pour lui montrer les dents. La sueur ruisselait sur son torse, la colère et la frustration assombrissaient son visage, décourageant les aigres commentaires de ceux dont il écrasait les pieds.

Soudain monta la longue plainte aiguë et horrifiée d'une femme désespérée. Le silence s'abattit sur le marché, comme si tous attendaient un autre hurlement. Un murmure de curiosité s'enfla en une cacophonie de suppositions inquiètes.

Bak courut dans la direction d'où provenait le cri, écartant les gens de son chemin. Il emportait rarement son bâton de commandement, mais, pour une fois, il regretta de l'avoir laissé à Bouhen. Des sanglots éclatèrent, le guidant vers son but, où un attroupement se formait déjà autour du malheur d'autrui.

Il brisa le cercle de badauds et s'arrêta net.

— Non ! cria-t-il, les mots s'arrachant de sa poitrine comme il découvrait la scène. Non !

Moutnefer, la fille de l'armurier, était agenouillée au-dessus du petit muet, secouée de sanglots montant du plus profond d'elle-même. L'enfant gisait sur le côté dans la poussière, au milieu d'une dizaine de jarres renversées, dans une mare de sang. Ses bras et ses jambes maigres étaient écartés, ses yeux et sa bouche grand ouverts, comme s'il restait aussi terrorisé dans la mort qu'il l'avait été dans la vie. Une dernière goutte de sang s'accrochait au bas d'une longue et profonde entaille en travers de sa gorge.

— Le capitaine Houy est resté auprès du corps, chef, selon tes instructions. C'est lui qui a ordonné à la foule de se disperser.

Kasaya regardait droit devant lui, incapable de soutenir le regard de Bak. Il n'avait pas non plus le cœur à voir la paillasse dissimulée derrière une réserve de brocs en terre cuite, de braseros et de récipients au fond de l'entre-

208

pôt, illuminés par une torche fixée au mur. Le drap était taché ; un bol sale attirait les fourmis. Une cuvette réunissait quelques trésors enfantins : un crocodile et un chien en bois, une balle, un bateau, un coutelas dans sa gaine qui devait avoir appartenu à Pouemrê, et une petite palette de scribe en ivoire, avec des pains d'encres rouge et noire dans leurs cavités, et une fente étroite contenant deux calames.

A genoux devant le lit improvisé, Bak pouvait à peine se résoudre à les regarder lui-même. Il se sentait aussi coupable que Kasaya et les lanciers. S'ils n'avaient pas poursuivi l'enfant, il ne se serait peut-être pas jeté dans les bras de son meurtrier.

— Et les autres ?

— Ils étaient tous au marché, chef.

— Tous ? s'étonna Bak, incrédule.

— Oui, chef, confirma Kasaya, qui déglutit péniblement. Le commandant Ouaser est arrivé peu après ton départ pour voir ce qui se passait, accompagné de sa fille Aset. C'est elle qui a compris que le choc déclenchait les douleurs, et qui a emmené Moutnefer. Le lieutenant Nebseni est arrivé en courant, comme les lieutenants Senou et Inyotef, chacun d'une direction différente.

Bak se frotta les yeux comme pour effacer les images qui semblaient fixées sur sa rétine. Personne n'avait été témoin du meurtre, personne n'avait remarqué l'enfant, pas même Moutnefer, jusqu'à ce qu'il s'agrippe à sa jupe par-derrière, et que ses jambes cèdent sous lui.

Le policier se leva, étreignit Kasaya à l'épaule et lui adressa un faible sourire.

— Dis aux hommes de Neboua d'aller faire leur rapport à Pachenouro, sur l'île, puis trouve-moi un panier. Nous allons porter les affaires du petit chez Moutnefer. Ses frères et sœurs seront heureux d'avoir les jouets ; quant au reste, elle pourra le conserver en souvenir.

Lorsque Kasaya fut parti, Bak nettoya le bol à l'aide d'une poignée de paille, secoua le drap et le plia soigneusement avant de les poser avec les autres objets dans le panier. La vue de chacun d'eux lui serrait le cœur et le renforçait dans sa détermination à capturer le meurtrier de Pouemrê — un être assez vil pour égorger un enfant sans défense. Bouillant de colère, il jeta un coup d'œil autour de lui afin de s'assurer qu'il n'oubliait rien, et de chercher il ne savait quoi. Un fragment de poterie, portant l'esquisse d'un dessin ? Il fouilla dans la paille sans rien trouver.

Toujours accroupi, il examina les objets en terre cuite amassés tout autour du lit. Il n'eut qu'à tendre le bras pour ramasser un broc à large col, posé à côté d'une pile de bols alors qu'il aurait dû être rangé avec les autres jarres. Des objets s'entrechoquèrent à l'intérieur, contre les parois.

Murmurant une rapide prière à Amon, il retourna le broc. Quatre tessons de poterie en tombèrent, chacun couvert de dessins grossiers à l'encre rouge ou noire. Quelquefois trois ou quatre images se superposaient, les silhouettes rouges se mêlant aux noires, ce qui rendait difficile de les distinguer les unes des autres. Une scène, aux traits noirs appuyés, montrait deux hommes de Kemet dont l'un enfonçait une lame dans la gorge de l'autre, au-dessus d'une ondulation représentant de l'eau. Les silhouettes étaient en tout point semblables à celles que Bak avait vues sur l'esquisse chez Pouemrê, et assurément dessinées par la même main.

L'enfant, et non Pouemrê, en était l'auteur. Quel meilleur moyen de communiquer, lorsqu'on ne peut ni parler ni entendre ? Les premiers dessins étaient-ils destinés uniquement à son maître, ou avait-il eu l'intention de les donner à quelqu'un — peut-être à Moutnefer — pour lui transmettre un avertissement ? Bak ne le saurait jamais, cependant il penchait pour la seconde hypothèse.

12

Bak essuya les derniers morceaux bien tendres d'un ragoût de canard sur les parois de son bol et engloutit la bouchée de pain.

— Voilà donc mon histoire, conclut-il. Tout ce que j'ai vu et fait entre mon arrivée à Iken, il y a trois jours, et ma découverte de ces dessins dans la cachette du petit.

Il désigna du menton les quatre tessons de poterie posés près de lui, sur le sol de terre battue.

Kenamon, assis en tailleur au milieu d'un désordre de sachets de lin, de liasses de papyrus, de bols et de petites jarres, releva les yeux du récipient en quartz grisâtre posé sur ses genoux.

— Le commandant Ouaser porte une lourde part de responsabilité dans cette tragédie.

— Certes. Mais est-il coupable de meurtre et de complot contre un roi, ou, tout simplement, souhaite-t-il préserver un secret de famille ?

Ils étaient installés dans la cour de la spacieuse demeure attribuée au vieux prêtre et à sa suite pour leur séjour à Iken. Voisine du temple d'Hathor où Amon résidait en hôte de marque, elle offrait un logis pratique et confortable au fils d'Amon-Psaro et aux prêtres-médecins qui veillaient sur sa santé. Un pavillon avait été dressé sur la moitié de la cour pour protéger les occupants du soleil. Hormis sept grandes jarres d'eau, appuyées contre un mur ombragé, toute trace de la famille qui habitait cette demeure d'ordinaire avait disparu.

Kenamon dénoua un sachet de lin et le secoua pour en sortir une poignée de petites feuilles pointues, vert pâle et toutes parcheminées. Il les versa dans le récipient, renoua le cordon et reposa le sachet.

— Je lui parlerai, si tu le souhaites, afin de le rappeler à son devoir envers les dieux et notre souveraine, Maakarê Hatchepsout.

— Ne te donne pas encore cette peine.

En d'autres circonstances, Bak aurait souri de la tendance de Kenamon à évoquer à tout moment de puissants personnages, humains et divins. Mais il était trop attristé par le sort du petit Ramosé.

— Il n'est pas l'heure de révéler que je soupçonne un projet d'attentat contre Amon-Psaro. Si je n'ai rien appris de neuf demain, en milieu de matinée, je reviendrai te voir, une fois que tu auras procédé aux ablutions matinales du dieu Amon.

Imsiba apparut à la porte, tout essoufflé.

— Mon ami ! On me dit que tu désires me voir ?

— Nous avons retrouvé le petit muet, Imsiba. Et il en est mort.

Bak n'avait su annoncer la nouvelle avec douceur. Le grand Medjai marmonna quelques paroles dans sa langue maternelle. Son air menaçant ne laissait aucun doute quant à leur signification.

— Comment est-ce arrivé ?

Bak lui relata les derniers événements. Pendant ce temps, le vieux prêtre broyait les feuilles cassantes sous un pilon de bois, d'où naissait un parfum piquant qui purifia l'air de ses miasmes. Il ajouta dans le bol une pincée de graines noires — du pavot, sembla-t-il à Bak — et quelques grains de malachite, puis il se remit à piler le mélange, plissa le nez et éternua.

Bak acheva son histoire et dut calmer Imsiba en lui assurant que Kasaya n'était pas fautif.

— Si tu cherches une cible pour tes reproches,

adresse-toi à moi. Je croyais plus important de trouver l'enfant que de garder nos recherches secrètes. A cause de ma hâte intempestive, nos preuves se réduisent désormais à un petit cadavre et à quelques dessins embrouillés.

— Ceux-ci ?

Imsiba s'agenouilla devant les tessons et les prit un par un pour les examiner. Bak hocha la tête.

— Je préfère les laisser entre les mains de Kenamon. Mon logis est pareil à une femme dans une maison de plaisirs, ouvert à tous ceux qui veulent entrer.

Imsiba lui montra le tesson représentant le meurtre au bord de l'eau.

— Tu avais vu juste, mon ami. L'enfant avait été témoin de la mort de son maître.

« Et c'est ce qui l'a tué », pensa Bak avec amertume.

— Les autres sont plus difficiles à interpréter, dit-il, prenant un fragment pour observer les images superposées, en essayant de dissocier les différentes silhouettes. J'ai pensé qu'à nous trois nous pourrions comprendre au moins quelques-uns de ces dessins, et les séparer du reste.

— D'abord, permets-moi de terminer ce cataplasme.

Kenamon déboucha une petite jarre de miel et en versa un filet sur la mixture, ajouta trois gouttes rougeâtres d'une fiole en verre et suffisamment de bière pour former une pâte fine. Tout en mélangeant sa préparation, il expliqua :

— Le scribe qui nous prête cette maison souffre d'un furoncle au cou. Quand je l'aurai incisé, ceci devrait l'aider à guérir.

— Je vois un bateau vide, dit Imsiba en examinant le tesson qu'il avait dans la main. Et voici un soldat marchant vers l'ennemi sur le champ de bataille... Non, plutôt, il défile dans une parade.

— Là aussi, il y a un navire, mais avec un équipage, commenta Bak en étudiant un arc noir épais, où des bonshommes aux membres pareils à des baguettes étaient munis de rames. Il n'a pas de voile, donc il descend le fleuve.

Kenamon recouvrit son bol de quartz d'un carré de lin qu'il noua soigneusement avant de ranger le médicament. Il ramassa alors les deux autres fragments, jeta un coup d'œil sur celui figurant la mort de Pouemrê, et le reposa afin d'examiner le dernier tesson.

— Ceci pourrait être une armée, suggéra Bak en tendant son fragment de poterie à Imsiba pour lui montrer une étrange silhouette rouge. Vois-tu cet homme aux multiples profils ?

Le Medjaï pencha la tête, scruta l'esquisse.

— Des hommes marchant côte à côte. Oui, une armée. Mais de quel camp ? As-tu remarqué la coiffe ?

Bak considéra ce qui ressemblait à une motte d'herbes rouges au sommet du crâne en forme d'œuf.

— Ce n'est pas une coiffe, mais une chevelure.

— Pourquoi cet enfant n'était-il pas meilleur dessinateur ? grommela Imsiba.

Le vieux prêtre fit subir un quart de tour à son fragment, l'examina avec attention et rit tout bas.

— Ses silhouettes ne sont ni précises ni élégantes, mais elles dénotent un certain talent. Je n'ai aucun doute sur le message communiqué ici.

Il présenta une masse confuse de lignes et de courbes noires et rouges, et suivit du doigt le contour extérieur de silhouettes à l'encre noire : un homme coiffé d'une couronne, sommairement esquissé, et une femme réunis dans une étreinte lascive.

— Le personnage masculin ressemble à celui du dessin caché chez Pouemrê, constata Bak avec satisfaction. Il portait également une couronne. J'ai pensé alors, et je continue de le croire, que le petit voulait représenter Amon-Psaro.

— Le personnage féminin arbore le large collier d'une femme de Kemet, observa Kenamon.

Bak regrettait de devoir ôter au vieillard ses illusions :

— Ces colliers ne sont plus l'apanage de Kemet, mon

214

oncle. Il n'y a pas seulement un mois, j'ai rencontré un marchand qui voyageait vers le sud et le pays de Kouch, et qui emportait avec lui un plein coffre de bijoux en perles, parmi lesquels bon nombre de ces colliers.

— Quel âge avait l'enfant qui a dessiné cela ? persista Kenamon. Seulement six ou sept ans, disais-tu. Trop jeune, à mon avis, pour dessiner cette scène sans avoir vu de ses yeux une étreinte amoureuse.

— Il n'a pas pu voir Amon-Psaro, s'entêta Bak. Le roi n'est pas revenu à Kemet, ni même à Ouaouat depuis... je ne sais combien de temps au juste, mais en tout cas de longues années.

— En ce moment, Moutnefer est en train de mettre au monde l'enfant de Pouemrê, leur rappela Imsiba. Où était Ramosé lorsqu'ils couchaient ensemble ? Pas bien loin, à mon avis.

Kenamon leva les mains, paumes en avant, et s'avoua vaincu en souriant :

— Je n'avais pas suffisamment réfléchi au problème avant d'avancer mon hypothèse. Mais l'enfant était trop jeune et trop innocent pour imaginer un mensonge. Il avait vu de ses propres yeux ces deux amants, ou alors il tenait l'histoire de seconde main.

— Pouemrê savait communiquer avec lui, remarqua Imsiba.

Bak se leva et fit les cent pas tout en réfléchissant à haute voix :

— D'après Neboua, quand le roi kouchite apprit la mort d'Aakheperkarê Touthmosis, il fomenta une rébellion avec les peuples du sud de Ouaouat. Il se peut qu'une femme de Kemet qui vivait dans cette région — la mère, la sœur, la fille ou peut-être la fiancée d'un des officiers aujourd'hui cantonnés à Iken — ait été enlevée par les rebelles et offerte au roi de Kouch, ou à un jeune prince.

— Moutnefer n'a-t-elle pas dit que le lieutenant parlait de vengeance ? souligna Imsiba.

— Oui, et ce, peu avant sa mort.

Bak reprit ses allées et venues à travers la cour.

— Nous savons pourquoi Pouemrê a été assassiné : il en savait trop. Et si ce dessin est un indice valable, nous savons pourquoi quelqu'un souhaite attenter aux jours d'Amon-Psaro : pour venger la mort ou le viol d'une parente ou d'une jeune femme aimée.

— Vingt-sept ans, c'est bien long pour nourrir encore tant de rancune, remarqua Imsiba, surtout au sujet d'un incident survenu en temps de guerre, aussi indigne soit-il.

— C'est peu vraisemblable, en effet, convint Bak, pas plus satisfait qu'Imsiba par cette hypothèse. Mais que dire de Ouaser et de son état-major, qui tentent obstinément de m'aveugler ? La vengeance relève d'une tentative individuelle, non d'un effort collectif.

Bak trouva Kasaya assis sur le toit, en compagnie de quatre Medjai qui avaient remonté le fleuve avec Amon. A l'ombre du fort, ils partageaient une fricassée de canard, un ragoût de lentilles et d'oignons, et un melon vert. Leur ordinaire étant beaucoup moins somptueux, ils savouraient le bon côté de cette mission temporaire. Bak accepta une tranche du melon, juteux et sucré, et attendit, accroupi, que les hommes aient terminé la volaille succulente.

Quand les quatre hommes furent descendus, Bak et le jeune Medjai traversèrent le toit vers la façade, d'où ils pouvaient contempler le large axe nord-sud reliant les deux portails massifs, flanqués de tour. Un chien jaune dormait à l'ombre d'un porche. Un enfant de deux ou trois ans jouait dans une ruelle poussiéreuse, trop loin pour surprendre leur conversation. Des ondes de chaleur s'élevaient des toits. Des odeurs de charbon brûlé, de friture et de fumier étaient apportées par une brise trop douce pour sécher leur corps en sueur.

— Kasaya, j'ai besoin d'une arme qui me permette de briser le mur de silence dressé par Ouaser.

Le jeune Medjai aux muscles puissants fronça les sourcils, intrigué :

— Tu irais provoquer un chef de garnison l'arme au poing ?

— Tu te méprends, dit Bak en souriant. En l'occurrence, je parle d'un élément dont la connaissance me donnerait une supériorité. Plus j'en saurai sur Ouaser, mieux je serai armé quand j'irai lui arracher la vérité.

Le visage de Kasaya s'éclaira :

— Oh ! Tu cherches une information !

Contenant son amusement, Bak observa le jeune Medjai. Grand, le torse en triangle, un visage beau et pourtant candide.

— Personne ne saurait m'y aider mieux que toi.

— Tu m'en crois digne alors... alors que j'ai laissé l'enfant mourir ?

Kasaya fixait avec tristesse ses grands pieds nus. Bak le prit par l'épaule.

— Toi et moi avons échoué ce matin, et nous ne pouvons réparer en aucune façon. Mais ne laissons pas la mort de Ramosé impunie. Retrouvons l'homme qui l'a assassiné.

— Comment puis-je t'aider, chef ? demanda Kasaya, relevant le menton et se redressant.

— Je ne sais combien de domestiques travaillent à la résidence. Telle que je connais Aset, je doute qu'elle lève le petit doigt pour s'occuper des corvées ménagères, aussi leur nombre doit-il être considérable. Les servantes, dans leurs allées et venues, voient et entendent bien des choses dont elles parlent peu.

Devant le portail nord, des braiments de terreur ou de douleur attirèrent l'attention de Bak et de Kasaya. Des sabots martelèrent la terre battue et un âne franchit le portail en trombe, ses paniers brinquebalant au rythme de cette cavalcade. Vociférant, un homme de noble prestance courut après lui en retroussant son long pagne et en brandissant son bâton, jusqu'au portail sud où un garde barra le passage à l'animal rétif et s'empara de son licou.

Les deux hommes sur le toit ne purent s'empêcher de

rire. Bak se réjouit que le jeune Medjai ait surmonté son abattement — et lui le sien.

— Va à la résidence du commandant. Montre-toi aimable, surtout avec les femmes : qu'elles soient âgées et maternelles ou plus proches de toi par l'âge. Ne pose pas de questions. Prétends, si cela peut t'être utile, que je t'ai relevé de tes fonctions en raison d'une légère défaillance. Si tu te confies à elles, si tu attires leur compassion, peut-être se confieront-elles à toi en retour, et apprendras-tu de quoi elles ont été témoins chez Ouaser.

Kasaya réfléchit à cette mission et un sourire effaça la gravité de son visage.

— En te voyant arriver, je craignais d'être puni. Au lieu de cela, j'ai l'impression que tu m'accordes une récompense.

— Ils le haïssaient tous, soupira Minnakht.

Le sergent de Pouemrê, un gros homme lourd approchant de la trentaine d'années, affligé d'un nez busqué et d'une vilaine cicatrice sur la cuisse, était campé près de Bak. Les mains sur les hanches, les jambes largement écartées, il regardait ses hommes détacher les briques du mur partiellement effondré d'un ancien entrepôt. Pas un d'entre eux ne semblait apprécier une besogne aussi humble.

— Je n'aime pas imputer cette hostilité à l'envie ou à la jalousie, poursuivit le sergent. Je respecte chacun des officiers. Mais que penser ? Oh, je sais, le lieutenant Pouemrê se montrait quelquefois blessant, mais il avait reçu l'éducation d'un noble. Ne sont-ils pas tous comme cela ?

— Mes rapports avec les nobles ont été plutôt limités, répondit Bak d'un ton neutre.

Minnakht lui lança un coup d'œil amusé.

— Il paraît qu'on t'a exilé à Bouhen parce que ton poing est entré en contact avec le menton d'un trop haut personnage. Ou était-ce son nez ?

Bak était toujours surpris par la vitesse à laquelle les

informations les plus futiles se propageaient, le long de la frontière sud. En ce qui le concernait, il s'abstenait de tout commentaire afin que l'intérêt qu'il suscitait s'éteigne de lui-même.

— Plus de la moitié des briques sont irrécupérables. Est-ce le cas depuis que tu as entrepris cette tâche ?

Le sourire disparut des lèvres du sergent.

— Elles n'ont pas été humidifiées depuis des lustres et la paille du mortier a pourri. Tiens, juge par toi-même.

Il s'approcha d'un monticule de briques si désagrégées qu'on aurait dit la terre d'un champ fraîchement labouré. Minnakht en ramassa un morceau, et la terre noire s'effrita entre ses doigts, retombant en poussière.

— Tu vois ?

Le ton de Bak devint impérieux, celui d'un officier s'adressant à un subalterne.

— As-tu essayé sur d'autres murs, dans d'autres parties d'Iken ?

Le sergent se crispa sous cette sévérité inattendue.

— Non, chef, mais ça m'étonnerait que...

— Fais-le sans plus attendre. Les bâtiments de cette ville n'ont pas tous été édifiés en même temps, ni par un seul poseur de briques, un seul maçon. Le mortier sera différent. La consistance, le degré de sécheresse auront évolué différemment suivant l'endroit.

Minnakht réfléchit, les yeux plissés, puis un air d'approbation se peignit sur son visage. Sans plus un mot, il choisit cinq hommes qu'il envoya vers diverses parties en ruine de la cité.

Bak regarda le soldat le plus proche extraire à grand-peine une brique d'un mur.

— Dis à ceux qui restent qu'ils peuvent découper de plus gros blocs dans ces mauvais murs. Le fort présente de très larges brèches.

— Oui, chef !

Le sergent parcourut l'édifice en ruine en annonçant ce changement de consigne. Lorsqu'il revint, ses hommes paraissaient ragaillardis, et contents du nouvel officier

219

dont ils dépendaient. Satisfait de les voir dans ces bonnes dispositions, Bak se radoucit :

— Pouemrê avait servi pendant une brève période dans mon ancien régiment, le régiment d'Amon. Pourquoi a-t-il sollicité si tôt sa mutation à Ouaouat ?

— Il paraît que, là-bas, les officiers étaient des hommes jeunes, bien installés dans leurs fonctions, ce qui laissait peu de chance à un nouveau venu de gravir les échelons. Il pensait qu'une promotion serait plus rapide à la frontière.

— Il est donc venu à Iken, où ses supérieurs, bien installés dans leurs fonctions, seraient plus proches de la retraite.

Minnakht regarda droit devant lui, sur la défensive :

— A dire vrai, ceux du régiment d'Amon lui ont probablement tourné le dos, comme ici !

« Oui, pensa Bak, comme la plupart des hommes courageux et intègres, ils n'avaient pas de temps à perdre avec un vaniteux. »

— T'entendais-tu bien avec lui ?

— Il n'était pas toujours commode, mais quel officier ! Le meilleur que j'aie jamais connu.

Le sergent détourna la tête pour dissimuler sa peine et continua d'une voix soudain rauque :

— Dès que l'un d'entre nous avait besoin d'aide, il se montrait prodigue de son temps et de sa fortune. Dans les escarmouches, il était le premier à affronter l'ennemi, et aussi le plus brave. Une fois qu'il a compris les habitudes de la frontière, plus aucun de ses plans n'a échoué.

Bak était surpris par la profondeur de cette affliction. On aurait dit que Minnakht pleurait un ami, et non son lieutenant.

— Et Moutnefer ? Te parlait-il d'elle ?

— Bien souvent ! Il voyait en elle une femme bonne et douce, qu'il aimerait de toute éternité. Il voulait l'emmener avec lui quand il retournerait à Kemet.

Les larmes débordèrent des yeux du sergent, qui les essuya avec une grimace embarrassée.

— Il projetait de l'épouser.

— L'épouser ? D'après elle, il comptait seulement en faire sa concubine !

— Il m'a souvent confié les heurts que ce sujet avait provoqués entre lui et son père, mais il n'en disait rien à Moutnefer. Il souhaitait lui ménager une surprise.

Bak avait rarement entendu une aussi triste histoire et ne s'étonnait plus de l'émotion de Minnakht.

— Mieux vaudrait qu'elle ne l'apprenne jamais. Sa vie est déjà si pleine de labeur et de misère ! Savoir quel bonheur lui a échappé en redoublerait l'amertume.

— Elle ne le saura pas par moi, sois-en sûr. Je compte la prendre pour femme, à condition qu'elle veuille bien de moi.

Minnakht regarda Bak comme s'il quémandait son approbation et, le voyant saisi par cette nouvelle, expliqua :

— Mon épouse est morte en couches il y a deux ans. Je n'ai pas ressenti grand besoin d'un foyer et d'une famille depuis, mais le moment est venu. Je veux Moutnefer, et j'aimerai cet enfant comme le mien.

— Es-tu certain que Minnakht était à la caserne à l'heure du crime ? interrogea Bak.

— Oui, chef. Il y est resté toute la nuit, comme d'habitude.

Près du portail, Bak et Pachenouro regardaient les soldats se livrer avec patience et ténacité à leur travail de fourmi. Formant une ligne, ils transportaient les briques usagées du navire de ravitaillement jusqu'au fort. Le soleil déclinait à l'horizon occidental et les ombres s'allongeaient tandis que la brise du nord emportait l'intense chaleur du jour. Le pépiement des moineaux résonnait au-dessus du grondement des rapides. Le monceau de briques diminuait à vue d'œil, sur le bateau. Les marins transféraient la cargaison sur des plateaux accrochés à des jougs, placés en travers des épaules des fantassins. Alors ceux-ci gravissaient laborieusement le sentier

221

abrupt, maintenant en équilibre leur charge inhabituelle, et déposaient les briques au pied de la muraille. Elles étaient ensuite hissées jusqu'aux échafaudages ou aux remparts pour servir à réparer les pans brisés.

— Ses hommes mentiraient-ils pour le couvrir ? s'enquit Bak.

— Sa présence est confirmée par d'autres témoins, des gens de l'extérieur qui n'auraient pas d'intérêt particulier à mentir : onze gardes d'un ambassadeur royal voyageant vers le nord et trois lanciers se rendant à Semneh pour une nouvelle affectation.

— Minnakht montre des intentions louables en voulant Moutnefer pour épouse, admit Bak, mais quand il me l'a confié, j'ai été tenté de sauter à la conclusion évidente. Si la mort de Pouemrê avait été un meurtre ordinaire, j'aurais mis le sergent sous les verrous sur-le-champ.

— Cet homme m'est sympathique. Le lieutenant Pouemrê avait de la chance de le compter parmi ses soldats.

Pachenouro tourna les yeux vers un autre bateau de transport qui contournait la grande île. C'était une embarcation inutilisée, que Minnakht avait réquisitionnée après que ses hommes eurent découvert plusieurs emplacements de briques.

— Pachenouro ! appela un maçon, perché en haut d'un échafaudage.

Bak comprit que sa présence imposait un fardeau accru dont le Medjai n'avait pas besoin.

— Il te reste beaucoup à faire d'ici la fin du jour. Vaque donc à tes occupations. J'inspecterai sans toi les réparations.

Bak fut plus que satisfait par l'avancée des travaux. Le long mur est, celui qui avait le moins souffert au fil des ans de l'usure infligée par la nature et par les hommes, était complètement remis à neuf. Le plâtre frais se voyait un peu, mais le mur ne présentait plus aucune trace d'abandon, sauf sur les éperons, invisibles de l'intérieur.

Bak rebroussa chemin pour inspecter le mur nord, de longueur plus réduite, mais marqué dans l'angle ouest d'un trou béant sur lequel se concentrait l'essentiel des effectifs. Pachenouro s'était promis que tout serait réparé avant la nuit.

— Ces hommes méritent une récompense.

Bak se retourna vivement, plus saisi par cette réflexion faisant écho à ses pensées que par la présence inattendue derrière lui.

— Senou ! Qu'est-ce qui t'amène sur l'île ?

Le petit lieutenant trapu observa la montée d'un plateau de briques vers les remparts.

— J'ai rencontré le sergent Minnakht et ses hommes, qui démantelaient d'anciens bâtiments pour les emporter d'Iken brique à brique. J'ai voulu voir par moi-même où elles iraient.

« Que fait ici un officier de guet ? se demanda Bak. Surtout si près de la fin du jour, alors qu'il doit bientôt inspecter les sentinelles affectées au service de nuit. Certes, Senou commandait la plupart de ces hommes avant que Pouemrê prenne la tête de la compagnie, mais venir si tard... »

— Nous laisserons quelques maisons debout, assura-t-il avec bonne humeur. Celles qui sont habitées resteront intactes.

Senou rit de bon cœur.

— Il y a non loin de chez moi un entrepôt dont je ne regretterais pas la destruction. On y conservait autrefois du blé, mais aujourd'hui il n'abrite que des rats.

— Si tu es sérieux, parles-en avec Minnakht.

— Je n'y manquerai pas. Ces bestioles infectes pullulent.

Senou fit mine de s'intéresser au long mur oriental.

— Et comment progresse ton enquête ?

« Il est venu pêcher des informations ! pensa Bak. Comment se fait-il que cela ne me surprenne pas ? »

— Je me suis un peu fourvoyé et aujourd'hui j'ai

223

essuyé un grave revers, mais je reste confiant. Bientôt, je mettrai la main sur le coupable.

Si Senou eut conscience qu'il n'était guère avancé par cette réponse, il n'en laissa rien paraître.

— Oui, maintenant, il y a une nouvelle victime, paraît-il. Un enfant innocent. Je me demande si c'est le même individu qui a fait le coup ?

— Je n'ai pas eu le temps d'établir de lien précis entre les différents éléments. Toutefois, sa mort suivant de si près celle de son maître pourrait-elle être une coïncidence ?

Sans laisser à Senou le temps d'émettre une réponse, Bak le prit par le bras et l'entraîna vers la muraille terminée.

— Viens, j'aimerais te montrer le travail que nous avons accompli.

Tandis qu'ils marchaient, il lui indiqua plusieurs réparations, puis remarqua :

— On m'a dit que, jadis, tu as combattu avec notre armée à Kouch et que tu as mérité l'or de la vaillance.

— Cela ne date pas d'hier... C'était il y a vingt-sept ans, dit Senou, dont le front se rembrunit. J'étais un jeune blanc-bec, plus irréfléchi que vraiment courageux. Je me suis borné à faire ce qu'il fallait pour survivre et le roi m'a remis une mouche d'or.

Bak fut surpris d'entendre l'officier se déprécier ainsi.

— Cette récompense ne t'inspire-t-elle aucune joie ?

— De la joie ? répéta Senou avec un rire dur et amer. Je n'arbore cette mouche que lors des cérémonies solennelles, lorsque je ne puis m'en dispenser.

Bak comprit que Senou était un homme marqué, dont le cœur dissimulait de profondes blessures. Que s'était-il passé ? L'incident avait-il été grave au point qu'il ait juré d'assassiner Amon-Psaro ?

— As-tu affronté le roi kouchite lors de la bataille ?

— Affronté ? reprit Senou, sarcastique. Il nous a acculés dans une étroite vallée barrée par les dunes, et là, il nous a écrasés comme de la vermine. Pas un homme sur quatre n'a survécu.

Ses lèvres se crispèrent. Il prit visiblement sur lui pour s'affranchir de la colère qui l'assombrissait.

— Ton enquête t'a-t-elle conduit dans une direction particulière ?

— Nous procédons par élimination, éluda Bak, saluant le maître d'équipage du navire de transport, qui bavardait avec Pachenouro devant le portail avant de regagner Iken. Comment as-tu été sauvé ?

— Ouaser est arrivé avec sa compagnie, maugréa Senou, que ce souvenir rendait amer. Il était lieutenant et encore plus inexpérimenté que moi, mais il avait des troupes fraîches et le courage de Sekhmet. Quand le roi kouchite a compris que son piège risquait de se refermer sur lui, il s'est replié, laissant ceux d'entre nous qui vivaient encore blottis derrière les rochers.

— Tu as bien dû accomplir un exploit, lieutenant ! On n'accorde pas l'or de la vaillance à la légère.

— Dans notre désespoir, nous avons ôté tant de vies... L'héroïsme se mesure-t-il au nombre de ceux qu'on tue ? Non, mais à l'attitude face à l'ennemi.

Bak en convenait, toutefois il ne parvenait pas à comprendre un rejet aussi farouche de la mouche d'or. Senou lui avait tu une partie de l'histoire, à n'en pas douter.

— On m'a dit que tu as servi à Ouaouat pendant de longues années, et même dans l'extrême sud, au pays de Kouch.

— Ma femme est originaire de cette partie du monde, cependant mes enfants sont tous nés ici. Je considère le Ventre de Pierres comme mon foyer.

Le maître d'équipage adressa un geste d'adieu à Pachenouro et se hâta de redescendre le sentier vers le quai.

— Tes devoirs t'ont-ils conduit à la cour d'Amon-Psaro ?

225

Mais Senou avait aperçu le marin qui s'éloignait et lui cria d'attendre.

— Je dois partir, annonça-t-il à Bak. Les hommes chargés de la ronde de nuit vont bientôt prendre leur poste.

Il courut vers le portail et dévala le sentier. Bak le suivit jusqu'au-dehors et le regarda descendre vers le navire prêt à appareiller. Une autre barge de transport, la dernière de la journée, était amarrée à quelque distance en amont avant de prendre sa place près de l'appontement, où le déchargement s'effectuerait plus facilement. Bak rentra dans le fort. Sans aucun doute, Senou devait inspecter ses hommes. Néanmoins, le policier avait le sentiment que le sens du devoir avait fort peu à faire dans ce départ précipité.

13

Après une ultime mise au point avec Pachenouro concernant les fournitures et les rations nécessaires pour le lendemain, Bak franchit rapidement le portail, soucieux de repartir avant la nuit. Il n'avait nul désir de naviguer sur ces eaux peu sûres dans la lumière mourante du crépuscule. Quant à tenter de rentrer dans l'obscurité, cela aurait relevé du suicide.

Il s'arrêta net en haut du sentier. Son embarcation avait disparu ! Elle n'était plus amarrée au piquet où il l'avait laissée. Il scruta le fleuve en amont, pensant qu'on la lui avait empruntée. Mais il ne vit que la barge de ravitaillement, qui contournait la pointe sud de la grande île vers Iken. Par ailleurs, le chenal était désert. Il se tourna vers l'aval. Alors il vit l'esquif, presque à mi-chemin entre l'appontement et les rapides. La barque vide dansait sur les flots, la proue vers l'amont, la poupe heurtant la rive rocailleuse. L'amarre coincée sous un obstacle submergé la retenait telle une ancre, mais vu la violence du courant, elle ne tarderait pas à se dégager.

Bak dévala le sentier en pestant tout bas. Comment ce maudit rafiot s'était-il détaché ? Au risque de se tordre la cheville, il longea en courant la berge vers le nord, foulant les maigres broussailles et les pierres inégales, les racines d'arbres baignées par les eaux en crue. Un moineau voletait de branche en branche, son pépiement couvert par le grondement des rapides. Bak arriva à hauteur de l'esquif et, refusant de songer aux rocs effilés, hérissés de vieilles pointes de lance, il pénétra dans le fleuve jusqu'à la cheville et se pencha vers la coque. L'arrière se déroba sous ses doigts, écarté par un caprice du courant ou par la perversité des dieux.

Bak avança encore d'un pas, s'enfonçant cette fois jusqu'aux genoux. Entraîné par le courant, il sentit un froid glacial et une pression insistante sur ses cuisses. Il tendit la main vers la barque, qui s'éloigna encore de deux bonnes coudées avant de s'immobiliser brusquement. Son ancre glissait sur le fond — probablement un rocher. Bak n'avait pas de temps à perdre. La corde pouvait rompre à tout moment ; alors la barque serait emportée dans les tourbillons.

Pourtant, il hésita. Il se rappela les jeunes garçons qu'il avait vus émerger des rapides, ce matin-là, et il regretta de ne pas disposer d'une de leurs outres afin de mieux flotter. Chassant ces pensées stériles de son cœur, il serra les dents et plongea en imprimant une poussée vigoureuse de ses pieds. Le courant et son élan l'entraînèrent en même temps vers la barque. Il agrippa la proue. Sous ce poids supplémentaire, l'amarre se libéra et le bateau se mit à tournoyer à une vitesse vertigineuse vers les eaux turbulentes, balayant tout vague espoir de grimper à bord. Mû par un sentiment d'urgence, Bak attrapa la corde et, de toutes ses forces, il nagea vers la berge. L'esquif paraissait vivant, comme s'il tentait de lui échapper, mais le policier était un nageur expérimenté et la distance était courte.

Il parvint devant les arbres, trouva le fond sous ses pieds et se leva. Il avait été entraîné si près des rapides qu'il sentait les embruns portés par la brise du nord. Il regagna la terre ferme en titubant, les genoux tremblants d'avoir fourni un pareil effort, subi une si grande tension nerveuse. Tel un poulain rétif, le bateau résistait et regimbait derrière lui. En s'essuyant le visage, Bak tira la barque tout contre la rive, où le courant n'était pas aussi violent, et s'assit sur un affleurement rocheux. Il avait

besoin de reprendre haleine et voulait offrir ses remerciements à Amon, qui lui avait permis d'atteindre la terre
ferme en sûreté, avec le bateau.

Un cri assourdi lui parvint :

— Lieutenant !

Bak regarda par-dessus son épaule, certain, pourtant,
d'être le jouet d'une illusion. Mais, derrière lui, Pachenouro descendait la pente escarpée. Trois autres hommes,
dont un portait une corde enroulée sur son épaule, couraient après le Medjai à travers les broussailles accrochées à la déclivité, au pied du fort. Une équipe de
secours.

— Tout va bien, chef ?

— Comment avez-vous su... ?

Alors même qu'il posait la question, son regard
remonta jusqu'en haut de la muraille, à une hauteur vertigineuse, et s'arrêta sur l'angle éboulé où travaillaient la
plupart des hommes. Une bonne moitié de l'équipe, per-
chée sur l'échafaudage et le parapet, hurlait et applaudis-
sait sans qu'aucun son puisse l'atteindre. Bak ne put
s'empêcher de rire. Il s'était trop concentré sur le sauvetage de la barque pour remarquer qu'il avait un public.

D'un signe, Pachenouro leur intima de retourner à leur
besogne.

— Nous voulions te prêter main-forte, chef, mais tu
nous as pris de vitesse.

La résistance de l'amarre dans sa paume rappela à Bak
que sa tâche n'était pas encore terminée. La brise sur ses
épaules mouillées le pressait de ne pas s'attarder ; la nuit
serait bientôt sur eux.

Il se hâta de remercier tous ceux qui s'étaient portés à
son aide, puis ajouta :

— Je suis trop près des rapides pour essayer de hisser
la voile. J'aurais besoin de cet homme — il désigna du
menton le soldat au cordage roulé, un grand lancier
maigre répondant au nom de Ouser — pour remonter
avec moi la barque à contre-courant jusqu'à l'apponte-

ment. Vous autres, vous pouvez retourner à vos occupations. Votre présence sera plus utile là-haut.

Pachenouro et ses compagnons partirent rapidement. Ouser attacha sa corde au bateau et avança dans le fleuve jusqu'aux genoux. Bak et lui halèrent la barque. Ils avançaient avec prudence et sondaient les profondeurs pour détecter des écueils, des racines ou des trous. Ils trébuchaient, glissaient, et Ouser serait tombé la tête la première si Bak ne l'avait pas retenu. La barque rasait le sommet des joncs immergés. Un serpent les dépassa en ondulant. Un couple d'oies brunes volait à fleur d'eau.

Combien de fois Bak avait-il regardé la corde dans sa main ? Il n'aurait su le dire. Soudain, il s'immobilisa pour lui accorder toute son attention. L'extrémité était nette, et non effilochée comme ç'aurait été le cas si elle avait rompu à cause de l'usure. Le frisson qui parcourut la colonne vertébrale du policier n'avait rien à voir avec le fait qu'il était trempé des pieds jusqu'à la tête. On avait tranché la corde pour libérer l'esquif. Dans quel dessein, Bak ne pouvait l'imaginer. Afin de le bloquer sur l'île ? A moins que le plan ait raté... Le couteau, trop bien affûté, avait-il plus entamé les fibres qu'on en avait eu l'intention ? Voulait-on qu'il monte à bord avant que la corde cède, afin qu'il soit emporté vers les rapides mortels ?

Il reprit sa marche sans rien dire à son compagnon. Il ne voyait pas l'utilité d'instiller la peur dans l'esprit de Ouser, et, par voie de conséquence, dans toute l'équipe de Pachenouro. Il ne voulait pas non plus que la rumeur qu'on cherchait à l'éliminer se répande de tous côtés. D'abord, pensa-t-il, on lui avait donné un avertissement : les jets de pierre à la fronde. Ensuite était venue une tentative indéniable de mettre fin à sa vie : le serpent dans son lit. Et maintenant, ceci. Le meurtrier de Pouemrê avait parcouru bien du chemin depuis trois jours.

Sur l'appontement, Bak remarqua une courte longueur de corde pendant du piquet où il avait amarré l'esquif. Il remercia Ouser et le renvoya, puis dénoua le cordage de

230

chanvre et le jeta dans le bateau. Avant d'embarquer, il vérifia entièrement les parois, cherchant des traces de sabotage. Il s'aperçut que la drisse était bloquée dans la poulie, en haut du mât, rendant la voile impossible à manœuvrer tant que le nœud n'était pas défait. La corde avait pu s'emmêler, mais Bak était devenu trop méfiant pour croire à un hasard. Ne décelant pas d'autre anomalie, il quitta la jetée, leva la voile et commença son voyage de retour vers Iken, tous ses sens en alerte. Ce fut seulement quand il eut dépassé le sud de la grande île qu'il se détendit un peu. Il examina alors le fragment de corde qu'il avait jeté à bord. Comme il s'y attendait, la coupe était franche, hormis une touffe de fibres évoquant de manière saugrenue des moustaches de chat.

Il ajusta la voile qui s'enfla dans l'air, et s'installa près du gouvernail pour réfléchir. L'esquif était encore en place pendant le déchargement de l'avant-dernier navire de ravitaillement. Il se souvenait de l'avoir vu en bas. Personne n'avait pu couper le cordage à ce moment-là. L'appontement ressemblait à une fourmilière, avec des douzaines d'hommes sur le pont et sur le sentier montant vers le fort. Le dernier bateau de ravitaillement pour la journée avait jeté l'ancre en amont, attendant de s'amarrer plus près du chemin. On avait sûrement coupé la corde alors que le premier navire s'éloignait et que le second manœuvrait pour prendre sa place. Les deux équipages concentrés sur leur tâche étaient moins susceptibles de remarquer une telle intervention.

Quant à l'auteur de cette manigance, seul un des suspects se trouvait sur l'île : Senou.

Non. C'était trop évident. Senou aurait manqué de finesse en se trahissant de la sorte. Ou avait-il agi délibérément, dans l'espoir que le lieutenant soupçonnerait alors n'importe qui, sauf lui ?

Tandis que Bak pilotait la barque vers les eaux calmes entre les deux quais, Rê adressa un dernier au revoir au monde des vivants et sombra dans l'au-delà pour les

231

douze heures de la nuit. Des sillons rouges et orange éclairèrent le ciel, approfondissant l'ombre de l'escarpement qui enveloppait la ville basse. Leur éclat embrasa les vaisseaux amarrés au port, cuivra la coque en cèdre d'un mince navire de plaisance et anima les peintures vives de trois barges de transport.

Malgré le miroitement doré de la surface des eaux, Bak repéra une silhouette sombre nageant au bout du quai. Un bras s'éleva et lui fit signe. Il rendit la politesse, bien que n'ayant aucune idée de l'identité du nageur. Il aperçut une place libre entre la barque d'Inyotef et une nacelle de pêcheur et manœuvra pour amener sa propre embarcation à quai.

Le temps que le bateau soit en sûreté pour la nuit, le soleil s'était couché et le ciel gris s'éclairait d'un pâle croissant de lune au milieu de faibles points de lumière. Bak espérait que Kasaya aurait songé à emporter chez eux des victuailles préparées dans les cuisines de Kenamon. Le jeune Medjai montrait de piètres talents culinaires ; le plus simple ragoût dépassait ses compétences. Après cette journée harassante, Bak n'avait pas envie de cuisiner ni de chercher quelque chose à manger, pourtant il aspirait à un repas aussi copieux que somptueux.

La tête d'Inyotef jaillit de l'onde entre les navires.

— Ta journée a été longue, Bak ! Ne t'ai-je pas vu à l'aube quitter le port avec Houy ?

— Ainsi, c'est toi qui m'as salué au milieu des flots, en me donnant à croire que des bras avaient poussé à Hapy ? répondit Bak en souriant.

Inyotef éclata de rire.

— Tu naviguais comme si tu étais né dans ces eaux. C'était une joie de te regarder.

— Venant de toi, quel compliment ! répondit Bak, qui s'agenouilla et lui offrit sa main. Es-tu prêt à sortir ? J'ai chez moi de la bière et, avec de la chance, il y aura également de quoi manger.

Inyotef se rapprocha du quai à la nage et accepta la main tendue.

— Des questions aussi, je suppose ? D'après Ouaser, j'arrive en bonne place sur ta liste de suspects.

Bak le hissa sur l'appontement. Inyotef était plus lourd qu'il n'y paraissait, et tout en muscles. En se relevant, Bak se demanda si le pilote aurait pu nager jusqu'à l'île et couper l'amarre. La distance n'était pas impossible à franchir, la grande île permettant une pause à mi-distance. Un bon nageur, doté d'une solide connaissance du fleuve, devait être capable d'utiliser les courants à son avantage.

Mais non ! La culpabilité afflua dans le cœur de Bak. L'idée était absurde ! Inyotef, avec sa jambe invalide...

— Je soupçonne tout le monde, admit Bak en souriant, avant d'ajouter en manière de plaisanterie : Mais certains plus que d'autres.

Inyotef l'observa dans la pénombre et laissa échapper un étrange petit rire.

— Je n'ai rien fait dont j'aie à rougir. Interroge-moi comme bon te semblera.

— Je me sens mieux !

Un sourire satisfait aux lèvres, Bak reposa son bol vide sur le toit et prit une nouvelle cruche de bière. Il brisa le bouchon de terre séchée, remplit sa coupe et goûta le breuvage avec prudence. La bière vendue à Iken pouvant aussi bien être brassée par des gens de l'extrême Sud que par des habitants du Nord, la qualité variait du tout au tout d'une jarre à l'autre.

— Un festin digne d'Hatchepsout elle-même ! le complimenta Inyotef en rongeant avec appétit un os épais. Je n'ai pas souvent l'occasion de savourer une cuisse de bœuf aussi tendre.

— Nous devons remercier Amon. Ce bouvillon était probablement une offrande que les prêtres et mes Medjai se sont partagée ce soir, après le repas du dieu.

Kasaya était resté introuvable à leur retour, toutefois ils avaient découvert sur trois tabourets empilés un panier débordant de mets raffinés. Le placer en hauteur était une sage précaution. Une souris furetait autour des pieds tronqués, cherchant un moyen de l'atteindre.

Ils avaient monté leur repas sur le toit et regardaient la nuit tomber tout en se sustentant. Les étoiles étaient des points scintillant dans un ciel d'obsidienne. L'air rafraîchi par la brise du nord glaçait la sueur de Bak sur sa poitrine et hérissait les poils de ses bras. Les hurlements d'un chacal, au loin, soulevèrent un chœur d'aboiements et de miaulements. De temps en temps, Bak distinguait la course précipitée de minuscules pattes griffues — des rats attendant, tapis dans l'ombre, de rafler un bout de nourriture. Le suave effluve d'un bois odoriférant, de la cannelle peut-être, souvenir d'une offrande au dieu, montait du panier et rivalisait avec les dernières odeurs de la cité : fumier animal, huile de friture, nourriture et sueur.

— J'ai cru comprendre que tu as jadis combattu à Kouch, et que tu t'es vu décerner l'or de la vaillance, dit Bak, donnant à la conversation un tour qui faciliterait ses questions.

— C'était il y a longtemps ! acquiesça Inyotef en souriant. Aux jours insouciants de ma jeunesse, quand la vie importait plus que tout et semblait devoir durer éternellement.

Bak se souvint avoir entendu une réflexion similaire de la part de Houy, à moins que ce ne fût de Senou ?

— La plupart des hommes vantent haut et fort leurs actes de bravoure, poursuivit-il avec un sourire aussi affable que celui du pilote, pourtant la nouvelle de cette récompense a été pour moi une révélation. Tu ne t'en es jamais prévalu durant nos longues heures de conversation, pendant le voyage vers Mennoufer.

— Je ne t'ai pas non plus parlé de la seconde mouche d'or que m'a valu un voyage au pays de Keftiou. Je ne suis pas un vantard, mon ami, répondit Inyotef d'un ton soudain froid et coupant.

Sentant le feu lui monter aux joues, Bak s'employa à choisir une épaisse tranche de viande et à l'envelopper de pain.

— As-tu affronté le père d'Amon-Psaro sur le champ de bataille ?

— Non. J'ai toujours servi la maison royale depuis le pont d'un navire.

Le pilote perdit son ton glacial et un sourire amer effleura ses lèvres.

— Tu n'as pas enquêté sur mon passé aussi minutieusement que je l'aurais cru, sinon tu me connaîtrais aussi bien que moi-même. Mes succès et mes échecs. Mon degré de richesse, mes habitudes, la fréquence et le lieu de mes défécations.

Déjà par le passé, Bak avait remarqué l'habileté du pilote à remettre un homme à sa place, la rapidité avec laquelle il prenait l'offensive et le contrôle de la conversation. Il crispa les mâchoires, résolu à ne pas se laisser troubler.

— Je dois gagner mon pain, Inyotef, tout comme toi. Quand je rendrai mon rapport à Bouhen, le commandant Thouti écoutera avidement chacune de mes paroles et me demandera des comptes si je n'apprends pas la vérité.

La menace flotta entre eux, implicite mais puissante. Le rire dur et sec d'Inyotef brisa le silence.

— Ton exil à Ouaouat t'a rendu opiniâtre, Bak, à l'instar de cette terre aride et désolée. Mais je suppose qu'il t'a aussi rendu meilleur, en tant qu'homme et en tant qu'officier.

Bak sourit du compliment.

— Il y a vingt-sept ans, tu servais donc sur un vaisseau de guerre stationné au-dessus de Semneh ?

— Non, sur un navire de transport. J'étais simple matelot, à l'époque. Nous convoyions une lourde cargaison d'armes et de vivres pour notre armée au pays de Kouch.

Inyotef se tut et suça son os avec nonchalance, forçant Bak à le sonder quand cela n'aurait pas dû être nécessaire. Le policier ne prit pas la peine de dissimuler son agacement.

— Comment as-tu mérité l'or de la vaillance ?

L'expression d'Inyotef était invisible dans la pénombre, mais le ton de sa voix ressemblait étrangement à celui d'un homme qui savoure une petite victoire.

— Notre navire s'échoua sur un banc de sable. Des soldats kouchites nous virent ainsi immobilisés et furent alléchés par notre cargaison. Ils accoururent du désert en décochant sur nous des flèches enflammées. Notre voile s'embrasa comme une torche et nous perdîmes notre mât. Nous avions peu d'hommes pour maîtriser les multiples foyers qui se déclaraient de la poupe à la proue, car il fallait contenir l'ennemi. Avec trois autres de mes compagnons qui savaient nager, je plongeai dans le fleuve pour déblayer le sable, et je travaillai sous l'eau jusqu'à ce que notre navire soit dégagé.

— Admirable ! approuva Bak, imaginant la scène et le désespoir des malheureux pris au piège sur un navire en feu. Tu as largement mérité la mouche d'or !

— La voie s'ouvrit alors toute grande devant moi et je devins bien vite officier. Mais tu ne m'as pas attiré ici pour évoquer mes aventures de jeunesse, dit Inyotef, retrouvant son ton sarcastique. Que souhaites-tu savoir, en réalité ?

— Dans cette situation, je discerne une ironie qui m'intéresse grandement.

Bak mastiqua tranquillement une bouchée de pain et de viande, puis l'aida à descendre avec de la bière, rendant au pilote la monnaie de sa pièce.

— Non seulement toi, mais Houy, Senou et Ouaser, vous avez combattu avec bravoure l'armée kouchite. Maintenant, vous voici tous quatre cantonnés à Iken. Or Amon-Psaro, éminent souverain de la Kouch actuelle, arrivera bientôt avec l'héritier du trône — le fils et petit-fils de celui que vous avez affronté au combat.

— De l'ironie ? Non, Bak, simplement les enjeux politiques, où des intérêts commerciaux communs effacent des années de méfiance et d'hostilité mutuelles.

Bak n'avait pas l'intention d'entrer dans un débat sur ce sujet rebattu.

— Houy faisait partie de l'escorte qui a ramené l'enfant en otage à Kemet, après notre victoire sur le pays de Kouch.

— Oui, et moi aussi d'ailleurs.

— Tu as descendu le fleuve avec eux ? interrogea Bak, stupéfait.

Inyotef rit tout bas.

— C'est drôle, j'avais oublié ce voyage. Mais je ne suis pas surpris que Houy s'en souvienne, en revanche ; l'expérience fut pour lui loin d'être heureuse.

— Vraiment ? Il paraît l'avoir appréciée. Il avait lié amitié avec Amon-Psaro, et ensemble ils jouaient, pêchaient et chassaient.

— Comme la plupart des mortels, il préfère se rappeler les bons côtés.

Inyotef examina son os, cherchant un fragment de viande qui lui aurait échappé.

— C'est un piètre marin, terrifié par les rapides et les turbulences.

— C'est ce qu'il m'a confié.

— Imagine donc sa réaction quand nous avons traversé le Ventre de Pierres sur les eaux en crue ! Jamais je n'ai vu un homme en proie à une telle terreur.

— Moi aussi, j'aurais peur, répondit Bak. On a peine à croire que le fleuve puisse recouvrir ces flancs escarpés au point que la coque d'un grand vaisseau de guerre parvienne à passer à l'aise.

— Il reste impraticable en bien des points, toutefois des routes de très grande profondeur existent le long des rapides. Quand la crue est au plus haut et que des hommes munis de cordes contrôlent le navire depuis des points émergés, c'est un voyage qui, bien que raisonnablement sûr, procure des sensations fortes, dit Inyotef en riant. Amon-Psaro goûtait cet aspect aventureux, mais Houy !... L'an dernier, je l'ai vu tenir tête, seul, à quatre contrebandiers armés. Des tueurs sanguinaires, dont la violence était exacerbée par le désespoir. Eh bien, pas un instant son courage n'a vacillé. Mais ses pieds étaient

237

solidement plantés sur la terre ferme. Mets-le sur un bateau et, à la moindre houle, tu le verras blêmir.

Bak termina son repas, épousseta ses cuisses pour chasser les miettes de pain et demanda :

— Quel genre d'enfant était Amon-Psaro ?

— A bien des égards, pas différent de n'importe quel gamin de dix ans. Curieux de tout, impressionnable, innocent, heureux de s'amuser. Pourtant, c'était un prince jusqu'au plus profond de son être. Il savait qu'il se tenait au-dessus des simples mortels.

Bak, qui l'écoutait en savourant sa bière, se rappela les paroles de Houy. « C'était mon frère », avait dit le capitaine. Un simple soldat, un garde pouvait-il être tel le frère d'un enfant royal, qui marchait aux côtés des dieux ?

— Senou et Ouaser sont-ils retournés à Kemet à la même époque ?

— D'autres navires regagnaient le nord avec le nôtre, formant un convoi. Je ne les connaissais pas encore, aussi, j'ignore s'ils se trouvaient à bord.

Bak scrutait le pilote, contrarié de ne pas mieux voir son visage.

— Il me reste encore une question à te poser, Inyotef, sans doute la plus importante. Je te supplie de me répondre avec franchise, toi qui es un vieil ami.

Inyotef déposa l'os sur les feuilles tapissant le fond du panier avec le soin et la précision d'un homme durement atteint dans son amour-propre.

— T'ai-je menti, jusqu'à présent ?

— Loin de moi cette idée, dit Bak, levant les mains en un geste d'apaisement. Mon manque de tact a de quoi te froisser, je le sais. Mais les autres officiers ne brillent pas vraiment par leur franchise envers moi.

— Tu es un policier ! répliqua Inyotef avec un petit rire railleur assez blessant, surtout de la part d'un homme que Bak considérait comme un ami.

— Il est clair depuis le début que le commandant Ouaser et les autres officiers, nommément Houy, Senou et

Nebseni, ne veulent pas que j'identifie le meurtrier de Pouemrê. En fait, ils se sont donné le plus grand mal pour multiplier les obstacles sur mon chemin. Pourquoi ?

Cette fois, le petit rire se transforma en une franche hilarité.

— Tu te laisses emporter par ton imagination, Bak. Ils sont aussi impatients que toi de satisfaire Maât.

« Quel ami ! pensa Bak, dégoûté. Et comme il s'indigne quand je suggère qu'il pourrait dissimuler la vérité ! »

Il se demanda combien de fois Inyotef lui avait déjà menti.

Bak contemplait les étoiles, allongé sur sa natte. Peu après le départ du pilote, il l'avait entièrement défaite à la recherche d'une créature venimeuse cachée entre les draps, puis il l'avait montée sur le toit. Il se demandait pourquoi Kasaya n'était pas encore rentré de la résidence. Il songeait à la somme de travail que Pachenouro et ses hommes avaient abattue dans l'île et à tout ce qu'il leur restait à faire. Et il s'inquiétait que l'assassin de Pouemrê soit encore en liberté, et que son enquête ne semble mener nulle part.

Bien qu'au bord du sommeil, il était pourtant suffisamment lucide pour distinguer les sons et les senteurs nocturnes. L'écho léger de sandales de joncs, dans la rue, accompagné d'une odeur d'huile brûlée, signalait l'approche du lancier patrouillant dans ce secteur de la ville basse pendant les heures de la nuit. Les couinements terrifiés d'une souris et un ronronnement satisfait annonçaient qu'un chat avait capturé sa collation du soir. Des jappements entrecoupés de grondements parlaient de proie âprement disputée, qu'il s'agît d'un os, d'une chienne ou d'un petit animal capturé par l'un et désiré par tous. Des vagissements et une puanteur acide indiquaient un nourrisson souffrant de coliques. Un rire de femme, sur le toit voisin, et les tendres murmures d'une voix masculine précédant un froissement de draps, des halètements et des gémissement d'extase. Autant de bruits familiers et rassurants. Les paupières de Bak devinrent lourdes, et il s'assoupit.

— Lieutenant Bak ! Tu dors, chef ?

Bak ouvrit les yeux, secoua son engourdissement et se redressa.

— Kasaya ! Qu'y a-t-il ? Qu'est-il arrivé ?

— Rien d'ennuyeux, mais je préfère t'en aviser immédiatement.

Le Medjai s'accroupit près de lui et murmura, afin que sa voix ne porte pas jusqu'aux toits voisins :

— A la résidence, j'ai trouvé une femme qui accepte de te parler. C'est une servante du nom de Meret.

— Elle veut me parler tout de suite ?

— Non. Demain, au lever du soleil. En un lieu qui se trouve au bord du fleuve, où les femmes se rassemblent pour laver le linge.

— Ne craint-elle pas que son maître apprenne ce rendez-vous de la bouche de ses compagnes ?

— La plupart des autres servent à manger à leur famille avant de venir, mais elle a plus de draps et de vêtements que toutes réunies, si bien qu'elle doit commencer tôt. L'endroit qu'elle a indiqué est isolé par une rangée d'arbres. Il est facile de remarquer toute approche, et impossible d'être vu depuis la ville basse ou la forteresse.

— Pourquoi s'offre-t-elle à nous aider ? Cherche-t-elle à se venger d'un affront réel ou imaginaire de la part de ses maîtres ?

— Non, chef.

Kasaya fixa ses genoux non sans embarras.

— C'est une jeune veuve, chef, et elle se sent bien solitaire.

Bak réprima difficilement un sourire.

— Et, cette nuit, tu retournes partager sa couche.

— Voilà, chef.

Bak lui tapa sur l'épaule et lui conseilla de ne pas s'attarder. Tandis que l'écho léger de ses pas s'éloignait dans la rue, le lieutenant se recoucha. Il regrettait d'avoir à utiliser cette femme d'une manière aussi vile, mais il n'avait pas le choix. Il en était réduit à prier pour qu'elle lui fournisse l'indice dont il avait désespérément besoin.

Amon-Psaro franchirait les portes d'Iken avant la nuit, le lendemain, or l'identité de l'homme qui voulait l'assassiner restait aussi mystérieuse qu'au premier jour. De nombreux éléments permettaient de subodorer une conspiration parmi l'état-major, cependant l'idée que quatre officiers supérieurs, tous cantonnés dans la même garnison, haïssaient Amon-Psaro au point de désirer sa mort, ne paraissait guère plausible au policier. Qu'ils se trouvent réunis à Iken au moment où le roi décidait de s'y rendre était une plaisanterie des dieux malicieux, non l'une des étapes d'un complot ourdi avec soin. Bak refusait de croire qu'ils puissent risquer une guerre pour assouvir une rancune personnelle. S'il réussissait à arracher la vérité à Ouaser, alors peut-être parviendrait-il à tirer cette affaire au clair une fois pour toutes.

14

Bak marchait le long de l'eau sans s'éloigner des arbres pour se fondre dans leur ombre, accentuée par le jour naissant. Si d'aventure Ouaser apprenait cette rencontre, il ne pardonnerait pas à Meret de divulguer ses affaires privées, surtout au policier dont il s'était ingénié à contrecarrer les efforts. Elle serait sans doute battue et, cela, Bak ne voulait pas l'avoir sur la conscience.

La matinée était belle et douce, la terre pas encore réchauffée par Rê. Sous le ciel clair, d'un bleu d'azur, les arbres s'animaient de chants d'oiseaux, trop sonores pour qu'on entende le bruissement des feuilles dans la brise suave, ou les rapides, dont la voix atténuée par la distance semblait un chuchotement.

Kasaya sortit du couvert des arbres à une vingtaine de coudées devant Bak et pénétra dans le fleuve. Il cabriola dans l'eau comme s'il était né d'Hapy, plongeant, roulant, sautant, se laissant emporter par les flots puis luttant pour remonter à contre-courant. Ce spectacle était destiné à la femme, comprit Bak. Le Medjai faisait montre de sa vigueur juvénile, de son grand corps bien découplé et de sa bonne humeur.

Bak s'approcha du coin où Kasaya était entré dans l'eau. Devant lui, la rangée d'arbres s'incurvait en s'éloignant de la berge, puis s'en rapprochait, délimitant un demi-cercle sablonneux parsemé de rochers aplanis par les intempéries et de buissons dans des bandes de terre noire et grasse. L'endroit était une mare stagnante au plus fort de la crue, mais, pour l'heure, il était idéal pour les lavandières de la région. Des draps blancs à en brûler les yeux séchaient déjà au soleil, étendus sur des rochers.

Une jeune femme de dix-sept ans environ, aux traits fins, était agenouillée au bord de l'eau. Elle regardait souvent Kasaya et riait avec délice de son spectacle tout en frottant une robe tachée de vin à l'aide d'une substance blanche — du natron. Sa longue tunique de lin était nouée haut sur ses cuisses, révélant des jambes aussi minces et musclées que ses bras nus. Ses cheveux tirés en arrière étaient cachés à l'intérieur d'un linge protecteur en forme de sac. La sueur baignait son front, auréolait le dos et les aisselles de sa robe.

Bak adopta un pas traînant pour l'avertir de son arrivée. Elle jeta un coup d'œil dans sa direction, se releva aussitôt, rougissante, la robe serrée contre sa poitrine, et tenta maladroitement de le saluer.

Soupçonnant que Kasaya avait exagéré son importance, Bak s'efforça de la mettre à l'aise :

— Poursuis ta besogne, Meret.

Il s'accroupit au pied d'un arbre, afin qu'elle comprenne qu'il respectait son désir de ne pas être vue en sa compagnie.

— Kasaya m'a dit que tu es prête à me parler de la vie à la résidence.

Elle hocha la tête, la voix coupée par la timidité ou peut-être par la honte à l'idée de commettre une trahison.

— Personne ne le saura, je t'en donne ma parole.

— Kasaya dit que tu es un homme d'honneur, murmura-t-elle en tombant à genoux, courbée sur la robe tachée. Que veux-tu savoir ?

Meret ayant à charge la tâche dégradante de laver du linge, il devina qu'elle était une humble servante, qui aidait à la cuisine, faisait les lits, ôtait la poussière et balayait en plus de s'occuper de la buanderie. Cependant, dans les forteresses jouxtant la frontière, les demeures étaient petites et les usages moins stricts. On pouvait donc supposer qu'elle assistait quelquefois Aset à sa toilette. En outre, elle échangeait certainement des potins avec les autres servantes.

— Comment ta maîtresse se conduisait-elle vis-à-vis du lieutenant Pouemrê ? Semblait-elle éprouver un sentiment pour lui ?

— La maîtresse n'est qu'une enfant, répondit Meret avec un sourire attendri qui pardonnait à Aset toutes ses fautes. Sa mère est morte alors qu'elle était encore bébé. Si son père s'était remarié, elle aurait appris à être une femme. Au lieu de cela, il cède à ses caprices et lui épargne tout sujet d'inquiétude. Elle joue avec son affection, et comme c'est la seule attitude qu'elle connaisse, elle agit de même avec tous les hommes en espérant les avoir à ses pieds, à l'instar de son père. Le lieutenant Pouemrê ne faisait pas exception à la règle.

Elle s'interrompit brusquement et rougit d'en avoir tant dit.

« Un bien long discours pour une personne timide, pensa Bak, et aussi bien étonnant. Deux femmes proches par l'âge, l'une chargée des besognes les plus ingrates, l'autre sa maîtresse choyée, et pourtant celle qui n'a rien adore celle qui a tout. Kasaya l'a sûrement ensorcelée, pour qu'elle consente à parler. »

Bak vit le Medjai sortir de l'eau afin de s'installer au pied d'un arbre, d'où il pouvait surveiller le chemin de la forteresse et d'éventuels gêneurs.

— Et le lieutenant Nebseni ? s'enquit Bak. D'après ce que j'ai vu de lui, il semble être son esclave, bien qu'à son corps défendant.

— Ils sont fiancés.

Bak en siffla de surprise.

— Je n'avais pas entendu un traître mot à ce sujet. Pourquoi personne n'y fait-il allusion ?

— Elle refuse de se marier.

Remarquant que Bak haussait un sourcil, Meret s'empressa de défendre sa maîtresse :

— Elle n'a aucun désir de blesser le lieutenant ; il ne

lui est pas indifférent. Mais elle souhaite par-dessus tout vivre à Kemet, alors que lui aime servir sur la frontière. Elle craint qu'ils ne soient pas heureux.

— Ouaser la laisse jouer ce petit jeu ? s'étonna Bak avec dédain.

— Cela ne l'enchante pas, admit Meret, qui aspergea l'étoffe de natron et frotta la tache entre ses phalanges. Les fiançailles ont eu lieu à son instigation. Le lieutenant et lui sont aussi proches qu'un père et un fils.

Elle sourit, frappée par une idée :

— C'est pour ça qu'Aset jouait les coquettes avec le lieutenant Pouemrê. Elle trouvait amusant de défier son père tout en faisant rager son fiancé.

Bak se dit que cela relevait davantage d'une manœuvre que de la taquinerie. Plus probablement, elle se souciait de ce que pensaient les deux hommes comme du sable du désert. Elle visait uniquement à épouser un noble et à mener une vie oisive sur un grand domaine de Kemet.

— Comment Pouemrê réagissait-il ?

— Le jeu lui plaisait, mais il gardait ses distances, dit-elle en se rembrunissant. Nous qui servons à la résidence, nous savions qu'il avait une compagne, la fille de l'armurier Senmout. Nous avons bien essayé d'avertir Aset mais... — de nouveau, le tendre sourire indulgent — elle a toujours été si sûre de ses charmes !

— Ta maîtresse l'a-t-elle conquis, finalement ?

— Je ne sais pas.

Meret leva les yeux vers Bak et lui lança un regard ouvert et direct, exempt d'artifice et de timidité. Le regard du mensonge, il en était certain.

— Je ne te demande pas si elle a obtenu une promesse de mariage, Meret. En ce cas, elle aurait chanté victoire à la face du monde entier. Je veux savoir — je dois savoir, insista-t-il avec emphase — si elle a couché entre ses bras et lui a permis d'emplir son ventre d'un enfant.

— Non ! protesta Meret, sa feinte innocence remplacée par un désarroi sincère.

245

— C'est pourtant ce que racontent les hommes de la caserne.

— Alors voilà pourquoi... dit-elle avant de plaquer sa main sur sa bouche. Mais non, ce n'est pas vrai !

Bak vit qu'il avait touché le point sensible.

— Les simples soldats, comme les marchands et bien d'autres encore, affirment qu'elle porte un enfant dont Pouemrê est le père.

— Il ne l'a pas touchée ! Elle le provoquait, c'est tout. Je sais de quoi je parle, moi qui lave ses draps et son linge.

Elle s'empourpra à cette allusion implicite au cycle menstruel de sa maîtresse. Les yeux baissés, elle murmura :

— Pourquoi faut-il que vous, les hommes, vous voyiez toujours le mal partout ?

Bak en resta sans voix. Oui, il avait supposé le pire, mais pas au sens où elle l'entendait. Il avait interprété la mauvaise volonté de Ouaser et de Nebseni dans la perspective d'un complot contre Amon-Psaro. Cette humble servante venait de lui rappeler involontairement que l'explication évidente, plus intime et personnelle, était bien souvent la bonne.

Il s'approcha d'elle et la souleva par les épaules.

— Écoute-moi, Meret ! Tu dois être franche avec moi, sinon, beaucoup d'hommes mourront peut-être, des innocents qui n'ont commis aucun mal.

Elle fixa sur lui des yeux agrandis par la frayeur. Il la secoua sans ménagement, la forçant à acquiescer.

— Dis-moi : comment Ouaser, Aset et Nebseni se comportent-ils lorsqu'ils sont seuls dans la même pièce ? Paraissent-ils méfiants ? précisa-t-il, voyant qu'elle ne comprenait pas. Chacun semble-t-il taire un secret coupable, tout en considérant les deux autres d'un air soupçonneux ?

— Comment as-tu deviné ? chuchota-t-elle avec un respect craintif.

Il planta un gros baiser sur son front salé par la sueur et la libéra.

— Kasaya ! appela-t-il en se dirigeant d'un pas énergique vers le sentier ramenant à Iken, derrière les arbres. Traite cette femme comme une reine. A moins que je ne m'abuse, elle a réduit de moitié le nombre des questions qui me taraudaient.

Kenamon parcourait rapidement la rue en compagnie de Bak. L'ombre des bâtiments enduits de plâtre blanc creusait les lignes qui barraient son front soucieux.

— Je prie pour que tu aies vu juste, dit le vieux prêtre. Si chacun des trois protège les deux autres, peut-être aucun n'est-il coupable.

Bak l'attira sous un porche pour éviter un tout petit homme conduisant cinq ânes chargés de pichets d'un rouge satiné, s'entrechoquant bruyamment.

— Si je peux éliminer un nom de ma liste de suspects, je considérerai que les dieux m'ont souri. Si je peux en éliminer deux, j'aurai le sentiment qu'Amon lui-même m'a pris par la main.

— Et si l'un des deux, soit Ouaser, soit Nebseni, avait assassiné Pouemrê ?

— Je doute de survivre au choc que me causerait une solution aussi simple.

— Et Aset ?

— Si mes réflexions m'ont conduit sur le chemin de la vérité, elle est servie telle une idole autour de laquelle dansent son père et son fiancé.

— Le commandant aurait dû la confier à un homme plus ferme depuis longtemps.

Le dernier âne passa en trottinant et ils reprirent leur route. La rue était encombrée, à cette heure encore fraîche du matin, et bourdonnait des bavardages des soldats et des marchands, des civils qui avaient à faire à l'intérieur de la forteresse. Bak et Kenamon ne croisèrent que deux femmes, une épouse d'officier et sa servante chargée d'un panier vide, se rendant au marché.

A un croisement, ils marchèrent quelques instants à côté d'un contingent de nouvelles recrues, dix jeunes gens qui sentaient encore leur campagne, menées au pas cadencé par un lancier grisonnant. Plus loin, les officiers de la garnison et leurs sergents sortaient de la résidence, au terme d'une réunion où l'on avait dû discuter de la présentation des armes à l'entrée d'Amon-Psaro et de sa suite. Bak salua d'un signe de tête ceux qu'il connaissait : Houy, Senou, Inyotef et Nebseni. L'archer parut regarder à travers lui comme s'il n'existait pas.

— Je te souhaite plus de chance avec Ouaser que tu n'en auras avec celui-là, murmura Kenamon en désignant Nebseni du menton. Un jeune homme entêté, qui protège les siens.

— Aset est la clef de tout, mon oncle, j'en ai la conviction.

Bak et Kenamon pénétrèrent dans l'édifice et descendirent un long couloir débouchant sur une cour à piliers pavée de pierre. Près de la porte, un garde dégingandé, bâillant à s'en décrocher la mâchoire, considérait le tout-venant avec l'indifférence d'un homme dont rien ne rompait jamais la routine. A travers un portique, on apercevait plusieurs scribes grattant leur calame sur la surface lisse des papyrus déployés sur leurs genoux. Sur le seuil de son bureau, Ouaser toisait un jeune marchand qui arborait un large collier de perles, des bracelets de bronze et un anneau luisant à chaque doigt.

— Je refuse d'écouter tes récriminations plus longtemps ! lui lança le chef de la garnison. Trouve un autre abri pour tes bêtes, c'est mon dernier mot.

Rouge, les yeux brillant de colère, le marchand fit une ultime tentative :

— C'est que j'ai quarante-huit ânes épuisés après leur longue marche vers le nord. J'espérais qu'ils pourraient se reposer ici, et maintenant je vais devoir pousser jusqu'à Kor !

— Qu'il en soit ainsi, répliqua le commandant, qui n'était pas d'humeur à compatir. La suite du roi Amon-

Psaro en voyage comprend un nombre colossal de bêtes de somme. Elles occuperont tous les enclos dont nous disposons.

Grimaçant de fureur, le marchand en fut réduit à tourner les talons.

Ouaser lança à Bak un regard peu amène, remarqua le vieux prêtre derrière lui et esquissa un sourire las. Il les invita à entrer dans son bureau et s'affala dans son fauteuil.

— Je dois l'admettre, rien ne me séduirait plus en ce moment que de renvoyer Amon-Psaro et sa suite d'où ils viennent. On aurait cru qu'Amon serait plus difficile à satisfaire, mais non. Il siège dans la demeure d'Hathor, auguste et silencieux dans sa châsse, tandis que nous mettons cette cité sens dessus dessous pour un roi sauvage venu d'un pays inculte.

— Amon-Psaro a grandi dans la maison royale de Ouaset, lui rappela Kenamon. Je doute qu'il soit moins civilisé que nous.

— Nous en jugerons bientôt. Bak, Houy m'a appris que le fort de l'île serait bientôt habitable. Je te dois des félicitations.

— J'ai une équipe pleine de bonne volonté et de courage.

Sans attendre d'invitation, Bak souleva un tabouret coincé entre les corbeilles remplies de papyrus et l'offrit à Kenamon, qui s'assit devant le commandant. Lui-même préféra rester debout, contraignant ainsi Ouaser à lever la tête pour le voir.

— Nous ne venons pas parler du fort, mais de la nuit du crime.

Ouaser crispa les doigts sur l'accoudoir de son fauteuil.

— Que puis-je vous dire ? J'ai réuni mes officiers pour débattre du voyage du dieu jusqu'à Semneh. Quand nous avons défini les différents plans envisageables, ils sont partis et, pour ma part, je suis allé me coucher.

— Et ta fille ? Aset était-elle dans son lit ?

— Certainement.

La réponse était venue trop vite. Ouaser expliqua avec un sourire contrit :

— Elle est grande depuis longtemps, mais je continue de penser à elle ainsi qu'à une enfant. Je vais la contempler chaque nuit, comme lorsqu'elle était bébé. Je vous en prie, ne le lui dites surtout pas ! Elle ne serait pas contente si elle le savait.

Bak imagina la scène que déclencherait Aset si elle surprenait son père à la regarder la nuit — à l'espionner, dirait-elle probablement. Il s'approcha de la porte et appela le garde.

— Monte aux appartements et escorte la demoiselle Aset jusqu'au bureau de son père.

— De quel droit !... fulmina Ouaser, bondissant sur ses pieds en le foudroyant des yeux.

— Assieds-toi, commandant ! ordonna Kenamon, dont la voix habituellement placide retentit avec autorité. Le lieutenant Bak remplit sa mission comme bon lui semble, et tu dois le laisser procéder.

Ouaser s'effondra sur son siège, pâle et crispé. Kenamon était un prêtre de haut rang contre lequel on ne pouvait se dresser à la légère.

— Tu n'as aucun droit ni aucune raison d'interroger ma fille, lieutenant. Elle n'a rien à voir avec le meurtre de Pouemrê.

En entendant des pas légers dans la cour, Bak se tourna. Aset approchait entre les rangées de piliers, les yeux rivés sur lui, les traits aussi tendus et anxieux que ceux de son père. Le garde marchait derrière elle, soit qu'il la crût capable de désobéir à cet appel, soit — plus probablement — qu'il fût dévoré par la curiosité.

Bak se tourna vers Ouaser et lui dit entre ses dents, d'un ton aussi dur que la pierre :

— Prononce un seul mot sans que je t'y autorise, et je t'inculpe de meurtre et de haute trahison.

— De meurtre et... Quoi ?

Saisi, Ouaser regarda tour à tour Bak et Kenamon.

— Il a tous les droits et de solides raisons pour ce faire, soutint le prêtre avec sévérité.

Aset passa à côté de Bak, qui barrait à moitié la porte. Remarquant la tension sur le visage de Ouaser, elle eut à peine un regard pour le prêtre.

— Qu'y a-t-il, père ? Que t'a-t-il raconté ? dit-elle en jetant un coup d'œil vers le policier.

— Va chercher le lieutenant Nebseni ! ordonna Bak au garde. Ramène-le ici le plus vite possible.

Le garde, dont le visage animé exprimait l'excitation et la détermination, pivota sur lui-même et s'éloigna à grands pas.

Aset regardait alternativement les trois hommes. Que Nebseni fût interpellé, après sa propre convocation, la troublait manifestement et sapait son assurance. Quand ses yeux se posèrent sur son père, cherchant un encouragement, il secoua la tête en une mimique qui fut incompréhensible pour elle, à en juger par son expression interrogative.

— Demoiselle Aset, ton père affirme que tu étais dans ton lit la nuit où le lieutenant Pouemrê a été assassiné.

Bak leva la main, prévenant d'avance toute réponse.

— Tu n'y étais pas, je le sais, pas plus que tu n'étais dans cette maison.

— Qui prétend cela ? Une des servantes ? riposta-t-elle en relevant le menton d'un air de défi qui contrastait avec sa voix tremblante. C'est un mensonge ! Je suis restée ici toute la nuit, de même que mon père.

Kenamon la contempla sombrement et parut sur le point de prendre la parole mais, comme Bak, il entendit des pas rapides dans la cour et remit donc ses commentaires à plus tard.

Bak, qui observait Aset, vit du coin de l'œil Nebseni, la mine lugubre, contourner trois scribes qui débattaient au milieu de la cour du sens d'un glyphe obscur. La tentation de fouler les susceptibilités du jeune officier était trop forte pour qu'il y résiste.

— Je suppose que le lieutenant Nebseni a également

dormi ici cette nuit-là, ironisa-t-il d'une voix forte. Partageait-il ta couche, je me le demande ? Ou Pouemrê est-il revenu te tenir compagnie ?

Nebseni fit irruption sur le seuil, empoigna Bak par l'épaule et l'obligea à se retourner.

— Sale porc !

Il recula le poing, une lueur meurtrière dans les yeux, et frappa.

Bak, un peu surpris par une réaction aussi téméraire, para le coup du bras. Avec une rapidité née de nombreuses et longues heures de pratique, il attrapa le poignet de Nebseni et, d'une torsion, le lui ramena haut entre les omoplates, arrachant un gémissement à l'archer.

Kenamon retenait son souffle, secoué par cette soudaine violence. Ouaser, assis au bord de son siège, refrénait son envie d'aider son jeune ami. Dans la cour, les scribes accoururent en jacassant comme des pies pour regarder par la porte. Le garde, ahuri et paralysé par la surprise, n'était plus très sûr de savoir qui exerçait l'autorité.

— Par pitié, ne lui fais pas de mal ! s'écria Aset.

Bak la revoyait, penchée sur Nebseni quand l'archer et lui étaient entrés en collision, quelques jours plus tôt. Il était convaincu que s'il maltraitait le jeune homme un tant soit peu, elle parlerait, mais cela n'était pas dans ses méthodes. Il força un peu plus sur la main, provoquant un autre gémissement, et projeta Nebseni dans la pièce, aux pieds de Ouaser.

Alors, Bak remarqua les scribes et le garde à la porte.

— Laissez-nous. Il n'y a rien à voir.

— Retournez à vos occupations, ordonna Ouaser en se levant avec un sourire crispé. Il s'agit d'un malentendu, rien de plus.

Les scribes s'éloignèrent en chuchotant entre eux. Le garde se détendit et décida de croire son commandant sur parole. Bak observait un silence menaçant en attendant de pouvoir parler en privé.

— Vous mentez tous depuis le début, dit-il enfin, ses

yeux passant d'un visage stupéfait à l'autre. Non seulement à moi, mais les uns aux autres. A présent, j'exige la vérité.

— Je vous conjure de vous expliquer, dit Kenamon. Si vous ne parlez pas très vite avec honnêteté et candeur, je crains pour Ouaouat et pour le pays de Kemet.

Ouaser, assombri par l'inquiétude et la perplexité, se laissa tomber sur son fauteuil et observa le vieux prêtre. Nebseni, qui s'était relevé, regardait Bak, son commandant et Aset, le désarroi le disputant à la colère et à l'humiliation après sa défaite cuisante.

— Nous étions tous les trois dans cette maison, déclara Aset d'un ton de défi. Essaie donc de prouver le contraire !

Bak eut envie de lui donner une bonne fessée. Elle lui forçait la main et l'obligeait à aller plus loin qu'il ne l'aurait voulu.

— Commandant Ouaser, lieutenant Nebseni, je vous accuse tous les deux de meurtre sur la personne du lieutenant Pouemrê, et de haute trahison contre la maison royale.

Il conserva un ton dur et froid, presque grinçant pour conclure :

— Demoiselle Aset, tu comparaîtras à leurs côtés devant le vice-roi pour complicité de meurtre.

— Tu es devenu fou ! ricana Nebseni.

— Ne te moque pas, jeune homme, dit paisiblement Kenamon. Nous savons que Pouemrê avait connaissance d'un complot qui pourrait être imputé à tort à la maison royale, et causer toutes sortes de calamités dans cette contrée stérile.

— Cette accusation n'est qu'une feinte, riposta Ouaser. Tu crains tant le directeur du Trésor et tu es si désespéré de mettre la main sur le meurtrier de son fils que tu frappes à l'aveuglette.

Le vieux prêtre secoua tristement la tête.

— Mon cœur saigne pour toi, commandant. Tu don-

253

nerais volontiers ta vie pour ta fille, pourtant tu refuses de voir la vérité.

— Comment pourrais-je connaître la vérité ? Ce maudit policier ne me donne aucune explication !

— En quoi as-tu mérité ma confiance ? répliqua Bak. Tu as voulu étouffer la disparition de Pouemrê et tu m'as barré le chemin dès l'instant où j'ai franchi les portes de cette cité.

Il fit les cent pas, se tourna, revint se planter devant le commandant qu'il dominait de toute sa taille.

— J'aimerais croire que tu protèges simplement ta fille, une jeune écervelée qui parvient toujours à soumettre ton affection à sa volonté, une enfant stupide, qui mentirait à Maât elle-même pour vous protéger, son fiancé et toi.

Il se tourna vivement vers Aset et l'affronta d'un ton sec :

— Ose le nier !

La tête haute, elle refusa de répondre. Une rougeur s'étendait sur les joues de Nebseni, comme si, pour la première fois, il comprenait qu'elle l'aimait vraiment. Ouaser s'agitait sur son siège, honteux de la faiblesse de son cœur et des désordres de sa maisonnée.

— Le châtiment encouru pour la trahison est la mort, commandant, déclara Bak d'un ton de mauvais augure, tout en priant pour que Ouaser ne relève pas le défi.

Celui-ci ferma les yeux et parla avec résignation :

— Je n'ai trahi ni mes dieux ni ma patrie, et je ne vois pas comment tu démontrerais le contraire. Mais être accusé d'un crime aussi odieux ruinerait ce qui reste de ma vie, celles de ma fille et de celui qui est pour moi aussi proche qu'un fils. Je te dirai donc ce que tu veux savoir.

— Père !

Ouaser lui imposa silence d'un geste de la main.

— Comme tu l'as deviné, lieutenant, la nuit où Pouemrê est mort j'ai quitté cette résidence peu après le départ de mes officiers. Je suis allé chez une femme que je connais dans la ville basse, et qui témoignera que j'ai passé toute la nuit auprès d'elle. Ses serviteurs se porteront garants pour moi, de même que le garde assigné à ce secteur de la ville.

Aset le fixait, bouche bée. Si Bak n'avait eu tant de mal à pousser Ouaser à parler, il en aurait éclaté de rire, mais il se contint, de peur de perdre cet avantage durement acquis.

Ouaser adressa à la jeune fille un sourire forcé.

— Même moi, je dois avoir une vie, ma fille.

Elle esquissa un faible sourire.

— Oh, père, j'avais si peur ! Je savais que tu n'avais pas dormi dans ton lit cette nuit-là, et j'ai cru... j'ai cru que tu avais entendu ces horribles rumeurs...

Elle baissa les yeux et rougit, la gorge nouée. L'expression de Ouaser devint grave.

— En revenant par la porte sud, à l'aube, je t'ai vue marcher d'un pas pressé dans les rues, sans autre femme pour t'escorter afin que tu regagnes la maison saine et sauve.

Sa voix soudain rude trahit sa répugnance à poser une question dont il redoutait la réponse :

— D'où venais-tu ?

— De la caserne. Je cherchais Nebseni.

Ce fut au tour du jeune archer de rester pantois.

— J'ai attendu plus d'une heure, à bavarder avec les hommes de guet. Je t'avais entendu te disputer une fois encore avec Pouemrê, expliqua-t-elle d'un air coupable. Vous en étiez presque venus aux mains... J'ai appris ensuite qu'il t'accusait d'avoir battu en retraite lors d'une escarmouche, au moment où ses hommes avaient besoin d'aide, mais sur le coup j'ai imaginé... Eh bien, tu devines sûrement ce que j'ai pensé. C'est pourquoi, à la fin, j'ai fait promettre aux gardes de ne pas te révéler que j'étais venue.

— Me croyais-tu vil au point de ramper derrière lui pour lui ôter la vie, au lieu de l'affronter d'homme à homme ? lui reprocha Nebseni avec un sourire amer.

255

— Nullement ! protesta-t-elle. Tout ce que je savais, c'est que tu n'étais pas là où tu aurais dû être : à la caserne.

— Je marchais sur les remparts, autour de la ville. J'avais entendu les rumeurs qui circulaient sur ton compte. J'essayais de trouver le courage d'annoncer à ton père que je ne voulais pas passer le reste de ma vie avec du linge souillé.

Aset courba la tête et couvrit son visage de ses mains.

— Les sentinelles t'ont certainement vu là-haut, dit Bak.

Nebseni acquiesça, les yeux fixés sur sa fiancée, distrait par cette révélation qui importait beaucoup plus à ses yeux qu'un alibi. Avec hésitation, il alla vers la jeune fille et l'enlaça.

— Ne pleure pas, ma bien-aimée. Ta servante Meret est venue me trouver. Elle m'a assuré que toutes ces rumeurs étaient pures calomnies.

Aset appuya son front contre la poitrine de Nebseni et se blottit dans ses bras. Ouaser, qui observait le couple avec un soulagement manifeste et une prudente satisfaction, sentit le regard de Bak peser sur lui. Il fixa l'homme qui l'avait tant tourmenté et lui offrit un sourire hésitant.

— Je te dois davantage que des réponses, lieutenant Bak. Que puis-je faire pour t'aider ?

— « La santé du prince a paru s'améliorer pendant qu'il campait pour la nuit, mais ce matin, peu après que la caravane s'est remise en route, il a été victime d'une nouvelle attaque. »

Le courrier, un jeune homme petit, sec et nerveux, se tenait au garde-à-vous pour répéter le message qu'on lui avait confié. La sueur formait des filets dans la poussière qui collait à ses joues.

— « Le roi Amon-Psaro avait hâte d'atteindre Iken avant la tombée de la nuit. Il a été grandement désappointé par la nécessité d'interrompre son voyage à la fois si près et si loin du but. »

Bak feignait la déception et dissimulait son soulagement devant ce répit qu'on lui accordait pour son enquête, et dont bénéficieraient également les hommes qui peinaient sur l'île. Kenamon serait fou d'inquiétude, mais presque tout le monde, à Iken, accueillerait ce sursis avec plaisir.

Solennel, Ouaser scrutait le désert vers le sud comme si, dans le lointain embrumé, il pouvait distinguer le campement kouchite. Un souffle de vent poussait un tourbillon de poussière le long de l'étroit chemin de ronde et entraîna une feuille sèche au-dessus du parapet.

Ils se tenaient en haut du mur d'enceinte massif de la forteresse. Bak préférant discuter de la menace contre la vie d'Amon-Psaro en un lieu plus discret que la résidence, Ouaser lui avait suggéré de l'accompagner dans l'une des inspections-surprises qu'il réservait périodiquement aux sentinelles. Bak avait accepté avec empressement, mais s'il avait su combien l'air serait étouffant, il aurait proposé à la place une promenade le long du fleuve.

— Tu diras au roi Amon-Psaro que mon cœur est lourd de déception, répondit Ouaser au courrier. Je me réjouissais de le voir aujourd'hui à Iken. Néanmoins, la santé du prince important plus que tout, je comprends la nécessité de repousser son arrivée. Je me rendrai au plus vite chez Amon pour lui offrir de ferventes prières afin que l'enfant soit à même de voyager dès demain.

— C'était parler en vrai diplomate, remarqua Bak, souriant, quand le courrier fut parti en toute hâte rapporter son message.

— De trop nombreuses années passées sur la frontière, à accueillir les ambassadeurs étrangers, ont rendu ma langue aussi onctueuse que celle d'un courtisan.

Ses yeux se posèrent sur une sentinelle qui approchait — la dernière à inspecter. L'homme, un vétéran, pouvait avoir une quarantaine d'années. Son teint bruni révélait qu'il avait vécu l'essentiel de son existence sous le soleil du désert. Il s'arrêta devant son commandant et se mit au garde-à-vous, le regard fixé au loin. Sérieux et compétent, Ouaser examina son uniforme, ses armes et son aspect physique.

En attendant, Bak s'accouda sur l'épais mur en brique crue et contempla la plaine ocre, qui s'étendait à perte de vue. Sa couverture sablonneuse était déchirée çà et là par de sombres arêtes et des mamelons de granit. Une forte brise venue de l'ouest en ridait la surface. L'air s'emplissait de particules de sable qui coloraient le ciel de jaune pâle et voilaient le soleil. Au loin, dans les lignes brouillées de l'horizon, la terre et le ciel se confondaient. Une poussière impalpable collait au corps moite de Bak, qui sentait sur sa langue le goût du désert, de minuscules parcelles de roc desséché et usé portées par les vents depuis des terres lointaines. Ses poignets le démangeaient, sous ses larges bracelets en perles. Il aspirait à plonger dans l'eau et, par bonheur, il en aurait peut-être le temps.

La sentinelle reprit sa ronde et Ouaser rejoignit Bak près de la muraille.

— J'aime à croire que rien n'arrive à mon insu, dans cette garnison, confia-t-il d'une voix teintée d'inquiétude et de remords. Comment n'ai-je pas discerné un complot contre Amon-Psaro ?

— As-tu vraiment dit à Houy et à tes autres officiers de me mettre des bâtons dans les roues ? lui demanda Bak, sans s'apitoyer.

Ouaser eut la bonne grâce de rougir.

— Je n'ai pas caché qu'à mon avis, le meurtrier nous avait rendu à tous un signalé service, mais je ne suis pas allé plus loin.

— En d'autres termes, tu as approuvé tout manque d'empressement à m'aider.

Bak regretta son ton accusateur et comprit qu'il devait abandonner ce sujet, ou il risquerait d'éveiller de nouveau l'antagonisme d'un officier dont la coopération lui était terriblement précieuse.

— Combien d'hommes seraient-ils impliqués dans cette conspiration ? demanda Ouaser.

— Un seul, s'il faut en croire les dessins du petit Ramosé. Et je tends plus que jamais à y ajouter foi, maintenant que j'ai vérifié ton alibi et celui de Nebseni, ne put-il s'empêcher de préciser. Je sais que vous êtes innocents. Cette idée de complot me tourmentait depuis le début.

Ouaser se détourna, les épaules voûtées, les mains derrière le dos, et franchit la courte distance qui les séparait de la tour d'angle. Bak fixa le commandant, soudain saisi d'un doute. Comment un seul homme pouvait-il espérer frapper un roi, toujours entouré de gardes et de valets ? « Se pourrait-il que je fasse fausse route ? se demandat-il. N'ai-je amené au jour une conspiration du silence que pour en négliger une autre ? »

Ouaser revint vers lui, triste mais résolu.

— Je connais mes officiers d'état-major depuis des années, lieutenant Bak, et je suis fier d'appeler chacun d'eux mon ami. Mais, si tu le désires, je t'attribuerai un bureau tranquille et je te les enverrai un par un. Je te donne toute latitude pour les interroger comme bon te semble. Au moyen du bâton, s'il le faut.

Tous les doutes que Bak avait pu conserver au sujet du chef de garnison disparurent complètement.

— La caravane d'Amon-Psaro étant bloquée dans le désert, je dispose d'un jour de sursis. Peut-être les dieux me souriront-ils en me permettant de rayer tous les noms de ma liste de suspects jusqu'à ce qu'il n'en reste qu'un, avant que le roi n'entre dans Iken. Sinon, je crains fort de devoir accepter ta proposition.

15

— Amon-Psaro ne devrait pas poser le pied dans cette citadelle, dit Bak comme si le fait de formuler cette idée la rendait réalisable. Il y a trop de terrasses, trop de maisons inoccupées et d'édifices en ruine à surveiller.

De l'escalier à ciel ouvert qui reliait la résidence du commandant aux remparts, il contemplait sombrement la ville basse, déployée en une géométrie disparate de toitures blanches, d'étroites ruelles écrasées par le soleil et de courettes ombragées. Plusieurs groupes de bâtiments donnaient l'impression qu'une souris géante avait grignoté de gros morceaux de brique crue et de plâtre, laissant çà et là un pan de mur brisé ou effondré. Sous la chaleur irradiant du toit plat en contrebas, la sueur de Bak s'évaporait à peine les gouttes formées. Des remugles rappelant les profondeurs aquatiques montaient d'une maison toute proche, où la pêche matinale du voisin était étalée afin de sécher.

Au pied de l'escalier avec Ouaser, Imsiba et Nebseni, Kenamon abritait ses yeux de sa main en visière et examinait la haute muraille dominant le temple d'Hathor, où la petite silhouette d'une sentinelle parcourait les remparts. Il remarqua, d'un ton rendu plaintif par l'appréhension :

— Ces chemins de ronde semblent le lieu idéal pour décocher une volée de flèches.

— Seuls des hommes dignes de toute confiance

patrouilleront sur les murailles, affirma Ouaser d'un air déterminé. La menace ne viendra pas de là, je te le garantis.

Bak descendit les marches abruptes pour rejoindre le groupe sur le toit et dit à Nebseni :

— Il serait judicieux de poster quelques archers là-haut. Des hommes aux bras vigoureux, dont le tir porte loin, et auxquels tu confierais ta vie.

Le jeune officier rougit, pas encore accoutumé au soudain revirement dans ses rapports avec Bak.

— J'ai justement les hommes qu'il nous faut : vingt archers et un sergent fraîchement arrivés du lointain pays de Naharin. Sois sûr qu'ils ne nourrissent aucun grief contre le roi kouchite.

— Parfait.

Bak s'approcha du rebord. En bas, une chatte au pelage gris rayé, étendue à l'ombre d'un porche, léchait cinq chatons ébouriffés pas encore assez vieux pour y voir. Le policier et les autres officiers étaient convenus d'une précaution qui en rendrait beaucoup d'autres superflues, cependant il leur fallait le consentement de Kenamon pour enfreindre une convention religieuse. Ils tournaient autour du pot depuis qu'ils s'étaient réunis dans le bureau de Ouaser, et Bak n'était toujours pas sûr du meilleur moyen d'aborder la question.

— Je doute que le prince coure un danger, dit-il à Imsiba, mais tes hommes et toi devrez le garder avec une vigilance sans faille.

— Nous resterons aux côtés de l'enfant jour et nuit, mon ami. Il ne sera jamais seul.

— C'est pour Amon-Psaro que je m'inquiète, grommela Ouaser, en s'abstenant de regarder Kenamon. Bien que nous ayons pris mille précautions, notre sécurité présente quelques faiblesses.

— C'est inévitable, à moins que...

Nebseni n'alla pas plus loin et jeta un coup d'œil vers Bak, le laissant assumer ce fardeau. Le policier ne pouvait tergiverser plus longtemps.

— Amon-Psaro sera en sûreté sur l'île. Là-bas, nous n'aurons aucun motif de préoccupation. Le maillon faible dans notre chaîne défensive — et, crois-moi, mon oncle, il est extrêmement fragile —, c'est la traversée du fleuve et le trajet dans la ville jusqu'au temple. Chaque jour à l'aller et au retour, aussi longtemps que le prince sera malade, la vie du roi sera en péril.

— Qu'attends-tu de moi ?

A l'expression résolue du vieillard, à ses mâchoires serrées, Bak sut qu'il avait déjà deviné ce que voulaient les officiers. Il soumit sa requête d'une voix vibrante de conviction :

— Nous permets-tu de bâtir une châsse sur l'île pour y héberger Amon ? Je te conjure d'accepter, mon oncle. Ainsi le roi et son fils resteront réunis jour et nuit, sans qu'aucune menace pèse sur eux, sans qu'il soit besoin de traverser deux fois par jour des rues difficiles, voire impossibles à contrôler.

Gravement, le vieux prêtre secoua la tête. Mais au lieu d'opposer un refus immédiat, il se mit à faire les cent pas sur le toit, les mains derrière le dos, la tête courbée par la réflexion.

Un grondement hargneux résonna dans la rue. Bak aperçut un matou au poil roux qui rampait vers la chatte rayée et ses petits sans défense. Elle l'affronta, le dos arqué et la queue hérissée, se dressant entre lui et sa progéniture. Le matou, nullement impressionné, continuait d'avancer en fouettant l'air de sa queue, bien décidé à s'emparer d'un des minuscules chatons aveugles. Bak ramassa le premier projectile qu'il trouva sous sa main, une pierre allongée, et le lança sur le mur au-dessus de la tête du chat. Celui-ci sursauta, se retourna d'un même élan et détala.

Kenamon, sombre et triste, tapota l'épaule de Bak comme il eût fait avec son chiot favori.

— Je regrette, mon fils. Le seigneur Amon doit rester dans la demeure d'Hathor.

« Pourquoi ? aurait voulu protester Bak. Une châsse

n'est-elle plus assez bonne pour lui, maintenant qu'il est un dieu grand et puissant ? »

— Nous emploierons le meilleur charpentier d'Iken pour la construire, et l'orfèvre le plus talentueux pour la recouvrir d'or. Amon y sera en sûreté, à l'abri des hommes, des bêtes et des éléments. Il s'y sentira même plus à l'aise, car il disposera de toute la forteresse, au lieu de partager une petite pièce dans un temple avec une autre divinité.

Kenamon lui adressa un sourire affectueux.

— Tes paroles sont d'or, mon garçon, mais le premier prophète lui-même a déclaré que le dieu doit résider en compagnie d'Hathor.

Étouffant un juron entre ses dents, Bak regarda les autres officiers et Imsiba. Ouaser paraissait abattu, le Medjai et Nebseni étaient visiblement à court d'argument. Bak s'agenouilla au bord du toit et fixa la rue, s'accordant le temps de réfléchir. Il existait forcément un moyen de contourner l'interdit. Il remarqua soudain que les chatons étaient seuls, et qu'il n'en restait que trois. Où était passée la mère ? Le matou était-il revenu entretemps pour dérober les deux autres petits ?

Toute règle pouvait être brisée, il suffisait simplement de trouver moyen pour que personne n'encoure de blâme.

La chatte émergea de l'intérieur de la maison, souleva un chaton par la peau du cou et retourna dans l'ombre. Elle transférait toute sa portée en lieu sûr.

Un large sourire s'épanouit sur le visage de Bak, qui offrit une prière silencieuse de remerciement à Bastet, la déesse-chat.

— Et si nous construisions également sur l'île une châsse pour Hathor ?

Il ramassa une autre pierre et jeta de fréquents coups d'œil dans la ruelle pour s'assurer que le matou ne revenait pas furtivement voler une proie innocente.

— Ce serait une nouvelle demeure, bien que de pro-

263

portions modestes. Accepterais-tu, alors, d'y installer Amon ?

Imsiba et les officiers, s'efforçant de ne pas s'esclaffer d'une idée si impudente, fixèrent Kenamon en souhaitant de toutes leurs forces qu'il accède à cette requête. Le prêtre, ses lèvres frémissantes contenant mal son hilarité, vint lui aussi regarder dans la ruelle. La chatte sortit de la maison et emporta un autre petit. Cette fois, Kenamon éclata de rire.

— Pas même le premier prophète ne pourrait le refuser, devant une intervention si providentielle de Bastet.

Pachenouro leva les yeux au ciel et soupira :

— D'abord, tu nous accordes un jour de plus, si bien qu'on ralentit la cadence, et maintenant tu nous demandes de bâtir une châsse. Ce travail finira-t-il un jour ?

Bak rit devant son expression de chien battu.

— Tu devrais, comme moi, te réjouir que nous soyons tirés d'affaire si aisément. Une fois que cette forteresse sera habitable et qu'Amon-Psaro résidera avec le dieu, nous n'aurons pratiquement plus à nous inquiéter de sa sécurité.

— Nous devrons travailler bien avant dans la nuit, je le crains.

Bak, dégrisé, prit conscience de l'immense responsabilité qu'il avait imposée à Pachenouro.

— En ce moment même, Ouaser expose à un charpentier et à un orfèvre la tâche qu'ils auront à accomplir. Minnakht cherche les plus beaux bois de la ville et Nebseni pille le trésor pour se procurer de l'or. Tout ce que tu as à faire, c'est trouver un terrain plat et solide dans le coin le plus abrité de cette forteresse, pour y poser les fondations.

Leurs yeux se tournèrent machinalement vers le mur nord, enfin réparé. Ce côté était le moins exposé à la brise.

Ayant décidé du meilleur emplacement pour la châsse,

ils firent le tour des murailles afin d'examiner les travaux accomplis et d'évaluer l'effort restant à fournir. Le sol avait été nettoyé d'un bout à l'autre et débarrassé des détritus. Une demi-douzaine de soldats l'aplanissaient et en comblaient les trous. Deux d'entre leurs compagnons taillaient les buissons et élaguaient les branches trop basses. Tous les autres, sauf le cuisinier et ses marmitons, se concentraient sur le long mur occidental, juchés sur des échafaudages, suspendus à des cordes, perchés sur des échelles. Ils riaient et plaisantaient, s'interpellaient avec gouaille, sans oublier Pachenouro et Bak. C'étaient des hommes qui savouraient un travail touchant à son terme, dont ils pourraient être fiers et qu'ils n'auraient jamais à répéter.

Bak était enchanté d'eux et de leurs efforts, et ne se priva pas de leur en faire louange. Quant à Pachenouro, il se promit de plaider sa cause auprès du commandant Thouti dès leur retour à Bouhen, afin que le Medjai soit promu au grade de sergent.

— J'ai pensé que tu devais être un des premiers à l'apprendre, annonça Bak, rayonnant de satisfaction, en levant sa coupe devant Inyotef. Toi qui étais chargé de transporter Amon-Psaro chaque jour sur le fleuve, tu aurais été contraint de rester à sa disposition pendant tout son séjour à Iken.

Un cri rauque explosa parmi le cercle de marins et de soldats assis par terre dans la maison de bière de Sennoufer, et de nouveaux paris relancèrent la partie d'osselets. Des rires montèrent en vague au sein du groupe. Quelqu'un martela des poings un rythme précipité sur un tabouret de bois. Une femme gloussa de rire derrière le lourd rideau qui masquait la porte de la salle de brassage.

Inyotef lança vers les parieurs un regard distrait.

— Il semble que je te doive une autre cruche de bière.

Bak souleva sa jarre avec force éclaboussures et en jugea le contenu insuffisant. Il la brandit très haut et fit signe à Sennoufer d'en apporter encore.

265

— Réunir le dieu et le roi en un seul lieu sera plus pratique pour tout le monde, et plus sûr.

— Je n'aurais pas cru que la sécurité serait un élément déterminant, ici, à Iken. Le seul endroit de tout Ouaouat où il y ait moins à craindre, c'est Bouhen.

Bak regretta de ne pouvoir révéler à son ami la menace qui planait sur Amon-Psaro, mais il lui fallait d'abord le laver de tout soupçon.

— N'as-tu pas appris qu'un enfant a été égorgé au marché ? Je n'ose songer aux conséquences, si Amon-Psaro ou un membre de son entourage connaissait un destin semblable.

— Oui, j'ai entendu parler de ce garçon, convint Inyotef, avec un long soupir de pitié. C'est terrible qu'un être aussi jeune perde la vie. C'était le petit serviteur de Pouemrê, à ce qu'on m'a dit.

Bak sentit là plus une question qu'une simple constatation, cependant il n'avait pas entraîné Inyotef à la maison de bière pour divulguer ses informations.

— Raconte-moi ce que tu sais de Senou.

Un homme ivre, cachant sa nudité sous un pagne crasseux roulé en boule, écarta le rideau et sortit en titubant de la salle de brassage. Sur ses talons, une jeune femme rajustait sa robe chiffonnée sur son volumineux postérieur. Le couple traversa la pièce et passa la porte en vacillant, sous les quolibets des joueurs, qui hurlaient de rire en se tapant la cuisse.

— Ton choix des lieux de plaisirs n'engendre pas la morosité, s'esclaffa Inyotef. Toutefois, l'honnêteté m'oblige à te dire qu'il est loin d'être raffiné.

— Comme tu me le faisais remarquer hier, je ne suis qu'un policier, riposta Bak en souriant.

Le pilote l'observa par-dessus le bord de sa coupe comme s'il le soupçonnait de vouloir le piquer au vif, puis il écarta cette idée d'un haussement d'épaules et but quelques gorgées de bière.

— Si tu crois que Senou a tué Pouemrê, mon jeune ami, réfléchis à deux fois. C'est un brave homme et un valeureux soldat. Face à l'ennemi, il n'y a personne que je préférerais avoir à mes côtés.

Bak déplaça son tabouret afin de mieux distinguer les traits de son compagnon dans la pénombre.

— Voilà qui n'est certes pas un mince compliment. Le connais-tu aussi bien en privé ?

Les osselets roulèrent sur le sol. Un parieur poussa un cri de joie tandis que ses compagnons maugréaient. Inyotef pinça les lèvres avec réprobation, sans qu'il apparaisse clairement si c'était à cause de cette interruption ou de la question.

— Senou a épousé une femme du désert. Il a engendré des enfants qui ne connaissent pas d'autre horizon qu'Iken et le Ventre de Pierres. Il est même devenu propriétaire d'une des îles les plus vastes et les plus fertiles, où il cultive le sol comme un indigène, dit Inyotef avec un petit rire narquois. Notre conversation se borne à nos missions respectives, et je n'ai pas la prétention de le connaître.

Dans la voix du pilote, Bak décela l'amertume et l'envie — des traits de caractère qui le mirent mal à l'aise.

— Comme chacun d'entre vous, il a admis de lui-même qu'il haïssait Pouemrê. Et à bon droit, il me semble.

— Son foyer est toute sa vie. Le métier des armes n'est pour lui qu'un moyen de poser du pain sur la table. S'il ne s'était pas tant préoccupé de sa famille, il aurait bien vu que Pouemrê convoitait sa compagnie de lanciers, et il aurait pris les devants.

D'après ce que Bak savait de Pouemrê, il doutait qu'aucune mesure de défense l'ait arrêté longtemps.

— Senou ne dissimule pas qu'il déteste ses fonctions d'officier de guet. Est-il également mécontent du cours de sa vie, de sa carrière ?

— Je le respecte, dit Inyotef avec circonspection, et dans les limites que j'ai indiquées, je l'apprécie. Il n'est pas homme à tuer par traîtrise.

Bak sentait déjà venir le « mais ».

— Mais, poursuivit Inyotef, comme chacun d'entre nous, Senou a été la victime de dieux capricieux, en particulier dans ses jeunes années.

— La chance succède à la malchance aussi sûrement que le jour vient après la nuit, répondit Bak, énonçant une platitude qu'une de ses vieilles tantes se plaisait à répéter — une banalité qu'il exécrait mais qu'il trouvait parfois utile. Cependant, tu parles de Senou comme d'une victime, ce qui dément la promesse de la bonne fortune.

— S'il a gagné une mouche d'or, la joie qui va de pair avec cette récompense fut de courte durée.

Bak scruta son ami, les yeux plissés.

— Parle sans détour et sans allusion, Inyotef. Ne me lâche pas quelques bribes de vérité tels des os à un chien.

— Cela s'est passé jadis, pendant notre guerre contre Kouch. Il était sergent, nouvellement promu et inexpérimenté.

Inyotef fixa le contenu de sa coupe comme s'il répugnait à continuer, faisant tourner sa bière à l'intérieur dans un mouvement qui ramenait la lie à la surface.

— Il... il a enfreint les ordres. Il a enjoint à son unité de charger contre l'armée kouchite. La plupart de ses hommes ont péri, mais ils ont contenu l'ennemi assez longtemps pour que des troupes fraîches et supérieures en nombre viennent à la rescousse et remportent la bataille. Sa bravoure lui a valu une mouche d'or, conclut Inyotef avec un sourire triste. Mais son insoumission a mis un terme à une carrière prometteuse. Comprends-tu, à présent, qu'il soit aigri ?

L'histoire concordait avec le propre récit de Senou, mais elle le présentait sous un jour différent qui faisait de lui une tête brûlée, un danger pour ses troupes. Bak avait en effet perçu de l'amertume dans la voix de Senou, mais, sur le coup, il avait cru ce sentiment plus digne, motivé par la perte de tant de vies plutôt que par une ambition brisée. La vérité résidait sans doute entre ces deux extrêmes. Quant à savoir si Senou avait eu une raison de tuer Amon-Psaro, Bak ne se sentait pas plus avancé.

— Quand as-tu rendez-vous avec Houy ? s'enquit Inyotef.

— En milieu d'après-midi.

Bak leva la tête pour estimer l'heure. Le soleil, un globe d'or magnifié par la brume jaune, venait de dépasser son zénith, ce qui laissait au lieutenant plus d'une heure pour faire transporter par Minnakht et ses hommes un ultime chargement de briques usagées vers l'île. Il ajouta en riant :

— Ouaser lui a annoncé ce matin que la rénovation est presque terminée. Il souhaite voir ce miracle de ses propres yeux.

— J'aurais aimé vous accompagner, mais vous partez trop tard pour que j'en aie le temps.

Bak et le pilote quittèrent le sentier pour bifurquer vers la berge, à quelques pas du quai nord. Tout près d'eux était amarré un lourd vaisseau de chargement, dont la large coque s'enfonçait dans l'eau.

— Tu remontes le navire de céréales à Askout ? interrogea Bak.

Askout était un autre fort, situé sur une île à mi-chemin entre Iken et Semneh.

— Pas avant un ou deux jours. Le capitaine et son équipage désirent voir l'entrée d'Amon-Psaro dans la cité. Je ne les en blâme pas ! Avec sa suite nombreuse et colorée qui se déploie à travers le désert, cette procession aurait de quoi mortifier Amon lui-même.

Bak se félicita que Kenamon ne pût entendre que le dieu soutenait si mal la comparaison avec un roi tribal de la misérable Kouch. Il s'agenouilla au bord de l'eau pour se rafraîchir le visage, le torse et les épaules. Ce n'était pas la baignade qu'il avait espérée, mais il lui faudrait s'en contenter.

— Puisque tu n'as pas de navire à piloter, quelle affaire importante t'empêche de venir avec nous ?

269

Inyotef quitta ses sandales et entra dans l'eau jusqu'aux genoux.

— Je souhaite observer les rapides en aval. D'après le niveau de la crue, je saurai quand l'eau couvrira les rochers à une profondeur qui permette la navigation.

Hochant la tête pour montrer qu'il comprenait, Bak se leva.

— A demain matin, donc. Je doute qu'Amon-Psaro arrive avant midi. Tu auras tout le loisir d'inspecter ton matériel avant qu'on fasse appel à tes talents.

— J'attends cet instant avec impatience.

— Le porc !

Pris de fureur, Bak examinait sa barque, tirée à sec sur le revêtement de pierre à mi-chemin entre les deux quais. Le petit esquif était couché sur le flanc, l'intérieur humide renfermant par endroits des flaques d'eau, qui s'étaient infiltrées par une fente irrégulière dans la proue.

— Quelqu'un y a donné un coup de hache ! Qui ? Et pourquoi ?

— Sûrement pas pour nous empêcher de nous rendre sur l'île ! répondit Houy. Ce serait ridicule ! Nous disposons de bien d'autres moyens d'y accéder.

Sur la pente au-dessus d'eux, une dizaine de curieux discutaient ensemble et proposaient des hypothèses invraisemblables sur l'identité du coupable. Un lancier de garde dans le port les tenait à distance pendant que son camarade, penché sur la proue, paraissait aussi perplexe que Bak et Houy.

— Tu n'as vu personne ? demanda Bak au marin qui avait récupéré la barque.

— Mais non.

Le petit homme musclé, vêtu d'un pagne lombaire mal ajusté, gratta son crâne hirsute.

— J'étais assis tout seul sur la barge, à l'ombre du gaillard d'avant. Je pêchais en somnolant par intermittence. C'était agréable, là-bas, il y avait une brise légère qui rendait cette chaleur supportable. Peut-être que j'ai entendu quelque chose, un bruit qui m'a réveillé. Je ne sais pas. Quand j'ai remarqué ta barque déjà à moitié submergée, j'ai braillé comme un bœuf pris dans des sables mouvants. Les autres sont arrivés en courant.

Il indiqua les deux cultivateurs qui s'étaient précipités pour lui prêter main-forte.

— Nous avons plongé et, à nous trois, nous avons pu la sortir juste à temps.

— Quand je tiendrai celui qui a fait ça...

Le ton menaçant de Bak laissa imaginer à ceux qui l'entouraient toutes sortes de châtiments bien mérités.

Houy s'accroupit à côté du lancier et palpa l'entaille.

— Je connais un charpentier qui a construit plusieurs bateaux et qui devrait savoir la réparer, mais pas avant la tombée de la nuit.

— Envoie-le chercher.

Après un hochement de tête aussi sec que le ton de Bak, Houy remonta la pente. Il chuchota quelques mots au lancier, qui dispersa les badauds en aboyant un ordre, brandissant sa lance et son bouclier pour mieux les convaincre. Dès que les derniers traînards furent hors de vue, il s'éloigna au pas de course pour exécuter sa mission.

Debout les poings sur les hanches, Bak ne décolérait pas, mais surtout il ne savait que penser. C'était là une destruction pure et simple, non une tentative visant à le supprimer. Mais quel en était le dessein ? Il retournait toutes sortes de possibilités dans sa tête, sans trouver de réponse.

Le soleil sombrait vers le désert occidental lorsque les deux officiers manœuvrèrent pour quitter le port. La barque de Houy était plus vétuste que celle de Bak et avait besoin d'une bonne couche de peinture, mais, expliqua l'officier, elle était pratique pour les courts trajets qu'il faisait souvent vers les îles au sud d'Iken.

Assis à la proue, Bak regardait avec approbation Houy hisser la voile pour intercepter la brise capricieuse, qui les poussa vers l'extérieur du port. Dès qu'ils furent au milieu du chenal, il déventa la voile, prit les rames et laissa le courant les porter vers le nord et la grande île. Bak fut étonné en songeant que Houy ne savait pas nager et que, au dire d'Inyotef, l'eau lui inspirait une peur panique. D'après son expérience, peu d'hommes ressentant ce genre d'appréhension devenaient des marins accomplis, quand par extraordinaire ils acceptaient de monter sur un bateau.

— Tu manœuvres avec une adresse consommée. On a peine à croire que tu as peur de l'eau.

— Je vois que tu as bien retenu mon secret le plus mal gardé, répondit Houy avec humour.

— Chacun de nous a un point faible, le tout est de le surmonter. Tu y es remarquablement parvenu.

— Tant que mes pieds sont secs, tout va bien.

Gardant un œil prudent sur une branche touffue de tamaris qui flottait à côté d'eux, Houy avança à coups de rames sûrs et vigoureux à travers le courant.

— J'ai compris dès mon premier voyage en tant que soldat que je devrais maîtriser ma peur ou passer pour une chiffe molle. Comme je ne pouvais me résoudre à apprendre à nager, la meilleure solution qui s'imposait ensuite était de savoir naviguer.

Bak observa un groupe d'écueils sur leur droite, et les eaux bouillonnantes qui s'engouffraient entre une île et des terres basses, lentement englouties par les flots.

— Inyotef m'a raconté qu'avec Amon-Psaro, vous aviez parcouru les rapides sur un navire de guerre. Cela doit être une expérience mémorable.

— Et encore, le mot est faible ! répondit Houy avec un petit rire sans joie. T'a-t-il dit qu'il a failli me noyer, ce jour-là ?

Saisi, Bak tourna brusquement la tête vers lui.

— Volontairement ?

— Oh, il était animé des meilleures intentions !

A nouveau résonna son petit rire désabusé.

— Alors que nous approchions de Kor, il m'a poussé

par-dessus la rambarde, pensant que la nécessité me forcerait à nager. Au lieu de quoi j'ai paniqué et, à moitié suffoqué par l'eau que j'avalais, j'ai coulé comme une pierre. Inyotef est resté figé sur place, trop surpris et consterné pour réagir. C'est Amon-Psaro, alors tout juste un enfant, qui m'a sauvé d'une mort certaine.

Il ajusta le gouvernail et la barque s'orienta vers l'est afin de doubler la grande île, repoussant au passage la branche de tamaris.

— Bourrelé de remords, Inyotef a imploré mon pardon, que je lui ai volontiers accordé. Mais si jamais j'ai ressenti l'envie d'apprendre à nager, je l'ai définitivement perdue ce jour-là.

Bak était ému par le récit de cet incident, et contrarié par le silence d'Inyotef à ce sujet. Il comprenait bien que le pilote en avait honte, mais il n'en éprouvait pas moins de l'agacement. Connaître l'anecdote plus tôt lui aurait épargné bien des pas sur le long chemin vers l'ennemi d'Amon-Psaro. Comment Houy aurait-il songé à tuer le roi kouchite, alors qu'il lui devait la vie ?

Une sensation froide sur son pied le ramena à la réalité. Il baissa les yeux vers l'endroit où il avait posé ses sandales. Une flaque allongée clapotait d'avant en arrière, tout au fond, alimentée par un mince filet d'eau qui filtrait d'une craquelure entre deux planches, plus haut sur la coque. Bak jura entre ses dents, plus que jamais conscient de la peur de son compagnon.

La branche de tamaris restait accrochée à la barque, près de la couture qui fuyait, comme si le feuillage était pris sous la ligne de flottaison. Pourtant, la surface de la coque aurait dû être lisse sur toute la longueur du bateau. Bak demeura impassible et évita tout mouvement précipité pour ne pas affoler Houy. Il enfonça ses doigts dans la flaque et tâta le fond. La branche se libéra, il sentit à la place les éclats pointus du bois brisé et, plus profondément, un orifice arrondi. Un instant, il se demanda ce que c'était, mais la réponse ne tarda pas à venir : ce trou aurait

273

dû contenir la cheville qui maintenait les deux planches ensemble.

Avec un sentiment d'urgence grandissant, il se pencha encore afin d'explorer le bois un peu plus bas. Il découvrit bien vite un second trou, cette fois triangulaire. Son estomac se noua. On avait fait sauter une pièce d'assemblage en forme de papillon à l'opposé de la cheville manquante. A la moindre pression, cette partie de planche s'arracherait des autres, laissant dans la coque une brèche longue comme l'avant-bras.

Bak chercha des yeux un refuge autour d'eux. Ils avaient dépassé la grande île et Houy, penché sur le gouvernail, allait droit vers le courant qui les emporterait jusqu'à l'appontement du fort. Bak doutait qu'ils se maintiennent à flot assez longtemps pour couvrir une telle distance.

A leur droite s'ouvrait le chenal qui formait l'arrière de la seconde île. Son cours était divisé par deux affleurements rocheux, bas et escarpés, où ne subsistaient que quelques maigres buissons. Au-delà du plus grand, les eaux resserrées en un goulet se jetaient, bouillonnantes, dans une nouvelle succession de rapides.

— Rabats-toi vers ces îlots, dit Bak d'une voix calme — apaisante, espérait-il.

— Qu'est-ce qui ne va pas ?

— Nous avons une petite voie d'eau. J'aimerais...

Avec le craquement violent du bois qui rompt, l'étançon qui maintenait le gouvernail s'effondra et celui-ci se tordit dans la main de Houy, brisant la pièce qui le fixait à la poupe. Comme mû par une volonté propre et soudain incontrôlable, le bateau se mit à tournoyer en travers du chenal. Houy regardait fixement le gouvernail inutile, le sang refluant de son visage.

Oubliant sa propre peur, Bak arracha les rames des mains de son compagnon et les plongea dans l'eau pour tenter de redresser l'embarcation avant que la pression ne disloque les planches. Trop tard ! Avec un grondement qui lui donna le frisson, la planche disjointe sauta et l'eau déferla à l'intérieur du bateau. Bak tendit les rames à Houy, pensant qu'elles pourraient l'aider à flotter.

— Non ! hurla l'officier en battant des bras.

La barque se déroba sous leurs jambes et ils tombèrent dans le fleuve. Bak aperçut Houy, bouche bée, les yeux agrandis par l'effroi, en train de couler à pic. Il sentit le courant s'emparer de lui et l'entraîner violemment, tandis qu'une de ses rames restait bloquée dans les branchages. Un instant plus tard, sa tête fut submergée.

16

Dans l'obscurité glauque, Bak vit juste au-dessus de lui l'étançon brisé et le gouvernail retenu à la poupe par quelques tours de cordage arraché. Il vit l'extrémité de sa rame prise dans les feuilles et les branches maigres de tamaris. Il vit un banc de poissons minuscules et un tesson de poterie. Il vit Houy, agitant ses jambes et ses bras en des mouvements désordonnés, ses yeux agrandis par l'eau exprimant une irrépressible terreur. Il sentit le courant qui les projetait vers les tourbillons, à la pointe nord de l'île.

Son cœur bondit dans sa gorge. Suffoquant, affolé, avide d'air, il ouvrit la bouche, avala une eau au goût de sable et de poisson, s'étouffa de plus belle. Mais cela ne fit qu'exacerber son instinct de conservation. Il repoussa au loin la rame entravée afin que la branche aux rejetons durs et élastiques ne puisse le prendre au piège. Son autre main était vide ; il avait perdu la seconde rame. Levant les bras, il battit des jambes pour se propulser vers la surface où l'attendait l'air pur et frais.

Toussant, respirant à pleine gorge, il regarda autour de lui pour tâcher de s'orienter. Alors il se rappela Houy, terrifié, pris de panique, voué à la mort. Bak se plia en deux et plongea. S'il ne repérait pas très vite l'officier tant qu'ils étaient encore proches l'un de l'autre et — il l'espérait — à bonne distance du broiement des rapides, il risquait de ne jamais le retrouver, ou bien trop tard.

Bak n'avait aucune notion de l'endroit ni même de la direction où il avait entrevu Houy pour la dernière fois. Il tourna peu à peu en scrutant les profondeurs ténébreuses. Plus haut, il repéra la silhouette noire de la barque retournée sur laquelle s'étaient abattus le mât et la voile détrempée. Délestée de son chargement humain, elle remontait lentement vers la surface. Une belle perche, aux écailles d'argent iridescent, passa juste devant Bak. Une charogne qui ressemblait aux pattes arrière d'un âne dérivait, becquetée par un banc de poissons voraces. Bak crut sentir le goût de la mort dans sa bouche.

Incapable de distinguer Houy, il remonta vers l'esquif, puisque c'était là qu'il l'avait vu pour la dernière fois. Avec de la chance, l'officier n'aurait pas trop dévié. Bak préférait ne pas penser au courant, plus rapide et plus fort que lorsqu'ils étaient tombés par-dessus bord, ni aux crocodiles qu'il avait remarqués dans les eaux calmes, du côté opposé de la grande île. Il ne se demandait pas comment il s'y prendrait pour secourir un homme en proie à la panique. Il refusait d'imaginer qu'il ne trouverait peut-être pas l'officier. Tout en haut, la lumière mouchetée exerçait une terrible tentation, mais il résista à l'envie effrénée de remonter chercher de l'air. Plus il resterait sous la surface, plus il aurait de chance de demeurer à proximité de Houy.

La barque se cabrait tel un poulain joueur. Bak entrevit le reflet blanc de ce qui pouvait être une jambe. Il se coula vers le bateau. La distance était courte, deux ou trois coudées tout au plus, mais exigea beaucoup plus d'efforts qu'il ne s'y attendait. Il avait hâte de respirer à pleins poumons.

Sa tête brisa la surface. Au même moment, la proue se souleva pour révéler le capitaine qui tentait frénétiquement de s'accrocher à la coque du bateau retourné, sans pouvoir trouver prise sur les planches lisses. Sur son visage, Bak vit la terreur et le désespoir.

Tout en respirant profondément, il nagea vers l'officier

277

et lui saisit le bras. Houy sursauta, trop affolé par ce contact inattendu pour en remarquer l'origine, et essaya de nouveau de grimper sur la barque. Ignorait-il qu'elle s'enfonçait sous son poids ou, dans sa panique, la croyait-il capable de flotter, Bak n'aurait su le dire. Il replongea et, une fois encore, nagea vers lui dans l'intention d'attraper ses jambes. Mais Houy, sentant la tête de Bak sous ses pieds, y prit appui pour se hisser vers la proue qu'il agrippa, enfonçant son sauveteur plus profondément sous l'eau.

Avec un juron silencieux mais non moins sincère, Bak s'éloigna. Sa poitrine brûlait, oppressée par l'envie de tousser. Ses jambes et son corps lui semblaient trop lourds, trop gauches pour lutter contre l'accélération du courant. Il nagea vers la lumière, conscient que le temps leur échappait. Néanmoins, si près du but, il ne voulait pas renoncer sans une ultime tentative. Il remonta en oblique vers son compagnon.

Cette fois, Houy le vit et comprit. Il repoussa la coque et plongea vers lui, mais, en l'étreignant, il lui immobilisa les bras le long du corps. Ensemble, ils commencèrent à couler. Les poumons en feu, Bak sentait son énergie décliner rapidement. Il se débattit pour se dégager. Houy s'accrocha de plus belle, avec une force décuplée par une terreur absolue. De désespoir, Bak s'écarta d'un coup de reins et lui enfonça son genou dans le bas-ventre. L'eau amortit le coup, mais il était assez violent pour produire l'effet recherché. Le capitaine se rejeta en arrière, plié en deux par la douleur. Bak l'attrapa par le bras et imposa à ses muscles las un dernier effort : il remonta vers la surface.

Il traînait Houy telle une ancre. Ses membres étaient de plomb, la tentation de respirer presque irrésistible. Il eut la certitude qu'ils allaient tous les deux se noyer.

Alors sa tête émergea à la surface.

Il souleva le visage de Houy hors de l'eau, toussa et inspira avidement. L'eau qu'il avait ingurgitée remonta dans sa gorge, menaça de rejaillir. Nauséeux et rompu,

Bak sentit l'attraction puissante du courant et perçut le grondement des rapides. Ils étaient précipités vers un goulet étroit, bouillonnant, sous deux îlots minuscules — guère plus que des écueils à fleur d'eau. Le chenal latéral, au sud de l'île. Le rapide devant eux était plus petit que celui que surplombait le fort, mais tout aussi périlleux. Exténués, incapables de lutter contre le déchaînement des flots, les deux naufragés finiraient broyés s'ils étaient happés par ce tourbillon.

Ils descendaient le courant si vite qu'ils atteindraient les premiers remous en quelques secondes.

Houy gémit, cracha de l'eau et regarda autour de lui avec des yeux troubles. Il se raidit et s'accrocha à Bak, repris par l'effroi. Le lieutenant se savait trop épuisé pour soutenir un corps à corps alors qu'ils approchaient de la turbulence. Il envoya à Houy un coup de poing au menton. La tête de l'officier retomba en arrière, et, les yeux clos, il devint inerte.

De l'autre côté du chenal, vers le nord, le fort se dressait sur la plus haute partie de l'île, caché par des rocs et des broussailles. Il était trop loin pour que ses occupants entendent un appel au secours perdu dans le fracas des rapides, trop loin pour qu'un homme épuisé le rejoigne à la nage, surtout en traînant un compagnon évanoui. Si attirante que soit l'idée de visages amicaux et de nourriture chaude, Bak se tourna à contrecœur vers l'îlot stérile. Il respira encore un bon coup, plus pour reprendre courage que par réel besoin, et se remit à nager en remorquant Houy derrière lui. Une écume moutonneuse les accueillait et l'air se chargeait d'embruns.

Telle était sa lassitude qu'il n'eut conscience d'avoir atteint l'îlot qu'en heurtant un rocher. Il se releva péniblement, tira Houy à l'abri et tomba à genoux. Posant son front sur le sol, il offrit une prière silencieuse de gratitude à Amon.

— Je te dois la vie.

Livide, presque verdâtre, Houy était assis le dos contre

un gros rocher non loin du bord de l'eau. Il laissait le soleil sécher ses vêtements et réconforter son corps meurtri.

— Si j'avais une fille, elle serait tienne. Mais je n'en ai pas, et je ne possède rien dont la valeur puisse te rembourser ma dette.

— En un sens, c'est déjà fait. J'ai désormais l'assurance que tu n'es pas celui que je traque.

Bak s'était installé sur un rocher déchiqueté, le point culminant de l'îlot, et gardait un œil sur le chenal que parcouraient les navires entre Iken et le fort. Il était éreinté, couvert de plaies et les genoux à vif. Ses bras et ses jambes affaiblis tremblaient encore. Son pagne, d'une saleté repoussante, était fendu de l'ourlet à la taille. L'heure était tardive, le soleil près de se coucher, mais avec de la chance et la faveur d'Amon, une dernière barge accomplirait la traversée avant qu'il fasse noir. Il n'avait aucun désir de passer la nuit sur ce rocher désolé.

Houy esquissa un faible sourire.

— J'ai failli te noyer. Comment peux-tu être sûr que ma terreur n'était pas feinte ?

— Je doute qu'Amon lui-même puisse faire d'un homme un acteur aussi accompli, répondit Bak, pince-sans-rire. Mais je me fonde également sur une raison plus concrète.

Tous deux parlaient fort pour dominer le tumulte des eaux.

— C'est-à-dire ? demanda Houy.

— En arrivant au port, nous avons trouvé ma barque sabotée sans motif apparent. Donc, à la place, nous avons pris la tienne. Elle aussi avait été endommagée, mais de telle sorte que nous ne remarquions rien avant qu'il soit trop tard. Tu n'y serais jamais monté si tu avais été l'auteur du sabotage.

Aussi impossible que cela paraisse, Houy blêmit encore.

— Ce n'était donc pas un accident ?

Bak lui parla des dégâts infligés à la coque, des deux pièces d'assemblage manquantes.

— Vu la manière dont l'étançon s'est brisé, il avait sans doute été partiellement scié.

La fureur naquit en Houy en même temps que la vérité se faisait jour.

— Le meurtrier comptait se débarrasser de nous deux en même temps.

— Exactement, confirma Bak en massant les muscles endoloris de sa nuque. Avec cette fissure dans la coque, mon bateau était inutilisable. Quant à toi, tu avais passé ta journée à superviser tes hommes qui répétaient les manœuvres en l'honneur d'Amon-Psaro. Tu ne risquais pas de sortir ta barque avant qu'ils aient fini.

— C'est vrai. J'ai fait suer ces hommes sans répit, et je n'ai pas caché que je voulais partir tôt, car nous comptions aller sur l'île.

— Il aurait suffi d'un rien pour contrecarrer les projets du tueur, remarqua Bak d'une voix vibrante de colère. J'aurais pu par exemple, contrairement à mon habitude, emprunter une des barges qui se rendaient au fort et t'attendre là-bas. Mais tout l'engrenage s'est mis en place comme il l'espérait.

Les sourcils froncés, Houy fixait sans le voir un héron qui avançait sur un haut-fond, près de la rive d'en face.

— Je conçois que l'assassin de Pouemrê souhaite ta mort, te sachant sur sa piste, observa Houy. Mais pourquoi voudrait-il me supprimer ?

Bak posa sur l'officier un regard dubitatif.

— Aurais-tu omis de m'apprendre un détail au sujet de cette affaire ?

— Je n'ai rien à cacher ! Pouemrê était un porc et je n'ai aucune raison de le pleurer, mais sa mort, comme n'importe quel meurtre, est une offense envers Maât. En mentant, je l'insulterais, moi aussi.

— Tu sais forcément quelque chose, insista Bak.

Houy se releva avec peine et, non pour la première fois, se pencha au-dessus du fleuve. Il vomit à plusieurs

281

reprises une eau jaune mêlée de bile. Quand il eut fini, il revint s'adosser contre le rocher et ferma les yeux, épuisé par la souffrance. Bak le laissa se reposer. Malgré sa robustesse et sa détermination, Houy n'était plus dans la fleur de l'âge. Il avait passé les heures les plus chaudes de la journée debout sous un soleil de plomb, puis il avait échappé de peu à la noyade. Il méritait le respect de Bak, et avait bien le droit de se ressaisir en paix.

— Je sais que le père de Pouemrê est le directeur du Trésor de Kemet, dit Houy, les paupières closes. Le favori d'Hatchepsout elle-même. Capturer l'assassin est, naturellement, important pour toi. Cependant, tu déploies une énergie hors du commun.

— Dans mon inquiétude pour Amon-Psaro, j'en oubliais Nehsi ! dit Bak, riant malgré lui.

— Amon-Psaro ? répéta Houy qui ouvrit brusquement les yeux. De quoi parles-tu ? Aurais-tu gardé des faits secrets, au risque de nuire à la bonne marche de cette garnison ?

Bak lui confia volontiers tout ce qu'il savait, et conclut :

— Tu comprends à présent pourquoi je n'osais t'accorder ma confiance et pourquoi je posais de telles questions.

— Ouaser affirmait que Pouemrê avait été tué par un caravanier. Je l'ai cru sur parole. C'était plus facile, je suppose, de désigner un inconnu qu'un ami.

— Le commandant brouillait la piste. Il redoutait que le meurtrier soit Nebseni, voire sa fille Aset.

— Ouaser aime Aset par-dessus tout. Après la mort de son épouse, elle est devenue sa seule raison de vivre. Maintenant que tu as éclairci la situation, entre le père et la fille comme entre les fiancés, il pourra peut-être élargir ses horizons. Qui sait s'il n'épousera pas Sithathor, la veuve qu'il fréquente depuis qu'il assure le commandement d'Iken ?

Houy frotta ses yeux rougis.

Un couple de corbeaux atterrit sur un rocher à fleur

d'eau, peu avant les rapides. L'un d'eux, battant des ailes pour conserver l'équilibre, sautilla jusqu'au fleuve pour picorer la carcasse détrempée d'un rat. Son compagnon adressa des cris rauques à un troisième volatile, perché dans un acacia sur l'autre îlot.

— Pour ma part, poursuivit Houy, je ressentais une profonde aversion envers Pouemrê, qui avait voulu me rendre responsable à sa place des vies perdues lors de sa première escarmouche. Toutefois, comme personne n'ajoutait foi à cette accusation, je ne remâchais aucune rancœur qui m'aurait poussé à me venger.

— Pour moi, tu es désormais au-dessus de tout soupçon, lui rappela Bak. Si mon raisonnement est juste, l'homme que je cherche est soit Inyotef, soit Senou.

— Je ne puis croire à la culpabilité ni de l'un, ni de l'autre.

— Je sais que j'ai raison, dit Bak d'un ton aussi inflexible que celui de son aîné.

— Et si tu t'égarais ?

— Je n'aurais d'autre choix que d'interroger chacun des hommes de cette garnison, or je ne dispose que de quelques heures avant l'arrivée des Kouchites. Cette idée m'est intolérable.

— Nous entourerons Amon-Psaro de gardes, et même, s'il le faut, de tous les soldats d'Iken. Mais si l'un de ces deux-là est le coupable...

Le doute perça dans sa voix. Bak n'avait pas envie de revenir une fois de plus sur les diverses mesures possibles pour protéger le roi, qui toutes présentaient des lacunes. Ces spéculations stériles donnaient naissance à un sentiment de frustration et d'abattement qui ne pouvait que nuire à la clarté de la réflexion.

— Voudrais-tu me parler de Senou et d'Inyotef, capitaine ?

Houy esquissa un sourire en coin devant cette soudaine solennité, venant d'un homme qui, peu de temps auparavant, lui avait envoyé son genou dans le bas-ventre et son poing en pleine figure.

— A l'instar de beaucoup d'officiers inexpérimentés, Senou a commis une erreur de jeunesse. Voyant sa compagnie tout près de la victoire, il a pressé ses hommes de charger, sans remarquer la faiblesse de ses flancs, le fléchissement du front de bataille, le nombre des blessés tombés à terre. Grisé par le succès, il poussa son unité à devancer toutes les autres et se retrouva acculé dans le lit d'un cours d'eau à sec. Pouemrê ravivait constamment ce douloureux souvenir.

— Mais pourtant sa propre erreur avait coûté la vie à bien des hommes !

— Il ne s'en sentait aucunement responsable et rejetait le blâme sur les autres, tandis que Senou s'est reproché sa faute sa vie durant.

Un vol de passereaux plongea des nues tel un groupe de petits projectiles ailés. Pépiant avec animation, ils tournoyèrent entre ciel et terre, puis rasèrent les flots, se régalant d'un nuage d'insectes trop minuscules pour l'œil humain.

— D'après Inyotef, Pouemrê lui rappelait sans cesse son âge et son infirmité, dit Bak.

— Je leur avais conseillé de l'ignorer. Mon principal argument était qu'il userait bientôt de son influence pour se faire muter à la capitale, où il pourrait marcher dans les couloirs du pouvoir. S'ils tentaient de lui causer du tort, cela se retournerait contre eux.

Bak laissa peser sur lui un long regard pensif.

— Tu m'avais dit qu'il briguait ton poste — la première marche d'une ambitieuse carrière. D'abord toi, puis Ouaser, le commandant Thouti et pour finir le viceroi deviez être évincés. Néanmoins, il ne pouvait sûrement pas mener de front ses plans à Ouaouat et dans la lointaine Kemet.

Une légère rougeur colora les joues pâles de l'officier.

— Si son ascension hiérarchique à la frontière sud était ma hantise, je jugeais peu avisé d'en parler. La force d'une garnison réside dans l'unité de ses troupes. Je ne voulais pas de luttes intestines parmi les officiers. Il était inutile de jeter de l'huile sur le feu.

Bak, à qui il arrivait aussi de travestir la vérité en cas de nécessité, sourit avec compréhension. Houy était un homme de valeur, que tout bon officier aurait été fier de servir.

— Vois-tu une raison pour laquelle Senou ou Inyotef haïrait Amon-Psaro ? Cherche dans le passé.

— Je ne sais pas... Non, vraiment pas, répondit Houy, qui suivit machinalement des yeux le vol léger d'une libellule.

Bak sentit en lui une réticence, un secret qu'il préférait conserver. En attendant la révélation à laquelle le capitaine, lié par le sens de l'honneur, ne pourrait se soustraire, il observa les passereaux, repus, qui filaient comme l'éclair vers l'ouest, et l'escarpement où leurs nids étaient cachés. Un mouvement retint son regard, un rire parvint à son oreille. Une proue courte et massive longea l'île par le nord : une barge de transport venue du fort remontait le courant. Bak bondit au sommet du rocher et agita les bras pour attirer l'attention.

Bak était agenouillé près de Houy, lui-même assis en tailleur à la proue du navire. Ils sirotaient une bière capiteuse, corsée et sucrée avec des dattes. La brise était tombée peu après qu'ils eurent contourné l'île principale, et l'équipage avait pris les rames. Un vieux matelot chantait un air du fleuve tout en battant le rythme sur un grand pot en terre cuite. Il fixait ainsi la cadence pour les rameurs. Le fleuve uni et calme était pareil à une feuille de cuivre mêlée d'or où se mirait le ciel du soir et, le long des berges, un chant d'oiseaux montait des ombrages. Des volutes de fumée venues de la ville chatouillaient les narines et mettaient l'eau à la bouche, évoquant des mets appétissants. Un faucon planait, solitaire et majestueux dans son royaume céleste.

Hormis l'équipage et les deux passagers inattendus, la barge était vide et naviguait haut sur les flots. La cargaison de provisions et de matériaux avait été déchargée au fort ; les hommes qui avaient traversé le fleuve pour travailler là-bas y resteraient jusqu'au lendemain. Bak, revigoré par une cruche de bière ordinaire convenant mieux à son palais que le breuvage sucré, n'avait cessé d'observer Houy depuis leur sauvetage. A l'expression troublée de l'officier, il devina que l'heure était venue de l'inviter aux confidences.

— Et maintenant, as-tu songé à une raison pour laquelle Senou ou Inyotef désirerait la mort d'Amon-Psaro ?

Houy sursauta, arraché à sa rêverie.

— Je ne vois pas... Non ! Je ne peux pas t'aider.

— Oh, si ! Tu penses à quelque chose et cela te tourmente. Ton expression te trahit.

Houy fixa sa coupe écornée.

— Je suis fier de compter ces deux hommes au nombre de mes amis, lieutenant.

— Autrefois, Amon-Psaro ne l'était-il pas tout autant ? Ne t'a-t-il pas sauvé la vie ? lui rappela Bak d'une voix douce, mais ferme.

— Si. Comme toi aujourd'hui.

Houy se leva et s'approcha du bastingage, d'où il contempla, de l'autre côté de l'onde, la cité lointaine blottie à l'ombre de l'escarpement. Au-dessus d'elle, les murailles blanches de la forteresse miroitaient sous les derniers feux du couchant. La pâleur avait disparu de son visage, mais ses yeux caves et cernés conservaient les traces de son épreuve épuisante.

— L'épouse de Senou est originaire du Sud profond. Il l'a prise pour femme voici bien des années, lors de son premier voyage au royaume de Kouch. Pour elle, il consentirait tous les sacrifices, et elle lui porte le même amour. Elle lui a donné beaucoup d'enfants. Comment conserve-t-il la raison au milieu d'un tel chaos, je ne le comprendrai jamais !

Houy esquissa un sourire. Bak, qui s'était attendu à quelque révélation sensationnelle, demeurait perplexe.

— J'ai constaté depuis mon arrivée à Ouaouat que les hommes qui prennent des épouses originaires du Sud ne sont pas rares, surtout parmi les marchands, mais semblable choix s'observe également chez les militaires.

— Cette femme, reprit Houy d'une voix grave, est issue d'une famille royale... celle du souverain kouchite Amon-Psaro.

— Je comprends ta réticence à m'en parler !

— Une telle position est souvent précaire et fait encourir de sérieux dangers, remarqua Houy. Cependant, je me suis laissé dire que Nefer se trouve trop loin dans la ligne de succession pour constituer une menace pour le trône. Et elle-même ne se sent pas menacée par l'arrivée d'Amon-Psaro à Iken.

— Qui est ton informateur ? voulut savoir Bak, à peine capable de contenir sa jubilation. Pourrais-je m'entretenir avec lui ?

— Il y a longtemps qu'il connaît le repos du tombeau.

Cet homme avait dû beaucoup compter dans la vie du capitaine, car la tristesse assombrit son visage.

— Bien des années avant sa mort, il fut l'ambassadeur d'Aakheperenrê Touthmosis, le défunt époux de notre souveraine. Senou l'a accompagné à diverses reprises en amont, à la cour des différents chefs tribaux.

Bak tempéra son excitation, s'exhortant à ne pas sauter aux conclusions. Houy avait raison au sujet des femmes de sang royal. A moins d'être la fille, la sœur ou une parente éloignée jouissant de la faveur du roi, elles se perdaient dans la masse, brebis parmi un troupeau de brebis, livrées au plus offrant. Et pourtant, se pouvait-il que Senou ait enlevé une favorite royale ? Bien que peu probable, cette théorie n'était pas plus invraisemblable que toutes celles que Bak pouvait concevoir. Il se promit de se rendre directement chez Senou et son épouse en débarquant.

— Sais-tu si...

Sa voix se perdit dans un roulement de tambours alors qu'ils approchaient du quai.

— Sais-tu si Senou connaissait bien Amon-Psaro ?

— Il ne m'a jamais parlé de lui, ni à quiconque pour autant que je sache, mais moi non plus je ne mentionne jamais mon amitié d'antan avec un roi.

— La plupart des hommes en concevraient un certain orgueil, observa Bak, étonné de tant d'humilité.

— Puis-je appeler mon ami un homme que je n'ai pas vu depuis plus de vingt-cinq ans ?

— On dirait que tu éprouves des sentiments contradictoires à la perspective de te retrouver en sa présence.

— Je ne chercherai pas à attirer son attention, sois-en sûr ! déclara Houy, avec au fond des yeux une fierté obstinée. S'il choisit de me reconnaître, j'en serai très heureux. Sinon, tant pis.

La modestie de l'officier était un trait enviable, pensa Bak, et rarement développé à un tel extrême. Peut-être, si l'occasion s'en présentait et s'il parvenait à préserver la vie d'Amon-Psaro, trouverait-il l'occasion de souffler un mot à l'oreille du roi.

— Es-tu prêt, maintenant, à m'en apprendre davantage sur Inyotef ?

— Je sais moins de choses à son sujet.

— Mais encore ?

— Selon la rumeur...

Houy hésita, soupira. Prenant sa décision, il vida sa coupe et la posa sur le gaillard d'avant.

— Je ne sais dans quelle mesure l'histoire est véridique. J'étais cantonné dans des contrées lointaines, à l'époque. On raconte qu'Amon-Psaro était un être farouche lorsqu'il est arrivé dans notre capitale, un prince du fleuve et du désert, qui refusait d'être confiné entre les murs du palais. Oh ! il étudiait comme les enfants royaux et jouait avec eux. Il apprenait les mœurs de Kemet. Mais il chérissait sa liberté par-dessus tout.

— Quel fut le rôle d'Inyotef dans la vie du prince ? interrogea Bak, qui se doutait bien du genre de connaissance qu'un jeune marin pouvait transmettre à un enfant innocent, avide de nouvelles expériences.

— D'abord, Amon-Psaro adopta la famille d'Inyotef, répondit Houy, souriant pensivement. Une famille de paysans, très semblable à la mienne. Un père et une mère pour remplacer ses nobles parents restés dans la lointaine Kouch, deux frères proches de lui par l'âge, et Inyotef, tel un frère aîné.

Bak remarqua, tout près d'eux, un marin qui attendait d'attraper l'amarre. Il entraîna Houy à l'écart.

— Et ensuite ?

— Amon-Psaro grandit et atteignit l'âge d'homme. N'ayant plus besoin de famille, il partit à la découverte de la vie. D'après ce qu'on m'a dit, précisa Houy avec un rire cynique, Inyotef l'aida à la trouver.

Ayant passé son enfance près de la capitale du Sud, Bak avait entendu bien des histoires de princes otages et de jeunes nobles se glissant hors du palais pour mener une vie de débauche effrénée. Avec le temps, il avait appris à faire la part des choses, mais il savait que quelques-unes de ces histoires étaient proches de la réalité.

— Quel âge avait Amon-Psaro quand il est retourné à Kouch ?

— Quinze ou seize ans. Je n'en suis pas sûr.

Houy agrippa le bastingage et, les jambes raidies, se prépara à la secousse que subirait la coque en heurtant le quai.

— Le lendemain même du jour où je lui ai fait mes adieux, on m'a envoyé au Retenou [1] et, de là, sur l'île de Keftiou. Je suis resté loin de Kemet pendant près de dix ans. A mon retour, il était parti.

Bak se campa sur ses jambes largement écartées, dans l'attente du choc. Inyotef ou Senou. Lequel des deux avait juré la perte d'Amon-Psaro ? De nombreux détails désignaient le pilote, en particulier le sabotage de la barque. Seul un homme possédant une solide connaissance des bateaux avait pu opérer avec tant d'aisance.

---

1. Retenou : région de Syrie. (*N.d.T.*)

289

Cependant, Senou, dont l'épouse était une Kouchite de sang royal, se trouvait sur l'île quand l'esquif de Bak avait été coupé de ses amarres.

— Il peut être n'importe où, dit Houy. Chez lui ou, plus probablement, à la caserne. C'est l'heure du repas du soir.

Sur le quai, Bak contemplait la splendide barque d'Inyotef, aux flancs soigneusement polis. Rien dans son aspect ne sortait de l'ordinaire : la voile était ferlée autour des vergues, les cordages enroulés avec soin hors du passage, les rames posées à l'intérieur de la coque avec plusieurs longueurs de corde supplémentaire. Au premier abord, rien ne manquait par rapport à la fois précédente. Au contraire, plusieurs éléments avaient été ajoutés : deux outres en peau de chèvre au ventre gonflé, des harpons et du matériel de pêche incluant une canne, un panier pour les prises, un récipient en terre cuite contenant les hameçons, les poids et le fil pour les lignes, et puis enfin un grand panier d'osier. Bak descendit dans le bateau pour soulever le couvercle : le panier était vide.

Si Inyotef projetait de tuer Amon-Psaro, il s'échapperait probablement en bateau. Il connaissait bien le fleuve et le Ventre de Pierres. En fait, à peine quelques heures plus tôt, il était parti en repérage sur les berges, peut-être en vue de préparer sa fuite. Nul à Iken ne connaissait aussi bien les rapides. S'il les empruntait, personne ne se hasarderait à le suivre et la route vers le nord s'ouvrirait, libre, devant lui. Pas même un messager ne pourrait donner l'alarme assez vite pour qu'il soit rattrapé.

— L'oiseau s'est envolé !

Pestant tout bas, Bak éleva sa torche afin qu'Imsiba et lui puissent examiner la petite pièce à l'avant de la maison de Senou. Elle était propre, mais loin d'être en ordre. L'estrade où l'on installait les nattes la nuit venue et l'escalier menant au toit étaient jonchés de jouets. Le couvercle d'un coffre d'osier, dans lequel étaient rangées de hautes piles de vaisselle, était resté rabattu en arrière. Deux autres débordaient de draps et de vêtements jetés pêle-mêle. Un manche d'aviron inutilisé gisait à côté d'un bouclier marron, d'un arc, d'un carquois plein et de quatre lances. Sept grandes jarres d'eau étaient appuyées contre un mur.

— Ils sont partis une heure avant la nuit, deux tout au plus.

La voisine de Senou, une femme entre deux âges aux cheveux gris clairsemés et au corps informe, cala son bébé potelé, aux yeux brillants, sur sa hanche rebondie.

— Un homme est venu, un cultivateur, d'après son apparence, et en un clin d'œil ils étaient partis. La famille au complet. Senou, sa femme et tous les enfants, du plus petit au plus grand.

Bak interrogea encore la voisine, mais elle n'avait rien de plus à leur apprendre. Elle était venue vivre à Iken moins d'une semaine plus tôt et n'avait pas eu le temps de lier connaissance avec Senou et les siens. Les autres maisons de la rue, leur apprit-elle, étaient soit inhabitées, soit occupées par des marchands de passage, qui ne se souciaient pas des gens du quartier.

— Un fait est indubitable, mon ami, déclara Imsiba après qu'elle fut partie. Un homme qui s'enfuit n'a pas la conscience tranquille.

Bak fit lentement le tour de la pièce, en traversa deux autres tout aussi encombrées et entra dans la cuisine. Dans leur hâte, Senou et sa famille avaient abandonné tout ce qu'ils possédaient : des légumes, du pain frais, de la bière fermentant dans une cuve ; des rations de céréales pour plus d'un mois dans une alcôve au sous-sol ; un coffret de bijoux en bronze et en perles dans une des pièces du fond, et même les armes de Senou.

— S'enfuir en laissant tant de choses derrière soi n'a pas de sens, Imsiba.

— J'en conviens, mais pour quelle raison sont-ils partis si précipitamment ?

Bak, las et découragé à en mourir, secoua la tête.

291

— Il paraît qu'ils possèdent une ferme quelque part. Mais ne se seraient-ils pas munis de provisions s'ils s'y rendaient ?

Imsiba lui prit la torche des mains.

— Nous ne pouvons rien de plus cette nuit, camarade. Viens avec moi chez Kenamon. Tu y trouveras de la nourriture et un lit confortable.

Et aussi la sécurité. Bak n'avait jamais imaginé qu'il aurait un jour besoin d'un refuge, et pourtant cette proposition lui procura du soulagement.

Ses paupières se refusant au sommeil, Bak contemplait les étoiles et la lune, miné par l'inquiétude. Il avait enfin réduit le nombre des suspects à seulement deux hommes, mais l'un comme l'autre avaient disparu dans la nature. Senou et sa famille avaient déserté leur maison. D'après Kasaya, le logis d'Inyotef paraissait aussi abandonné que son navire.

Lequel était le coupable ? Lequel réapparaîtrait, armé d'un glaive, d'une dague ou d'un arc et de flèches, afin d'abattre Amon-Psaro ? La possibilité d'une attaque était désormais circonscrite à quelques heures brèves, car le roi ne serait vulnérable qu'à compter de l'instant où il franchirait les portes d'Iken jusqu'à son arrivée sur l'île. « Demain, pensa Bak. Demain, à un moment ou un autre, l'assassin frappera. »

17

— Réveille-toi, mon ami ! Réveille-toi !

Imsiba, agenouillé au chevet de son chef, le secouait par l'épaule. Bak se réveilla en sursaut.

— Qu'y a-t-il ?

L'apprenti de Kenamon, un jeune prêtre osseux au crâne ras, vêtu d'un long pagne blanc et d'un large collier à perles multicolores, était lui aussi agenouillé à côté d'Imsiba.

— Lieutenant Bak, mon maître m'envoie avec des nouvelles que tu devrais entendre.

Bak se redressa et gémit en sentant ses muscles courbaturés, sa gorge irritée, ses genoux meurtris et écorchés — autant de souvenirs de son combat contre le fleuve.

— Un émissaire du roi Amon-Psaro vient d'arriver, porteur d'un message pour le commandant Ouaser. Je l'ai guetté au passage et je lui ai expliqué que mon maître avait besoin de nouvelles de l'enfant malade. La caravane kouchite s'est mise en marche avant les premières lueurs de l'aube et arrivera sans faute vers midi. La santé du jeune prince paraît meilleure, ce matin, mais hier il a beaucoup souffert. Le roi est convaincu que chaque heure de retard rapproche l'enfant de la mort.

Bak regarda vers l'est. Rê, trop proche de l'horizon pour être visible depuis la forteresse, projetait ses bras d'or dans un ciel bleu sans nuage. L'air était étonnamment limpide, plus frais que la semaine passée. Si la cha-

293

leur restait modérée, le temps serait idéal pour l'entrée d'Amon-Psaro dans Iken. Mais cette perspective oppressait Bak et jetait une ombre menaçante sur ce qui aurait dû être une magnifique journée.

— Je prie pour que Kenamon puisse sauver l'enfant, soupira Imsiba, dont l'expression était aussi sombre que les pensées de Bak.

— Mon maître considère chaque bribe d'information comme l'une des pièces d'un jeu de patience, dit le prêtre avec une sérénité née d'une foi absolue. Il possède de nombreux éléments ; il lui reste à voir l'enfant. Si le seigneur Amon choisit de sourire au prince, un des divers remèdes concoctés par mon maître le guérira de sa maladie.

Bak espérait que les talents de Kenamon seraient à la hauteur de la confiance du jeune homme. Il annonça :

— Nous offrirons au dieu une belle oie bien grasse.

Rose de plaisir, le prêtre se confondit en remerciements et s'en fut d'un pas pressé.

Bak se leva et fixa les Medjai assis ou étendus sur le toit de la demeure de Kenamon, et qui tendaient l'oreille après avoir assisté à cette scène. Aussitôt, ils s'empressèrent de se lever, de s'habiller, de rouler leur natte et de rassembler leurs rasoirs, leurs huiles pour le corps, leurs pagnes propres et leurs armes aussi brillantes que des miroirs à force d'être astiquées. Accoutumés à entrer ou à sortir de la caserne à toute heure du jour et de la nuit, ils discutaient en chuchotant comme ils l'auraient fait dans leurs propres quartiers à Bouhen. Pas une voix ne portait au-delà du toit.

La tension nerveuse était palpable et Bak lut de multiples émotions sur les visages : l'excitation à l'idée de former la garde d'honneur d'un puissant roi de Kouch, la gravité, sachant qu'il leur incombait de protéger ce monarque contre un assassin inconnu, et l'espoir que leur chef capturerait le criminel avant qu'il ne frappe, à temps pour prendre à leur tête sa place légitime.

La vue de cette compagnie d'élite, de ces soldats

grands et droits, forts et virils, emplit de fierté le cœur de Bak. Il aspirait à être avec eux quand Ouaser les présenterait à Amon-Psaro, avant de les lui confier pour la durée de son royal séjour à Iken. Hélas, cette possibilité semblait bien faible.

— Je dois retrouver Inyotef et Senou, dit-il à Imsiba en posant les mains sur ses épaules. Quant à toi, tu connais la mission qui t'attend.

— Je ne prendrai le commandement des hommes qu'en dernier recours. C'est à toi, et à toi seul, qu'il appartient de marcher à leur tête.

— A l'heure qu'il est, tous ceux qui vivent à Iken savent que le dieu résidera sur l'île et qu'Amon-Psaro n'aura pas à traverser la ville deux fois par jour. Aujourd'hui plus que jamais, il sera exposé et vulnérable.

Bak ramassa son pagne, se rembrunit en voyant l'étoffe sale et déchirée, et la rejeta sur sa natte. A contre-cœur, il revêtit le second uniforme qu'il avait apporté à Iken et qu'il avait eu l'intention de porter pour conduire la garde d'honneur.

— Nous resterons sur ses talons, lui assura Imsiba. Nous n'hésiterons pas à donner nos vies pour le sauver, s'il le faut.

Bak refusa d'envisager une aussi sinistre possibilité.

— Je crois savoir lequel de mes suspects est le coupable, mais je dois les rencontrer l'un et l'autre afin d'en être sûr. Si tout se déroule comme je l'entends, cette affaire connaîtra une conclusion satisfaisante bien avant qu'il puisse frapper Amon-Psaro.

Malgré ses paroles réconfortantes, le policier se demandait s'il parviendrait à tenir sa promesse.

Bak dévala les marches de la demeure où ne restaient plus que deux serviteurs. Kenamon et les prêtres étaient partis au temple d'Hathor pour accomplir le rituel du matin. Un domestique corpulent s'affairait à ranger leurs vêtements et leurs bijoux dans des coffres d'osier tressé en vue d'emménager sur l'île. Il manipulait les objets les plus prosaïques comme s'ils méritaient les mêmes égards que les tenues consacrées à la célébration du culte. La femme, aussi ronde que son mari mais beaucoup plus enjouée, s'activait dans la cuisine à ciel ouvert pour préparer le pain et surveiller un épais ragoût de bœuf, destinés à rassasier les prêtres après leur jeûne matinal.

Bak se glissa dans la chambre qu'avait occupée Kenamon, déjà débarrassée de ses effets personnels. Seul demeurait le mobilier — un lit, deux commodes ainsi qu'une table en bois — et une statue de Bès, le protecteur du foyer, debout dans une niche du mur. Le policier écarta le petit dieu laid aux jambes torses afin de récupérer les quatre tessons de poterie trouvés dans la cachette de Ramosé. Il s'assit par terre, en tailleur, et étudia les dessins dans un carré de soleil tombant d'une haute fenêtre.

Ces dessins n'étaient pas moins déconcertants qu'au premier jour, toutefois, examinés d'un œil neuf et mieux informé, ils revêtaient un sens enfantin. Une armée, des hommes s'affrontant sur le champ de bataille, des navires descendant le fleuve — autant d'images de la guerre livrée vingt-sept ans plus tôt, et du retour victorieux à Kemet. L'homme et la femme enlacés dépeignaient, Bak en était sûr, un incident lié de près aux autres dessins et que Ramosé avait cru digne de mentionner. Bak remit les tessons sur la niche et replaça la statue avec confiance. Si le serviteur méticuleux ne les avait pas découverts, personne n'y parviendrait.

Bak fit un détour par la cuisine, où la femme lui remit un petit pain plat rempli de lanières de bœuf et d'oignons, puis il se hâta de sortir dans la rue. Mangeant tout en marchant, il traversa rapidement la forteresse, franchit le portail et descendit le chemin vers la ville basse. De minces volutes de fumée montaient d'une multitude de foyers, répandant l'odeur du fumier utilisé comme combustible, mêlée à celles de poisson et d'oignon frits. Les vaches meuglaient, impatientes d'être traites. Un vol de pigeons prit son essor et passa dans un grand froissement d'ailes au-dessus de la ville.

Sachant que les nouvelles se propageaient très vite dans une communauté aussi confinée qu'Iken, il ne fut pas surpris par la bousculade et l'effervescence qui régnaient aussi bien dans les rues que dans les maisons sur son passage. Les hommes, les femmes et les enfants se débarrassaient des corvées matinales en chantant, en plaisantant, en s'énervant, afin de savourer ce jour de liesse et d'apparat : l'arrivée d'Amon-Psaro avec sa suite immense et colorée, la présentation des armes devant les portes de la garnison, la procession à travers les rues des deux divinités, des prêtres, des militaires et de la caravane kouchite, puis le départ de la flottille qui emporterait Amon et Hathor, ainsi que le roi et sa suite vers le fort de l'île. Un jour à tout jamais inoubliable.

Surtout si Amon-Psaro était assassiné.

Implorant silencieusement l'aide d'Amon pour empêcher la mort du roi, Bak avançait d'un pas pressé. Il quitta la grand-rue et tourna dans une ruelle qui le fit déboucher sur une voie plus large, mais sinueuse. Il dépassa l'entrepôt que les hommes de Minnakht avaient démoli sur la suggestion de Senou pour en récupérer les briques, et dont il ne restait plus guère que les fondations. Trois bambins étaient accroupis autour d'un des nombreux trous laissés dans la terre, et enfonçaient des brindilles à l'intérieur, probablement pour tourmenter un rat.

Bak dépassa deux garçons, l'un d'environ douze ans, l'autre un peu plus jeune, qui cheminaient péniblement, les épaules chargées d'un joug supportant de lourdes jarres d'eau. Quelques pas plus loin, il pénétra chez Senou et se cogna contre un tabouret bas, qui se renversa avec fracas. Loin d'être vide et dépouillée comme la première fois, la pièce située à l'avant était remplie de paniers regorgeant de légumes et de fruits : haricots, oignons, petits pois, melons, radis, concombres, laitues. Une femme élancée était assise en tailleur sur le sol, entourée de trois filles dont les âges s'échelonnaient de six à quatorze ans. Elles écossaient les pois et les haricots qu'elles jetaient ensuite dans de grands saladiers en poterie. La femme était plus noire que la nuit, les enfants avaient la peau claire mais la minceur de liane de leur mère. Un adolescent au teint bistre, âgé d'une quinzaine d'années et qui ressemblait beaucoup à Senou, était assis sur les marches de l'escalier où il triait une poignée d'hameçons.

D'un mouvement souple, il bondit à terre, empoigna un harpon posé contre le mur et le brandit, prêt à le lancer sur l'intrus. La plus petite des fillettes étouffa un cri et se serra contre sa mère. Les deux autres observaient la scène, apeurées, les yeux écarquillés. La femme, qui, Bak l'avait appris, se nommait Nefer, se leva vivement, laissant tomber les petits pois qu'elle avait sur les genoux, et se plaça devant ses filles telle une lionne protégeant ses petits. Un sifflement derrière lui avertit Bak de se retourner. Devant la porte, les petits porteurs d'eau lui barraient le chemin.

Il s'empressa de lever les mains, paumes en avant.

— Je suis le lieutenant Bak, chef de la police medjai de Bouhen. Ton époux t'a sûrement parlé de moi.

— Tu n'es pas le bienvenu ici, lieutenant, répondit Nefer, les traits crispés. Va-t'en.

Comme Senou, elle n'était plus toute jeune. Les années, les fréquentes grossesses avaient exigé d'elle leur tribut, mais Bak vit qu'elle avait été jadis une femme très élégante, sinon d'une grande beauté.

— Il n'y a pas de temps à perdre. J'ai besoin de ton aide, au plus vite !

— Senou dit qu'on ne peut se fier à toi. Comment oses-tu le soupçonner d'avoir tué ce malheureux Pouemrê ?

— Où est-il ?

— Qu'est-ce que tu crois ? répliqua-t-elle avec dédain. Il remplit son devoir. Il est parti au fort, afin de s'assurer que ses hommes sont prêts pour l'arrivée d'Amon-Psaro.

Il se pouvait qu'elle ait raison et que Senou soit sur l'île. Il se pouvait aussi qu'il se prépare d'ores et déjà à assassiner le roi kouchite. Bak chercha un moyen infaillible d'amener Nefer à lui révéler le fond de son cœur.

— Ta famille est sans doute la seule à Iken qui vaque à ses occupations comme si ce jour ne différait en rien de tous les autres.

D'un ample geste de la main, elle attira l'attention du policier vers les paniers débordants.

— Si nous ne préparons pas ces légumes pour les conserver, ils ne tiendront pas pendant les prochains mois. Nous avons trop transpiré à labourer, à planter et à récolter pour les laisser pourrir sous nos yeux.

— C'est la nouvelle récolte ? Mais ce travail n'aurait-il pu attendre à demain, ce qui vous aurait permis d'assister à la procession ?

— On voit que tu n'as jamais cultivé la terre dans une île ! railla-t-elle. Nous avons laissé nos cultures dans les champs aussi longtemps que nous l'avons pu. Si nous n'avions pas fait la cueillette hier, aujourd'hui elles seraient submergées par la crue.

Bak se rappela le témoignage de la voisine, selon laquelle un cultivateur était venu frapper à leur porte, et il faillit éclater de rire. Il s'agissait sans doute d'un habitant de l'île, et ce départ précipité n'était pas destiné à échapper à un policier curieux, mais à sauver une récolte. L'explication de leur disparition était-elle donc si simple ?

— Ton époux est-il allé t'aider ?

Nefer jeta un coup d'œil sur la profusion de légumes et répondit, amusée :

— A ton avis ?

— Un travail colossal.

Il redressa le tabouret et s'y assit.

— Continue ta besogne. Avec de la chance, tu auras fini à temps pour voir ton royal parent marcher dans Iken.

Elle fit signe à ses enfants de reprendre leur tâche et s'agenouilla pour ramasser les petits pois épars sur le sol.

Les garçons à la porte rentrèrent les jarres et, aidés par leur grand frère, les déchargèrent du joug pour les ranger contre le mur. Ils rejoignirent ensuite l'aîné dans l'escalier pour voir et écouter — pour protéger, le cas échéant, Bak en était sûr.

— Ainsi, on t'a parlé de mes liens avec Amon-Psaro, constata Nefer avec un détachement déconcertant, comme si cet événement ne la concernait en rien.

Ce n'était pas ainsi qu'une femme se comportait lorsque la peur tenaillait son cœur.

— On m'a dit que tu es de sang royal, répondit Bak d'une voix neutre, pour ne pas montrer combien il en savait peu.

— Je suis sa cousine. Ma mère était l'une des sœurs de son père. J'occupais la onzième place dans la ligne hiérarchique de ses épouses potentielles, expliqua-t-elle, un sourire jouant sur ses lèvres. Trop éloignée pour menacer les héritiers directs, et cependant assez proche pour être gardée au palais, en réserve.

Ce sens de l'humour était si inattendu que Bak sourit franchement.

— Je suis impressionné ! Je n'avais encore jamais conversé avec une altesse royale.

Nefer esquissa un demi-sourire :

— Ne te laisse pas intimider, lieutenant. Jamais je n'ai été aussi heureuse que le jour où Senou m'a emmenée loin du palais, et chaque matin je remercie Hathor pour la vie que je mène avec lui.

Elle arborait son bonheur telle une robe de lin dont les plis l'enveloppaient de chaleur et de bien-être. A quelle extrémité Senou et elle auraient-ils été prêts si leur union avait été menacée ? Bak aborda la question indirectement :

— Comment as-tu réussi à t'en aller ?

— La première fois que Senou est venu au palais, il faisait partie de la garde d'un ambassadeur d'Aakheperenrê Touthmousis, qui régnait sur Kemet à cette époque. Mon cousin donna une réception pour le groupe venu de

Ouaset et je figurais parmi celles choisies pour y assister. Bien que je fusse assise avec les femmes, loin derrière le trône, Senou me remarqua. Il ne savait pas que du sang royal coulait dans mes veines ; il voyait simplement une jeune fille qui lui plaisait. Aussi, il demanda à Amon-Psaro s'il pouvait m'avoir.

Bak siffla.

— Il ne manquait pas d'aplomb !

— Aucun autre homme n'aurait montré autant d'audace, dit-elle en souriant aux garçons assis dans l'escalier, partageant avec eux sa tendresse pour leur père. En ce temps-là, il n'y avait pas de chevaux à Kouch. Amon-Psaro, qui avait possédé un attelage et un char lorsqu'il était otage à Ouaset, désirait de tout son cœur constituer un élevage. C'est pourquoi il répondit à Senou que s'il parvenait à lui offrir un étalon et une jument, je serais sienne. Moi, j'étais certaine de ne plus jamais le revoir, se souvint-elle, les yeux pétillants de malice. Mais l'année suivante, il s'en revint avec deux magnifiques étalons blancs et une pouliche brune âgée de six semaines. Amon-Psaro tint sa promesse sur-le-champ.

Bak rit avec elle, mais retrouva très vite son sérieux. Chacune de ces réponses soulevait une nouvelle question.

— Comment Senou, simple soldat, a-t-il pu se procurer des animaux si coûteux ?

Des pas résonnèrent dans la rue. Nefer tourna son visage souriant vers la porte, et il s'anima de cette chaleur particulière que les hommes et les femmes réservent à l'être aimé. Senou franchit le seuil, aperçut Bak et se figea aussitôt. Il interrogea sa femme du regard.

Le sourire de Nefer ne s'altéra pas, même si elle savait quelle méfiance lui inspirait le policier.

— Le lieutenant Bak et moi évoquions le passé. J'étais justement en train de lui raconter comment tu m'as conquise.

Bak, qui sentait naître la confiance de Nefer, fut irrité par l'arrivée intempestive de son époux. Le bon côté de la chose, c'est que Senou n'était pas caché, se préparant à assassiner Amon-Psaro.

Le militaire considéra Bak avec une expression dure et obstinée.

— Le commandant Ouaser m'a ordonné de répondre à toutes tes questions, mais il n'a pas autorité sur ma famille.

Rien ne ferait jamais de lui un homme séduisant, toutefois, paré de sa tenue de cérémonie, son corps musclé luisant d'un éclat satiné, il en imposait par sa prestance. Il était vêtu d'un pagne court d'une blancheur immaculée, rehaussé par un pectoral de bronze serti de perles rouges et bleues. Sa boucle de ceinture était également en bronze, de même que les bracelets ornant ses bras, ses poignets et ses chevilles. Une longue lance astiquée à la perfection, une dague dans un étui de cuir lustré et un bouclier en peau de vache brun fauve complétaient son uniforme. Et, pour parachever le tout, la mouche d'or, symbole de bravoure, était suspendue à une chaîne d'or autour de son cou.

Bak avait une conscience aiguë des six petits visages tournés vers eux, des grands yeux noirs rivés sur le père. Il ne voulait pas rabaisser Senou dans l'estime de ses enfants, mais le temps manquait pour faire preuve de tact. Il se leva donc et affronta l'officier du guet d'un air dur :

— J'ai moi-même toute autorité pour poser les questions que je veux à qui je veux. Ouaser n'aurait-il pas été clair à ce sujet ?

— Tu peux toujours les poser, répliqua Senou, la mâchoire crispée. Rien ne nous oblige à y répondre.

— Tu prétends que tu n'aimes pas voir des hommes mourir au combat ? lança Bak d'un ton de défi. Eh bien, j'essaie d'éviter une guerre et je compte réussir, avec ou sans ton aide.

Les yeux de Nefer s'agrandirent. Elle pressa sa main contre ses lèvres et enveloppa de son bras sa plus jeune fillette. Senou, surpris et intrigué, eut un mouvement de recul.

— Ce n'est donc pas le meurtre de Pouemrê qui t'amène ici ?

— Si, indirectement. Cependant, ce n'est plus ma préoccupation première.

Senou regarda sa femme et un message tacite passa entre eux. Il s'assit sur le tabouret que Bak avait libéré.

— Continue, maugréa-t-il. Je ne te promets pas que nous répondrons, mais nous essayerons.

— Verras-tu Amon-Psaro au cours de son séjour ? demanda le policier à Nefer.

Elle ôta son bras des épaules de sa fille pour désigner les récoltes :

— Si nous avons terminé à temps, j'irai avec les enfants regarder la procession jusqu'au port.

— Mais lui parleras-tu pendant qu'il est ici, à Iken ?

Elle fronça les sourcils, tâchant de comprendre où il voulait en venir.

— Oui, s'il me convoque devant lui.

— Cependant, tu ne tenteras pas de l'approcher ? insista encore Bak.

Senou se pencha en avant sur le tabouret, le front orageux.

— Mettons les choses au point, lieutenant. Nefer est sans doute la cousine d'Amon-Psaro, mais elle est avant tout mon épouse et la mère de mes enfants. Ce n'est plus une femme de Kouch, et elle ne prétend pas régner sur son pays natal.

Nefer se hâta d'expliquer, pour compenser l'agressivité de son mari :

— Nous avons cinq fils, lieutenant Bak. Ils ne sont pas plus proches que moi de la couronne, mais ils seraient considérés comme une menace plus sérieuse, parce que ce sont des garçons. Senou et moi, nous ne voulons pas qu'ils soient impliqués dans une lutte à mort pour la succession, si Amon-Psaro venait à mourir.

— Crois-moi, ajouta Senou d'une voix fervente, nous prions chaque jour afin qu'il vive de très longues années, et que le prêtre Kenamon parvienne à guérir son premier-

303

né. Cet enfant est le seul que lui ait donné la reine, le seul dont les droits sur le trône soient incontestables.

Bak jeta un coup d'œil vers l'escalier, où les trois jeunes garçons observaient et écoutaient avec un intérêt inépuisable. Il se demanda ce qu'ils pensaient de la vie qu'ils menaient à Iken, quand ils auraient pu connaître une existence dorée dans un palais de Kouch. Il refréna son désir de les interroger. Senou et Nefer veillaient avec un soin trop jaloux sur leur progéniture pour tolérer qu'on leur pose des questions.

— Ne te sentirais-tu pas plus en sécurité à Kemet, avec toute ta famille ? demanda-t-il.

Nefer, les yeux méprisants, jeta une poignée de pois dans un saladier.

— Pourquoi fuir ? Tu n'as pas prêté attention aux paroles de mon époux, lieutenant. Je ne suis pas une Kouchite ! Je vis sur cette terre de Ouaouat depuis mes quatorze ans. Je porte un autre nom, répandu parmi les femmes de Kemet. Je m'habille, je cuisine et je vis comme les femmes de Kemet. Amon-Psaro n'a aucun droit sur moi, pas plus que mon pays natal.

— Notre foyer est ici, la soutint Senou. Certes, je me plains de ma carrière ratée, je prétends être amer de mon affectation prolongée sur cette terre aride oubliée des dieux, que je mets sur le compte d'une erreur de jeunesse.

Il serra ses mains entre ses genoux et sourit à Bak avec un peu d'embarras.

— La vérité, c'est que cette erreur, commise dans mon ardeur juvénile et dont je n'ai cessé de me repentir, n'a eu aucune influence sur ma carrière. Pour monter en grade, il me suffisait d'aller au nord, à Kemet. Mais nous aurions dû quitter cette terre que nos enfants ont toujours connue, cette terre que Nefer et moi aimons autant que la vie même.

Bak eut alors la conviction que Senou et son épouse auraient tué sans hésiter pour protéger leur famille, mais seulement s'ils n'avaient pas le choix.

— Je ne sais rien des usages du pays de Kouch, admit-il sans quitter Nefer des yeux. Aussi, ma prochaine question te paraîtra peut-être stupide. Amon-Psaro pourrait-il te réclamer et te ramener dans son palais ?

— Tel que je le connais, dit Nefer en souriant, il remercie Amon soir et matin pour avoir eu le bon sens de m'échanger contre ces chevaux.

Bak et Senou éclatèrent de rire à l'unisson, dissipant leur tension et leur méfiance mutuelles. Les enfants, dont la plupart étaient trop jeunes pour comprendre, se mirent à rire eux aussi, timides, hésitants, soulagés.

Senou dit en séchant les larmes au coin de ses yeux :

— Tu parles d'empêcher une guerre, puis tu nous interroges au sujet d'Amon-Psaro. Quel lien y a-t-il entre tes questions ?

« Puis-je me fier à ces gens ? se demanda Bak. Oui. Ils n'ont rien à gagner par la mort du roi kouchite, rien à perdre tant qu'il vit. »

— Pouemrê a été assassiné car il avait découvert un complot visant à tuer Amon-Psaro.

Il se força alors à continuer, à exprimer l'impensable.

— J'en suis sûr à présent : l'homme que je cherche n'est autre qu'Inyotef.

La trahison du pilote le frappa dans toute sa fourberie. Car une trahison, c'en était bien une ! D'ordre personnel, d'abord, parce que l'homme qu'il appréciait et auquel il accordait son amitié l'avait trompé par ses mensonges et ses sourires tout en tentant de le supprimer. Qu'Inyotef ait tourné le dos au pays et aux dieux de Kemet n'était pas moins douloureux.

— Je n'aurais jamais cru cela de lui ! Nous n'étions pas très proches, cependant je le jugeais digne de confiance.

Senou, qui se hâtait dans la ruelle aux côtés de Bak, secoua la tête comme pour nier la possibilité de tant de traîtrise. Quant à Bak, pour qui la perfidie du pilote était un fait acquis, il avait encore l'impression de le trahir en exprimant sa déception.

— Ma conscience me taraudait chaque fois que je considérais cette hypothèse, et lui, il exploitait mon sentiment de culpabilité pour mieux m'aveugler.

Au loin éclata le son cuivré d'une trompette, longuement, à deux reprises. C'était le second signal qu'ils entendaient depuis qu'ils étaient partis de chez Senou. Ils ne pouvaient apercevoir la ville basse, mais Bak imagina le héraut, debout sur la porte sud de la forteresse, les yeux tournés en direction de la caravane. Elle demeurait invisible, mais était annoncée par un immense nuage jaune de poussière, qui progressait lentement vers le nord le long de la piste du désert.

— C'est encore loin ? s'inquiéta Bak.

— Juste après ces quelques groupes de maisons.

Hommes, femmes et enfants se précipitaient dans la rue. Ils ne formaient pas encore un flot humain, mais un filet régulier se dirigeant vers le chemin de la forteresse. Partout alentour résonnaient des voix impatientes et animées, des rires surexcités, les reproches de mères grondant leurs enfants. On entendait aussi des claquements de fouet, le rythme rapide de sabots et les braiments rauques d'un train d'ânes contraints à forcer l'allure. Une douce brise atténuait la chaleur sans soulever de poussière.

— Il a la réputation d'être prompt à s'emporter. Seule une retraite précipitée peut épargner la fureur de ses poings à l'imprudent qui se trouve sur son passage, expliqua Senou en évitant un baudet qui tentait de happer son pagne. Mais, ma vie dût-elle en dépendre, je ne vois pas pourquoi il voudrait la mort d'Amon-Psaro ! Ils ne se sont pas revus depuis des années. La flamme de sa colère aurait dû s'éteindre.

— Je crois qu'un feu qui couvait sous la cendre depuis longtemps s'est rallumé, dit Bak, enjambant un tas de crottin frais d'où s'envola une nuée de mouches. Te souviens-tu d'un événement particulier, de circonstances inhabituelles ou suspectes, du temps où vos chemins s'étaient d'abord croisés ?

— Nos rencontres étaient rares. Je consacrais tout mon temps à voyager, à garder des cargaisons d'objets précieux convoyés par le fleuve, ou à escorter des ambassadeurs et leurs riches présents destinés aux rois tribaux, loin en amont. De son côté, Inyotef passait sur l'eau le plus clair de sa vie, mais plutôt sur des vaisseaux de guerre. A ma connaissance, il n'a jamais vogué beaucoup plus au sud que Semneh.

— Étrange ! remarqua Bak en fronçant les sourcils. D'après Houy, Amon-Psaro et Inyotef étaient très liés du temps de leur jeunesse, quand ils vivaient à Ouaset. On aurait pensé qu'Inyotef solliciterait des missions vers le sud. Tout le monde ne peut se vanter d'être ami avec un roi !

— Il me semble en effet...

Senou s'accorda un temps de réflexion, contourna une femme qui s'efforçait de consoler son bébé en larmes. Il hocha la tête.

— Oui... Oui, je me rappelle une fois... Oh ! Cela remonte bien à quinze ou vingt ans. Inyotef avait reçu son premier commandement, un navire de guerre de taille moyenne. Il a remonté le Ventre de Pierres, a fait escale à Semneh pour réparer une avarie et a continué vers le sud dans l'intention de s'enfoncer dans le pays de Kouch. Sa mission était insignifiante : une simple démonstration de force, je crois, et sans doute le moyen de collecter des tributs par la même occasion.

Il fut interrompu par de nouvelles sonneries de trompette.

— Je dois me hâter ! Mes hommes vont s'inquiéter de mon absence.

Il tourna à l'angle afin de prendre une rue étroite enserrée des deux côtés par des maisonnettes résonnant des voix de leurs occupants. Un troupeau de canards caquetait dans une bâtisse abandonnée qui sentait les déjections d'oiseau.

307

— L'ambassadeur que j'étais chargé d'escorter tarda
à me rejoindre à Semneh, poursuivit Senou. Je l'attendais
encore trois jours plus tard, quand Inyotef rentra au port.
Son navire avait été forcé de faire demi-tour. Il ne donna
aucune explication, mais, selon une rumeur, il n'était pas
le bienvenu au pays de Kouch.

— Supposes-tu que ce camouflet provenait directement d'Amon-Psaro ?

— J'ai souvent remonté le fleuve, pourtant je n'ai
jamais su le fin mot de l'histoire.

— T'es-tu souvent rendu à la cour d'Amon-Psaro ?

— Quatre ou cinq fois tout au plus.

Senou évita deux tout-petits qui le fixaient, émerveillés par sa magnificence. Avec un sourire malicieux,
il devança la question de Bak :

— Oui, lieutenant, il m'a fait admirer son élevage de
chevaux, et il n'a jamais manqué de s'enquérir de la santé
de Nefer.

Bak sourit lui aussi, oubliant un instant la gravité de
l'heure.

— Je suis curieux de savoir comment tu t'es procuré
ceux que tu lui as offerts. Leur valeur était colossale pour
un simple soldat, sans fortune ni pouvoir.

— Il suffisait de présenter le problème sous un jour
diplomatique, expliqua Senou en riant. J'en parlai à l'ambassadeur qui, à son retour dans notre capitale, en discuta
à son tour avec le vizir. Ce fin politicien admit que le don
de chevaux, jument et étalons, rappellerait à Amon-Psaro
son amitié avec notre pays chaque fois que naîtrait un
poulain. Plus tard, après l'échange, lorsque Nefer fut à
moi et les chevaux à Amon-Psaro, je me sentis obligé de
lui révéler que seule mon ingéniosité m'avait permis de lui
faire ce présent. Il trouva l'histoire si divertissante et ma
franchise si admirable qu'il me proposa un poste élevé à
sa cour. Je choisis de rester dans l'armée de Kemet.

Bak rit de bon cœur avec lui, jusqu'à ce que des
accents de trompette viennent les rappeler à leur devoir.
Ils traversèrent rapidement une rue perpendiculaire,

dépassèrent un groupe de maisons bien entretenues et tournèrent dans une impasse bordée sur un côté par un mur sinueux, bâti pour contenir l'avancée des dunes de sable. Kasaya se tenait devant une porte située presque au bout de l'impasse. Son air découragé leur apprit que la maison était déserte et qu'aucun des voisins ne savait où se trouvait le pilote.

Senou jura tout bas.

Bak ne s'attendait pas à ce que les dieux déposent entre ses mains la clef du mystère, néanmoins il se sentit démoralisé.

— S'il est parti pour de bon, je doute qu'il ait abandonné quoi que ce soit de valeur ou d'intéressant, mais il faut tout de même procéder à une fouille.

— En ce cas, je te laisse. Les hommes de faction sur les remparts attendent mes ordres. De plus, il me faut trouver Houy et Nebseni afin de les avertir, ainsi que les gardes postés sur les toits le long de l'itinéraire qu'empruntera Amon-Psaro.

— Préviens aussi Imsiba et mes Medjaï. J'enverrai Kasaya sur l'île afin d'alerter Pachenouro et Minnakht.

— C'est comme si c'était fait.

Senou fit quelques pas dans la ruelle, s'arrêta, se retourna.

— Amon-Psaro est hautain, impérieux et rusé. Mais c'est un homme bon. Ne laisse pas Inyotef le tuer, Bak.

Le policier se força à sourire.

— Une prière et une offrande à Amon m'y aideront peut-être.

La maison d'Inyotef était beaucoup trop grande pour lui. Les cinq pièces spacieuses disposées autour d'un patio auraient mieux convenu à la famille nombreuse de Senou. Quoique propres et bien rangées, elles donnaient une impression de solitude. Deux chambres étaient chichement meublées ; le reste était vide. Des tabourets, deux tables, quelques coffres, une natte — le strict mini-

309

mum qu'une épouse pouvait concéder à l'époux qu'elle quittait, les reliques d'un mariage.

Bak alla de coffre en coffre et souleva chaque couvercle pour inspecter l'intérieur. Il trouva des draps, des vêtements masculins, un peu de vaisselle et de rares ustensiles de cuisine. Une cassette contenait du fard à yeux, des huiles et des parfums. Une boîte d'ébène joliment incrustée renfermait des bijoux, principalement en perles et de peu de prix. Bak ne découvrit pas de mouches d'or. Dans un coffre en bois simple, de dimensions plus imposantes, étaient rangées de petites armes, dont une lourde fronde — celle utilisée lors de la première tentative d'intimidation.

Il retourna dans la pièce principale, où il entreprit une longue et fastidieuse recherche pour trouver des indices sur l'endroit où Inyotef s'était rendu et ses motifs de haine envers Amon-Psaro. Bak se concentrait tout entier sur sa besogne, sondant méthodiquement les coffres, les murs et le sol pour voir s'ils ne recelaient pas une cachette. Il opéra de même d'une pièce à l'autre. Une agréable odeur d'agneau braisé, annonçant l'approche de midi, entrait par les portes ouvertes et lui ouvrait l'appétit. Il eut la tentation de renoncer, de quitter cette maison déserte pour arpenter les rues de la ville. Il aurait préféré chercher l'homme, plutôt qu'un minuscule indice qui risquait de passer inaperçu.

Il avait fini de fouiller l'intérieur et n'avait obtenu pour sa peine qu'un sentiment d'échec croissant. Quand le fils aîné de Senou arriva avec du poisson grillé enveloppé dans des feuilles, une belle grappe de raisin et deux cruches de bière, Bak eut envie de le serrer dans ses bras. La nourriture et la boisson, la voix joyeuse et le sourire lui procurèrent un réconfort dont il avait grand besoin.

— A quelle distance se trouve la caravane ? demanda-t-il en détachant la chair blanche des arêtes pour l'engloutir comme s'il n'avait rien mangé depuis une semaine.

— Elle sera à nos portes dans moins d'une heure.

L'adolescent lui confirma que son père avait transmis ses différents messages à Imsiba et aux autres. Des gardes supplémentaires avaient pris position sur le chemin d'Amon-Psaro, et tous les hommes dont la présence n'était pas indispensable recherchaient Inyotef. Personne ne l'avait vu de la journée. Bak, ébranlé, tâcha de ne pas penser qu'il se couvrirait de ridicule si la tentative d'attentat ne provenait pas du pilote.

Il vit que le jeune garçon avait hâte de repartir, craignant de manquer le spectacle, aussi lui permit-il de s'en aller. Il sortit dans le patio pour terminer son repas dans une mince zone d'ombre, à côté du mur.

Rassasié, il fouilla la cour, où se trouvaient un four rond, de grandes jarres d'eau et des réservoirs à grain. Il finissait de balayer les céréales qu'il avait répandues sur le sol quand les bruits changèrent, au loin. L'appel strident de la trompette se perdait parmi des accents multiples. De temps en temps, lorsque la brise soufflait de ce côté, le son léger des flûtes et des sistres accompagnant les cuivres parcourait toute la ville basse. Les tambours roulèrent. La caravane d'Amon-Psaro approchait de la forteresse.

Bak était monté sur le toit. Il avait pratiquement terminé ses recherches quand une grande batterie de tambours annonça la présentation des armes à Amon-Psaro. Bientôt, le roi pénétrerait dans Iken. Ouaser et lui conduiraient la lente et solennelle procession le long de la voie principale jusqu'au temple d'Hathor. Là, ils rendraient hommage à la déesse et à son invité, Amon. Alors, les prêtres et les dieux eux-mêmes se joindraient à la procession, qui, rebroussant chemin, descendrait l'escarpement pour traverser la ville basse jusqu'au port.

Bak pensait qu'Amon-Psaro était en sécurité à l'intérieur du fort. La partie ultérieure du programme l'inquiétait davantage. La descente vers la ville basse, puis les rues elles-mêmes seraient bordées de centaines de civils et de soldats. Le moment de tous les dangers surviendrait au port, dans la confusion de l'embarquement, en un lieu qu'Inyotef connaissait mieux que quiconque.

Las et découragé, le policier s'approcha du bord du toit et contempla les dunes d'or, par-delà l'enceinte. De longs doigts de sable, déposés au fil des ans par les vents du désert, s'étiraient au loin jusqu'à un groupe de maisons en ruine.

Son regard fut attiré par la base du mur sinueux où un objet brun clair dépassait du sol. C'était apparemment le coin d'une planche. Elle semblait trop solide, trop précieuse pour avoir été jetée dans le désert. Tous ses sens en alerte, Bak passa du toit sur le sommet du mur et, les bras écartés pour conserver l'équilibre, avança lentement en suivant la courbe. Il comprit bientôt que la planche était le montant d'une échelle en partie ensevelie. D'après la forme du banc de sable, il devina qu'elle avait été enterrée et que la forte brise qui avait soufflé récemment l'avait mise au jour. Brûlant de curiosité, il sauta du mur et le sable doux et chaud amortit sa chute.

Il y enfonça les doigts et redressa l'échelle. Elle était presque neuve, et assez grande pour atteindre le toit d'Inyotef. Le pilote l'avait-il cachée dans l'intention de revenir plus tard, ou s'en était-il servi pour quitter sa demeure ?

Bak tourna le dos au mur et scruta les dunes basses. Leurs faîtes lisses et parallèles étaient sillonnés par les minuscules empreintes d'oiseaux et de rongeurs, mais aucune indentation plus grande et plus profonde n'indiquait le passage récent d'un homme. Un renflement en forme d'entonnoir, à une vingtaine de pas, pouvait signifier qu'un animal avait découvert quelque chose d'intéressant sous la surface. S'efforçant de ne pas espérer mais espérant tout de même, Bak courut vers cette petite éminence, creusa dans le sable et déterra un grand coffre d'osier tressé. Retenant son souffle, il épousseta le couvercle, rompit le sceau et ouvrit. Le coffre était rempli de grandes jarres en poterie, chacune fermée par un bouchon

312

en terre séchée la préservant des bêtes de proie et des insectes. L'une, renfermant du blé, s'était fêlée, s'offrant à la convoitise de rats ou de souris. Exalté par sa découverte, Bak brisa les bouchons de toutes les autres et trouva de la bière, de la nourriture, des vêtements, de petites armes et des bijoux, parmi lesquels deux mouches d'or.

Inyotef n'avait pas osé laisser le coffre sur son navire, de crainte que tous les bateaux du port ne soient fouillés avant l'arrivée d'Amon-Psaro sur le quai. Il l'avait donc enterré là, comptant revenir quand les recherches auraient cessé.

Bak avait gardé pour la fin l'objet qui l'intriguait le plus, un cylindre en terre cuite bouché aux deux extrémités. Il en brisa une, enfonça les doigts à l'intérieur et en ressortit un rouleau de papyrus. Il s'assit sur le sable en priant afin d'avoir trouvé la clef de l'énigme, et déroula son précieux butin, taché, corné et jauni par le temps et de nombreuses lectures. Osant à peine respirer, il commença à lire :

« A mon bien-aimé frère Inyotef. Il est parti, celui que j'adorais par-dessus tout. Ses douces paroles, son serment de m'aimer toujours étaient pareils à des fétus de paille jetés au vent. Une nuit il était allongé près de moi, me chuchotant des mots tendres ; le lendemain il était parti. J'ai appris qu'un message était arrivé, lui annonçant la mort de son père. Il s'est embarqué pour la misérable Kouch sans même un au revoir. J'ai voulu croire qu'il m'appellerait sitôt tout danger écarté du trône, mais quatre mois ont passé sans que j'entende rien de lui. Mon frère, je ne puis supporter ma douleur plus longtemps. Le fleuve m'invite. Souviens-toi toujours de moi, mon très cher Inyotef, et veuille me pardonner. »

La lettre était signée « Sonisonbé ».

Bak exhala un long soupir. Les termes de frère et sœur étaient souvent utilisés entre amants, mais, dans ce cas, il ne doutait pas que Sonisonbé fût bien la sœur de sang d'Inyotef. La jubilation que provoquaient en lui cette découverte et le sentiment d'arriver au bout de ses peines le disputait dans son cœur à la pitié et à la tristesse pour la jeune fille abandonnée par Amon-Psaro, qui avait légué à Inyotef un sombre héritage.

18

Sur le quai nord, Bak examinait le navire d'Inyotef.
Rien n'avait changé depuis la dernière fois. Les voiles,
les cordages, les rames, le matériel de pêche étaient exactement tels que la veille au soir. Le pilote avait l'intention
de fuir dans un autre bateau, ou de quitter Iken par un
moyen dont Bak n'avait pas la plus petite idée. Il ne suivrait certainement pas les pistes du désert. S'il restait près
du fleuve, il serait aisément capturé, mais quitter ces eaux
dispensatrices de vie relevait du suicide.

« Non, pensa Bak. C'est un marin, un homme du fleuve ; il s'échappera en bateau. » Cette formulation étant
trop pessimiste, il modifia sa prédiction : « Il tentera de
s'échapper en bateau, et je serai là pour l'en empêcher. »

Il se raccrocha à cette idée tout en passant en revue les
embarcations rangées de ce côté. Hormis une barque de
pêcheur au gouvernail cassé et une nacelle de papyrus si
détrempée qu'elle semblait sur le point de couler, le seul
navire de petite taille était celui d'Inyotef. Les autres
avaient été déplacés par leurs propriétaires sur le quai
sud. La nef d'Amon était attachée tout contre le revêtement et se balançait doucement, sa coque dorée étince-
lant au soleil en ce milieu d'après-midi. Sur les mâts et
les cordages du vaisseau de guerre amarré à proximité
palpitaient des étendards aux multiples couleurs. Des

matelots se reposaient sur le pont et en haut de la cabine dans l'attente des dieux et du roi, des prêtres et des dignitaires de la région. Leurs échanges de conversation animés avec les équipages des deux navires qui transporteraient la suite royale parvenaient aux oreilles de Bak.

Il marcha jusqu'au bout du quai et laissa son regard se perdre dans les eaux brun-rouge pailletées d'argent, dont le soleil caressait les rides. Ses muscles malmenés s'étaient décontractés, mais il était harassé et inquiet, et devait constamment s'exhorter à ne pas renoncer. Il avait couru de chez Inyotef au temple d'Hathor, devant lequel il avait trouvé Imsiba et les Medjaï attendant le roi confié à leurs soins, en compagnie de Houy et d'autres officiers de la garnison. Ceux-ci lui avaient confirmé qu'on n'avait pas vu Inyotef depuis la veille au soir.

Le policier s'était hâté de regagner la ville basse avec un renfort de six lanciers. Là, Kasaya, revenu de l'île pour lui prêter main-forte, s'était joint à eux. Le petit groupe était entré dans toutes les maisons et les entrepôts qui bordaient la route officielle de la procession, pour avertir les habitants de n'inviter que ceux qu'ils connaissaient sur leur terrasse et de condamner chaque cachette éventuelle située à portée de flèche. Pendant tout ce temps, ils priaient ardemment afin de retrouver Inyotef, toutefois les dieux n'avaient pas daigné leur sourire. Les lanciers avaient perdu peu à peu leur entrain et même le gai Kasaya devait prendre sur lui pour conserver sa bonne humeur.

Bak contempla le quai sud, encombré de vaisseaux de toutes tailles noirs de spectateurs. Rien ne pourrait retenir les petits esquifs dès que le groupe officiel aurait quitté le port.

Il retourna sur la berge, franchit le cordon de sentinelles en tenue de cérémonie barrant l'accès du quai à la foule, et il se planta tout au bas de la pente qu'emprunterait Amon-Psaro. Celle-ci était bordée par des centaines d'hommes, de femmes et d'enfants dont les voix mêlées montaient et refluaient, percées de temps à autre par un rire juvénile, un appel, l'apostrophe d'un colporteur vantant ses marchandises. Les habitants de la lointaine Kemet, vêtus de lin blanc et de bijoux aux couleurs vives, côtoyaient des cultivateurs à demi nus qui vivaient chichement sur les terres arides du Ventre de Pierres, et des nomades en haillons. De riches membres des tribus voisines et des villageois en pagne blanc rehaussés de manteaux et de bijoux colorés se tenaient parmi des gens du Sud profond, parés de peaux de bête, de plumes et de rubans, le visage et le corps scarifiés ou peints. Ces quelques derniers jours, par les pistes du désert et par le fleuve, une foule avait afflué de contrées éloignées pour voir le plus grand d'entre les dieux de Kemet et le roi kouchite venu implorer son aide.

Bak se fraya un chemin à travers les badauds et aperçut un marchand ambulant. Après quelques palabres, il repartit muni d'une cruche de bière et d'un petit pain pour se diriger vers un entrepôt délabré, à quelques pas derrière les spectateurs massés le long de la rue. Un lancier de faction en haut d'un mur en ruine descendit d'un bond pour rendre son rapport — rien à signaler —, puis il se fondit dans la foule. Bak grimpa sur le mur et s'assit, les jambes pendantes. Tout le bas de la rue et le port s'étendaient sous lui. Il repéra Kasaya et ses camarades qui évoluaient parmi les curieux, posant des questions, scrutant les visages.

Bak déchira un morceau de son pain, sucré aux dattes hachées, et but sa bière à petites gorgées. Comme il aurait aimé oublier Inyotef et savourer ce spectacle somptueux ! Le temps restait clément, la brise aussi douce et suave que le baiser d'une déesse. L'air sentait le fleuve et le poisson, la sueur et les parfums. Une poussière impalpable, soulevée par des centaines de pieds, se fixait sur les corps moites et les cheveux huilés. Des chiens, grands et efflanqués ou petits et boudinés, noirs, tachetés, blancs, marron ou gris trottaient un peu partout, reniflant les talons, fourrant le museau dans des emballages vides en quête de leur pitance. Quelques ânes attachés à l'écart

317

mâchaient du foin en trépignant d'impatience et fouettaient l'air de leur queue pour se débarrasser des mouches. Trois corbeaux perchés sur des toits lançaient des croassements rauques et insistants.

Malgré son désir d'oublier sa mission, Bak ne pouvait s'empêcher de penser à Inyotef et de craindre pour Amon-Psaro.

— S'il veut attaquer, c'est l'instant ou jamais, dit le capitaine Meri, élevant la voix pour se faire entendre pardessus le brouhaha. Avant qu'Amon-Psaro n'arrive sur le quai.

L'officier, solidement charpenté et le menton volontaire, ne devait pas avoir loin de quarante ans. Grand et droit, il se tenait à la proue de sa nef de guerre d'où il regardait les prêtres approcher à la tête du cortège. Comme Senou et les autres officiers de garnison, il était vêtu d'un pagne blanc lui arrivant à mi-cuisses et sa poitrine s'ornait d'un collier large assorti à ses bracelets, en perles multicolores. Mais pour compléter sa tenue, il arborait une courte perruque aux boucles serrées, plusieurs bagues et un bâton de commandement. Près de lui, Bak se sentait tel un humble moineau partageant son perchoir avec un bel oiseau au plumage éclatant.

Pour la centième fois peut-être, il vérifia que tout était en ordre. Ses yeux se posèrent sur les prêtres — reconnaissables à leurs pagnes longs jusqu'aux chevilles, à leur pectoral et à leur crâne ras —, puis sur la rue en pente, avant de scruter le quai jusqu'aux vaisseaux de plaisance à l'extrémité la plus éloignée. Son regard balaya le port et détailla les navires attachés au quai sud, dont les flancs se pressaient comme avec réticence.

— Un homme capable de courir compterait s'échapper en profitant du désordre, admit Bak. Rappelle-toi néanmoins qu'Inyotef est estropié. De plus, il est depuis longtemps un homme du fleuve, d'une expérience peu commune sur un bateau.

Meri concéda de mauvaise grâce, mais non sans un certain respect pour la justesse du raisonnement :

— Sur l'eau, il est si agile que j'en oubliais qu'il boite.

Bak reporta son attention sur le cortège. Les prêtres psalmodiaient une mélopée en descendant la rue pendant que, de part et d'autre, les masses captivées clamaient leur adoration en jouant des coudes pour mieux voir. Les prêtres franchirent le cordon de soldats et pénétrèrent sur le quai. Un ravissement extatique ne quittait pas leurs traits, cependant Bak imaginait bien leur soulagement d'avoir atteint le port.

Pendant que la tête de la procession dépassait le vaisseau de guerre, Kenamon arrivait sur le quai en agitant devant lui son encensoir. Il arborait la tenue d'apparat seyant à son illustre position : un long pagne blanc, une tunique à manches courtes, une robe en lin fin, un pectoral en or couvrant sa poitrine. Son visage paisible et serein était exempt de toute préoccupation matérielle tel le risque d'un attentat. A ses côtés marchait le prêtre d'Hathor, un jeune homme joufflu, moins imposant mais d'un calme identique. Un nuage à l'odeur pénétrante flottait autour d'eux.

Les marins se pressèrent contre le bastingage, un respect craintif dans les yeux, et leurs cris se perdirent dans la clameur générale. Bak adressa un signe de tête à Kasaya, qui, armé d'une longue lance, barrait l'accès à la passerelle en lançant des regards farouches de tous côtés. A bord des navires de plaisance, les lanciers patientaient en admirant la procession avec le même enthousiasme que les spectateurs en transe.

Derrière Kenamon, quatre prêtres de rang subalterne purifiaient le chemin des divinités au moyen d'encens et de libations. Amon suivait dans sa barque dorée, haut sur les épaules de quatre porteurs en robe blanche, sa châsse d'or ouverte afin que tous puissent contempler l'élégante statuette d'or représentant un homme coiffé d'une couronne à deux plumes. Sur les côtés, quatre autres prêtres rafraîchissaient le dieu à l'aide d'éventails en plumes

319

d'autruche. Dans une seconde barque, moins richement ornée mais d'une réelle beauté, voguait la statue dorée d'Hathor sous sa forme humaine. Elle était escortée par deux hommes qui l'éventaient et suivie par sept femmes parées de longs fourreaux blancs et de colliers larges, chacune agitant un sistre à l'effigie de la déesse.

Bak interrogeait du regard l'horizon, le port et le fleuve sans rien déceler d'anormal. Mais l'évidence qui s'imposait à ses yeux ne pouvait chasser son anxiété. Inyotef était tapi quelque part, tout près ; il le sentait au plus profond de lui-même.

Les prêtres ouvrant la marche gravirent la passerelle du premier navire de plaisance. Pendant ce temps, Kenamon, le jeune prêtre d'Hathor et les divinités passaient devant le vaisseau de guerre d'un pas lent et majestueux. A leur suite, dix hommes rasés et purifiés pour l'occasion portaient les coffres dorés, incrustés et peints qui renfermaient les objets rituels et des vêtements du dieu.

Après venait un héraut sonnant de sa trompette, ses joues gonflées écarlates sous l'effort. Le premier contingent de Kouchites apparut alors sur le quai : quarante lanciers en pagnes de cuir, arborant de longues plumes dans leurs cheveux teints en rouge et en jaune. Derrière eux ondoyaient au bout de longues hampes vingt étendards blanc et rouge, qui précédaient le commandant Ouaser et le roi Amon-Psaro.

Les joyeuses oriflammes emplirent le cœur de Bak d'appréhension. Il savait aussi sûrement qu'il connaissait son propre nom que tous les navires du port avaient été fouillés et tous les hommes contrôlés, pourtant il était également certain qu'Inyotef attendait son heure. Oubliant le capitaine et les matelots, Bak grimpa sur le gaillard d'avant afin d'avoir une vue d'ensemble.

Dans la ville basse, les cris s'étaient amplifiés, gagnant en enthousiasme ce qu'ils avaient perdu en ferveur religieuse. Ils annonçaient que la suite royale était passée et que les troupes de la garnison paradaient devant leurs familles. Les navires marchands amarrés au quai sud ne manifestaient aucun signe d'activité, mais les bateaux de petite taille se préparaient à partir. A l'instant où le premier navire de plaisance mettrait les voiles, ils fileraient à travers le port tel un vol de canards impatients.

Bak tourna la tête vers le bout de l'embarcadère et jura entre ses dents. Deux soldats observaient un petit esquif flottant hors d'atteinte. A peine davantage qu'un canot à rames, son mât abaissé et la tête de mât reposant sur la proue, il dérivait dans le sens du courant vers la sortie du port, où il couperait la route des navires. Bak jura de nouveau. Inyotef l'obsédait sans relâche. Mais la barque flottait trop haut pour supporter le poids d'un homme.

Les soldats l'observaient toujours en discutant, probablement pour décider s'il valait la peine de la ramener à la nage. L'un d'eux secoua la tête, et ils tournèrent les talons pour remonter le quai. « La barque est vide », se dit Bak. Toutefois, une image prit forme dans ses pensées : celle du pilote accroché à l'extérieur de l'embarcation, la guidant sur les flots à l'insu de tous.

Hésitant, inquiet, Bak reporta son regard vers la procession. Les lanciers kouchites s'étaient scindés pour former une haie des deux côtés du quai. Trois hérauts s'avancèrent au milieu, levant haut leur trompette, les joues prêtes à éclater pour percer l'air de leurs notes stridentes. Enfin vinrent les porte-drapeaux kouchites précédant leur roi.

Bak observa de nouveau l'esquif, de l'autre côté du port. Il le vit partir à la dérive sans pouvoir ni l'arrêter ni s'assurer qu'il ne constituait pas un danger. Il n'avait aucun moyen de l'atteindre, pas plus que d'alerter les soldats de garde sur le quai. Ceux-ci auraient été trop loin pour distinguer ses cris, même sans la clameur de la foule, et le temps de leur envoyer un messager, la barque serait plus proche du quai nord où se trouvait Bak. La patience ne figurait pas au nombre de ses vertus premières, mais il n'avait pas le choix.

Il arracha son regard du petit bateau pour découvrir l'homme qui ne quittait pas ses pensées depuis près d'une semaine. Le roi Amon-Psaro, grand et bien découplé, les cheveux grisonnants, avançait avec l'expression figée de la royauté. Mais malgré son menton haut et ses yeux fixés sur l'horizon lointain, son beau visage portait l'empreinte de ses soucis. Rappelant par sa tenue qu'il avait passé sa jeunesse au pays de Kemet, il avait choisi d'arborer un simple pagne blanc, un collier large et des bracelets d'or et de lapis-lazuli. Il était chaussé de sandales en or. Sur son front, il avait ceint le diadème à deux cobras de sa maison royale. Le commandant Ouaser, pâle et tendu dans son plus beau costume de cérémonie, marchait légèrement en retrait.

Quatre hommes transportaient le prince, petite ombre de son père, assis dans une litière dorée. Un cinquième, sur le côté, éventait l'enfant en actionnant un chasse-mouches. A la façon dont sa petite poitrine se soulevait, Bak comprit qu'il avait peine à respirer. Il n'en fut pas étonné. L'odeur de l'encens, presque suffocante, se fondait dans les violents parfums exotiques provenant de fleurs et d'arbres inconnus, qui poussaient dans de mystérieuses contrées.

Imsiba et les dix policiers medjai progressaient derrière les illustres personnages dont ils avaient la charge, resplendissant de fierté et pourtant sur le qui-vive.

La barque continuait de dériver vers le nord sans rencontrer d'obstacle.

Un roulement de tambour ramena l'attention de Bak vers la cérémonie. Le navire transportant les prêtres et les dieux était chargé plus que de raison. Le capitaine avait pris place à la proue, les barques portatives étaient posées sur le pont au milieu des prêtres et les rameurs n'attendaient plus que le rythme vigoureux du tambour qui fixait la cadence.

Le capitaine du second navire, au pied de la passerelle, s'apprêtait à accueillir la suite royale.

Bak regarda de l'autre côté du port et pesta une fois encore. Les petits bateaux quittaient le quai sud. Les rameurs déployaient toute leur adresse pour s'extirper

322

d'entre les navires imposants, chacun déterminé à traverser le port avant les autres et à conduire la flottille vers le fort de l'île. Le canot vide se balançait doucement sur la houle légère, avançant à peine. Il serait bientôt rattrapé par les autres embarcations. Rattrapé et entouré. Perdu dans la masse.

Amon-Psaro et sa suite parvinrent à la hauteur du vaisseau de guerre. Meri salua avec son bâton de commandement et Bak leva la main. Le roi continua de regarder droit devant lui avec un dédain majestueux, mais Ouaser lança vers Bak un coup d'œil qui exprimait une interrogation muette. Le lieutenant secoua la tête presque imperceptiblement. La litière approcha. Ses grands yeux sombres tout arrondis, le prince montrait un visage animé et un sourire ravi. Si malade qu'il soit, il ne se sentait pas mal au point de ne pouvoir s'amuser, et n'était pas imbu de lui-même au point de dissimuler son plaisir.

Imsiba et les Medjai arrivèrent à leur tour près du vaisseau. Le grand sergent redressa sa lance et salua ostensiblement son officier supérieur en nage et débraillé ; les autres hommes l'imitèrent. Sans pouvoir réprimer un sourire de fierté, Bak leur adressa le même salut qu'au roi.

Le battement du tambour crût en force et en rapidité. Au bout du quai, le premier navire fendait les flots et virait dans le courant en direction de l'île. Hérauts et porte-étendards se tenaient au garde-à-vous pendant que la suite royale s'avançait vers le second. Le capitaine tomba à genoux devant Amon-Psaro et posa le front sur la pierre en signe de son très vif respect. Le jeune prince sourit avec ravissement. Imsiba et les Medjai parurent déconcertés et inquiets de cette interruption imprévue.

Derrière la garde d'honneur, les nobles kouchites progressaient d'un pas digne, en tête de leur petite cour respective. Chaque groupe gaiement chamarré avec ses vêtements, ses bijoux et ses coiffes multicolores arborait l'étendard de sa tribu ou de sa province.

De l'autre côté du port, là où Bak avait vu le canot pour

la dernière fois, plus de vingt petits bateaux se hâtaient de rattraper le navire de tête tels des canetons courant après un héron. Pour autant que Bak puisse en juger, toutes les barques transportaient au moins trois passagers. Se maudissant d'avoir quitté des yeux l'esquif à la dérive, Bak scruta le fleuve plus loin en aval. Il n'y vit que quelques oiseaux blancs se laissant porter par l'onde. Il chercha aussitôt vers la pointe sud de la grande île et les affleurements rocheux où le fleuve se scindait pour pénétrer les rapides, mais il savait qu'aucun bateau ne pouvait dériver aussi loin, aussi vite. Le seul coin du port qu'il ne pouvait voir était l'extrémité du navire sur lequel Amon-Psaro se préparait à embarquer.

Son estomac se noua ; il ne pouvait plus respirer.

Les accents des trompettes et le battement du tambour déchirèrent le ciel. Amon-Psaro montait à bord.

Bak sauta du gaillard d'avant, courut le long du pont et, criant à Kasaya de le suivre, dévala la passerelle. Il fonça sur le groupe exotique des nobles kouchites qu'il écarta d'un coup d'épaule, piétina les sandales, froissa les plumes et les peaux de bêtes en provoquant l'indignation. Kasaya le talonnait, la mine sombre, le bouclier et la lance en position de combat. Les hommes trop stupéfaits pour les frapper s'égaillaient tels des oiseaux devant un chacal, en vociférant des insultes que Bak devinait à défaut de les comprendre.

Il franchit le premier groupe de nobles et hurla le nom d'Imsiba, qui, de la passerelle, tentait de découvrir la cause de cette agitation. Se méprenant en voyant la mêlée et ne pouvant entendre dans le brouhaha, le grand Medjai vola au secours de Bak. Celui-ci aperçut Amon-Psaro, debout avec son fils près de la cabine aux couleurs vives. Le monarque observait le quai pour tenter de comprendre de quoi il retournait. Bak vit des marins à genoux tout autour du pont et des rameurs courbés sur leurs avirons. Il vit le capitaine hésiter et Ouaser, inquiet, s'approcher de la passerelle. Et puis il vit Inyotef, armé d'un long

324

poignard effilé, se hisser par-dessus la rambarde près de la poupe, où nul ne pouvait le remarquer.

Bak cria de nouveau, mais ses paroles d'avertissement furent couvertes par l'écho des instruments. Il brisa la garde d'honneur paralysée par la surprise, fit signe à Imsiba et monta à toute allure sur le navire. Le sergent avait fait volte-face et le suivait avec Kasaya. Bak bondit sur le pont et se précipita vers Amon-Psaro. Le roi recula, croyant avoir affaire à un dément. Cherchant sa dague à tâtons, il fit un pas en arrière, puis un autre et un autre encore, tout en adressant des coups d'œil éloquents à Imsiba pour que le grand Medjai maîtrise le forcené. Ses pas le portèrent vers l'angle de la cabine, derrière laquelle surgissait Inyotef, l'arme levée pour infliger la mort.

Bak fonça sur le roi, le poussa brutalement et frappa Inyotef d'un coup d'épaule qui le projeta contre la rambarde. Bak se campa en face de lui, genoux fléchis, bras écartés, prêt à en découdre.

Derrière lui, Amon-Psaro s'écria avec stupéfaction :

— Toi ? Inyotef ?

Les traits déformés par la haine, le pilote se fendit en avant. Bak tenta d'esquiver, mais la pointe de la lame traça un mince sillon rouge en travers de son torse et balafra d'une profonde entaille le bras et le thorax d'Amon-Psaro. Bak vit le sang couler de la poitrine du roi, il sentit la morsure de sa propre blessure, il entendit Imsiba et les témoins de la scène pousser des cris d'horreur. Il s'élança pour se placer dans l'arc du poignard, trop près pour que Inyotef puisse frapper à nouveau. Alors celui-ci se retourna brusquement, prit appui sur la rambarde et sauta par-dessus bord.

D'abord désarçonné, le lieutenant fut prompt à réagir. Il enjamba la rambarde et découvrit, tout contre la coque, le canot dans lequel Inyotef s'emparait frénétiquement des rames pour s'écarter du navire. Bak sauta, rencontra l'eau entre les deux bateaux et coula comme une pierre. Le temps qu'il remonte à la surface, le canot fendait les flots et s'approchait du bout du quai. Dès qu'il aurait

325

gagné le courant à l'extérieur du port, il serait hors d'atteinte.

Serrant les dents, Bak nageait d'un mouvement rapide et puissant. Une demi-douzaine de Medjaï se penchaient par-dessus bord, au-dessus de lui. Prêts à lancer leur javelot, ils hésitaient pourtant, car le pilote s'était insinué parmi les quelques petits bateaux de la flottille restée en arrière pour escorter le roi kouchite.

Imsiba courut jusqu'au bout du quai, attendit qu'Inyotef ait distancé les bateaux, puis projeta sa lance. Elle manqua de peu sa cible et se ficha dans la coque. Le pilote releva la tête et nargua le Medjaï, un rictus aux lèvres. Imsiba arracha alors une longue bannière rouge des mains d'un porte-drapeau ébahi et lança la hampe tel un javelot. Inyotef l'esquiva, mais reçut la bannière en plein visage. Il l'écarta avec un grognement rageur et rama rapidement pour s'éloigner du quai.

Profitant de cette diversion, Bak avait rattrapé le canot et se hissa à bord du côté de la poupe. Le bateau oscilla sous son poids. Inyotef perdit l'équilibre et rampa jusqu'à la proue, où la voile était roulée. Il se redressa près du mât abaissé et voulut assener un coup de rame sur le policier. Bak se baissa, heurta le montant du gouvernail et entendit un craquement sinistre. Il tenta en vain de retenir la barre et la regarda s'enfoncer dans l'eau. Le bateau tangua, s'emballa et dévia vers un tronc de palmier à demi pourri, charrié par le courant impétueux. Bak tomba assis sur une traverse. Inyotef plongea la seconde rame dans l'eau pour stabiliser le canot, devenu impossible à manœuvrer. Une outre gonflée formait entre eux un obstacle gris et poilu, au milieu de la coque.

Inyotef pointa l'autre rame vers Bak en l'observant avec froideur.

— Tu as toujours eu la tête dure. J'aurais dû mettre un terme à ta vie et à tes questions dès le jour où tu as posé les pieds à Iken.

— Pourquoi ne l'as-tu pas fait ? répondit distraitement Bak.

Il ne pensait qu'au moyen d'arracher la rame au pilote, pour s'en servir comme d'un gouvernail et accoster avant les rapides.

— Un homme peut être obstiné sans avoir assez d'intelligence pour constituer un danger.

Bak remarqua le compliment implicite — ou était-ce une insulte ?

— Tu as largement essayé de réparer ton erreur ! J'ai pris ton attaque à la fronde pour ce qu'elle était : un simple avertissement. En revanche, le serpent caché dans mes draps était destiné à me tuer. La même volonté soustendait l'habile sabotage de la barque du capitaine Houy.

Inyotef répondit avec un rire cynique :

— Remercie Neboua, car c'est lui qui m'y a décidé ! S'il n'avait pas chanté tes louanges si haut et si fort, je n'aurais pas su quel adversaire formidable j'avais en face de moi.

— Je comprends que tu aies voulu te débarrasser de moi, mais qu'avais-tu contre Houy ? interrogea Bak, qui se prépara discrètement à bondir en avant.

Inyotef le considéra avec la méfiance d'un chien sauvage.

— De tous les hommes qui remontèrent vers le nord avec le prince otage Amon-Psaro, Houy fut le seul à se soucier sincèrement de son bien-être, le seul à s'enquérir de lui à Ouaset après son retour de terres lointaines. Je craignais qu'il n'en sache trop.

Bak se promit une fois encore de signaler au roi la présence de Houy à Iken — s'il en avait jamais l'opportunité.

— Je m'étonne que tu ne m'aies pas tué depuis longtemps, après le mal que je t'ai fait.

Inyotef posa l'extrémité de sa rame sur le bord de la coque pour ménager la force de son bras.

— Tu n'es pas plus responsable de ma blessure que ce malheureux cheval. J'ai eu tort de me tenir trop près de la passerelle, ce jour-là, et de rire si fort que la bête a pris peur.

Bak se pénétra de cette information, la goûta et la savoura. Pourtant, bizarrement, il n'en fut pas surpris.

— Je doute que ta lame ait sérieusement blessé Amon-Psaro, Inyotef. Ta tentative a échoué.

Inyotef posa les yeux sur la ligne sanglante barrant la poitrine de Bak.

— Peut-être. Mais il sait désormais que je peux l'atteindre, et il sait que je recommencerai. Je n'ai plus rien à perdre.

La détermination implacable de cet homme donna le vertige à Bak.

— Retournons à Iken.

— Jamais je ne serai ton prisonnier.

— Et jamais je ne te laisserai t'échapper, répliqua Bak d'une voix dure.

— Il semble que nous soyons dans une impasse, constata Inyotef avec un amusement glacial. Te voici trop près pour lancer ta dague avec force et trop loin pour me l'enfoncer dans le cœur. Moi non plus, je ne puis utiliser mon arme. Tant que tu n'approches pas, je ne peux te défoncer le crâne avec cette rame. Et tant que tu restes assis à me bloquer dans la proue, je ne peux diriger mon bateau.

Bak contempla le fleuve devant eux, au flux rapide mais uni et sûr, du moins pour l'instant. Le navire transportant les divinités et les prêtres, ainsi que la flottille qui l'escortait, s'était engagé dans le chenal qui le conduirait au fort de l'île. Un regard preste en arrière lui montra la nef d'Amon-Psaro encore à quai, entourée d'un essaim de barques dont les rameurs s'étonnaient de ce retard. Imsiba viendrait à la rescousse, mais combien de temps lui faudrait-il pour réquisitionner un bateau ?

Leur canot paraissait flotter vers la pointe sud de la grande île, mais ce n'était qu'une illusion. Bientôt, le courant se diviserait et les emporterait soit vers la gauche, le long du canal jouxtant le désert au nord de la cité, soit vers la droite, dans un des étroits goulets aux eaux furieuses percées de rochers redoutables.

Idée effrayante, à laquelle Bak refusait de penser.

— Puis-je me fier à toi et te laisser approcher ? Te laisser ramer ? Permets-moi d'en douter. J'ai rencontré peu d'hommes aussi féconds en mensonge et en fourberie. Le meurtre de Pouemrê était presque parfait.

Un sourire sardonique se forma sur les lèvres d'Inyotef. Bak en profita pour saisir l'aviron posé sur le rebord de la coque et l'arracher au pilote qui, fulminant de rage, sortit la seconde rame de l'eau et la saisit à deux mains tel un gourdin, pour frapper. Bak brandit la sienne et para le coup. Les armes se percutèrent avec un craquement sonore. Sous la brutalité du choc, Bak sentait ses mâchoires trembler. Le bateau tanguait violemment et faisait rejaillir des éclaboussures.

— Veux-tu que nous mourions ensemble, mon jeune ami ? le nargua Inyotef.

Bak essuya l'eau et la sueur qui baignaient son front.

— Si par miracle tu t'enfuis, où iras-tu ? Le désert s'étend des deux côtés du fleuve et la nouvelle se répandra au nord et au sud. Comment peux-tu espérer croiser de nouveau le chemin d'Amon-Psaro ?

— Qui parle de s'enfuir ? Je le tuerai, ici et maintenant.

Par ces mots, le pilote venait d'exclure toute mesure intermédiaire que le policier aurait pu envisager. Sa seule alternative se résumait à arrêter Inyotef ou à le tuer.

— Tu le hais donc à ce point ?

— Il a détruit ma sœur.

Sans crier gare, Inyotef lui assena un coup de rame. Bak contre-attaqua et le bateau, tanguant de plus belle, adopta une trajectoire oblique en travers du courant et dériva à droite, vers le fort. Bak songea qu'il pourrait y obtenir de l'aide. Il s'efforça de ne pas entendre le grondement des rapides barrant le premier chenal latéral, pareil au chant des sirènes pour un navire sans gouvernail.

— Tu provoquerais une guerre dans le seul but de satisfaire un sens douteux de l'honneur familial ?

— Douteux ? Il l'a séduite et abandonnée ! Alors qu'elle rêvait de passer sa vie dans ses bras, il est parti comme si elle n'existait pas ! Il lui a ôté la vie aussi sûrement que je lui ôterai la sienne.

Inyotef était inaccessible à la raison. Il avait trop longtemps vécu avec sa haine, il avait passé trop d'années à mûrir sa vengeance.

Le fort se dessina au-delà de la grande île. Le navire de plaisance était amarré contre le quai, les prêtres franchissaient les portes et les divinités avaient entamé leur précaire ascension le long du sentier. Des marins et des soldats déchargeaient les offrandes et les effets des dieux. L'essentiel de la flottille avait accosté de l'autre côté du chenal sur la grande île, où les passagers auraient une vue imprenable sur la suite royale. L'attente serait longue et monotone : le second navire n'avait pas encore mis les voiles.

— Amon-Psaro sera bientôt en sûreté sur l'île, dit Bak, haussant la voix pour dominer le tumulte des eaux. Tu ne pourras plus l'approcher.

— Je mourrai en essayant, s'entêta Inyotef.

Le canot dépassa les deux îlots et fut happé par les tourbillons. Bak ne pouvait plus attendre dans l'espoir illusoire que le pilote baisserait la garde. Il se leva et adressa de grands signes aux hommes sur la berge, criant en priant pour qu'ils l'entendent malgré le fracas.

Inyotef se redressa, empoigna sa rame à deux mains et frappa. Bak, qui s'attendait à cette attaque et qui l'avait pratiquement invitée, esquiva. Le bord de la rame lui écorcha le ventre et y laissa des éclats de bois. Il agrippa fermement sa propre rame et la fit tournoyer. Inyotef bloqua le coup. Le bateau se cabra tel un étalon sauvage. Les deux hommes restèrent face à face, campés sur leurs jambes, leurs armes immobilisées l'une par l'autre, et attendirent que l'esquif redevienne stable.

Bak dégagea sa rame et tentait de s'écarter pour avoir plus d'espace quand il trébucha sur l'outre gonflée. Dans sa chute, sa rame glissa sur celle d'Inyotef et se planta dans la jambe valide du pilote, qui tomba à genoux. C'est ainsi que les deux hommes se livrèrent à un farouche corps à corps. Ils frappaient de toutes leurs forces, s'épuisaient mutuellement. Le bateau dansait et se cabrait, déviant tantôt vers la droite, tantôt vers la gauche selon les mouvements de ses passagers, mais il ne perdait jamais très longtemps son cap. Un tronc d'arbre, peut-être le palmier qu'ils avaient vu plus tôt, flottait devant eux comme s'il les guidait sur le chemin de la destruction.

Bak sentait ses bras lourds à force de manier son arme de fortune, ses jambes étaient lasses de le maintenir à moitié agenouillé dans une position inconfortable, son ventre blessé brûlait, ses dents vibraient sous le choc du bois heurtant le bois. Du coin de l'œil, il aperçut des hommes accoudés au bastingage du navire de plaisance qui regardaient avec stupeur passer leur bateau, et des soldats qui descendaient le sentier en courant. Et en criant, lui sembla-t-il. Leurs voix silencieuses l'alertèrent et lui firent prendre conscience du grondement plus intense vers lequel ils se dirigeaient. Une sueur froide baigna son visage, pareille à une brume montant du tourbillon.

Glacé de terreur, il comprit qu'il lui fallait à tout prix arrêter cette course insensée vers la mort.

Inyotef frappa de nouveau. Au lieu de parer le coup, Bak suivit le mouvement que décrivait la rame. Alors que l'extrémité des deux avirons dépassait au-dessus de l'eau, Bak repoussa de toutes ses forces la rame d'Inyotef vers le bas et la bloqua contre la coque. L'esquif pencha sous leur poids et faillit les renverser. Le visage du pilote rougissait sous l'effort, les tendons saillaient sur son cou. Bak sentait tous ses muscles réclamer un répit. Il vit soudain un mur blanc devant eux, des eaux bouillonnantes au-dessus d'une barrière de granit noir luisant d'humidité, le palmier qui s'écrasait contre le roc, les éclats du tronc volant à travers l'écume.

Lisant la terreur sur son visage, Inyotef lança un coup d'œil par-dessus son épaule et lui cria :

— Donne-moi ta rame ! Je peux nous sauver !

Ne voyant pas d'autre solution, le lieutenant allait céder quand Inyotef dégaina son long poignard. Bak brandit sa rame pour dévier la lame et vite, de toutes ses forces, il frappa le pilote à la tempe. Inyotef lui lança un regard de surprise et laissa échapper le poignard avant de s'effondrer sur le bord du canot. Bak s'élançait pour le rattraper, mais au même instant, la barque heurta un obstacle. Sous son regard horrifié, les planches du fond se disjoignirent et les eaux écumeuses s'engouffrèrent à l'intérieur. Instinctivement, il ramassa l'outre gonflée et se sentit glisser dans le fleuve devenu fou.

Il fut saisi par les eaux blanches furieuses et tournoya, monta, retomba. Son corps était ballotté avec tant de force qu'il était réduit à l'impuissance, incapable de distinguer l'amont de l'aval ou même le haut du bas. Il était emporté comme un caillou, jeté de torrent en tourbillon, de tourbillon en cascade, écorché par des pierres, des pointes de rochers, des obstacles qu'il sentait sans les voir. Il épuisa bientôt le peu d'air que renfermaient ses poumons et eut la certitude qu'il allait mourir.

Battu par les vagues, il prit soudain conscience qu'il tenait toujours l'outre et la serra étroitement contre sa poitrine. Il pria avec l'énergie du désespoir. Sa tête rompit la surface et il respira l'air à longues goulées.

Gardant l'outre contre son cœur, il essaya de nager mais il fut de nouveau projeté contre un rocher, et aspiré en une spirale vertigineuse qui lui donna un avant-goût de l'au-delà. Le tourbillon le recracha et le lança vers le fond. Il heurta encore un rocher et se cogna le bras gauche si violemment qu'il hurla, et sentit sa gorge s'emplir d'eau.

Toussant, suffocant, il fut emporté par un courant rapide, mais uni. Quand il refit surface, quand il put de nouveau respirer et penser, il tourna la tête en tous sens pour chercher la berge. Il ne vit de part et d'autre que des îlots rocailleux, d'immenses parois abruptes et, çà et là, un banc de sable où subsistaient quelques touffes d'herbe ou un arbre rabougri.

Un bruit sourd et une brume impalpable l'avertirent que des eaux agitées l'attendaient en aval. La gorge nouée, il savait qu'il était trop épuisé pour lutter contre un autre rapide. Ne pouvant plus utiliser son bras gauche enflammé par la douleur, il coupa à travers le courant et nagea tant bien que mal vers la bande de terre la plus proche. Mais le courant s'accéléra et l'emporta loin de ce havre. Devant lui le fleuve disparut.

Il bloqua sa respiration, s'accrocha à l'outre de peau et se laissa entraîner dans une chute écumante. Les trombes verticales le précipitèrent vers le bas, le firent rouler sur lui-même et le jetèrent enfin dans une étendue d'eau calme. Il rassembla tout ce qui lui restait de force et de volonté pour nager vers une île, qu'il espérait être en réalité la rive occidentale du fleuve.

Alors il aperçut Inyotef gisant, pâle et inerte, sur un flanc rocheux, au milieu d'une mare peu profonde. Il aurait voulu le laisser là-bas pour qu'il vive ou qu'il meure selon le caprice des dieux, pourtant il ne pouvait s'y résoudre. Il s'approcha de lui lentement, conscient de sa propre faiblesse et de son épuisement. S'il devait se battre, il n'avait aucune chance.

D'une prudente distance, il observa la silhouette immobile. Inyotef était couvert de plaies et respirait à grand-peine. Dans sa pâleur cireuse, Bak reconnut la couleur de la mort.

Il monta sur le roc en vacillant et se laissa tomber à côté du blessé. Comment le fier capitaine d'antan avait-il pu s'attirer un sort aussi terrible ?

— Inyotef...

Le pilote ouvrit les yeux et forma un faible sourire.

— Je crois que... finalement...

Il s'interrompit, le souffle court. Il avait les côtes cassées.

333

— Finalement... je ne connaissais pas... les rapides...
aussi bien que je le pensais.

— Tais-toi, recommanda Bak d'une voix bourrue et
enrouée. Parler te fait du mal.

Inyotef aspira l'air lentement, avec circonspection.

— ... Bien mieux... comme ça. Je n'aurais pas supporté... une sentence de mort.

Ses yeux se fermèrent, sa tête roula sur le côté.

Bak se plia en deux et posa son front sur ses genoux,
affligé par la mort d'un homme qu'il avait cru son ami et,
en même temps, soulagé que ce terrible voyage se soit
achevé ainsi. Inyotef avait offensé Maât et ébranlé la
balance de l'ordre et de la justice. Il fallait qu'il meure
d'une manière ou d'une autre. Périr par le fleuve qui
l'avait fait vivre n'était pas la pire des fins.

19

Une douce lumière pénétrait à travers la toile blanche du pavillon à armature de bois sous lequel Bak et Kenamon étaient assis. Le lin chuchotant et palpitant sous la brise jetait des ombres vagues sur les rouleaux de papyrus, les ustensiles, les sachets et les paquets de remèdes disposés sur une natte en jonc à côté du prêtre. Des odeurs d'encens et de genièvre parvenaient de l'entrée d'un pavillon contigu. Au-dehors, des voix d'hommes adoucies par la présence des gardes royaux accompagnaient le passage de nobles et de militaires. Des cliquettements de lances ponctués de rires ou d'ordres secs indiquaient que des soldats s'entraînaient aux arts de la guerre. Et un grondement sourd, incessant, rappelait la présence des rapides sous les murailles du fort.

Kenamon refit le bandage de lin qui maintenait l'avant-bras et la main de Bak dans l'attelle de bois. Un onguent vert et huileux suintait sous les bords de l'étoffe.

— L'enflure persistera quelques jours, de même que la décoloration. Comme je te l'ai dit hier, la fracture se remettra sans problème pourvu que tu traites ton bras à l'instar d'un nouveau-né : avec douceur, gentillesse et sans rien exiger de lui.

— Rassure-toi, mon oncle, je n'essaierai pas de m'en servir. Il me fait trop mal.

Le vieux prêtre, assis sur un tabouret bas en face de

son patient, lui adressa le même regard sévère que lorsqu'il était enfant.

— Cette douleur est là pour te rappeler que tu dois prendre garde. Tu méprises le danger à tes risques et périls.

Bak s'adossa contre l'épais coussin qui le soutenait et répondit avec un sourire piteux :

— Comment puis-je figurer dans la garde d'honneur avec mon bras attaché à ma taille ?

— La garde d'honneur ! Ha ! Si tu te voyais ! répliqua Kenamon, qui secoua la tête, l'air faussement excédé.

Bak savait fort bien à quoi il ressemblait, exténué et emmailloté dans ses bandages : à un moineau blessé. Lui, l'homme célébré d'une même voix par toute la garnison et la cité d'Iken, encensé par les soldats comme par les civils pour avoir démasqué le meurtrier de Pouemrê et survécu aux rapides. Lui, qui d'une bourrade avait mis à genoux un être divin ! D'ailleurs, le roi Amon-Psaro n'avait pas encore daigné le convoquer.

— C'est peut-être aussi bien, avait dit Kasaya. Il était courroucé la dernière fois que je l'ai vu sur le navire. Mieux vaut ne pas recevoir de nouvelles que d'avoir les mains tranchées pour crime de lèse-majesté.

En revanche, Kenamon avait conseillé la patience. Le roi était très affairé. Il offrait de longues et fréquentes prières pour la santé de son fils, il recevait des gens venus de loin dans l'espoir d'une audience et il renouait des liens avec des amis d'antan tels que Senou et Houy. Bak préférait croire le prêtre plutôt que Kasaya. Après tout, Amon-Psaro avait passé bien des années à Ouaset, où il avait appris les manières civilisées de Kemet.

— A présent, je vais examiner ton épaule, annonça Kenamon en approchant de lui un récipient contenant une pâte brunâtre, mêlant l'odeur amère de l'armoise à des senteurs plus subtiles.

Bak se retourna docilement et laissa le prêtre découper le bandage appliqué la veille. La chair tuméfiée apparut, formant une plaie aussi large que la paume d'une main.

336

Ce n'était qu'une de celles, nombreuses, laissées par son passage dans les rapides. Kenamon nettoya la blessure et y appliqua l'onguent, marmonnant, tout en travaillant, des incantations magiques qui chasseraient les démons de la maladie.

Apaisé par le remède ou par les prières, le feu s'atténua bientôt dans le bras brisé de Bak, qui se détendit sous les mains capables du prêtre. Kenamon banda de nouveau l'épaule et s'occupa ensuite d'une profonde coupure au bras. Les lèvres de la plaie étaient rapprochées sous un mince cataplasme de viande fraîche, étroitement fixé par un bandage sur la blessure. Kenamon ôta le tout et examina la plaie pour déceler une infection. Bak laissa ses pensées s'égarer et ses paupières se fermer. Un faible gémissement, aussi délicat que le miaulement d'un minuscule chaton, le secoua de sa torpeur et suspendit les gestes du prêtre.

— Il est réveillé ? demanda Bak, tournant la tête vers le pavillon voisin en essayant de ne pas montrer son inquiétude.

Toute la matinée, la rumeur avait couru que le prince était presque guéri, mais il craignait qu'elle exprime davantage un désir que la réalité.

Kenamon racla rapidement l'onguent qui adhérait à ses doigts sur le bord du bol et les essuya dans un carré de lin propre. Il s'approcha de la pièce voisine et regarda à l'intérieur. Ses traits se détendirent et s'éclairèrent d'un sourire.

— Amon-Karka rêve, chuchota-t-il. Ce doit être un rêve heureux. Viens voir comme il sourit.

Bak rejoignit le prêtre. Le petit enfant amaigri, allongé sur sa natte, tenait contre sa joue un lion en bois dont la queue et la mâchoire inférieure étaient articulées. Ce jouet était un présent d'Aset. Le souffle de l'enfant était lent et paisible, bien loin des quintes de toux, des halètements désespérés ou de la respiration sifflante qui l'avaient tant tourmenté.

La pièce sentait l'encens, le genièvre, l'armoise et la

bière, dont l'âcre odeur montait d'un bol posé par terre au chevet du prince. Une paille de jonc dépassait sous un bol identique, retourné pour faire office de couvercle. Kenamon y avait enfermé une pierre chaude, qui réchauffait le liquide curatif dont le prince inhalait les vapeurs à travers la paille.

Toujours souriant, Amon-Karka frotta son nez contre le jouet et répéta son soupir satisfait.

Bak rit tout bas, presque honteux d'avoir douté.

— Je te sais plus compétent que la plupart de tes confrères, mon oncle, mais je ne m'attendais pas à une guérison aussi complète et miraculeuse.

— Le seigneur Amon a guidé mon cœur et mes mains, jeune homme. Je ne suis rien de plus que son instrument.

Le rappel à l'ordre était doux, mais ferme. L'adulte répétait à l'enfant un fait que celui-ci devait tenir pour acquis.

— Sans ton savoir et ton habileté, tu n'aurais pas été capable d'obéir aux désirs du dieu.

— Ton père est à blâmer pour ton insolence, riposta Kenamon d'un ton sévère que démentait son regard amusé. Il aurait dû se remarier. Une femme dans la maison t'aurait inculqué le respect qui te fait si cruellement défaut.

Bak avait bien souvent rendu grâce à Amon que la présence d'une belle-mère lui eût été épargnée.

— D'après ton apprenti, tu connaissais déjà l'origine du mal. Comment est-ce possible ? C'est hier que, pour la première fois, tu as posé les yeux sur ce garçon.

Kenamon contempla le prince avec une expression où se mêlaient la satisfaction et la compassion.

— J'ai longuement interrogé les messagers d'Amon-Psaro, et je me suis entretenu avec des hommes qui avaient vécu dans sa capitale. Au fil des mois, j'ai beaucoup appris sur les habitudes d'Amon-Karka et même sur le climat de Kouch. J'ai fini par en savoir autant à son sujet que ses serviteurs et, je crois, davantage que son père.

— Et, entre tous les détails de sa vie, tu as su découvrir les indices liés à sa maladie.

« Comme un policier enquêtant sur un meurtre », pensa Bak, gardant pour lui cette comparaison que n'aurait peut-être pas goûtée un aussi grand médecin.

Kenamon revint prendre place sur son tabouret.

— Lorsque nous avons fait voile vers Bouhen, je savais déjà que les crises les plus aiguës survenaient avant la crue, durant les mois où des vents violents soufflent du désert occidental. Elles se produisaient également quand il voyageait, conduisait un char ou jouait avec ses chiens.

Du bout des doigts, il préleva de l'onguent et attendit que Bak soit installé contre son coussin. Il poursuivit, tout en appliquant le remède sur la coupure :

— Je pensais connaître la cause du mal, qui est assez répandu chez les enfants, toutefois je ne pouvais en être sûr. Les rapports qui me parvinrent pendant son voyage de Semneh semblaient confirmer mon diagnostic. Et quand il fut ici, près de moi, et qu'il réagit si vite à ma médication et à mes prières, je sus que j'avais vu juste. Il souffre d'une maladie respiratoire dont la plupart des enfants guérissent en grandissant ; certains finissent par y succomber.

Bak pensa à Amon et au long chemin qu'il avait parcouru depuis le pays de Kemet, en réponse à l'appel d'un roi venu de la lointaine Kouch dans la ferme conviction que le plus grand des dieux répondrait à ses prières.

— As-tu appris à Amon-Psaro que son fils pourrait ne jamais se rétablir ?

— Il sait que je peux tout au plus atténuer les symptômes.

Kenamon banda étroitement le bras de Bak afin que la plaie se referme, et fixa l'extrémité de la toile par un petit nœud bien net.

— Je lui ai expliqué comment prémunir son fils au mieux contre d'autres attaques. En dehors de cela, nous

339

ne pouvons que prier et présenter des offrandes appropriées.

— Et alors j'irai bien, n'est-ce pas ?

La voix enfantine attira l'attention des deux hommes vers la porte. Amon-Karka, appuyé contre un des montants, se frottait la jambe. Avant que le prêtre ait pu répondre, les grands yeux sombres du prince fixèrent le patient.

— Tu es sûrement le lieutenant Bak, le policier qui a sauvé la vie à mon père. Celui qui a traversé les rapides.

Sans réfléchir, Bak parla ainsi qu'il l'aurait fait avec un enfant ordinaire :

— Comment le sais-tu ?

Le petit garçon éclata de rire, enchanté de cette repartie.

— Parce que, avec toutes tes bandelettes, tu ressembles à une momie !

— Les princes sont-ils toujours aussi impertinents ?

Amon-Karka fronça le nez en regardant la chambre lourdement parfumée derrière lui, s'avança vers les deux hommes et s'assit par terre près de Kenamon.

— Puis-je regarder ?

Il tourna alors les yeux vers Bak.

— Veux-tu me parler des rapides ? Et de l'homme que tu pourchassais ? Comment savais-tu qu'il voulait tuer mon père ?

Bak espéra, s'il rencontrait un jour Amon-Psaro, qu'il serait aussi ouvert et sincère que son fils.

— Lieutenant Bak ! annonça la voix du héraut, sonnant avec autorité. Fils du médecin Kamès de la capitale du Sud, Ouaset, au pays de Kemet. Lieutenant dans les chars du régiment d'Amon. Lieutenant de la police medjai à la forteresse de Bouhen. Second du commandant Thouti, chef de la garnison de Bouhen.

L'homme recula et ses pieds disparurent du champ de vision de Bak, prosterné le front contre le sol. Il entrevoyait seulement le bas de l'estrade sur laquelle siégeait

340

Amon-Psaro. Les rugosités de la natte s'enfonçaient dans ses genoux écorchés ; son bras cassé palpitait d'une douleur lancinante. Un lourd parfum de lis et de myrrhe chatouillait ses narines. Il pria pour ne pas éternuer.

— Relève-toi, lieutenant ! ordonna Amon-Psaro.

Bak se redressa aussi gracieusement que le lui permettaient ses muscles courbatus et se tint au garde-à-vous. En silence, le roi parcourut des yeux les bandages, les ecchymoses, l'attelle. Bak se raccrocha à la prédiction de Kenamon selon lequel l'entrevue se déroulerait bien, et observa également Amon-Psaro, quoique de manière plus discrète.

Comme la veille, le roi arborait le costume d'un fils de la maison royale de Kemet : un simple pagne blanc, un large collier multicolore, des bracelets et des anneaux d'or sertis de pierres précieuses. Deux cobras d'or s'élevaient du diadème qui ceignait son front, et d'or était le sceptre qu'il avait à la main. Il trônait dans un fauteuil doré garni d'un épais coussin rouge en brocart, complété par un repose-pieds. Une magnifique peau de léopard s'intercalait entre son auguste dos et le bois du fauteuil. Roi jusqu'au bout des ongles, il n'en était pas moins homme : grand, musclé, léonin. Il restait séduisant à l'approche de ses quarante ans ; sans doute l'avait-il été doublement dans sa jeunesse, surtout aux yeux des femmes.

Des bannières rouge et blanc flottaient aux montants de la tente aux pans relevés sous laquelle il était assis. Deux des Medjaï de Bak montaient la garde en compagnie de deux soldats venus de la patrie du roi. Hormis quelques spectateurs, seulement une demi-douzaine de fonctionnaires se tenaient à proximité, et échangeaient des murmures en attendant de répondre au bon plaisir de leur souverain.

— Il semble que je te doive la vie, dit Amon-Psaro.

— Oui, majesté.

— Le commandant Ouaser m'a appris qu'il considérait Inyotef comme son ami et ne le soupçonnait aucune-

341

ment de nourrir ces sombres desseins. D'après lui, seule ta ténacité a permis de dévoiler ce projet d'attentat.

Bak craignait que le roi ne préfère un simple oui pour toute réponse, mais s'il ne disait rien, le petit Ramosé serait bientôt oublié à tout jamais dans sa tombe en plein désert.

— L'enfant qu'Inyotef a tué de ses mains, le petit serviteur du lieutenant Pouemrê, avait laissé des dessins indiquant un complot. Sans eux, j'aurais moi aussi été aveuglé.

— Oui, le petit serviteur... dit pensivement Amon-Psaro. Plus jeune encore que mon propre fils.

Il passa la main sur ses yeux, comme pour se débarrasser d'une image intolérable.

— J'ai demandé au commandant Ouaser de veiller à ce qu'il reçoive une sépulture décente. Je prie les dieux de lui accorder l'ouïe et la parole dans l'autre monde, et une vie plus belle que celle qu'il a connue ici-bas.

— Merci, majesté.

— Non, lieutenant, c'est à moi de te remercier. Pas simplement par des mots, mais en te comblant de tous les bienfaits de l'existence.

Amon-Psaro se redressa sur son trône et continua d'un ton solennel :

— Je désire que tu reviennes avec moi dans ma capitale, au pays de Kouch, et que tu me secondes pour gouverner mon peuple. J'ai autour de moi peu d'hommes de confiance, et je suis convaincu que tu seras un conseiller précieux. Je t'offre une splendide demeure, des terres et du bétail. Et afin que ta vie soit remplie d'enfants, je t'accorde ma sœur la plus jeune, une femme de mérite et d'une grande beauté.

Bak en resta sans voix. Une telle générosité était la dernière chose à laquelle il s'attendait — et qu'il désirait. Ce genre d'honneur, bien précaire d'après l'épouse de Senou, n'était pas sans contrepartie, et la tâche qu'il supposait aurait trop exigé d'un homme peu familiarisé avec la vie à la cour. Mais comment disait-on non à un roi ?

342

Tard ce soir-là, du haut des remparts, Bak contemplait les eaux déchaînées qui avaient failli l'engloutir à tout jamais. De là, les rapides ressemblaient à un breuvage empoisonné, bouillonnant et écumant dans un énorme chaudron. Ils battaient les rochers mortels en formant une multitude d'arcs-en-ciel tremblotant dans la brume. Ce spectacle emplissait son cœur d'effroi. Comment avait-il survécu ? Mais il était certain que les couloirs du pouvoir ne recelaient pas moins de périls.

— Nages-tu souvent dans ces eaux tumultueuses ? demanda Amon-Psaro, derrière lui.

Saisi, Bak fit volte-face et tomba face contre terre.

— Debout ! ordonna le roi. Je n'attends pas de courbettes et d'obséquiosité de ta part, lieutenant.

— Oui, majesté, répondit Bak en se hâtant de se relever.

Amon-Psaro, s'étant dépouillé du lustre et de l'éclat de sa fonction, ne conservait que le collier large et les bracelets d'or et de lapis-lazuli qu'il avait portés la veille, pour la procession à travers la ville.

— Voilà bien des années que je ne m'étais trouvé aux côtés d'un habitant de Kemet, en ayant l'opportunité de parler le langage de ma jeunesse. Ne me prive pas de ce plaisir en me posant sur une niche, auprès des dieux.

Dans la voix d'Amon-Psaro perçaient la solitude et le regret d'un passé perdu. Si l'idée avait probablement effleuré Bak, à un moment ou à un autre, qu'un dieu vivant partageait peut-être ces émotions banales avec le commun des mortels, il fut surpris et ému de les percevoir chez le roi.

— Apprécierais-tu une cruche de bière ? bredouilla-t-il.

— De la bière ?

Amon-Psaro n'hésita qu'un instant avant de rire aux éclats :

— Oui, lieutenant, une cruche de bière serait parfaite.

Bak se pencha par-dessus le parapet intérieur et lança

343

un ordre au soldat qui déambulait sur le chemin de ronde. La sentinelle, voyant le roi à côté de lui, courut à toute vitesse vers les cuisines. En un clin d'œil, un jeune garçon aux joues rondes apportait un panier regorgeant de cruches de bière, de bâtons de poisson séché de la grosseur d'un doigt, et de petits pains ronds bien croustillants.

Le roi s'accouda sur les briques, sa cruche à la main, et contempla les rapides. Rê, semblable à une boule d'or posée sur l'horizon, lançait dans le ciel pâle de brillants rubans rouges, orange et jaunes comme en l'honneur du souverain kouchite.

Amon-Psaro utilisa d'abord sa paille de jonc, la regarda d'un air contrarié puis la rejeta dans le panier pour boire à même le col, imitant les manières moins raffinées de son compagnon.

— Alors, Bak, il semble que nous ayons toi et moi une amie commune ?

— Vraiment ?

Chaque fois qu'il parlait, Bak devait se souvenir de ne pas appeler le roi « Majesté ».

— Dame Noferi, une femme d'affaires de Bouhen. J'ai reçu d'elle une lettre, que m'a remise aujourd'hui le messager chargé des dépêches entre Thouti et Ouaser. Elle dit que tu es un homme juste et brave, l'un des meilleurs officiers de Bouhen et un très cher ami.

— Tu connais Noferi ?

Bak était sidéré. Il revit la vieille obèse, assise près de lui dans son bordel, lui racontant qu'autrefois elle avait connu Amon-Psaro. Il avait ri, ne pouvant croire qu'elle disait vrai.

Le roi, le regard fixé au loin, se remémorait le passé :

— Je l'ai bien connue il y a de nombreuses années. J'étais prince, alors, retenu en otage à Ouaset. Son visage et son corps étaient d'une beauté sublime. Elle reste jusqu'à ce jour la femme la plus désirable que j'aie jamais rencontrée.

Son rire tendre se perdit dans le tumulte des rapides.

— C'était une prostituée, en ce temps-là, et maintenant elle dirige un commerce prospère, d'après ce qu'elle m'écrit, touchant à la vente des fruits de la terre. Je suis heureux que la fortune lui ait souri.

Bak faillit le détromper, mais il se ravisa. Si Noferi avait choisi de se dépeindre sous des couleurs plus attrayantes, ce n'était pas à lui de ternir son image.

— Comme j'aspire à la revoir ! Mais je n'emmènerai pas mon fils à Bouhen au risque de provoquer une nouvelle crise, dit Amon-Psaro d'une voix pleine de regret. Elle non plus ne peut se déplacer, étant très prise par ses affaires en cette période de l'année, et par sa fille, qui attend un enfant et requiert ses soins affectueux.

Bak fixa le fleuve, dissimulant son visage. Ses pensées allaient bon train. Noferi n'avait pas de fille ! Que tramait-elle ? Pourquoi mentait-elle, quand l'occasion s'offrait à elle de revoir un homme qu'elle n'avait cessé d'aimer et d'admirer, un roi puissant capable de la couvrir de présents somptueux ?

Amon-Psaro vida sa cruche et, souriant à ses souvenirs, la posa dans le panier.

— Elle était ravissante. Mince, des bras et des jambes fuselés. Des seins fermes, ronds et épanouis. Et des lèvres si douces...

La réponse apparut soudain à Bak, aveuglante de simplicité, et lui révéla que Noferi possédait une sensibilité insoupçonnée. Oui, elle avait été belle, tout comme elle le lui affirmait à Bouhen. C'était ce souvenir-là qu'elle voulait laisser à Amon-Psaro, et non celui de la grosse femme vieillissante qu'elle était devenue. Bak l'admira d'avoir consenti ce sacrifice.

— Je lui ai envoyé des présents afin qu'elle sache que je n'ai rien oublié : un lionceau et un jeune esclave mâle pour s'en occuper, et répondre à ses moindres désirs. Crois-tu que cela lui plaira ? demanda le roi avec anxiété.

Bak se représenta Noferi dans sa grande et nouvelle maison de plaisir, dont la magnificence serait encore rehaussée par un fauve et un serviteur exotique.

— Elle sera au comble de la joie.

« Et c'est peu dire ! pensa-t-il. Elle en fera parade

devant moi et ne me laissera jamais oublier que je n'ai pas cru à son histoire. »

Amon-Psaro se détendit, sourit et brisa le bouchon d'une nouvelle cruche qu'il offrit à Bak. Il semblait ouvert et affable, mais Bak hésitait à lui poser la question qui le préoccupait le plus. La curiosité eut finalement raison de ses incertitudes.

— Consentirais-tu à me parler de Sonisonbé, la sœur d'Inyotef ?

Le roi lui lança un bref coup d'œil et détourna la tête.

— Sonisonbé...

— Je n'ai pas à en savoir davantage, cependant j'aimerais comprendre.

Amon-Psaro laissa s'installer le silence. Lorsque enfin il se décida à parler, les mots sortirent avec réticence, arrachés à un passé depuis longtemps enseveli dans sa mémoire :

— Je fis la connaissance d'Inyotef au cours du voyage vers Kemet, lorsque je fus emmené en otage. C'était un marin, à peine un homme encore mais plus âgé que moi et plus expérimenté. Un garçon d'une ambition sans bornes, et qui mettait dans le jeu la même volonté que dans le travail.

Il s'interrompit, porta la cruche à ses lèvres, but à longs traits avant de la poser sur le mur.

— Houy, qui était pour moi aussi proche qu'un frère, fut envoyé au nord avec son bataillon le jour même de notre arrivée à Ouaset. En entrant au palais, je me trouvais seul et sans ami, excepté Inyotef.

Il joua avec la cruche, l'esprit lointain.

— Je découvris bien vite un moyen de sauter le mur et de me rendre au port, où je rejoignis Inyotef sur son vaisseau de guerre. Il me montra Ouaset, ce jour-là, et elle me parut magique. Nous parcourûmes les rues pendant des heures, puis il m'amena chez lui. Ses parents et sa sœur m'accueillirent comme si j'étais des leurs.

— Personne ne remarqua ton absence, au palais ?

— Le lendemain, ils tentèrent bien de me rogner les

ailes ! Je refusai alors toute nourriture jusqu'à ce qu'ils décident de fermer les yeux sur mes escapades. Un jour, Inyotef partit vers le nord sur son navire. Au début, Sonisonbé et moi, nous continuâmes à jouer comme par le passé, mais nos jeux devinrent bien vite beaucoup moins innocents.

Il souleva la cruche, la reposa, regarda Bak pour la première fois depuis qu'il avait commencé son récit.

— Inyotef s'en revint, n'aspirant qu'à la recherche du plaisir. Entre-temps, je m'étais lié avec de nombreux jeunes nobles, tous animés d'une semblable passion. Pendant des mois, je vécus nuit et jour dans la débauche. Je buvais sans mesure, je m'adonnais aux jeux de hasard, je couchais dans les bras de femmes innombrables. Noferi était l'une d'elles, et m'a volé mon cœur.

— Et Sonisonbé ?

— Je l'aimais, elle aussi.

Amon-Psaro poussa un long et douloureux soupir.

— Longtemps avant la mort de mon père et mon retour dans le pays de ma naissance, je leur avais promis à toutes deux de les faire venir dès que la stabilité de mon trône serait assurée. Noferi s'esclaffa, prenant la chose pour une plaisanterie. Sonisonbé jura qu'elle me suivrait au bout du monde s'il le fallait. A la fin, quand j'ai succédé à mon père, mes devoirs de roi m'ont écrasé : l'obligation d'épouser ma sœur pour préserver la pureté de notre lignée, les rivalités entre mes cousins, la nécessité de me familiariser avec une terre et un peuple que j'avais depuis longtemps oubliés... Je n'ai envoyé chercher ni l'une ni l'autre. Je ne voulais pas de fardeau supplémentaire.

Il roula la cruche entre ses paumes, sans prêter attention à son geste.

— Quelques mois plus tard, Inyotef m'écrivit. Il m'annonça la mort de Sonisonbé et fit vœu de me tuer.

Bak ressentit une immense pitié pour Amon-Psaro, pour Sonisonbé, pour Inyotef. Mais un détail encore l'intriguait.

— Je savais qu'il avait été refoulé du pays de Kouch, aussi, je supposais bien que tu connaissais ses intentions. Pourquoi, dès lors, es-tu venu à Ouaouat ? Tu n'ignorais sûrement pas qu'il était pilote dans le Ventre de Pierres.

— Je ne pensais qu'à sauver mon fils.

— Un homme prudent aurait adressé un message au commandant Thouti pour lui demander d'envoyer Inyotef vers le nord, bien loin d'Iken.

Amon-Psaro eut un haussement d'épaules désabusé, comme s'il était tout aussi incapable de s'expliquer que Bak de le comprendre.

— Peut-être voulais-je mettre un terme à mon chagrin et au sien, car tous deux nous avons pleuré Sonisonbé avec le même désespoir. A moins que j'aie souhaité apaiser ma conscience en me plaçant entre ses mains, et en laissant les dieux décider de ma culpabilité ou de mon innocence. Ma vie pour la sienne ? Je ne sais pas.

Bak quitta Amon-Psaro à l'entrée du pavillon de Kenamon, et Imsiba l'arrêta au passage quelques instants plus tard. Voyant le collier d'or et de lapis-lazuli à son cou et les larges bracelets sur ses bras, le Medjai ne put dissimuler son inquiétude :

— Quelle a été ta réponse, mon ami ? Pars-tu avec lui pour la lointaine Kouch ?

Bak entraîna Imsiba vers le coin tranquille où leurs hommes avaient établi le camp. L'endroit était désert, les policiers s'étant rassemblés plus loin dans le fort pour voir Pachenouro disputer une partie d'osselets avec le champion de la garnison d'Iken. Des cris, des rires et des jurons ponctuaient le cours du jeu. Bak et Imsiba s'accroupirent à côté d'une marmite de ragoût de poisson, maintenue au chaud sur un lit de braises entouré de pierres.

— J'ai joué avec la vérité pendant un certain temps, dit le lieutenant, mais pour finir j'ai laissé parler mes sentiments. J'ai expliqué au roi que je suis content de mon sort et qu'une existence toute de richesse et de privilèges ne serait pas faite pour moi. Alors il m'a offert ceci, à la place.

Il caressa les perles froides et lisses du collier.

— Il l'a ôté de son cou et, de ses propres mains, il l'a attaché sur moi.

— Amon soit loué ! se réjouit Imsiba. Quand je vous ai vus rire ensemble, j'ai redouté le pire.

Le sourire de Bak était aussi radieux que celui de son ami. Il était soulagé d'avoir pris sa décision une fois pour toutes. La tentation du pouvoir appartenait au passé.

— Bien qu'il ne l'ait pas montré, je soupçonne qu'il a été soulagé. Il m'a parlé trop librement, en me livrant les secrets les plus intimes de son cœur. Il doit déjà se féliciter de ne jamais me revoir !

— Kenamon m'a donné d'excellentes nouvelles sur la santé du prince. Quand, à ton avis, pourrons-nous retourner à Bouhen ?

— Très vite, répondit Bak. Le plus tôt sera le mieux.

Dans la cité des pharaons

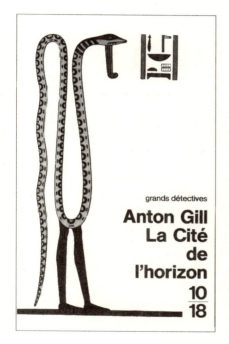

Au cœur de l'Égypte ancienne, livrée aux luttes de pouvoir intestines et aux pilleurs de tombes, le scribe Huy, disgracié à la mort d'Akhenaton, se voit interdit d'exercer son métier. D'amours ratées en amitiés trahies, ce personnage marginal et attachant a vu tous ses idéaux s'effondrer à la chute de la dynastie. Sa nature audacieuse et son intelligence vont lui donner l'occasion de démêler les conspirations qui sévissent sous le soleil brûlant de Rê.

Grands Détectives, des polars hors la loi du genre.

Impression réalisée sur Presse Offset par

BRODARD & TAUPIN

GROUPE CPI

La Flèche (Sarthe), 15515
N° d'édition : 3339
Dépôt légal : mars 2002
Nouveau tirage : décembre 2002

Imprimé en France